U0566123

ON THE ROAD

在路上

〔美〕杰克·凯鲁亚克————著

秦传安————译

人民文学出版社

PEOPLE'S LITERATURE PUBLISHING HOUSE

Jack Kerouac
On the Road

图书在版编目(CIP)数据

在路上/(美)杰克·凯鲁亚克著;秦传安译.—
北京:人民文学出版社,2020
ISBN 978-7-02-015792-1

Ⅰ.①在… Ⅱ.①杰… ②秦… Ⅲ.①长篇小说-美
国-现代 Ⅳ.①I712.45

中国版本图书馆 CIP 数据核字(2019)第 263059 号

责任编辑　卜艳冰　邱小群
封面设计　钱　珺

出版发行　人民文学出版社
社　　址　北京市朝内大街 166 号
邮政编码　100705
网　　址　http://www.rw-cn.com

印　　制　杭州钱江彩色印务有限公司
经　　销　全国新华书店等

开　　本　890 毫米×1240 毫米　1/32
印　　张　10.375
字　　数　260 千字
版　　次　2020 年 3 月北京第 1 版
印　　次　2020 年 3 月第 1 次印刷

书　　号　978-7-02-015792-1
定　　价　46.00 元

如有印装质量问题,请与本社图书销售中心调换。电话:010 - 65233595

谨以此书纪念尼尔·卡萨迪和艾伦·金斯堡

兄弟，把我的手给你！
把我的爱给你，它比金钱还要珍贵，
在布道坛或律法的面前，我把自己交给你；
你可愿把自己交给我？你可愿随我踏上长旅？
我们该不该彼此终身相依？

——沃尔特·惠特曼

第一部

第一次见到尼尔是在我父亲去世后不久……我大病初愈，我实在懒得谈论这场大病，只想说，它确实与我父亲的死有关，与我万念俱灰的可怕感觉有关。对我来说，随着尼尔的到来，我生活中的某个部分真正开始了，你可以称之为我在路上的生活。在那之前，我一直梦想着去西部，去看看那片土地，总是在含含糊糊地计划着，却从未付诸行动，如登上飞机什么的。对于公路来说，尼尔是个再理想不过的伙伴，因为他居然就是在路上出生的，那是一九二六年，他父母开着一辆破旧的老爷车，穿过盐湖城，前往洛杉矶。关于尼尔的最早消息，是通过哈尔·蔡斯传到我这儿的，他把尼尔的几封信拿给我看，这些信写于科罗拉多州的一座少年管教所。我对这些信产生了极大的兴趣，因为尼尔在信中天真可爱地向哈尔请教关于尼采的一切，以及各种奇妙的知识——哈尔因为这些知识而名扬四方，他当之无愧。艾伦·金斯堡和我曾经谈论过这些信，寻思我们会不会有机会遇到怪人尼尔·卡萨迪。这些都是很久以前的事了，那时尼尔还不是今天这般模样，而是一个被神秘所笼罩的少年犯。后来有消息说尼尔离开了少年管教所，平生第一次来纽约；还有人说他刚刚跟一个名叫卢安妮的十六岁女孩结了婚。有一天，我正在哥伦比亚大学的校园里闲逛，哈尔和埃德·怀特告诉我，尼尔刚到，住在东哈莱姆区（西班牙裔哈莱姆区）一个名叫鲍勃·马尔金的家伙那套没有热水的公寓房里。尼尔是头天晚上到的，第一次来纽约，带着他漂亮而尖刻的小雏儿卢安妮；他们在第五十街下了灰狗长途汽车，绕过街角，想找个吃饭的地儿，于是径直走进了赫克托耳自助餐馆，对尼尔来说，赫克托耳餐馆从此成了纽约城的一大象征。他们把钱花在了糖汁蛋糕和奶油松饼上。自始至终，尼尔一直在跟卢安妮讲着诸如此类的话："亲爱的，我们现在到了纽约，尽管我并没有把我一路上琢磨的所有事情向你和盘托出，当时，我们穿过密苏里州，尤其是路过了布恩维尔少年管教所，那里让我想起了我的监狱生活，但眼下，绝对有必要把关于我个人爱好的劳什子丢到一边，立即开始琢磨具体的谋生计划……"他最初那些日子讲的都是如此这般的话。我和小伙伴们一起去了那个没有热水的公寓，尼尔穿着短裤来开门。卢安妮迅速从床上跳了下来；显然，他刚才正在搞她。他老是这么干。拥有这套公寓的那个家伙鲍勃·马尔金也在那儿，但尼尔明显打发他去厨房了，在他解决自己的爱情问题时，鲍勃大概在煮咖啡什么的……因为对尼尔来说，性是生活中唯一神圣而重要的事情，虽说为了谋生他不得不挥汗如雨，埋头苦干，以及诸如此类吧。我对尼尔的第一印象是：他是个年轻的吉恩·奥特里——干净利索、瘦屁股、蓝眼睛，一口地道的俄克拉荷马口音。事实上，在跟卢安妮结婚并来到东部之前，他一直在科罗拉多州斯特林市埃德·乌尔的牧场上干活。卢安妮是个漂亮可爱的小家伙，但蠢得可怕，能干出恐怖的事情，正如她不久之后所证明的那样。我之所以提到与尼尔的第一次见面，只是因为他的所作所为。那天晚上我们全都喝了啤酒，我喝醉了，有点胡言乱语，睡在另一张长沙发上。第二天早晨，我们默不作声地闲坐在那里，在这个阴沉天气的灰暗光线里，抽着我们从烟灰缸里找出的烟屁股，这时，尼尔神经质地站起身来，在房间里踱来踱去，一边思考着什么，他最后决定，现在要做的事情就是让卢安妮去做早饭并扫地。随后，我便走了。这就是刚开始我对尼尔所知道的一切。然而，在接下来的一周，他向哈尔·蔡斯透露，他无条件地要跟他学习写作；哈尔说我是个作家，他应当找我请教。在此期间，尼尔在一家停车场找到了一份活，在他们住的霍博肯公寓里跟卢安妮打了一架，鬼知道他们为什么要去那儿，卢安妮是如此疯狂，报复心是如此之重，以致捏造了一项歇斯底里的疯狂指控，向警察告发了他，尼尔不得不逃出霍博肯。这样一来，他就没有了住的地方。尼尔径直来到臭氧公园我和我妈住的地方。一天夜里，我正在写书或画画，或者你想叫什么就是什么吧，这时传来了一阵敲门声，是尼尔，站在门厅的黑暗中讨好地点头哈腰，支支吾吾，他说："哈啰，还记得我吗，尼尔·卡萨迪？我来向你请教如何写作。""卢安妮去哪儿了？"我问。尼尔说看来她应该是去做婊子了，搞到了几块钱什么的，回丹佛去了……"那个婊子！"于是我们去外面喝啤酒，因为在我妈面前我们没法畅所欲言，她这会儿正坐在客厅里读报纸。她看了尼尔一眼，从一开始便断定他是个神经病。她做梦也没想到她的宝贝儿子将会跟着这个神经病不止一次驱车穿过疯狂的美国之夜。在酒吧里，我对尼尔说："看在上帝分上，伙计，我清楚得很，你来找我，绝不单单是为了当个作家什么的，说到底，对写作这档子事我其实也不怎么懂，只知道你得拿出一个瘾君子的干劲坚持下去。""是啊，我当然完全明白你说的意思，事实上，那些问题我都想过，但我想要的是认识其中的某些因素，要想得出任何内在的认识，你得根据叔本华的二分法……"诸如此类，没完没了。我对这些玩意儿一窍不通，他自己也不懂，我的意思是说，在那些日子里，他实际上并不明白自己所谈论的东西，也就是说，他是个少年犯，却念念不忘成为一个真正知识分子的神奇可能性，他说话时喜欢使用他从"真正知识分子"那里听来的腔调和词汇，但方式有些荒腔走板，不过他在其他事情上并不是那样幼稚，只是跟着莱昂·莱文斯基混了几个月，便完全掌握了知识分子的所有术语、黑话和做派。但我喜欢他的疯狂，我们一起在我家后面的菩提树酒吧喝得酩酊大醉，我答应让他住在我家，直至他找到工作，此外，我们还同意什么时候去西部转转。那是一九四七年冬天的事。遇到尼尔不久之后，我开始写或画我巨大的镇子和城市，一天夜里，当尼尔在我家吃晚饭时，我大约写了四章，他已经在纽约的一家停车场找到了一份新工作，我飞快地打着字，他趴在我肩膀上说："快点儿，伙计，那些姑娘可不会等，你得快点。"我说："再等一分钟，写完这一章我马上就来。"那是整本书中最棒的一章。随后我穿好衣服便出门了，我们飞快赶到纽约去会那几个女孩子。正如你所知道的，从臭氧公园到纽约市区走高架铁路和地铁要花一个小时，当我们乘坐高架火车从布鲁克林的屋顶上经过时，我们互相靠在对方的身上，挥舞着手指，兴奋地喊叫和说话，我开始像尼尔一样来劲了。总的来说，尼尔对生活极其兴奋，尽管他是个骗子，但他之所以骗人，只是因为他如此渴望生活，渴望与人交往，不这样的话就不会有人注意他。他所谓的骗我，其实我都知道，他也知道我知道（这一直是我们关系的基础），但我并不介意，我们相处得很融洽。我开始从他那里学到不少东西，他也从我这里学了不少。谈到我的工作，他说："干吧，你做的每一件事情都很了不起。"我们去了纽约，我忘了当时的情形，两个女孩——那儿没有女孩，据说她们要来见他，或者有什么事情她们没去那儿。我们去了他工作的停车场，他在那里有几件事情要做——到后面的棚屋里换身衣服，在一面破镜子前把自己收拾整齐，诸如此类吧，然后我们离开了。正是那天晚上，尼尔遇到了莱昂·莱文斯基……我指的当然是艾伦·金斯堡①。两个人都是聪明的家伙，刚一见面便互相喜欢上了对方。一双锐利的眼睛紧盯着另一双锐利的眼睛……圣洁的骗子和伟大而悲伤的诗歌骗子，他就是艾伦·金斯堡。从那一刻起，我就很少见到尼尔，我也不是很难过……他们的活力正面相遇了。相比之下我是个笨人；我跟不上他们的节奏。即将到来的每

---

① 凯鲁亚克第一部小说《镇与城》中的人物莱文斯基，其实就是以艾伦·金斯堡作为原型。

一件事情的疯狂旋转随后便开始了，将把我所有的朋友和我依然健在的家人全都搅在一起，卷入美国夜空上一团巨大的尘云中——他们谈到了巴勒斯、亨基、维基……巴勒斯在得克萨斯，亨基在赖克斯岛，维基当时跟诺曼·施奈尔在一起厮混……尼尔跟艾伦谈到了西部的一些人，像驼子吉姆·霍姆斯，他是桌球厅里的撞球高手和玩牌行家，一个古怪的圣徒……他和艾伦谈到了比尔·汤姆森，阿尔·亨克尔，他儿时的玩伴，他的街头伙伴……他们一起冲上大街，以早年的方式仔细打量每一样东西，如今他们变得更悲伤，更懂事。他们像亢奋的疯子一样在大街上手舞足蹈，而我则像往常一样蹒跚地跟在后面，我一辈子都这样蹒跚地跟在让我感兴趣的人的后面，因为只有那些疯狂的家伙才让我感兴趣，他们疯狂地生活，疯狂地交谈，同时渴望得到一切，从不打呵欠，从不陈词滥调，而是像罗马焰火一样划破夜空，燃烧，燃烧，燃烧。那些日子艾伦有些怪，完全是拿自己做实验，尼尔亲眼所见，他自己从前就是一个出没于丹佛夜幕下的少年惯犯，拼命想学会像艾伦那样写诗，你首先要知道的是，他正带着只有一个骗子才有的浪漫多情向艾伦发起进攻。我当时在同一个房间里，我听到他穿过黑暗，我寻思着，自言自语："嗯，好事开始了，我可不想与这事有什么瓜葛。"所以我差不多有两个礼拜没见他们，这段时间里，他们的关系好得不得了，发神经似的。旅行的大好时光——春天——来了，这个松散团伙里的每个人都准备去这里或那里走一趟。我忙着写我的长篇小说，写到半当中时，我陪母亲去了一趟南方，探望我姐姐，之后，我便准备平生第一次去西部旅行。尼尔已经离开。艾伦和我到第三十四街的长途汽车站给他送行。楼上有个地方，在那里可以花两毛五分钱拍张照片。艾伦摘下眼镜，看上去很阴险。尼尔拍了一张侧面照，忸怩作态，顾盼自雄。我拍了张正面照，照卢西安的说法，看上去就像一个三十岁的意大利人，谁要是说他母亲的坏话就会杀了他。艾伦和尼尔用一把剃须刀把这张照片从中间一裁两半，各拿一半放在自己的皮夹里。我后来见过这张照片的两半。尼尔穿着一套真正的职业西装，长途跋涉回丹佛去；他已经完成了他在纽约的第一次纵情玩乐。我说是纵情玩乐，其实只是像条狗一样在停车场干活，他是全世界最非凡的停车场服务生，他能以每小时四十英里的速度把车倒进一个狭小的车位，紧贴着砖墙停住，跳下车，扭曲拐弯地挤出紧挨着的挡泥板，跳进另一辆车里，以每小时五十英里的速度在一个狭小的地方转个圈，换挡，再次倒进一个狭小的停车位，两侧都只有几英寸，就在他猛推刹车的那一刻突然停住；然后，他像个田径明星一样冲向售票处，交出一张票，一辆车刚到，车主还没来得及下车，他就跳了进去，简直是从车主的身下钻进去的，车门还没关好便发动了汽车，呼啸着驶向下一个可用的停车位：每晚八个小时像这样不停地工作，傍晚忙几个小时，剧院散场后忙几个小时，穿着布满油污的斜纹棉布裤子，一件磨破了的毛皮夹克，以及一双走路时啪嗒直响的破鞋。眼下，他买了一身新西装穿回家，细点条纹的蓝色料子，马甲什么的，还有一块表和表链、一台便携式打字机，他打算一旦在丹佛找到工作，便在那里的一间出租屋里开始写作。我们在第七大街的赖克餐馆吃了一顿告别餐，吃的是熏肠和豆子，随后，尼尔便上了那辆上面写着开往芝加哥的大巴车，呼啸着驶入了夜幕中。我向自己承诺，待到春暖花开，大地萌动，我也要踏上相同的路。这实际上就是我的整个路上经历开始的那条路，后来的事情太奇幻，不能不讲。我只是以最初级的方式讲到了尼尔，因为关于他的事，我当时只知道这么多。他和艾伦的关系我没掺和，后来才知道是那么回事，尼尔已经厌烦了，尤其厌烦了搞同性恋，恢复了他的自然方式，但那不是什么问题。一九四七年七月，我的小说完成了一多半，从退役年金中存下了五十来块钱，我准备去西海岸。我的朋友亨利·克鲁从旧金山写信给我说，我应该去那里转转，和他一起乘坐一艘环球客轮扬帆出海。他发誓他可以让我进入轮机舱。我回信说，随便一艘旧货船我就心满意足了，只要能去太平洋远航几趟，回来时还有足够的余钱在我母亲家里养活自己，同时写完我的小说就行。他说他在马林市有一幢小木屋，在我们办理繁琐的登船手续期间，我有充裕的时间在那里写作。他和一个名叫黛安的姑娘住在一起，他说她是一个手艺非凡的大厨，一切都会很棒。亨利是我在预科学校里认识的一个老朋友，在巴黎长大的法国人，一个真正疯狂的家伙——我不知道这一回他究竟疯到什么程度。他期望我十天之内赶到。我写信把这事定了下来，对我在路上会卷入多少麻烦一无所知。我妈十分赞成我去西部旅行，她说这对我有好处，整个冬天我一直这样刻苦地工作，待着不动太久了；当我告诉她，有时候我可能要徒步或搭便车，她甚至也没说什么，通常这会把她吓坏，她认为这对我有好处。她唯一的希望就是我平安归来。于是，一天早晨，把已经完成大半的一大堆手稿堆上案头，最后一次折叠好舒适的床单，我背上装着几件基本用品的帆布包，给已去上班的妈妈留了一张便条，离开了家，我口袋里揣着五十块钱，像一个货真价实的以实玛利，直奔太平洋。我立即卷入了一团怎样的乱麻啊！事后回想起来，令人难以置信的是，我他妈的竟然那么蠢。我在臭氧公园盯着美国地图琢磨了好几个月，甚至读了一些关于拓荒者的书，对普拉特、锡马龙以及诸如此类的名字津津乐道，而且，在公路图上，一条长长的红线被称作六号公路，清清楚楚地从科德角的末端开始，一直通到内华达州的伊利市，再从那儿向下一拐，便是洛杉矶。"我只要一直沿着六号公路，便可到伊利。"我对自己说，然后信心十足地出发了。要上六号公路，必须登上纽约州的熊山。我心里装满了梦想：在芝加哥，在丹佛，最终在旧金山，我会干些什么；我搭乘第七大街的地铁，到达第二百四十二街的终点站，就在霍勒斯·曼预科学校的旁边，实际上我就是在那里遇到了我这次要去见的亨利·克鲁，从那里坐电车进入扬克斯；再从扬克斯闹市区换成电车，到达哈得逊河东岸的市区边界。假如你在上游萨拉托加附近神秘的哈得逊河口把一朵玫瑰扔进河里，想想它一路上经过的所有地方，奔向大海，永不回头……想想神奇的哈得逊河流域。我开始搭顺风车。零零星星搭了五次顺风车，总算到了心中渴望的熊山大桥，从新英格兰过来的六号公路在那里穿桥而过。我想象过那座大桥，我做梦也没想到它看上去是那个样子。首先，我被丢在那里的时候天开始下起瓢泼大雨。周围是崇山峻岭。穿过荒野而来的六号公路绕过一个环岛（那是在过桥之后），再次消失在荒野中。那儿非但没有任何车辆，而且大雨倾盆，我了无遮拦。我不得不跑到几棵松树下躲雨，但无济于事；我开始大喊大叫，骂骂咧咧，猛击自己的脑袋，痛恨自己竟然是这样一个该死的傻瓜。我在纽约以北四十英里的地方，一路上我都在为这样一个事实感到烦恼：在今天，在我开始旅行的重大日子，我只是一路向北，而不是朝着我如此渴望的西部。现在，我却困在了最北的转折点上动弹不得。我跑过四分之一英里，跑到一个被废弃的漂亮的英式加油站，站在雨滴滴答答的屋檐下。在我的头顶上方，凶险的熊山居高临下，电闪雷鸣，让我心里不由得害怕起来。我所能看见的一切，是雾气弥漫的树林，以及伸向天际的阴沉荒野。"活见鬼，我跑这儿来干什么？"我骂骂咧咧，我大喊大叫，我想要去芝加哥……"甚至就在这会儿，他们全都玩得痛快，他们在大干特干，而我却不在，我什么时候会到那儿！"以及诸如此类吧。终于，一辆汽车停在了空荡荡的加油站前，车里的那个男人和两个女人想研究一下地图。我径直走了过去，在大雨中打着手势；他们商量了一下。我看上去当然像个疯子，头发湿漉漉，鞋子水淋淋……我的鞋子，我这个该死的傻瓜，我竟然穿着一双墨西哥低跟凉鞋，像一个家伙后来在怀俄明对我说的那样，要是你把那双鞋子栽种下去的话，肯定会长出点什么——
植物般的筛子，根本不适合美国的雨夜，更不适合粗糙不平的夜
路。但他们还是让我上了车，要搭我去更北边的纽堡，我接受了这
个建议，总比整夜困在熊山荒野里强点儿。"此外，"那个男人说，
"没有车从六号公路经过，如果你要去芝加哥，最好穿过纽约州的
荷兰隧道，直奔匹兹堡。"我知道他是对的。把事情弄得一团糟的，
正是我的梦想，是我在家里琢磨出的这样一个念头：沿着那条大红
线穿越美国，而不是尝试五花八门的公路和路线，准会妙不可言。
那是我悲剧性的六号线——还有更多的悲剧尚未到来。在纽堡，雨
已经停了，我走到哈得逊河边，所有事情当中，我首先要搭车回纽
约，和一个在山区度周末回来的教师旅行团一起乘坐一辆大巴——
车上叽叽喳喳，没完没了，我一直骂自己浪费了这么多时间和金
钱，并告诉自己："我要去西部，可我在这儿已经一天一夜了，来
来回回，忽南忽北，就像某个挪不了窝的什么东西。"我发誓明天
要到芝加哥，一定要做到，搭乘一辆去芝加哥的大巴，花掉我的大
部分钱也不在乎，只要我明天能到该死的芝加哥就行。大巴凌晨两
点从第三十四街巴士车站出发，距我离家已经过去了十六个小时，
这段时间我或多或少是在去往六号公路的路上度过的。我这头蠢驴
被局促不安地带向西部。不过至少，我终于朝那个方向去了。我不
想描述这趟芝加哥之行，那是一趟普通的大巴旅行，有几个哭闹的
婴儿，有时候有灼热的太阳，在一个叫作佩恩的小镇上有一些乡下
人陆续上车，以及诸如此类，直至我们到达俄亥俄平原，车才真正
跑起来，驶过阿什塔比拉，穿过印第安纳，直奔芝加哥。我一大早
就抵达芝加哥，在基督教青年会招待所开了个房间，上床睡觉，由
于我的愚蠢，口袋里只剩几块钱了。白天一通埋头酣睡之后，我在
芝加哥城里溜达了一圈。来自密歇根湖的风，闹市区的波普爵士
乐，在南豪斯泰德区和北克拉克区周围长时间地瞎逛，午夜之后，

在进入游民露营地的一次漫长散步中，一辆巡逻警车跟在我身后，像个形迹可疑的人物。当时，一九四七年，波普爵士乐正处在查理·帕克的《鸟类学》时期与另一个时期之间，后面这个时期实际上是从迈尔斯·戴维斯开始的。我坐了下来，听着开始为我们所有人呈现的夜晚的声音，此时，我想到了我所有的朋友，从这个国家的一头到另一头，他们实际上全都在一个巨大的院子里，干着如此疯狂的什么事情，东奔西走，忙忙碌碌。第二天下午，我平生第一次进入了西部。对于搭便车来说，那是一个温暖而美好的日子。为了逃出芝加哥错综复杂的交通，我登上了一辆驶往伊利诺伊州乔利埃特市的大巴，过了乔利埃特监狱，我刚好在城外下了车，走过树木摇曳的街道之后，我做出了搭便车的手势。从纽约到乔利埃特，一路上我实际上都是坐大巴，口袋里只剩二十来块钱。我搭上的第一趟便车是一辆插着红旗的运炸药卡车，开了大约三十英里便进入了绿意盎然的伊利诺伊州，卡车司机指了指我们正走的六号公路与六十六号公路交叉的地方，两条公路都向西延伸到不可思议的远处。下午三点钟左右，在一个路边小摊吃了一份苹果派和冰淇淋之后，一个开着双门小车的女人停下来让我上车。在车后面跑的时候我那硬起的鸡巴有一阵快乐的刺疼。但她是个中年妇女，实际上是个母亲，儿子和我年龄差不多，想有人帮她把车开到艾奥瓦州。我满口答应。艾奥瓦！离丹佛不是很远，一旦到了丹佛，我就可以放松了。前几个小时是她开车，中间还坚持去探访某个地方的一座老教堂，仿佛我们是观光客似的，随后我接管了方向盘，尽管我算不上一个老司机，但还是把伊利诺伊余下的路程跑完了，途径罗克艾兰，一直开到了到艾奥瓦州的达文波特。在这里，我平生第一次见到了我喜爱的密西西比河——在夏日的薄雾中干旱无雨，水位很低，它浓烈的难闻臭味就像是美洲大陆本身的蛮荒躯体，因为它就冲刷着这片大陆。罗克艾兰——铁轨、窝棚，小小的闹市区；过了大桥便是达文波特，同样性质的小城，在中西部温暖的阳光下，到处散发着锯末的气味。在这里，那位夫人不得不走另外的路线去她的艾奥瓦老家，我下了车。太阳正要下山。喝了几杯冰啤酒之后，我走到市区的边缘，那是一次很长的步行。所有男人都下班驱车回家，戴着铁路职工的帽子、棒球帽、各种各样的帽子，就像任何地方的任何城镇下班时的情景一样。其中一个人让我搭车上山，在大草原边缘一个人迹罕至的十字路口让我下了车。那是一个美丽的地方。过了马路就是一家汽车旅馆，是我在西部见过的众多汽车旅馆中的第一家。路过的车都是农用车，他们满腹狐疑地朝我看看，然后哐啷哐啷地开走了；奶牛们也在回家。没有一辆卡车。几辆汽车疾驰而过。一个开着改装车的小伙子经过时围巾飘扬。太阳正在下山，我站在紫红的暮色中。这会儿我害怕起来。艾奥瓦的乡下甚至没有任何灯光；再过一会儿，就没人能看见我了。幸亏一个回达文波特的人把我捎到了一个闹市区。但我刚好就在我起初出发的地方。我走过去坐在巴士车站里，仔细琢磨此事。我又吃了一份苹果派和冰淇淋，我一路上几乎就吃这两样东西，我知道它们有营养，当然，味道也还不错。我决定赌一把。在巴士车站咖啡馆里盯着一个女招待看了半个小时之后，我在达文波特闹市区坐上了一辆大巴，来到市区边界，但这一回是在加油站附近。有许多大货车从这里呼啸而过，不到两分钟，就有一辆大货车停下让我上车。我心里欢呼着跑了过去。那是一个什么样的司机啊……五大三粗，眼睛凸出，声音嘶哑刺耳，对每件事情都大大咧咧，很快就开着他的卡车上路了，几乎不怎么理我，这样一来，我就可以让我疲惫的灵魂稍稍休息一会儿……搭便车最大的麻烦之一就是不得不和数不清的人说话，让他们觉得捎上你没有犯错，甚至于几乎让他们很快乐，尤其是当你一路上不打算在旅馆睡觉时，那就更让人叫苦不迭。这家伙只是在汽车的轰鸣声中大喊大叫，我唯一要做的就是也朝他大喊大叫，我们都放松了。他一直这样坚持到了艾奥瓦州的拉皮德城，朝我大喊大叫讲述滑稽好笑的故事，讲他在每一座不合理限速的城市如何逃脱法律，一遍又一遍地重申"那些该死的警察别想紧盯我的屁股不放"。他很棒。他为我做了一件很棒的事。正当我们驶入拉皮德城时，他看到另一辆卡车跟在我们后面，因为他不得不拐向拉皮德城，于是便朝另外那个家伙闪起了尾灯，并减速让我跳下车，我拿着我的包跳下了车，另外那辆卡车明白了他的意思，停下让我上车。再一次，眨眼之间，我上了另一辆货车又高又大的驾驶室，开始在黑夜里穿越几百英里，我高兴坏了！新的货车司机像另外那位一样疯狂，一样大喊大叫，我要做的就是向后一靠，放松灵魂，隆隆向前。这会儿，我能看到丹佛就像《圣经》里的应许之地一样隐约出现在前面，穿过艾奥瓦大草原和内布拉斯加平原，在星空下影影绰绰，更远的地方，我能看到更宏大的幻影：旧金山就像宝石一样在夜色中闪烁。他一边开着车，一边讲了两个小时的故事，随后，在艾奥瓦的斯图亚特市——几年后，正是在这座城市，我和尼尔因为驾驶一辆看上去像是偷来的凯迪拉克而被截住——他在座位上睡了几个小时。我也睡了，后来又沿着那些有路灯照亮的荒凉砖墙散了一会儿步，大草原在每一条小街的尽头影影绰绰，玉米的气味就像夜晚的露珠。他在拂晓时一惊而醒。我们呼啸着出发，一小时后，得梅因的烟雾出现在前方苍翠葱绿的玉米地上方。现在他得吃早餐了，他想吃得从容一些，所以余下的路程我搭乘了来自艾奥瓦大学的两个小伙子的车，继续行驶了大约四英里，进入得梅因市；当我们快速而平稳地驶入这座城市时，坐在他们崭新舒适的车里，听他们谈论考试，感觉有些古怪。这时候我很想睡上一整天，然后继续前行，直抵丹佛。于是我去基督教青年会招待所开房间，他们根本没有空房，我凭着本能，沿着铁路——得梅因有很多铁路——漫无目的地向前走，最后走到了机车维修库旁边一家平原地区的老式小旅馆，睡在一张干净的白色大硬床上，枕头旁边的墙壁上刻写着一些下流话，旧得泛黄的窗帘挡住了铁路场那烟雾弥漫的场景，就这样度过了一个美好而漫长的白天。残阳似血的时候，我醒了过来，那是我这辈子一段不同寻常的时光，是最奇特的时刻，我不知道我是谁……我远离家乡，旅途劳顿，疲惫不堪，在一个我从未见过的廉价旅店的房间里，听着外面蒸汽的嘶嘶声、旅店旧木头的嘎吱声、楼梯上的脚步声，以及各种悲伤的声音，我看着高高的有裂缝的天花板，在古怪的大约十五秒时间里，我真的不知道自己是谁。我没有惊慌，我只是别的某个人，有点陌生，我的整个一生就是饱受折磨的一生，一个幽灵的生活……我在穿越美国的半路上，在我青春的东部和我未来的西部之间的分界线上，或许，这就是为什么它正好发生在那里，发生在那个古怪的红色下午。但我不得不停止无病呻吟，继续前行，于是我收拾好行囊，向坐在痰盂旁的上了年纪的旅馆老板告别，然后去吃点东西。我吃的是苹果派和冰淇淋——随着我在艾奥瓦境内深入得越远，这些东西也越来越好，苹果派个儿更大，冰淇淋味道更浓。那天下午我在得梅因到处都看到一群群最漂亮的姑娘——她们正放学回家，但我眼下没工夫琢磨这些，我答应自己在丹佛玩个痛快。艾伦·金斯堡已经在丹佛；尼尔在那儿；哈尔·蔡斯和埃德·怀特在那儿，那是他们的家乡；卢安妮在那儿；据说那里有一大帮家伙，包括鲍勃·伯福德，他漂亮的金发妹妹贝弗莉；尼尔认识的两个护士，格利恩姐妹；就连我在大学里一起搞写作的老伙伴艾伦·特姆科也在那里。我高兴而充满期待地盼望见到他们所有人。于是我急匆匆地与那些漂亮姑娘擦肩而过，世界上最漂亮的姑娘都生活在艾奥瓦州的得梅因市。一个疯狂的家伙开着一辆装满工具的货车，有点像装在轮子上的工具棚，他像一个现代送奶工那样站着开车，他让我搭乘了一段很长的上坡路；在那里，我立即搭上了一对农民父子驶往艾奥瓦州阿戴尔市的车。在这座城市，在加油站旁边的一棵大榆树下，我结识了另一个搭便车的人，剩下的相当一部分路程他将和我在一起。他首先是一个典型的纽约人，一个爱尔兰裔，大部分工作时间是给邮局开卡车，眼下去丹佛找一个姑娘，开始新的生活。我寻思他正在逃离纽约的什么事情，很可能是逃避法律的制裁。他是一个有着真正红鼻子的年轻酒鬼，三十来岁，要不是我对任何种类的人类友谊都有敏锐的感觉，平常他肯定会让我觉得无聊。他穿着一件破旧的毛衣和松松垮垮的裤子，没有带任何行李——只有一支牙刷和几块手帕。他说我们应该一起搭便车，我本想拒绝，因为他在路上看上去有点可怕。但我们还是黏在了一起，搭上了一个沉默寡言的男人的车，到了艾奥瓦州的斯图亚特，一座注定真的要把我困住的城市。在斯图亚特，我们站在铁路售票处的前面，等待西行的车辆，足足等了五个小时，直至太阳落山……为了消磨时间，起初我们讲述各自的经历，然后讲下流故事，最后我们只好踢石子，制造各种愚蠢的噪音。我们都厌烦了；我决定花一块钱喝点啤酒；我们去斯图亚特一家闹哄哄的老男人酒吧，喝了几杯。他在那儿就像从前在纽约第九大道的夜晚一样喝醉了，在我的耳边快活地大声嚷嚷，讲的全是他生活中的肮脏梦想。我有点喜欢他了；倒不是说他是什么好人，就像他后来所证明的那样，而是因为他对任何事情都充满热情。我们在黑暗中回到了路上，当然没有人停下来，也没有多少车经过。就这样一直到凌晨三点，我们花了一些时间试图在铁路售票处的长椅上睡一会儿，但电报机整夜嘀嘀嗒嗒响个不停，外面的大货车砰砰哐哐，我们没法睡。我们不知道如何扒上高速行驶的货运列车，之前从没干过，不知道它们往东还是往西，也不知道该挑选什么样的货车车厢，以及诸如此类吧……所以，当奥马哈的大巴刚好在拂晓之前驶来时，我们便跳了上去，加入了正在呼呼大睡的乘客的行列——为此，我把剩下的最后几块钱花去了一大半，他的车费和我的车费都是我掏腰包。他名叫埃迪。他让我想起了我那位来自布鲁克林的表姐夫。那就是我为什么跟他黏在一起的原因。就好像有个老朋友在身边似的……一个笑而不语的好脾气傻瓜跟在身边。我们黎明时分到达康瑟尔布拉夫斯；我朝窗外放眼望去；整个冬天我都在阅读大篷车队的故事，在到达俄勒冈小道和圣达菲小道之前，这些大篷车队就是在那儿召开会议；当然，那里如今只有各种该死的漂亮的郊区小别墅，排列在阴沉灰暗的黎明中。随后到了奥马哈，上帝作证我看到了第一个牛仔，正沿着肉类批发仓库那光秃秃的墙壁走着，戴着一顶硕大的宽边高顶帽，脚穿得克萨斯长靴，除了装束之外，看上去和东部黎明时分靠着砖墙的任何一个颓废疲惫的人物没什么两样。我们下了大巴，径直朝山上走去，那长长的山岗是浩荡的密西西比河千百年冲刷而成，奥马哈城就依山而建，来到路边，我们伸出大拇指，做出搭便车的手势。我们搭了一短程，来到另一个十字路口，让我们搭车的是一个富有的大农场主，戴着宽边高顶帽，他说内布拉斯加河谷（普拉特河）就像埃及的尼罗河谷一样大，而且，正当他这样说的时候，我看见远处的那些大树顺着河床蜿蜒而去，还有周围大片苍翠葱绿的田地，我几乎同意他的说法。随后，当我们站在那儿等车时，天开始转暗，另一个牛仔，身高六英尺，戴着一顶样子不那么夸张的宽边帽，想知道我们当中谁会开车。埃迪当然可以开，他有驾照，我没有。这个牛仔有两辆车，要开回蒙大拿去。他老婆正在格兰德艾兰一家汽车旅馆里睡大觉，他想让我们把其中一辆车开到那儿，再由他老婆接手。在那个点上，他就要向北去了，那也是我们搭他的便车的极限了。但驶入内布拉斯加足足有两百英里，我们当然欢呼雀跃，接受了这个建议。埃迪一个人开车，牛仔和我跟在后面，我们刚一出城，埃迪就兴高采烈地把车开到了每小时九十英里。"见鬼，那小子在干吗？！"牛仔大声喊道，加速追了上去。这架势开始有点像赛车了。有一会儿，我寻思埃迪是不是试图开车跑掉——据我所知，那正是他打算干的事。但老牛仔紧追不舍，追上了他，朝他鸣喇叭。埃迪减速了。牛仔按喇叭示意他停车。"该死的，小子，你跑得那样快容易爆胎的。能不能开慢点儿？""我确实该死，我真的跑到了九十英里吗？"埃迪说，"路太平坦，我没意识到。""悠着点儿，我们大家平平安安开到格兰德艾兰就好。""没问题。"我们重新上路了。埃迪平静了下来，大概有些昏昏欲睡了。就这样，我们沿着蜿蜒流淌、两岸苍翠的普拉特河，驱车两百英里，穿越内布拉斯加。"大萧条时，"牛仔对我说，"我经常扒货运列车，每个月至少一次。那些日子里，你会看到几百人乘坐一辆平板车或棚车，他们就差没讨饭，他们是各种失去工作的人，从一个地方到另一个地方，其中有些人就是在流浪。整个西部都那样。在那些日子里，火车司闸员绝不会找你的麻烦。我不知道今天的情况怎样。我不喜欢内布拉斯加。为什么在三十年代中期，这个地方放眼望去只见大团的沙尘？你没法呼吸。地面是黑色的。那些日子我就在这里。他们可以把内布拉斯加还给印第安人，我才不操心呢。我讨厌这个该死的地方，甚于世界上其他任何地方。我现在的家在蒙大拿，在米苏拉市。你啥时候不妨去那里，看看上帝的国度。"傍晚时分，他说话说累了，我乘机睡了一会儿——他是个有趣的话痨。我们停在路边休息一会儿，吃点东西。牛仔走开了，去修补一个备胎，埃迪和我在一个家常小餐馆里坐了下来。我听到一阵大笑，世界上最大的笑声，这时，一个上了年纪的内布拉斯加农场主领着一帮小伙子走进餐馆；那一天，你可以听到他刺耳的叫喊声响彻大平原，响彻他们整个灰暗的世界。其他每个人都跟着他大笑。他在这个世界上没有什么要操心的，然而对每个人都表现出最大的尊重。我心想："得了，就听那人大笑吧。那是西部，我此刻就在西部。"他咋咋呼呼地走进餐馆，隔着老远的距离叫着"莫"这个名字，她制作的樱桃派是内布拉斯加最甜的,我要了一点,顶部还有一大勺冰淇淋。"莫,赶紧给我弄点吃的,否则的话,我就要把自己或某个该死的蠢货给生吃了。"他一屁股坐在一张凳子上,继续说,"哈哈哈哈!再给我来点豆子。"这就是西部精神,就坐在我旁边。我希望了解他整个粗糙的一生,了解他所有这些年里除了哈哈大笑和大喊大叫之外还干过哪些该死的勾当。"哇,真他妈带劲。"我对自己说,然后牛仔回来了,我们动身继续前往格兰德艾兰。没多久我们便到了那里。牛仔去接他正在睡觉的老婆,然后再去迎接之后那些年里等待他的不管什么命运,而埃迪和我重新上路。我们搭上了两个年轻小伙子的车,他们都是牧工,十几岁的乡村少年,开着一辆拼装起来的老爷车,在蒙蒙细雨中把我们丢在了上行线的某个地方。随后是一个一言不发的老人,鬼知道他为什么捎上我们,把我们带到了内布拉斯加的普雷斯顿。埃迪孤零零地站在路上,在一群目不转睛、矮壮结实的奥马哈印第安人面前,他们没什么地方可去,也没啥事可干。公路对面是铁轨,还有一个水塔,上面写着几个大字:普雷斯顿。"真见鬼,"埃迪惊愕地说,"我以前到过这个镇子。那是几年前,在该死的战争期间,在深夜,每个人都在睡觉,我走到站台上去抽烟,就在那儿,在那个荒无人烟、像地狱一样黑咕隆咚的地方,我抬头看到了那个水塔上写着普雷斯顿这个名字……驶往太平洋,每个人都在打鼾,每个该死的傻瓜,我们只停留几分钟添加燃料或做别的什么事情,然后我们就开走了。真见鬼,这个普雷斯顿!——打那以后我就痛恨这个地方。"我们被困在了普雷斯顿。就像在艾奥瓦州的达文波特一样,不知何故,所有车都是农用车,偶尔有一辆游览车,这更糟,开车的都是老头,他们的老婆对看到的风景指指点点,要么在仔细琢磨地图,就像在他们家的客厅里一样袖手旁观,满脸狐疑地看待一切。蒙蒙细雨越下越大,埃迪觉得冷;他穿的衣服很少。我从帆布包里掏出一件彩格呢羊毛衫,让他穿上。他感觉暖和点。我感冒了，在一个有点摇摇晃晃的印第安人小店里买了些止咳药片。我走到那个小邮亭，给妈妈寄了一张廉价明信片。我们回到了灰蒙蒙的大路上。我们前面是普雷斯顿，水塔上写着。罗克艾兰已经过去了。模模糊糊中我们看见普尔曼式卧车上乘客的脸驶了过去。列车朝着我们渴望的方向呼啸着穿过平原。雨开始下大了。但我知道我会到达那里。一个又高又瘦的家伙戴着一顶牛仔帽，把车停在了路的另一侧，朝我们走了过来；他像个县治安官一样打量着我们。我们暗地里早已准备好了我们的故事。他慢吞吞地走了过来。"你们两个小子是不是要去什么地方，还只是随便溜达溜达？"我们没搞懂他的意思。"干吗？"我们说。"嗯，我有一个小小的游艺场，就搭在这条公路过去几英里的地方，我想找几个愿意干活并给自己挣点小钱的伙计。我有轮盘赌特许证和套木环特许证，你们知道，就是那种扔木环套玩具娃娃碰运气的玩意儿。你们两个小子要是去给我干活的话可以得到收入的百分之三十。""包吃住吗？""住的地方有，但不提供伙食。你们得去镇上吃饭。我们是流动性的。"我们仔细琢磨了这个建议。"是个好机会。"他说，很有耐心地等待我们打定主意。我们觉得有些荒唐，不知道该说什么，起码我不想栓在一家游艺场，我正心急火燎地要赶到丹佛去找那帮家伙呢。我说："我说不上来，我还是尽量赶路吧，我不认为我有时间。"埃迪说的是一样的话，那位老兄摆摆手，慢条斯理地回到了他的车里，开走了。事情就这样了。我们哈哈笑了一阵，琢磨着要是去游艺场干活会是什么样子。起码我想象的是平原上一个灰尘弥漫的黑夜，内布拉斯加一家家人的脸从面前晃过，大多数是流动农民工，他们红扑扑的孩子惊奇地看着一切，我知道如果我用游艺场所有这些廉价的把戏去骗他们的钱，我就会觉得自己和魔鬼没什么两样……还有在平原地区的黑暗中不停旋转的摩天轮，全能的上帝啊，还有旋转木马那悲伤的音乐，我想继续奔向我的目标……在某辆镀金马车里睡在一张铺着粗麻布的床上。埃迪被证明是一个对公路有点恍恍惚惚的伙伴。一辆滑稽可笑的新奇玩意儿开了过去，开车的是一个老头。那车是用铝板之类的东西做成的，像个盒子一样方方正正，无疑是一辆拖车，是一辆离奇怪诞的内布拉斯加自制拖车。老人开得很慢，停了下来。我们赶紧跑过去；他说他只能带一个人；埃迪看了我一眼，二话不说跳了上去，嘎吱嘎吱慢慢消失在我的视线里，身上还穿着我的彩格呢羊毛衫。我就是穿着那件羊毛衫写完了我的小说的前半部分。呜呼哀哉，我就这样和那件羊毛衫说再见了，不管怎么说，它只有情感价值，而且，尽管我并不知道，我注定要在前方的路上以某种方式拿回它。我在神怕鬼厌的普雷斯顿等了很久很久，好几个小时；我一直认为快到晚上了，但实际上只是刚过中午，但天色昏暗。丹佛，丹佛，我怎么才能到丹佛？我正要放弃，打算坐下来在烦恼中喝杯咖啡，这时，一辆相当新的车停了下来，开车的是一个年轻小伙子。我疯了一样跑了过去。"你去哪儿？""丹佛。""好吧，我可以往前捎你一百英里。""太棒了，太棒了，你救了我一命。""我自己以前也经常搭顺风车，这就是我为什么总是捎上一个家伙的原因。""要是我有一辆车，我也会。"我们就这样聊了起来，他跟我讲了他自己的生活，不是很有趣，我睡了一会儿，醒来刚好就在北普拉特的城外，他让我在那里下了车。我没想太多，但我这辈子最神奇的一趟搭便车经历即将到来。那是一辆卡车，后面有一个平台，大约已经有五个小伙子四仰八叉地躺在上面，司机是两个金发碧眼的年轻农民，来自明尼苏达州，路上发现的每一个形单影只的家伙他们都给捎上——那是你希望能见到的两个最喜气洋洋、最开心愉快、最英俊潇洒的乡下年轻人，两个人都穿着棉衬衫和工装裤，都手腕粗壮、认真诚恳，对路上遇到的任何人和任何事都笑脸相迎。我跑了过去，说："还有空地儿吗？"他们说："当然有，上来吧，人人都有空地儿。"我跳了上去。整个这趟搭便车的经历简单得让我吃惊。我还没上那个平台，卡车就呼啸着开走了，我摇摇晃晃，一个搭便车者一把拽住我，我一屁股坐了下来。有人递过来一瓶劣质酒，只剩瓶底一点儿了。在内布拉斯加狂野而充满诗意的蒙蒙细雨中，我咕咚喝了一大口。"哇哈，咱们走起来！"一个戴着棒球帽的小子大呼小叫，他们加大油门，把车开到了每小时七十英里，超了路上的每辆车。"打从奥马哈之后我们就一直搭乘这辆王八蛋。这俩小子再也没有停过。时不时地你得大喊要撒尿，否则你就只好对空撒尿了，坚持住，兄弟，坚持住。"我打量了一下这帮人。有两个来自北达科他州的农民小伙子，戴着红色棒球帽，那是北达科他农民小伙子的标准帽子，他们去给人收割庄稼，他们家的老人允许他们一个夏天在路上跑。还有两个城里小伙子，来自俄亥俄州的哥伦布市，是中学橄榄球队的队员，嚼着口香糖，眨着眼睛，在微风中唱着歌，他们说，他们这个夏天搭便车周游美国。"我们要去洛杉矶啦！"他们大喊大叫。"你们去那儿干吗？""见鬼，我们不知道。谁他妈在乎这个？"随后，有一个人称瘦子的家伙，样子鬼鬼祟祟的，我问："你来自哪儿？"我在平台上躺在他旁边，你要是坐起来准会被弹出去；车没有栏杆。他缓慢地转向我，张大嘴巴说："蒙——大——拿。"最后，还来自密西西比州的吉恩和他照管的人。吉恩是个黝黑的小个子，扒货运列车周游全国，一个三十岁的流浪汉，但样子很年轻，因此你不可能准确猜出他的年龄。他盘腿坐在平台上，几百英里的路程一言不发，最后终于转向我说："你去哪儿？"我说丹佛。"我有个姐姐在那儿，但我好多年没见她了。"他的言语悦耳而缓慢。他很有耐心。他照管的人是一个十六岁的高个子金发小伙子，也穿着流浪汉的破旧衣服，也就是说，他们穿着旧衣服，衣服因为铁路的煤烟、货车车厢的污垢和睡在地上的缘故而变得黑乎乎的。那个金发小伙子也很安静，他似乎在逃离什么，看样子应该是在逃避法律的惩罚：他直视着前方，忧心忡忡，不停地润湿嘴唇。他们并排坐着，一对沉默的伙伴，不跟任何人说话。农民小伙子和两个中学生很烦他们；但蒙大拿的瘦子偶尔跟他们说话，带着讥讽而巴结的微笑。他们不理他。瘦子对所有人都巴结讨好。我害怕他长时间的咧嘴傻笑：半痴半傻地一直张开嘴对着你的脸。"你挣到钱了吗？"他问我。"挣个鬼钱，或许到丹佛之前够买一品脱威士忌什么的。你呢？""我知道哪儿能搞到钱。""哪儿？""随便哪儿。在一个偏僻小巷里你总是能让某个人破费点儿，不是吗？""是啊，我猜你准行。""真正需要钱的时候，我也不是做不出这种事。我要去蒙大拿见我父亲。我会在夏延市脱掉这身行头，改头换面，这两个疯小子要去洛杉矶。""直接去吗？""一路向前——如果你想去洛杉矶的话，你可以搭他们的便车。"我仔细琢磨了一下，想到整夜呼啸狂奔，穿过内布拉斯加州和怀俄明州，上午穿过犹他州沙漠，然后，很可能在下午穿越内华达州沙漠，并且在可以预见的时间跨度内实际抵达加利福尼亚州的洛杉矶，这个想法险些让我改变计划。但我必须去丹佛。我必须也在夏延市下车，再向南搭乘九十英里便车至丹佛。当驾驶室里两个明尼苏达农民小伙子决定在北普拉特停车吃饭时，我很高兴；我很想见见他们。他们走出驾驶室，对我们所有人微笑。"停车撒尿！"一位说。"吃饭时间！"另一位说。但车上这帮人只有他们两个有钱买吃的。我们大家都蹒跚地跟在他们身后，走向一家由一帮女人经营的餐馆，围坐在那里吃汉堡包，而他们则买了大量的饭菜打包带走，就像是回到了他们老娘的厨房里。他们是兄弟：他们把农业机械从洛杉矶运到明尼苏达，很挣钱。所以，在空车去西海岸的途中，他们会把路上的每个人都捎上。到现在，他们这么干过五次，每次都开心得不得了。他们喜欢一切。他们永远笑个不停。我试着和他们交谈——在我这方面，试图和我们这艘船的船长交朋友实际上是一种愚蠢的努力，而且毫无道理，因为他们以同等的尊重对待全体船员——而且我得到的唯一回应是两张笑脸，以及雪白而健康的大牙齿。每个人都跟着他们走进了那家餐馆，除了两个流浪汉，吉恩和他照管的男孩。当我们大家回来的时候，他们依然坐在卡车上，孤苦伶仃，落落寡合。这会儿天色暗了下来。两个司机抽了一支烟；我想趁这个机会去买一瓶威士忌，抵御夜里冷飕飕的寒风。当我跟他们讲的时候，他们笑了笑。"去吧，快点儿。""你们也可以来两口！"我想打消他们的顾虑。"噢，不，我们从不喝酒，去吧。"蒙大拿的瘦子和两个中学生和我一起跑到北普拉特的街上瞎逛，直至我找到了一家卖威士忌的商店。两个小伙子凑了一点钱，瘦子也凑了点，我买了一瓶五分之一加仑装的威士忌。一些高大阴郁的男人从门面装饰过的建筑里注视着我们走过；主街排列着方方正正的盒子一样的房子。从每一条阴郁凄惨的街上放眼望去，都能看到辽阔的平原远景。我觉得北普拉特的空气里有什么不一样的东西，我不知道那是什么。五分钟后我知道了。我们回到卡车上，呼啸而去，速度是一样的。天很快黑了。我们大家都喝了一口，突然间，我看见北普拉特绿油油的农田开始消失不见，取而代之的，是一望无际的、遍布沙子和灌木蒿丛的平坦荒原。我大吃一惊。"这是怎么回事？"我朝瘦子喊道。"这是放牧地的开始，小子。让我再来一口。""哇！"两个中学生大呼小叫。"再见啦哥伦布！如果斯帕基和那帮小子在这儿，他们会说啥？耶！"两个司机在驾驶室里交换了座位；新换上的兄弟把油门加大到了极限。路况也变了；中间隆起，路肩松软，两边各有一条深约四英尺的壕沟，使得卡车颠簸前行，左摇右晃，幸好对面没有来车。这真是奇迹，我想，我们大家都在翻筋斗。但兄弟俩都是非常出色的老司机。从明尼苏达到棕榈树遮天蔽日的洛杉矶，他们一路上换着开，停下来吃饭的时间不超过十分钟。卡车是怎么对付内布拉斯加的肿块啊！——凸起的肿块遍布科罗拉多。

很快我就认识到，实际上我终于到了科罗拉多，尽管按照官方的说法并非如此，但实际上，往西南方向放眼望去，丹佛本身就在几百英里之外。我高兴地大喊大叫。我们传递着酒瓶。巨大的彗星出现在天幕，迅速后退的沙丘逐渐模糊。我觉得自己就像一支箭，一路上随时可能射出去。突然间，密西西比的吉恩从耐心十足的盘腿冥想中醒过神来，转向我，挨过来开口说话了："这些平原让我想起了得克萨斯。""你是得克萨斯人吗？""不，先生，我来自密西……西比州格林……威尔。"那是他说话的方式。"那孩子是哪儿的？""他在密西西比惹了点麻烦，所以我主动提出帮帮他。孩子从未出过远门，所以我提出帮帮他。我尽可能照顾好他，他还只是个孩子。"尽管吉恩是个白人，但他身上有精明而疲惫的老黑人的某种东西，他身上有某种东西很像纽约的瘾君子亨基，但那是一个铁路上的亨基，一个不断旅行的史诗般的亨基，每年反复周游全国，冬天在南方，夏天在北方，仅仅因为他在任何地方待长了都会对它感到厌烦，因为无处可去，只好随处都去，不停地在繁星下蹒跚前行，通常是在西部的繁星下。"我去过奥格……登几次。如果你想搭便车去奥格……登，我在那儿有些朋友，我们可以有个藏身之地。""我要从夏延去丹佛。""见鬼，你直接去好了，并不是每天都像这次能搭上便车。"这也是一个颇为诱人的提议。在奥格登会怎样？"奥格登是个什么样的地方？"我说。"那是大多数小子都会经过的地方，他们总是在那儿会面，你在那里很容易碰上任何人。"早年我曾跟着一个骨瘦如柴的高个子家伙去过海上，此人来自路易斯安那州拉斯顿，人称大瘦子哈伯德，真名威廉·霍姆斯·哈伯德，他是一个自愿选择的流浪汉；小时候他看见一个流浪汉走过来，向他母亲讨要一块馅饼，母亲给了他，当流浪汉走上大路时，小男孩说："妈，那小子是谁？""是个流浪汉。""妈，我想以后做个流浪汉。""闭嘴，哈伯德家的人不做流浪汉。"但他从没忘记那个日子，长大后，在路易斯安那州立大学橄榄球队效力过很短一段时间之后，他便成了一个流浪汉。有许多个夜晚是这样度过的：大瘦子和我一边讲故事，一边嚼烟草，把唾沫吐到纸做的容器里。密西西比的吉恩身上确实有某种东西让我想到了大瘦子哈伯德，以至于我忍不住问："你是不是在什么地方碰巧遇到过一个叫作大瘦子哈伯德的家伙？"他说："你指的是那个总是哈哈大笑的高个子家伙。""嗯，听上去像他。他来自路易斯安那州的拉斯顿。""那就对了。人们有时候叫他路易斯安那瘦子。没错，我肯定遇到过大瘦子。""他过去是不是在东得克萨斯的油田干活？""对头，就是东得克萨斯；眼下他在赶奶牛。"完全正确，但我依然不相信吉恩真的认识大瘦子，这些年来我一直在找他。"他从前是不是在纽约的拖船上干活？""这个嘛，我就不知道了。""我猜你只是在西部认识他。""我想是吧，我从未去过纽约。""嗯，真见鬼，我很吃惊你认识他。这个国家很大。但我知道你必定认识他。""是的，先生，我和大瘦子相当熟。他只要挣到了几个钱，总是很大方。他也是个凶狠粗暴的家伙；我在夏延见过他在院子里把一个警察给揍扁了，一记老拳。"这听上去很像大瘦子；他总是对着空气练习出拳；他看上去很像杰克·登普西，不过是一个爱喝酒的年轻的杰克·登普西。"该死！"我迎着夜风叫了起来，我又喝了一口，到这会儿，我感觉相当不错。每一口酒都被敞篷卡车上冷飕飕的寒风给刮跑了，刮跑了坏效果，好效果沉入了我的肚子里，"夏延，我来了！"我唱了起来，"丹佛，你小子等着吧。"蒙大拿的瘦子转向我，指着我的鞋子，评论道："要是你把它们埋在地里，你猜会长出啥玩意儿？"当然，脸上没有一丝笑容，而另外几个小子听到他的话哈哈大笑。它们是全美国最荒唐可笑的鞋子；我特意穿上它们，是因为我不想让我的脚在灼热的公路上捂出汗来，那样我就会又患一次静脉炎，除了熊山的那场大雨之外，它们被证明是最适合我旅行的鞋子。所以我跟着他们一起大笑。到这会儿，鞋子已经变得破破烂烂了，小片的彩色皮革就像一块块新鲜的菠萝一样竖起，脚趾露了出来。得了，我们又喝了一口，然后哈哈大笑。我们像做梦一样飞速穿过那些在黑暗中显现的十字路口小镇，从一队队闲逛的收割工和牛仔的旁边经过，又重新回到黑暗中。我们经过时他们一齐转头注视着我们，我们看见他们在小镇另一侧继续的黑暗中拍打自己的大腿——我们确实是一帮样子滑稽的家伙。每年的这段时间，这一地区有很多男人，那是收获的季节。两个达科他小伙子坐立不安。"我想，下一次停车撒尿我们就下车吧，这里看来似乎有很多活可干。""这儿完了之后，你们只要继续向北走，"蒙大拿的瘦子建议道，"跟着收获期走，一直走到加拿大。"两个小伙子含含糊糊地点点头，他们并没有认真对待他的建议。在此期间，那个年轻的金发逃亡者一直照原先一样的姿势坐着；时不时地，吉恩从佛陀般的入定中醒来，面对急速飞驰的黑暗平原，凑到那孩子的耳边说着什么。男孩点点头。吉恩一直照顾他，甚至关心他的情绪和恐惧。我很想知道他们到底去什么鬼地方、干什么。他们没有香烟。我十分大方地把我的一盒烟给他们抽了，因为我喜欢他们。他们十分感激，很有礼貌。他们从不开口要，我不停地主动递给他们。蒙大拿的瘦子自己有烟，但从不给别人递烟。我们风驰电掣地穿过另一个十字路口小镇，经过了另一队穿牛仔裤的瘦高男人，他们像沙漠里的飞蛾一样聚集在昏暗的灯光里，然后又回到巨大的黑暗中……头顶的繁星清澈而明亮，因为空气越来越稀薄，我们正在西部高原向上行驶，每走一英里上升一英尺，他们是这样说的，每分钟一英里，空气纯净，没有树木遮挡，到处都是低垂的星星。有一次，我看到路边蒿丛里一头郁郁寡欢的白脸奶牛，我们一掠而过。感觉到就像坐火车，一样平稳，一样笔直。不久我们来到一座小镇，蒙大拿的瘦子说："哎，停车撒尿。"但明尼苏达的两兄弟没有停车，继续往前开。"见鬼，我要撒尿。"

瘦子说。"去边上撒吧。"有人说。"哼，我会的。"瘦子说。在我们大家的注视下，他缓慢地一点一点地向平台后面移动，同时尽可能保持坐稳，直至两腿悬空。有人敲了驾驶室的窗户，让俩兄弟注意这一情况。他们转过头，咧嘴笑了笑。情况已经够悬的了，正当瘦子准备继续时，俩兄弟开始以每小时七十英里的速度把卡车忽左忽右猛开起来。霎时间，瘦子仰面倒下，我们看到一股水柱鲸鱼喷水般地射向空中；他挣扎着回到坐姿。俩兄弟把卡车晃了一下。哇，他侧身倒了过去，把尿全撒在了自己身上。狂笑中我们能听到他微弱的咒骂声，像山那边传来一个男人的哀号。"该死的……该死的……"他根本不知道我们是故意这样干，他只是和自己的命运搏斗，像约伯一样不屈不挠。完事之后——也算是完事吧——他浑身湿淋淋的，这会儿他不得不缓慢晃动身子回到原先的位置，一副愁眉苦脸的样子，每个人都哈哈大笑，除了那个悲伤的金发少年，两个明尼苏达人在驾驶室里狂笑不止。我把酒瓶递给他，作为一种补偿。"搞什么搞，"他说，"他们是不是故意这么干？""当然是故意。""真见鬼，我不知道。我知道我在内布拉斯加试过这么干，没有这次一半麻烦。"我们突然进入了奥加拉拉镇，驾驶室里两个家伙兴高采烈地大喊："下车撒尿！"瘦子气哼哼地站在卡车旁边，对一次错过的机会懊悔不已。两个达科他小子跟每个人告别，估计要在这里开始干收割的活。我们注视着他们消失在夜色里，走向小镇尽头的窝棚，那里亮着灯，一个穿牛仔裤的守夜人说招工的人在那里。我得再买点香烟。吉恩和金发男孩跟在我后面，想活动活动腿脚。我们走进了世界上最不适合卖香烟的地方，那是平原地区一家孤零零的冷饮店，顾客都是本地十几岁的男女小青年。他们当中几个人正跟着自动点唱机的音乐跳舞。我们进来时，店里顿时安静了片刻。吉恩和金发少年只是站在那儿，什么人也不看；他们想要的只是香烟。也有几个漂亮姑娘。其中一个姑娘朝金发少年抛媚眼，他根本没看见，就算看见了，他也不会感兴趣，他太悲伤，太恍惚。我给他们每人买了一包烟，他们谢了我。卡车准备出发。这会儿已经是午夜，天很冷。吉恩多次到过这一地区周围，次数多得他手指脚趾加在一起都数不过来，他说，这会儿我们大家最好都裹在那块硕大的防水帆布里，否则我们都会冻成冰棍。就是这个办法，再加上瓶里剩下的酒，当空气变得冰凉、冷风从耳边嗖嗖刮过时，我们才得以勉强保暖。我们在高原爬得越高，星星似乎越发明亮。这会儿我们到了怀俄明州。我平躺在那儿，凝视着浩瀚的苍穹，自豪于我正在经历的这段时光，自豪于我从令人伤心的熊山已经走出了多远，每件事情最终的结果又会如何，而且，想到在丹佛有什么等着我，便感到兴奋。密西西比的吉恩唱起了一首歌。他用一种平静而动听的声音唱着，那是一条大河的音色，歌曲很简单，不过是"我有个漂亮小姑娘，年方二八模样靓，世上数她最漂亮"，翻来覆去，偶尔加进另外几句词，全都是关于他的一般生活，以及他已经离家多远，他多么希望回到她身边，担心已经失去了她。我说："吉恩，那是我听过的最动听的歌。""它是我知道的最甜美的歌。"他笑着说，"我希望你顺利到达你要去的地方，到了之后能够幸福快乐。""我一直在努力，沿着不同的道路向前走。"蒙大拿的瘦子睡着了。他醒来时对我说："嗨，老黑，在你去丹佛之前，今晚咱们一块儿在夏延溜达溜达怎样。""没问题。"我已经喝得够多了，怎么着都行。随后，卡车到达夏延市郊，我们看到了本地无线电台那高高的红灯，突然间，我们的卡车颠簸着驶入了从两边人行道拥出的一大帮奇怪的人。"真见鬼，这是'狂野西部周'。"瘦子说。大群大群的生意人，穿着长筒靴、戴着牛仔帽的胖乎乎的生意人，他们高大健壮的老婆穿着女牛仔的装束，在夏延市旧城的木板人行道上奔忙欢闹；再往前，便是夏延新市区不绝如缕的林荫道路灯。庆祝活动集中在老城。人们朝天上放空枪。酒吧里人满为患，都挤到人行道上来了。我很是吃惊，与此同时，我从未见过这么荒唐的事情：在我的第一次西部亮相中，我便见证了它以多么荒唐的手段来保持它引以为豪的传统。我揉了揉眼睛。我们不得不跳下卡车说再见，两个明尼苏达人没有兴趣在这里闲逛。看到他们离去，意识到我再也见不到他们中的任何一个，我不由得有些悲伤，但事情就是这样。"你今夜会冻坏你的屁股，"我警告道，"然后，明天下午你们又会在沙漠里被烤焦。""对我来说，我们熬过这个寒冷的夜晚就很不错了。"吉恩说。卡车开走了，从人群中穿行而过，没有人注意它的怪异，以及那两个蜷缩在防水帆布里的小伙子，他们正注视着这座城市，就像婴儿从床罩里注视着世界一样。我目送着卡车消失在黑夜里。密西西比的吉恩走了，前往奥格……登，以后的事情只有上帝知道。我和蒙大拿的瘦子在一起，我们开始逛酒吧。我有大约十块钱，那天夜里我愚蠢地把其中八块钱浪费在喝酒上。我们先是跟着打扮成牛仔模样的观光客、石油工人和农场主在酒吧、门廊和人行道上瞎转悠，然后，我抓住瘦子摇晃了一阵，到这会儿，他因为喝了不少威士忌和啤酒而有点头昏眼花，在街上瞎逛：他就是那种酒鬼，两眼发直，过不了一会儿便对完全陌生的人无话不谈。我走进一家辣味小餐馆，女招待是西班牙裔，很漂亮。我吃了点东西，然后在账单的背面给她写了几句示爱的话。小餐馆空荡荡的；人人都在别的什么地方喝酒。我叫她把账单翻过来。她读了上面的话，哈哈大笑。那是一首小诗，写的是我多么想她和我一起去欣赏夜色。"我很愿意，小家伙，但我已经和我男朋友约好了"。"你不能把他甩了吗？""不，不，这我可不干。"她惋惜地说。我很喜欢她说这话时的样子。"改天我会再来这儿。"我说。她说："随时欢迎，小家伙。"我依旧闲待着，只是为了看着她，再要了一杯咖啡。她的男朋友很不高兴地走了过来，问她什么时候下班。她忙碌起来，为的是赶快打烊。我不得不出去。离开时我给了她一个微笑。

外面依旧像先前一样狂乱，只是那些打着饱嗝的胖家伙醉得更厉害，大呼小叫的声音更大。真够滑稽的。有几个印第安酋长戴着硕大的头饰在闲逛，在通红的醉脸当中显得十分严肃。我看见瘦子在那儿跟跟跄跄，便过去和他会合。他说："我刚给蒙大拿的老爸写了一张明信片。你寻思能找到一个邮筒并帮我把它塞进去吗？"这是一个古怪的要求。他把明信片给了我，然后跟跟跄跄推开一家酒吧的旋转门走了进去。我接过明信片，走向邮筒，快速看了一眼："亲爱的老爸，我星期三回家。我一切都好，希望你也一样。理查德。"这让我对他有了不同的看法：他对父亲多么温和有礼。我走进酒吧与他会合。在熹微的黎明中，某个时刻我打算上路去丹佛，只剩下最后一百英里，但我没有这样做。我们看上了两个姑娘，她们正在人群中瞎逛，一个是年轻漂亮的金发姑娘，另一个是肤色浅黑的胖姑娘，看样子是姐妹。她们默不作声，闷闷不乐，但我们很想勾搭她们。我们把她们带到了一家摇摇晃晃的夜总会，那儿已经准备打烊了，我花了差不多两块钱，给她们买苏格兰威士忌，给我们买啤酒。我已经醉了，但我不在乎；一切都很美好。我一门心思集中于那个小个子金发姑娘的腰部；我想使出浑身解数进入其中。我抱住她，想把我的意思告诉她。夜总会打烊了，我们大家走了出去，在摇摇晃晃、布满灰尘的大街上瞎逛。我抬眼望天，清澈而奇妙的星星依旧高悬苍穹，明亮闪耀。姑娘们想去巴士车站，于是我们大家都去了，但她们明显是想去那里和某个水手会面，后者在那儿等她们。是那个胖姑娘的表哥，水手还带来了几个朋友。我对金发姑娘说："怎么回事？"她说她想回家，在科罗拉多，过了夏延市以南那条线便是。"我会带你去坐大巴。"我说。"不，大巴停在公路上，我得独自步行穿过那片该死的大草原。我整个下午都在看着那片该死的东西，我不打算今夜走过去。""嗨，听我说，我们会在草原花丛中来一次美妙的散步。""那儿根本没花。"她说，"我想去纽约，我烦透了这里，让我恶心。这里没地方可去，除了夏延，而夏延也啥都没有。""纽约也啥都没有。""得了吧，那儿啥都没有才怪呢。"她撇嘴道。巴士车站里人满为患。形形色色的人在等大巴，或者只是闲站着；有很多印第安人，冷眼注视着周围的一切。那姑娘中断了和我的谈话，去和水手他们会合。瘦子坐在长椅上打瞌睡。我坐了下来。全国各地所有巴士车站的地板都是一样的，到处都是烟蒂和痰渍，以及巴士车站独有的满地悲凉。有那么一阵子，让人觉得和置身于纽瓦克没什么不同，只是我知道，外面有我所喜欢的那种广阔浩大。我很后悔我破坏了整个旅行的纯洁性：节省每一毛钱，不喝酒，不闲逛，真正抓紧时间。相反，我却和这个闷闷不乐的姑娘瞎混，花光了我所有的钱。这让我恶心。我这么长时间没有睡觉，累得没有力气骂人和埋怨，然后我就睡着了。最后，我蜷缩在整条长椅上，拿我的帆布包当枕头，就这样一直睡到早晨八点，在轻柔的呢喃声中和车站里数百人的嘈杂声中醒来。醒来时头痛欲裂。瘦子已经走了……我猜是去了蒙大拿。我来到外面。在蔚蓝的天空下，我平生第一次看到远处落基山脉巨大的雪峰。我做了个深呼吸。我得去丹佛了，马上动身。我先吃了一顿简朴的早餐，有烤面包、咖啡和一个鸡蛋，然后出城去公路上。狂野西部节还在继续，我把它留在了身后：他们在举行牛仔马术表演，大呼小叫和蹦蹦跳跳即将再次开始。我想见到我在丹佛的那帮伙伴。我走过铁路天桥，到达了一个到处是简陋棚屋的十字路口，有两条公路在那里分岔，都通到丹佛。我选择了离落基山脉最近的一条，这样我就可以看着群山了，我做出了搭便车的手势。我立即搭上了一辆便车，开车的是一个来自康涅狄格州的小伙子，他开着他的老爷车一边周游全国，一边写生；他父亲是东部的一个编辑。他不停地说啊说；我由于宿醉未醒和高原反应而有些恶心。有一次，我差点要把脑袋伸到窗外去呕吐。但我忍住了，一直憋到他在科罗拉多州的朗蒙特让我下车的时候。我再次感觉正常，甚至开始向他讲述我自己的旅行情况。他祝我好运。朗蒙特很漂亮。在一棵巨大的古树下，有一片绿油油的草坪，属于一个加油站。我问工作人员我能不能在那儿睡一觉，他说没问题；于是我铺开一件羊毛衫，脸贴着羊毛衫躺下，一只胳膊伸出，一只眼睛斜睨着灼热太阳下积雪的落基山脉，只看了片刻，我美美地睡了两个小时，唯一的狼狈是偶尔有一只科罗拉多蚂蚁。"啊，我到了科罗拉多！"我一直兴高采烈地想着，"他妈的！他妈的！他妈的！我做到了！"这让人精神振作的一顿美觉，充满了蜘蛛网般的梦，梦见的是我过去在东部的生活，然后我站起身来，在加油站员工的房间里梳洗一番，然后神采奕奕、昂首阔步地走了出来，到路边餐馆要了一杯又香又稠的奶昔，好让我灼热难受的胃冰一冰。顺便说一句，给我打奶昔的是一个非常漂亮的科罗拉多女孩，她笑容满面；我很感激，这弥补了昨天晚上的遗憾。我对自己说："哇！丹佛会是什么样子！"我走上那条灼热的公路，搭上了一辆崭新的汽车去丹佛，司机是一个丹佛商人，三十五岁左右。他跑到了每小时七十英里。我兴奋得浑身发抖；我一分一秒地数着时间，计算着剩下的里程。很快，就在前方，越过金色麦浪翻滚的麦田，在埃斯特斯山遥远的雪峰之下，我终于看到了丹佛。我在心里描绘了那天夜里丹佛的一家酒吧，那帮家伙全在，在他们眼里，我古怪陌生，衣衫褴褛，像先知那样跋山涉水，带来暗语，我拥有的唯一暗语是"哇"。司机和我有过一次热情的长谈，谈到了我们各自的生活规划，不知不觉间，我们已经过了丹佛郊外的德纳戈水果市场，那儿有烟雾、大烟囱、铁路场、红砖楼房，以及远处闹市区玄武石建筑，我已经身在丹佛。他在拉里默街让我下了车。我脸上带着世界上最顽皮的快乐笑容，在拉里默街那些上了年纪的流浪汉和疲惫失意的牛仔中间蹒跚而行。它也是我自芝加哥之后见过的最大城市，大城市的忙乱嘈杂让我兴奋不已。正如我已经说过的，那些日子里，我并不像现在这样了解尼尔，我想做的第一件事情就是立即去找哈尔·蔡斯，我也正是这样做的。我给他家打了电话，接电话的是他母亲——她说："喂，杰克，你在丹佛干吗？你知道珍吉尔在这儿吗？"——我当然知道珍吉尔在哪儿，但这不是我来这儿的理由。珍吉尔是哈尔的女朋友，他没在时我和珍吉尔在纽约乱搞过一阵。为此我确实真心诚意地感到抱歉，我希望他对我的感觉依旧不变。我不认为他这样做到了，但他从未表现出来，关于哈尔的事情是，他总是像个女人一样机灵。哈尔是个苗条的金发小伙子，有一张巫医般的怪脸，和他对人类学及史前印第安人的兴趣很般配。他的鼻子柔和地带点鹰钩，在闪耀的金发下几乎呈奶油色；他有着在路边餐馆跳舞、玩小橄榄球的西部高手的风度。他说话时发出颤抖的鼻音——"杰克，关于平原印第安人，我一直喜欢的东西是，他们在吹嘘自己得到多少头皮之后，总是感到很不好意思……在拉克斯顿的《远西地区的生活》中，一个印第安人因为得到太多的头皮而满脸通红，拼命地跑进平原深处躲起来，偷偷地为自己的功绩而得意。妈的，这事让我乐不可支！"哈尔的母亲弄清楚了他在哪儿，那个下着毛毛细雨的丹佛的下午，他在当地的博物馆里仔细研究印第安人的编筐技艺。我打电话到那里找他，他开着一辆旧福特双门小汽车来接我，他总是开着那辆车在山区旅行，"挖掘"印第安人的物品。他穿着牛仔裤，满面笑容地走进了巴士车站。我正坐在我的帆布包上和那个我在夏延巴士车站遇到过的水手交谈，向他打听那个金发姑娘的情况。他很烦，没搭理我。哈尔和我钻进了他的小汽车里，他要做的第一件事情就是到州政府大楼去拿地图。然后，他要做的下一件事情就是去看一位老教师，以及诸如此类吧，我想做的事情只是喝啤酒。在我这个意图的背后，是这样一个强烈再强烈的想法——"尼尔在哪里？他这会儿在干啥？"出于某个古怪的理由，哈尔决定自那年冬天之后不再和尼尔做朋友，他甚至不知道他住在哪儿。"艾伦·金斯堡在城里吗？""在。"但他也再不和艾伦说话。这是哈尔·蔡斯退出我们这帮人的开始——而且他正打算也不跟我来往。但我不知道这个，我打算至少那天下午去他家小睡一会儿。得到的答复是，埃德·怀特在科尔法克斯大街有一套公寓房等着我，艾伦·特姆科已经住进去了，正在等我去跟他会合。我感觉到这里面有某种阴谋，这个阴谋把这帮人分成了两伙：一伙是哈尔·蔡斯、埃德·怀特和艾伦·特姆科，再加上伯福德兄妹，他们大抵同意不理睬尼尔·卡萨迪和艾伦·金斯堡。我恰好夹在这场有趣的战争中间。这里面还有一些社会含义，接下来我会解释。首先我必须给尼尔搭个舞台：他父亲是个酒鬼，是拉里默街上走路最蹒跚的流浪汉之一，事实上大抵是在拉里默街上及附近街区长大的。尼尔六岁时就经常在法庭上恳求释放他父亲。他经常在拉里默的小巷里乞讨，偷偷地把钱拿回来交给父亲，后者和一个上了年纪的流浪汉伙伴在一堆破酒瓶子中间等着他。接下来，当尼尔长大成人，他便开始在韦尔顿桌球厅闲逛，并创造了丹佛的偷车记录，进了少年管教所。从十一岁到十七岁，他是少年管教所里的常客。他的专长是偷车，下午放学时追中学女生，开车把她们拉到大山里，搞她们，然后回来，在城里任何可用的酒店浴缸里睡觉。在此期间，他父亲——原本是个颇受尊敬、勤勉刻苦的理发师——成了一个彻头彻尾的酒鬼，沦落到在冬天里搭乘货运列车去南方，去得克萨斯，夏天回到丹佛。尼尔的母亲在他很小时就去世了，有几个同母异父的哥哥，但他们也讨厌他。尼尔唯一的伙伴是桌球厅的小子们——几天之后，我将会遇到这帮小子。接下来，贾斯汀·W. 布赖尔利发现了他，此人是当地的一个非凡人物，毕生专门致力于发掘和培养年轻人的潜力，事实上，他在三十年代曾是米高梅公司秀兰·邓波儿的指导老师，如今是个律师，一个房地产经纪人，中心城歌剧节的主管，也是丹佛一所中学的英文教师。布赖尔利过来敲一位客户的门；这位客户总是醉醺醺的，举办疯狂的派对。当布赖尔利敲门时，客户醉倒在楼上。客厅里有个醉得不省人事的印第安人，而尼尔——因为最近在内布拉斯加一个粪田里干活而衣衫褴褛，浑身脏兮兮的——正在卧室里搞女佣人。尼尔挺着个鸡巴跑下楼来开门。布赖尔利说："嗯，嗯，这是啥？"尼尔把他领进门。"你叫什么名字？尼尔·卡萨迪？尼尔，你最好学着把自己的耳朵洗干净点儿，要不这个世界你什么地方也去不了。""是，先生。"尼尔笑着说。"你的印第安朋友是谁？这儿发生了什么？我得说有些古怪的事情在发生。"贾斯汀·W. 布赖尔利是个身材矮小、戴着眼镜、样子普通的中西部生意人；你不可能把他与金融区附近的第十七街和阿拉帕霍区的任何其他律师、房地产经纪人、主管区别开来；不同的是，他有想象力的闪光，这种想象力会让他的同行们充满恐惧，假如他们知道的话。布赖尔利只对年轻人感兴趣，尤其是男孩子。他在自己的英文班上发现他们；把他在文学上所知道的最好的东西教给他们；训练他们；让他们钻研，直至他们有了令人吃惊的标志；然后，他帮他们获得哥伦比亚大学的奖学金，许多年后，他们回到丹佛，成为他的想象力的产品——始终有一个短处，这就是为了新的兴趣而抛弃他们的老导师。他们走得更远，把他丢在了后面。关于任何事情，他所知道的一切都是从他让他们学的东西中点滴搜集起来的；他培养了一些科学家、政治家、年轻的城市政治家、律师和诗人，并和他们交谈；然后，他重新回到中学班级里他的男孩储备库中，培养新的男孩，朝着并不可靠的伟大方向。他在尼尔身上看到了那种巨大的能量，有朝一日会造就他，不是把他造就成一个律师或政客，而是造就成一个美国圣徒。他教尼尔如何清洗牙齿、耳朵；如何穿衣打扮；帮他找零活干；并把他送进了中学里。但尼尔立即偷走了校长的车，并出了车祸。他进了少年管教所。布赖尔利继续支持他。他给尼尔写很长的鼓励信；和看守聊天；给他买书；当尼尔出来时，布赖尔利又给了他一次机会。但尼尔再次误入歧途。不管什么时候，只要他的任何一个桌球厅伙伴和当地的一位巡逻警察结下梁子，他们都会来找尼尔替他们报仇；他偷走巡逻车，让它出车祸，要不就弄坏它。不久，他又回到少年管教所，布赖尔利撒手不管了。他们事实上成了极具讽刺意味的敌人。去年冬天，尼尔在纽约最后一次尝试过布赖尔利的影响。艾伦·金斯堡写了几首诗，尼尔签上自己的名字，把它们寄给了布赖尔利。一天晚上，在哥伦比亚校园的利文斯顿厅，布赖尔利面对我们所有人谈到他每年的纽约之行。在场的有尼尔、艾伦、我自己，以及埃德·怀特和哈尔·蔡斯。布赖尔利说："尼尔，你寄给我的这些诗都非常有趣。或许我要说我感到吃惊。""噢，没错，"尼尔说，"我一直在学习，你知道。""戴眼镜的这位年轻先生是谁？"布赖尔利问。艾伦·金斯堡走上前，做了自我介绍。"哦，"布赖尔利说，"这真有趣。我认为你是一个杰出的诗人。""为什么，你读的不是我的东西吗？""哦，"布赖尔利说，"或许，或许……"埃德·怀特（他对微妙的喜爱后来导致他对博斯韦尔的《塞缪尔·约翰逊传》十分着迷）一直在眨眼。他紧紧搂住我，低声道："你认为他不知道吗？"我猜他知道。那是尼尔和布赖尔利最后一次站在一起。如今，尼尔和他的魔鬼诗人一起回到了丹佛。布赖尔利冷嘲热讽地扬了扬眉毛，避开了他们。哈尔·蔡斯根据他自己的秘密原则而避开他们。埃德·怀特相信他们在一起不会干什么好事。他们是丹佛那个季节的地下怪物，和桌球厅那帮人厮混在一起，作为这一点的绝妙象征，艾伦在格兰特街有一套地下室房间，许多个夜晚，我们大家都去那儿碰头——艾伦、尼尔、我自己、吉姆·霍姆斯、阿尔·辛科和比尔·汤姆森。后来还有更多的其他人。我到丹佛的第一个下午在哈尔·蔡斯的房间里睡觉，而他母亲在楼下继续干她的家务活，哈尔则在博物馆里埋头工作。那是七月里一个闷热的高原下午。要不是哈尔·蔡斯父亲的发明，我是睡不着的。哈尔·蔡斯的父亲是一个疯狂的自封发明家。他已经老了，七十多岁，外表虚弱，又瘦又高，讲起故事来慢条斯理，津津有味；故事也都不错，讲的是十九世纪八十年代他在堪萨斯平原的童年往事，那时候为了消遣，他总是骑着无鞍矮种马，拿一根棍棒追逐草原狼，他后来成了西堪萨斯的一个乡村教师，最后成了丹佛一个手段多端的生意人，他在街那头一间车库的楼上依然保留了他的老办公室——那张翻盖式书桌依旧在那里，连同数不清布满灰尘的文件，记录着过去的忙碌兴奋和辛苦挣钱的事。他发明了一台自己的特殊的空气调节器。他在一个窗框里装上普通的扇子，但不知用什么方法让冷水通过呼呼旋转的叶片前面的那些盘管。效果堪称完美——在距离风扇四英尺的范围之内——在炎热的天气里，管子里的水明显变成了热蒸汽，房子楼下的部分像往常一样热。但我刚好睡在风扇的下面，在哈尔的床上，一尊巨大的歌德半身像凝视着我。我舒舒服服地睡着了，不料不到五分钟便醒了过来，冷得要死；我盖上了一条毯子，但还是冷。最后冷得我没法睡觉，我下了楼。老人问我，他的发明效果如何。我说效果好得不得了，我指的是在一定的界限之内。我很喜欢这个老人。他记性不好。"我曾发明过一种去污剂，打那以后就一直被东部的大公司仿冒。我一直试着靠这个发明收点钱，如今已经好些年了。只要我有足够的钱请个好律师……"但请个好律师为时已晚，他垂头丧气地坐在自己家里。这是哈尔·蔡斯的家。那天晚上，我们吃了一顿他母亲做的十分丰盛的晚餐，有鹿肉，是哈尔的兄弟在山里打的。珍吉尔一直待在哈尔家里。她看上去很迷人，但太阳落山时没有其他事情让我烦恼。尼尔在哪里？当夜幕降临，哈尔驱车带我驶入了丹佛神秘的夜色中。随后，一切开始了。接下来的十天正如 W.C.菲尔兹所言："充满了显而易见的危险……"而且很疯狂。我和艾伦·特姆科一起搬进了那套确实很阔气的公寓房，房子属于埃德·怀特的亲戚。我们各有一间卧室，冷柜里的食物，小厨房，还有一间巨大的客厅，特姆科穿着丝绸睡衣，慵懒地坐在客厅里，正在创作他最新的一篇海明威式的短篇小说——讲的是一个性情暴躁、面红耳赤、矮矮胖胖、痛恨一切的人，当他在夜里面对甜蜜的现实生活时，却能露出世界上最温暖、最迷人的微笑。特姆科就那样坐在书桌前，我在又厚又软的地毯上跳来跳去，只穿着我那条斜纹棉布裤子。他刚刚写了一个短篇小说，讲的是一个家伙第一次来到丹佛，名叫菲尔。他的旅行伙伴是一个神秘而安静的家伙，名叫山姆。菲尔去探索丹佛，和一帮假装爱好艺术的附庸风雅之徒厮混。他回到酒店房间，满腹忧伤地说："山姆，他们也在这儿。"山姆只是悲伤地看着窗外。"是的，"山姆说，"我知道。"关键点是，山姆无需去看便知道这个。附庸风雅之徒美国到处都是，吮吸着美国的血。特姆科和我是好朋友，他认为我是距离附庸风雅之徒最远的家伙。特姆科喜欢好酒，就像海明威一样。他追忆起他最近的一次法国之行。"噢，杰克，要是你能和我一起高高在上地坐在巴斯克地区，拿一瓶冰镇的普瓦尼翁十九，那么你就会知道，除了货车车厢之外还有别的东西。""我知道这个，只是我喜欢货车车厢，我喜欢读到车厢上写着密苏里太平洋线、大北方线、罗克艾兰线……老天作证，特姆科，我一路搭便车到这里，发生了很多事情，要是我能给你讲讲每一件事情就好了。"伯福德一家住在几个街区之外。这是讨人喜欢的一家人——母亲依旧年轻，是一座已经没多少用处的金矿的部分所有者，有两个儿子和四个女儿。最野的儿子是鲍勃·伯福德，埃德·怀特的儿时伙伴。鲍勃大喊大叫地过来找我，我们一见如故，立即喜欢上了对方。我们去科尔法克斯大街的酒吧喝酒。鲍勃有一个妹妹叫贝弗莉，是个金发美女——是一个喜欢打网球、玩冲浪的西部美女。她是埃德·怀特的女朋友。而特姆科只是路过丹佛，派头十足地住在那套公寓房里，这个夏天总是和埃德·怀特的妹妹珍妮出去玩。我是唯一没有女朋友的家伙。我逢人便问："尼尔在哪儿？"他们都笑而不答。接下来，事情终于水落石出。电话响了，除了艾伦·金斯堡，还有谁会打电话呢？他给了我他的地下室房间的地址。我说："你在丹佛干什么？我的意思是你正在干什么？发生了什么事？""哦，见面时告诉你吧。"我赶忙去见他。他在梅斯百货商店上夜班；疯狂的鲍勃·伯福德从一家酒吧打电话给他，说他让看门人到处找艾伦，告诉他有人死了。艾伦立即想到应该是我死了。伯福德在电话里说"杰克在丹佛"，并把我的地址和电话给了他。当我们见面并紧紧握手时，艾伦说："你之后，我想到应该是巴勒斯死了。""尼尔在哪儿？""尼尔在丹佛。我来跟你讲吧。"艾伦告诉我，尼尔同时在追两个姑娘，一个是他的第一任妻子卢安妮，她在一个酒店房间里等他，另一个是新认识的姑娘卡罗琳，她在另一个酒店房间里等他。"穿梭于两个女人之间，他抽空来找我，处理我们自己的未了之事。""那是什么事？"我问道，全神贯注地听着。"尼尔和我在一起开始了一个非同寻常的时期。我们试着绝对诚实、绝对彻底地交流我们内心的一切想法。有时候，我们在一起熬上两天两夜，把我们心底的想法和盘托出。我们不得不服用安非他命。我们盘腿坐在床上，四目相对。我最终让尼尔明白：他可以做他想做的任何事情，当上丹佛的市长，娶一位百万富婆，成为兰波之后最伟大的诗人。但他总是跑出去看微型汽车比赛。我跟他一起去了。他兴奋地又跳又叫。你知道，杰克，尼尔实际上对那样的事情都兴奋得要命……"金斯堡在心里"嗯"了一声，琢磨起此事来。我们都陷入了沉默，就像过去谈论完每一件事情一样。"日程安排是什么？"我说。尼尔的生活中总是有一个日程安排，每一年都变得更加复杂。"日程安排是这样：我半小时前下班。那个时候，尼尔正在酒店里搞卢安妮，这让我有时间换衣服。一点整，他赶忙

从卢安妮那里跑到卡罗琳那里——当然，她们两个谁都不知道正在
发生的事情——搞她一次，让我有时间在一点半钟赶到。接下来，
他和我一起出来——他先得恳求卡罗琳，那时候她已经开始恨
我——我们来这儿谈到早晨六点。通常，我们花的时间不止这些，
但事情变得越来越复杂，他时间紧迫。接下来，六点的时候，他回
到卢安妮身边。第二天他花了一整天时间到处跑，弄到他们离婚所
必需的文件。卢安妮完全同意离婚，但她坚持在此期间继续嘿咻。
她说她爱他的大鸡巴——卡罗琳也是如此——我也是。"我像往常
一样一个劲地点头。随后他给我讲了尼尔是怎么遇到卡罗琳的。桌
球厅小子比尔·汤普森在一家酒吧里发现卡罗琳，带她去了一家酒
店；自豪战胜了理智，他邀请整个帮伙的人来看她。每个人都闲坐
在那里与卡罗琳聊天；尼尔一言不发，只望着窗外。随后，当所有
人都离开时，尼尔只是看着卡罗琳，指着自己的手腕，做了一个
"四"的手势（意思是他四点会回来），然后出去了。三点钟的时
候，门锁上了，比尔·汤姆森被关在门外。四点钟，门打开了，把
尼尔放了进去。我很想冲出去，见见那个干下所有这些事情的疯子
是什么样。他也答应帮我安排，他认识丹佛的所有姑娘。"如果你
想找姑娘，只要找我就行，尼尔只是个桌球厅的皮条客。"鲍
勃·伯福德说，"但他是个了不起的家伙。""了不起？他只是个小角
色。我可以让你看看几个真正狂野的家伙。你听说过卡瓦诺吗？他
可以打败丹佛任何一个家伙……"但那不是重点。我和艾伦跑出去
找重点。在丹佛散发着气味的夜色里，我们走过夹在韦尔顿街和第
十七街之间的那些摇摇晃晃的街道。空气柔和，星光明媚，每一条
铺着鹅卵石的小巷似乎都大有希望，以至于我以为自己是在梦里。
我们来到尼尔和卡罗琳讨价还价的那个寄宿公寓。那是一幢旧红砖
建筑，周围是一些木板车库，以及从栅栏后面伸出的老树。我们走
上铺着地毯的楼梯。艾伦敲了敲门，随后飞快地跑到后面躲了起

来。我站在门口。尼尔赤身裸体开了门。我看见卡罗琳躺在床上，一条漂亮的乳白色大腿裹着黑色的蕾丝，一个金发姑娘，略带诧异地抬眼张望。"怎么啦，杰……杰……克，"尼尔说，"嗯……啊……哈……好吧，当然……你来了……你这个狗娘养的总算上了那条老路……喂，听我说……我们必须……是的，是的，马上……我们必须，我们真的必须！喂，卡罗琳。"他转过身对她说："杰克来了，我的老伙伴，从纽……纽……约来，这是他在丹佛的第一个夜晚，我绝对必须带他出去，帮他搞定一个姑娘……""可你啥时候回来？""现在，"（他看看手表）"准确的时间是一点十四分——我三点十四分准时回来，我们一起回忆我们过去的时光，真正甜蜜的时光，亲爱的，然后，正如你所知道的，正如我跟你讲过的和我们已经同意的，我必须去见布赖尔利，关于那些文件的事——虽说半夜三更办这事似乎有些奇怪，但我已经详尽解释过了。"（这是为了掩盖他与艾伦的约会，艾伦这会儿依然躲着）"所以，就在现在这个准确的时刻，我必须穿上衣服，穿上裤子，回归生活，也就是说回归外面的生活，街上以及诸如此类吧，正如我们已经说好的，现在是一点十五分，时光飞逝，飞逝啊……""那好吧，尼尔，但请保证三点回来。""正如我说过的，亲爱的，记住不是三点，而是三点十五分——在我们最深邃、最美妙的灵魂深处，我们难道不一直是很诚实吗，亲爱的？"他走过去，吻了她好几次。墙上挂着一幅尼尔的裸体画像，巨大的悬挂物什么的一应俱全，是卡罗琳画的。我大吃一惊。一切是如此疯狂，可我还要去旧金山呢。我们跑进了夜色里；艾伦在一条小巷里与我们会合。我们接下来走上了我所见过的最狭窄、最古怪、最曲折的小街，那是在丹佛墨西哥人城区的深处。我们在熟睡的寂静中大声地交谈。"杰克，"尼尔说，"我刚刚让一个姑娘在等你，就在此刻——假如她已经下班的话，"（他看看手表）"一个名叫海伦·格利恩的护士，一个漂亮姑娘，在性方面有些小小的困难，我曾试着纠正，我想你能设法办到，你这个沙场老手……所以，我们马上去那儿，扔颗小石子儿，我们不要按门铃，我知道怎么进去……我们得带点啤酒去，不，她们自己有一些，真该死！"他用拳头击打着自己的手掌说，"我刚刚想起今晚我要去找她妹妹鲁思。""什么？"艾伦说，"我还以为我们要叙叙旧呢。""是啊是啊，以后吧。""噢，这些丹佛人真没劲！"艾伦对着天空叫了起来。"他不是世界上最好最甜的家伙吗？"尼尔戳了戳我的肋骨说，"你瞧他，瞧他！"艾伦在街上跳起猴子舞来，以前他在纽约到处跳这种舞，我见过很多次。我只能说："见他妈的鬼，我们在丹佛到底干什么？""明天，杰克，我知道在哪里能帮你找一份工作，"尼尔说，恢复了公事公办的口吻，"所以，只要我能从卢安妮那里抽身一个小时，我就会去找你，直接冲进你们的那个公寓房，跟特姆科打个招呼，把你带上电车（妈的，我没车），去德纳戈市场，你在那里马上可以开始干活，星期五就能拿到薪水。我们大家确实都他妈穷得底儿掉。我好几周都没时间工作。星期五晚上，毫无疑问，我们仨……艾伦、尼尔和杰克这个老三人帮，必定去看微型车比赛，我认识市区的一个家伙，我们可以打他的顺风车去……"我们就这样持续到了深夜。我们来到了护士姐妹住的医院宿舍。给我约的那个还没下班，尼尔想找的那个妹妹在。我们在她的长沙发上坐了下来。按照预先的安排，这个时候我该给鲍勃·伯福德打电话。我打了，他立即赶了过来。进门之后，他便脱掉了衬衫和背心，开始搂抱完全陌生的鲁思·格利恩。酒瓶在地板上滚动。三点钟到了。尼尔赶紧离开，去赶他和卡罗琳的幻想时刻。他按时回来了。另外那个姐妹也到场了。我们现在需要一辆车，我们制造的噪音太大。鲍勃·伯福德打电话给一个有车的哥们。他来了。我们大家全都挤上了车，堆在里面；艾伦试图在后座上进行他和尼尔之间约定的谈话，但那里太混乱。"咱们去我的公寓房吧！"我喊道。我们去了；汽车停下的那一瞬间，我便跳下了车，在草地上做了个倒立。我的钥匙全都掉了出来，怎么找也找不到。我们大呼小叫跑进套房。艾伦·特姆科穿着丝绸睡衣拦住了我们的路。"我不想埃德·怀特的公寓里发生这种事！""什么！"我们大家都叫了起来。场面有些混乱。伯福德正和其中的一个护士在草地上翻滚。特姆科不让我们进去。我们发誓要给埃德·怀特打电话，证实举行派对这件事，而且也邀请了他。然而，我们大家最后都匆匆回到了丹佛市区的酒吧，没有引发任何事情。突然间我发现自己孤零零地一个人在大街上，身无分文。我最后一块钱也花掉了。我步行五英里，走到科尔法克斯大街，走到了公寓套房里我那张舒适的床上。特姆科不得不让我进去。我倒是很想知道，尼尔和艾伦是不是进行了他们推心置腹的交谈。稍后我会搞明白。丹佛的夜晚很冷，我睡得像死猪一样。接下来，每个人都在计划集体去山里搞一次惊人的徒步旅行。这个消息是那天早晨到的，随之而来的还有一个电话，把事情搞复杂了——我在路上的老朋友埃迪误打误撞地打来了一个电话。这下我有机会拿回我的羊毛衫了。埃迪和他女朋友住在离科尔法克斯大街不远的一幢房子里。他想知道，我知不知道哪里可以找到工作，我寻思尼尔应该知道，于是便叫他过来。尼尔匆匆忙忙赶到。特姆科和我仓促潦草地吃了一顿早餐——早餐总是我做。尼尔甚至不愿坐下。"我有数不清的事要办，事实上我几乎没有时间带你去德纳戈，不过我们还是去一趟吧，老兄。""等等我路上的伙伴埃迪。"特姆科发现我们急急忙忙的样子很搞笑。他来丹佛是为了不慌不忙地写作。他对尼尔毕恭毕敬。尼尔不当回事。特姆科做梦也想不到，几年之内，尼尔会成为这样一个了不起的作家，甚至也想不到任何人会像我那样写他的故事。他这样和尼尔说话："卡萨迪，我听说你同时搞三个姑娘，有这回事吗？"尼尔在地毯上蹭着脚，说："噢没错，噢没错，是有过这么回事。"然后看看手表。特姆科吸了吸鼻子。我觉得不好意思和尼尔一起仓促离开——特姆科坚持认为他是个白痴。他当然不是，我很想以某种方式向每个人证明这一点。我们和埃迪见面了。尼尔也不怎么理睬他，我们离开了，乘坐一辆双门小车，穿过丹佛灼热的正午去找工作。想到这个我就厌烦。埃迪像从前一样说啊说个不停。我们在市场上找到了一个人同意雇用我们两个人；早晨四点上班，直至下午六点下班。那人说："我喜欢爱干活的小伙子。""你找对人了。"埃迪说，但我对自己并无把握。"我干脆不睡觉得了。"我决定。有很多其他有趣的事情可干。埃迪第二天早晨到场了，我没去。我有一张床，特姆科会买食物放进冷柜里，作为交换，我负责烧火做饭，洗锅刷碗。在此期间，我让所有人都卷入了每一件事情。一天夜里，在伯福德家里举行了一场盛大派对。伯福德的母亲旅行去了。鲍勃·伯福德只是打电话给他认识的每一个人，告诉他们带威士忌来；然后，他翻遍了地址簿找姑娘。他让我做大部分谈话工作。一大帮女孩子到场了。我打电话给艾伦，打听尼尔这会儿在干啥。尼尔凌晨三点来。派对结束后我去了那里。艾伦的地下室公寓房在格兰特街一幢旧红砖寄宿公寓里，紧挨着一座教堂。走进一条胡同，走下几级石阶，打开一扇破旧的原木门，穿过一个类似于地窖的地方，就到了他的木板门前。它有点像一个俄罗斯圣徒的房间：一张床，一支点燃的蜡烛，潮得渗出水来的石墙，一尊怪诞的圣像，是他自己凑合着专门做的。他给我读他写的诗，题为《丹佛的消沉日子》。艾伦早晨醒来，听着"粗俗的鸽子"在他斗室外面的街道上咕咕叫个不停；他看到"忧伤的夜莺"，让他想起他妈妈在树枝上打盹。一块灰色的裹尸布覆盖着城市。群山——雄伟的落基山脉——是"纸模型"。整个宇宙疯狂、荒唐，极其古怪。他把尼尔写成了一个"彩虹之子"，他那根极度痛苦的鸡巴里承载着他的痛苦。他把尼尔称作"俄狄浦斯·埃迪"，不得不"刮掉窗玻璃上的泡泡糖"。他把布赖尔利称作

"舞蹈教师死神"。他在自己的地下室里念念不忘一部巨大的日记，他在里面记录每天发生的每一件事情的痕迹——尼尔做的每件事，说的每句话。艾伦给我讲了他乘坐一辆大巴旅行。"穿过密苏里，那儿下了一次神奇的雷雨，把整个天空变成了电闪雷鸣的巨大狂乱。大巴里的每个人都吓坏了。我说：'别怕，那只是信号。'想象一下密苏里吧——巴勒斯和卢西安来自那儿。""尼尔的几个亲戚也来自那儿。""我不知道，"艾伦越来越悲伤地说，"我该做什么？""你为什么不去得克萨斯看看巴勒斯和琼？""我想让尼尔和我一起去。""他怎么能和他所有的女人做那事呢？""噢，我不知道。"尼尔凌晨三点来了。"一切都办妥了，"他宣布，"我要与卢安妮离婚，然后与卡罗琳结婚，和她一起生活在旧金山。但这只能是你和我一起去得克萨斯找到比尔之后的事，亲爱的艾伦，我还从没见过那只死猫呢，你们两个都给我讲过他的很多事情，然后，我就去旧金山。"接下来，他们便开始做他们的事了。他们盘腿坐在床上，四目相对。我百无聊赖地坐在旁边的一张椅子上，看着眼前的一切。他们先从一个抽象的想法开始，讨论它，互相提醒对方另一个在纷至沓来的事件中被遗忘的抽象点；尼尔道了歉，并承诺说他可以回到那个点，设法让它变得更清晰；不断提出实例进行说明。"正当我们渡过瓦齐河时，我想跟你讲讲我对你痴迷于微型汽车赛的感觉，你记不记得，正是那个时候，你指了指那个松松垮垮的裤子里鸡巴硬了起来的老流浪汉，说他看上去很像你爸？""是啊，是啊，我当然记得；不只是这个，而且它还引发了我自己的一连串想法，有件真正狂野的事情我要告诉你。我忘了是什么事，你刚刚让我想起了它……"两个新的要点产生了。他们反复讨论。艾伦问尼尔是否诚实，尤其在灵魂深处是不是对他诚实。"你干吗又提这个问题？""还有最后一件事情我想知道……""可是，亲爱的杰克，你一直在听，你一直坐在那儿，那就问问杰克吧，看看他怎么说。"于是我说："最后一件事情是你搞不明白的，艾伦。没有人能弄明白最后一件事情。我们继续生活在一劳永逸地抓住它的希望中……不，不，不，你这绝对是胡说八道，是沃尔夫式的浪漫时髦话！"艾伦说，尼尔加入了进来："我根本不是那个意思，但我们要让杰克有自己的想法，事实上，你难道不觉得艾伦坐在那里琢磨我们的方式中有一种庄严吗？一路上穿越全国来这儿，有病啊……老杰克不愿讲，老杰克不愿讲。""并不是我不愿讲，"我抗议道，"我只是不知道你们两个在暗示或试图暗示什么……我知道这对任何人来说都是无能为力的。""你说的每一件事情是消极的。""那么，你要干什么呢？""告诉他。""不，你告诉他。""无可奉告。"我笑了起来。我戴上艾伦的帽子，把它拉下来遮住眼睛。"我要睡觉了。"我说。"可怜的杰克总想睡觉。"我不吱声。他们重新开始。"当你借那个五分钱硬币凑钱支付炸鸡排账单时……""不，老兄，是辣椒！记得吗，得克萨斯之星？""我把它和星期二的事搞混了。借那个五分钱硬币时你说，听着，你说'艾伦，这是我最后一次占你的便宜'，你的意思仿佛是，实际上就是，我已经同意你关于不再占便宜的话。""不，不，不，我不是那个意思——你听好了，亲爱的伙计，那天夜里卢安妮在房间里哭，当时，我转向你，用格外真诚的口吻指出——我们都知道这很勉强，但有它的意图，也就是说，通过我的演戏，我表明……等等，不是那么回事……""当然不是那么回事！因为你忘了……但我不会责怪你。我就说'对'好了……"如此这般，直至深夜，他们就这样谈着。拂晓时分，我抬头看了看。他们正纠结于早晨最后的问题。"当我对你说，由于卢安妮，也就是说，由于我今天上午十点要去见她，我得睡一觉时，我并没有使用专横的语气来针对你刚才关于不必睡觉所说的话，我只是，只是因为下面这个事实才反对你：我绝对地、简单地、纯粹地、没有任何理由地现在必须睡觉，我的意思是，老兄，我的眼睛睁不开了，它们红肿、胀痛、疲劳、困乏……""哦，孩子。"艾伦说，"我们必须现在就睡觉。我们关机吧。""你不能关机！"艾伦扯着嗓门吼道。早起的鸟儿开始鸣唱。"现在，当我举起手，"尼尔说，"我们就停止谈话，我们两个都完全地、没有任何争论地达成谅解，我们只是停止谈话，我们只是睡觉。""你不能那样关机。""关机。"我说。他们看着我。"这段时间他一直醒着，他在听。你在想什么，杰克？"我告诉他们，我在想，他们都是令人拍案叫绝的疯子，我整夜都在听他们说话，就像一个人注视着一个手表的机械装置，一直触到伯绍德山道的顶端，然而却是用世界上最精巧手表的最小零件做成的。他们笑了。我指着他们说："如果你们一直这样下去，你们两个都会疯掉，不过，当你们继续进行时，还是要让我知道发生了什么。"我们还讨论了他们和我一起去旧金山的可能性。我走了出去，搭上了一辆电车去我住的公寓，一轮巨大的太阳从东边的平原上升起，艾伦·金斯堡所说的纸模型落基山脉被染得通红。下午，我参加了那趟大山里的徒步旅行，五天没有去见尼尔或艾伦。贝弗莉·伯福德那个周末借用了她老板的车。我们带上了西服套装，把它们挂在车窗上，动身前往中心城，鲍勃·伯福德开车，埃德·怀特懒洋洋地靠躺在后座里，贝弗莉坐前面。那是我第一次看到落基山脉腹地。中心城是个老矿镇，曾被称作世界上最富的一平方英里，那些在山里漫游的老贪婪鬼在那里发现了一个名副其实的银矿层。他们一夜暴富，在陡峭山坡上他们的棚屋中间建起了一座漂亮的小歌剧院。莉莲·拉塞尔到过那里；还有来自欧洲的歌剧明星。后来，中心城成了一座鬼城，直至新西部那些精力充沛的商会类型的人物决定让这个地方恢复活力。他们把歌剧院装饰一新，每年夏天，大都会歌剧院的明星们都来这里演出。那对每个人来说都是一个盛大假期。四面八方的观光客们来了，甚至还有好莱坞的明星。我们驱车上山，发现狭窄的街道上挤满了故作文雅的观光客。我想到了特姆科说的山姆，他是对的。特姆科也在那儿，对每个人都展示他那社交性的满脸微笑，对每件事都真心实意地喔喔啊啊地赞叹不已。"杰克，"他紧紧拽住我的胳膊喊道，"瞧瞧这座老城。想想看，一百年前，真该死，只是八十年、六十年前，他们就有了歌剧院！""耶，"我模仿他笔下一个人物的口气说，"但他们就在这儿。""讨厌鬼。"他骂道。他走开了，挽着吉恩·怀特的胳膊快活去了。贝弗莉·伯福德是个很有魄力的金发姑娘。她知道镇子边上有一幢老矿工之家，我们男孩子这个周末可以在那里过夜；我们要做的只是把它打扫干净。我们还可以在那里举行盛大的派对。那是一个破旧的棚屋，里面的灰尘足有一寸厚；它甚至有一个门廊，屋后有一口井。埃德·怀特和鲍勃·伯福德卷起袖子，开始打扫，这是一项繁重的工作，他们干了整整一个下午，还有晚上的部分时间。但他们有一桶啤酒，一切都很不错。至于我嘛，我按计划去看歌剧，贾斯汀·W. 布赖尔利已经安排好了，贝弗莉挽着我的胳膊一起前往。我穿上了埃德的西装。仅仅几天之前，我像个流浪汉一样来到丹佛；而今天下午，我浑身干净利索，西装革履，挽着一个衣着光鲜的金发美女，在剧院的前厅里，在枝形吊灯下，对着名流要人躬身致意，侃侃而谈。我很想知道，密西西比的吉恩要是看到会说什么。演出的剧目是贝多芬的力作《费德里奥》。"这是怎样的黑暗啊！"剧中的男中音从一块呻吟的石板下面的地牢里发出呼喊……我为之大恸。我看到的生活也是如此。我太喜欢这部歌剧了，以至于暂时把身边的疯狂生活忘得一干二净，迷失在贝多芬那哀伤悲痛的音乐里，以及他的故事中那伦勃朗式的丰富色调中。"喂，杰克，你喜欢我们今年的作品吗？"布赖尔利在外面的大街上自豪地问我。"这是怎样的黑暗，怎样的黑暗啊，"我说，"绝对是伟大的作品。""接下来你要做的事情是去见见演员们。"他用公事公办的语气继续说道，不过幸运的是，在一大堆其他事情当中他忘了此事，消失得无影无踪。我看的是午场演出，晚上另有安排。我至少得告诉你我是怎么来的，要不然的话，见见剧组成员，用用他们的浴缸和最好的毛巾，不亦快哉。顺便说一句，在这里，我得解释一下，布赖尔利为什么那样惦记我，以至于为了我而做出各种安排。哈尔·蔡斯和埃德·怀特是他最看重的得意门生；他们原本会和我一起上大学；我们一起在纽约闲逛和聊天。布赖尔利对我的第一印象并不太好……在纽约的时候，当他一个星期天的早晨来看望哈尔时，我睡在地板上，酒醉醺醺。"这位是谁？""是杰克。""这么说来就是大名鼎鼎的杰克啰。他干吗睡在地板上？""他一直那样。""我记得你说他是个天才。""噢，他肯定是，你看不出来吗？""我得说这有点难。我想他已经结婚了，他老婆在哪里？"我当时确实结婚了。"哦，她刚离开；杰克放弃了，她和一个殡仪工在西区的酒吧里，那个殡仪工搞到了几百美元，给每个人买酒喝。"之后我从地板上爬起来，和布赖尔利先生握了握手。他很想知道哈尔在我身上看到了什么；那个夏天在丹佛他依然想知道，实际上从不认为我会成什么气候。那恰好就是我想让他和整个世界所认为的东西；那样一来，我就可以偷偷溜进来——如果他们希望这样的话，然后再偷偷溜出去，我确实这样做了。贝弗莉和我回到了那个矿工棚屋，我脱掉衣服，和那帮小子一起打扫卫生。这是一项艰巨的任务。艾伦·特姆科坐在已经打扫过的前厅中间，拒绝帮一把。在他面前的一张小桌子上，放着他的啤酒和杯子。当我们拎着水桶、拿着扫帚忙前忙后时，他却在那里缅怀往事："啊，什么时候你要是能和我在一起，喝着沁扎诺酒，听着邦多勒的音乐家们演奏，你才算活着。"特姆科是个海军军官；他已经喝醉了，并开始发号施令。每当特姆科表现出气人的自负时，伯福德一定会习惯性地做出反应——这时他就用一根软弱无力的手指指着特姆科，带着敬畏转向你说："童男？你觉得他是童男？"特姆科并不理睬。"啊，"他说，

"然后还有夏日的诺曼底、木屐、上好的莱茵葡萄酒。来吧，山姆，"他对他那位看不见的伙伴说，"把浸在水里的酒拿出来，看看它是不是够凉，我们一边钓着鱼。"——直接出自海明威。我们叫住从街上路过的姑娘们。"过来帮我们打扫这个地方。邀请大家今晚参加我们的派对。"她们加入了进来。有一大帮人给我们干活。最后，歌剧合唱队的歌手们——大多是小孩子——也加入了进来。太阳落山了。我们白天的工作结束了，埃德、伯福德和我决定，为了晚上这场盛大的派对，要把自己收拾一番。我们穿过小镇去歌剧明星们——还有布赖尔利——住的寄宿公寓。夜空中传来夜场演出开始的声音。"正是时候，"伯福德说，"搞点牙刷和毛巾，我们把自己打扮得整齐点儿。"我们还拿了一些发刷、香水、剃须液，走进了浴室。我们都洗了个澡，一边像歌剧明星一样放声高歌。伯福德想戴上首席男高音的领带，但埃德·怀特一个劲地说："使用歌剧明星的浴室、毛巾和剃须液真好。"还有剃须刀。那是一个奇妙的夜晚。中心城海拔两英里，起初，你醉在了这个高度，然后你累了，灵魂在发烧。我们走在黑乎乎的狭窄街道上，向歌剧院周围的灯光走去；随后，我们向右拐，偶然发现几家有旋转门的老酒馆。大多数观光客都在歌剧院里。我们先是喝了几杯特大号啤酒。那儿有一架自动钢琴。从后门出去，可以看到月光下的苍莽群山。我吼了一声"呀呼"。夜晚开始了。我们赶忙回到我们的矿工棚屋。盛大派对一切准备就绪。贝弗莉和吉恩做了一些豆子和法兰克福香肠当点心，然后我们跟着自己心里的音乐跳起舞来，开始猛干啤酒。歌剧结束了，大群的年轻姑娘拥入我们的棚屋。伯福德、埃德和我都馋得直舔嘴唇。我们拽住她们跳舞。没有音乐，干跳。场地挤满了。人们开始带酒来。我们冲出去找酒吧，然后又冲回来。夜晚越来越疯狂。我真希望尼尔和艾伦也在这儿——随后我意识到，他们在这里格格不入，准会不快乐。他们就像是那个心里装着地牢石板和阴暗的人，从地底下冒出来，脏兮兮的美国颓废青年，是垮掉的新一代，我正在慢慢融入他们的行列。合唱队的男孩们出现了。他们开始唱《甜蜜的阿德琳》。他们还唱了一些短语，比如"把啤酒递给我"和"你把脸挂出去干什么"之类，还有非常棒的男中音发出长长的嗥叫："费——德——里奥！""啊，这是怎样的黑暗！"我唱道。姑娘们都很棒。她们跑到后院里，和我们搂着脖子亲嘴。另外几间没有打扫、积满灰尘的房间里有床，我拉着一个姑娘坐在床上，正和她聊得起劲，突然间，一大帮歌剧院的年轻引座员拥了进来，其中一半人是布赖尔利雇用的，他们毫不客气地拽住姑娘们就亲嘴。都是十几岁的小青年，酒醉醺醺，衣衫不整，兴奋莫名……他们毁了我们的派对。不到五分钟，姑娘们跑得一个不剩，只有一场类似于大学生联谊会那样的派对还在进行，啤酒瓶砰砰嘣嘣，大呼小叫，喧嚣吵闹。鲍勃、埃德和我决定去找酒吧。特姆科走了。贝弗莉和吉恩也走了。我们跟跟跄跄走进夜色里。歌剧院的那帮人把酒吧挤得水泄不通，从吧台到墙壁，塞得满满的。特姆科在人们的头顶上大喊大叫。贾斯汀·W.布赖尔利见人便握手，并说"下午好，你好吗？"过了午夜，他还在说"下午好，你好吗？"某个时刻我看到他匆忙陪着丹佛市长去了什么地方。随后又陪着一个中年女人回来了；一会儿，他在大街上和两个年轻引座员交谈。又一会儿，他握着我的手说"新年快乐小伙子"，他没认出我。他不是醉于酒精，而是醉于他所喜欢的东西——数不清的人转来转去，而他是演出主管。确实是"舞蹈教师死神"。但我喜欢他，我一直喜欢布赖尔利。他很悲伤。我看见他在孤独中穿过人群。人人都认识他。"新年快乐。"他喊道，有时候是"圣诞快乐"。他自始至终在说这个。在圣诞节，他说"万圣节快乐"。酒吧里有一个艺术家深受大家的尊敬；贾斯汀坚持要我见见他，我极力避免见面；他名叫贝拉康达什么的。他老婆和他在一起。他们酸溜溜坐在一张桌子旁。酒吧里还有一个人像是阿根廷观光客。伯福德推了他一把,想让他腾出点地方;他转过身,大吼大叫。伯福德把眼镜交给我,一拳把他打倒在黄铜栏杆上。那人顿时失去了知觉。人群中有人尖叫;埃德和我拉着伯福德迅速溜了出去。场面十分混乱,以至于地方治安官没法挤过人群去找受害人。没人能认出伯福德。我们去了别的酒吧。特姆科摇摇晃晃地走上了一条黑咕隆咚的街道。"怎么回事?打架吗?只管叫上我。"四面八方哄然大笑。我很想知道"山神"在想什么;于是抬起头,看到月亮里面的短叶松,看到了老矿工们的鬼魂,觉得有些纳闷。今夜,在分水岭的整个黑乎乎的东面,除了我们大呼小叫的这个峡谷,四处一片寂静,只有飒飒的风声。在分水岭的另一侧,是西面巨大的斜坡,以及辽阔浩瀚的大平原,一直延伸到斯廷博特斯普林斯,然后陡峭地下降,把你带到东科罗拉多沙漠和犹他沙漠。此刻,一切都在黑暗中,而我们在我们的山里藏身处愤怒地发出尖叫,我们这些喝得烂醉的疯狂美国人,在这片强大的土地上。更远,再更远,过了塞拉斯,卡森下沉的那一侧装饰着珠宝,海湾环绕着我魂牵梦绕的旧金山。我们就在美国的屋顶上,我想,我们能做的一切就是叫喊——穿过黑夜,向东越过平原,在那里的某个地方,一个拿着《圣经》的白发老人大概正在向我们走来,随时会到达,让我们闭嘴。伯福德越过了所有界限;他坚持回到他打架的那个酒吧去。埃德和我不喜欢他所做的事,不过还是跟着他。他走到艺术家贝拉康达跟前,把一杯鸡尾酒浇到了他的脸上;他妹妹贝弗莉尖叫起来:"不,鲍勃,别那样!"我们把他拖了出去。他已经失态了。合唱队的一个男中音歌手加入了我们的行列,我们去了中心城一家正规酒吧。在那里,他把女招待叫作婊子。一群愠怒的男人沿着吧台一字排开,他们憎恨观光客。其中一个人说:"在我数到十之前,你们这帮小子最好从这儿滚出去。"我们出去了。我们跟跟跄跄回到棚屋,倒头便睡。早晨,我醒了过来，翻了个身，一大团灰尘从床垫上升腾而起。我猛拉窗户，窗户钉死了。埃德·怀特也在床上。我们又是咳嗽又是打喷嚏。走了气的啤酒成了我们的早餐。贝弗莉从她住的酒店回来了，我们一起收拾好我们的东西，准备离开。但遵照布赖尔利的命令，我们必须去看看艺术家贝拉康达，在他的窑炉里掺些东西，算作是伯福德的道歉。艺术家训话时，我们大家都站在窑炉的周围。伯福德微笑点头，试着看上去很感兴趣，很不好意思。布赖尔利骄傲地站在旁边。布赖尔利疲倦地靠在我身上。我开溜了，去了引座员的宿舍，找到一个洗手间；当我坐在那儿的时候，我看到钥匙孔里有一只眼睛。"谁在那儿？"那声音说。"杰克。"我说。是布赖尔利；他在到处瞎逛，对那个窑炉感到厌烦。一切似乎都在崩溃。当我们走下矿工之家的台阶时，贝弗莉脚下一滑，摔了个狗啃泥。可怜的姑娘太累了。她哥哥、埃德和我把她扶了起来。我们回到了车上。特姆科和吉恩与我们会合了。回丹佛的悲伤之旅开始了。突然间，我们从山上下来了，俯瞰着丹佛巨大的海蚀平原；热气蒸腾，就像从火炉里出来的。我们开始唱起歌来。我心里痒痒的，很想去旧金山。那天晚上，我找到了艾伦，让我大吃一惊的是，他说他和尼尔去过中心城。"你们干了什么？""哦，我们在酒吧周围瞎逛，但尼尔偷了一辆车，我们以每小时九十英里的速度，沿着弯曲的山道把车开了回来。""我没看见你们。""我们不知道你在那儿。""喂，老兄，我要去旧金山。""尼尔让鲁思今天晚上等你。""好吧，那我就往后推推。"我没有钱，我给我妈寄了一封航空邮件，向她要五十美元，并说那是我最后一次要钱了。之后，一旦我上了那艘船，她就会陆续收到我还给她的钱。随后我去见鲁思·格利恩，把她带回了公寓。在黑灯瞎火的前厅聊了很长时间之后，我让她进了我的卧室。她是个好姑娘，简单而真实，对性方面的事极其害怕；她说，那是因为她在医院里见过这种可怕的事情。我告诉她性很美好。我想向她证明这一点。她同意让我证明，但我操之过急，结果什么也没证明。她在黑暗中叹了口气。"你想从生活里得到什么？"我问她，我总是问姑娘们这个问题。"我不知道，"她说，"只是干活而已，过一天算一天吧。"她打了个呵欠。我一把捂住她的嘴，叫她不要打呵欠。我试着告诉他，我对生活以及我们在一起能做的事情有多么兴奋；我说，我计划两天后离开丹佛。她不耐烦地转过身去。我们仰躺着，望着天花板，很好奇上帝究竟干了什么，让生活变得如此悲哀而勉强。我们制定了模模糊糊的计划，打算在旧金山会面。我在丹佛的日子就要结束了。当我在丹佛神圣的夜晚送她回家时，我感觉到了这一点，回去的路上，我和一帮流浪汉一起躺在一座老教堂的草坪上，他们的谈话让我很想回到那条公路上。时不时地，有人站起身来，向路人讨要一毛钱。他们谈到了向北移动的收获季，温暖而柔软。我很想再次去找鲁思，告诉她更多的事情，这一次要真的向她示爱，消除她对男人的恐惧。美国的男孩和女孩在一起有过这样一个悲伤的时期；世故要求他们无需前戏性的交谈，直奔性爱的主题。不必谈情说爱——径直讨论灵魂，因为生活是神圣的，每时每刻都很宝贵。我听到了丹佛至格兰德河的火车呼啸着驶向群山。我要更远地去追求我的星辰。特姆科和我满腹悲伤地坐在那里，聊至午夜。"你读过《非洲的青山》吗？海明威最好的作品。"我们互祝对方好运。我们会在旧金山见面。我在街上一棵幽暗的树下见到了伯福德。"别了，鲍勃，我们啥时候再见面？"我去找艾伦和尼尔——找遍了所有地方都不见踪影。埃德·怀特把双手伸向空中，说："这么说你要离开了，哟。"我们互称对方为"哟"。"是的。"我说。我在丹佛四处闲逛。在我看来，拉里默街上的每个流浪汉似乎都是尼尔·卡萨迪的父亲，他们管他叫老尼尔·卡萨迪，那个理发师。我走近温莎酒店，父子俩曾在这里住过，一天晚上，尼尔被那个和他们共住一室的坐在轮滑板上无腿男人给吓醒了，他坐在那可怕的轮子上，轰隆隆地滑过地板，去摸那男孩。在柯蒂斯街与第十五街的拐角上，我看到了那个卖微型赛车报的小个子短腿女人。"老兄，"尼尔对我说，"想想把她举到空中然后搞她！"我在柯蒂斯街那些悲伤的下等酒馆周围闲逛：穿着牛仔裤和红衬衫的年轻小子、花生壳、电影院的大帐篷、射击馆。在灯光璀璨的街道那边，便是黑暗，而在黑暗的那边，便是西部。我得走了。拂晓时分，我找到了艾伦。我读了他那部庞大日记的某些部分，睡在了他那儿，早晨，天下起了毛毛雨，灰蒙蒙的，六英尺高的阿尔·亨克尔走了进来，一起来的还有帅小伙比尔·汤姆森和驼背桌球高手吉姆·霍姆斯。吉姆·霍姆斯有一双圣徒般的蓝色大眼睛，但他是一个说话含糊不清的令人讨厌的家伙。他蓄着络腮胡子，和他奶奶生活在一起。大个子阿尔的父亲和哥哥都是警察。比尔·汤姆森声称他比尼尔跑得还要快。当艾伦·金斯堡给他们读他的那首预示世界末日的疯狂诗歌时，他们闲坐在那儿听着。我瘫坐在椅子里，诗读完了。"啊，你们这些丹佛的鸟人！"艾伦大声喊道。我们大家鱼贯而出，走上了一条典型的铺着鹅卵石的丹佛小巷，两旁是缓慢冒烟的废物焚烧炉。"我以前总是在这条小巷里滚铁环。"哈尔·蔡斯告诉我。我很想看看他滚铁环的样子；我很想看看十年前的丹佛，那时候他们全都是孩子，在落基山脉阳光灿烂、樱花盛开的春天早晨，他们在这些充满希望和快乐的小巷里滚铁环……整个一帮人。而衣衫褴褛、浑身肮脏的尼尔在心事重重的狂热中独自徘徊。比尔·汤姆森和我漫步在蒙蒙细雨中；我去了埃迪的女朋友家里，拿回了我的彩格呢羊毛衫——内布拉斯加普雷斯顿的那件羊毛衫。它在那儿完好无损，包得严严实实，一件羊毛衫的巨大悲伤。比尔·汤姆森说他会在旧金山与我相会。人人都要去旧金山。我去了邮局，发现我的钱已经到了。太阳出来了，埃德·怀特和我一起搭乘电车去了巴士车站。我买了去旧金山的车票，五十块钱花掉了一半，下午两点上车。埃德·怀特挥手告别。大巴驶出了传说中热切的丹佛街道。"上帝作证，我会回来，看看还会发生什么别的事情！"我承诺道。尼尔最后一刻打来了电话，他说，他和艾伦可能在西海岸与我会合。我仔细琢磨了一下，意识到我和尼尔交谈加起来不超过五分钟。不管怎么说，我走了，这也是尼尔和艾伦所做的事。尼尔结束了他与两个女孩和两个男孩之间的事，高兴地傻笑着，动身前往得克萨斯，已经在路上。丹佛有人看见他们在南百老汇溜达；尼尔在奔跑，跳起来去够高高的树叶，据提供消息的人说，艾伦"在作笔记"。这是丹·伯迈斯特所讲的故事，稍后会更多地写到他。他们日夜兼程赶往得克萨斯；在整个那段时间里，他们一直不睡觉，连续不断地谈话，没有留下任何没有决定、没有讨论的事情。在公路上，他们经过拉顿岩，经过阿马里洛多风的狭长草地，在得克萨斯灌木丛生的中心地带，他们不停地聊啊聊，直至到达得克萨斯的韦弗利，再向南不远就是休斯敦，比尔·巴勒斯就生活在那里，他们作出的决定是如此之多，以至于在公路上，他们跪在黑暗中，四目相对，为永恒的友谊和爱而发誓。艾伦祝福了他，尼尔表示感谢。他们跪在那里念念有词，直至感到他们的膝盖疼痛。当他们在树林里转来转去寻找比尔的房子时，他们突然看到比尔·巴勒斯本人拿着一根钓竿沿着篱笆懒洋洋地走着。他正在小溪里钓鱼。"喂，"他说，"我看见你们两个小子终于到了。琼和亨基正在你们所在的地方溜达。""亨基在这儿？"他们高兴地叫了起来。"他当然在这儿……""哇！真见鬼！哇哈！"尼尔大叫，"我现在就去找亨基，走吧，走吧！"由此开始一连串的事件，最终结束于纽约，刚好就在我自己回到那里的时候。但在此期间，我一直在旧金山晃悠，稍后我会讲这些事。我与亨利·克鲁的会面晚了两周。从丹佛至旧金山的大巴旅行一路无事，只是距离旧金山越近，我的整个灵魂就越发急迫地渴望奔向它。再次经过夏延……这一次是下午到的……随后向西翻越放牧地；午夜时分在克雷斯顿穿过分水岭，黎明时分到达盐湖城，一座洒水器之城，尼尔最不可能出生在这个地方；随后在烈日下直奔内华达，傍晚时分抵达里诺，经过华灯初上的唐人街；随后上了内华达山脉，松林、繁星、山间小屋，都呈现出旧金山的浪漫意味——后座上一个小男孩对他母亲哭道："妈妈，我们啥时候回到特拉基的家呀？"接着便到了特拉基，家一般舒适的特拉基，然后下山，驶向萨克拉门托的平坦地面。我突然意识到我已经身在加利福尼亚。棕榈掩映的温暖空气——你可以亲吻的空气——和棕榈树。沿着传说中的萨克拉门托河，驶上了一条高速公路；再次进入山里，向上，向下；突然间，出现了浩瀚的海湾——正当拂晓之前——对面是装饰着花彩的旧金山那睡意蒙眬的灯光。过奥克兰海湾大桥时我睡着了，自丹佛以来我第一次睡得这么安稳；就这样，在市场街与第三大街拐角处的巴士车站，我被粗暴地摇醒了，这才想起我已经到了旧金山，距离我母亲在长岛臭氧公园的家三千二百英里。我漫步走出车站，就像一个形容枯槁的鬼魂；她就在那儿，旧金山，阴冷的长街布满电车电缆，全都笼罩在白色的雾气中。我跌跌撞撞地走过了几个街区。黎明中，几个怪异的流浪汉（在传教士街）向我讨钱。我听到什么地方传来音乐声。"小子，以后再来探寻这里的一切！但眼下，我要去找亨利·克鲁。"按照他的指示，我搭上了一辆大巴，出城过金门大桥，至马林市。我们穿过金门时，太阳给太平洋罩上了一层巨大的雾霾，我没法看透这层雾霾，因此，这是去往中国的世界大洋的闪闪发光的盾牌，当我计划出海航行时，它便呈现出尤其可怕的一个方面。亨利·克鲁生活的马林市在一条河谷里，由大片的棚屋组成，都是战争期间按照住房计划为海军船坞的工人们建造的；它实际上就是一条峡谷，一条很深的峡谷，四面八方的山坡上树木茂盛。为参与这个项目的人建造了专门的商店、理发店和裁缝店。他们说，这里是全美国白人与黑人自愿生活在一起的唯一社区；事实确实如此，打那以后我再也没有见过这样一个狂野而快乐的地方。在亨利那间棚屋的大门上，有一张便条，是他三周前钉上去的。"胡言乱语的杰克（大号字，打印的），倘若家中无人，何妨爬窗而入。"还写着"亨利·克鲁签名"。经过风吹日晒，纸条到这会儿已经变得灰白——但亨利没有放弃。我从窗户爬了进去，他和他女朋友黛安正在那儿睡觉——睡在一张他从一艘商船上偷来的床上，那是他后来告诉我的；想想看，一个商船上的电工，半夜三更扛着一张床偷偷溜下船舷，奋力摇桨，划向岸边。这事几乎解释不了亨利·克鲁的为人。我之所以事无巨细地介绍旧金山发生的每一件事情，是因为它与这条线上一路发生的其他每一件事情都密切相关。亨利·克鲁和我许多年前在预科学校相遇；但真正把我们捆绑在一起的是我的前妻。亨利先发现她。一天夜里，他走进我的宿舍房间，说："凯鲁亚克，起来，老师傅来看你了。"我赶忙起来，穿裤子的时候掉出了几块硬币。当时是下午四点钟；我在大学里经常整天睡觉。"很好，很好，别把你的金子撒得满地都是。我发现了世界上最棒的小姑娘，我今天晚上要带她直接去狮穴夜总会。"他拉着我去见她。一周后，她便跟着我了。她说她看不起亨利。亨利是个高大英俊、皮肤黝黑的法国人——他看上去像个二十岁的马赛黑市商人——因为他是个法国人，因此他说话不得不带有花哨的美国腔——他的英语堪称完美，法语也很完美——他喜欢穿时髦的装束，稍稍偏向学院方面，总是带花里胡哨的金发美女出去，花了不少钱。倒不是说他从未原谅我抢走了他的伊迪——只是说，那始终是一个把我们捆绑在一起的关键点，而且，从第一天起，那家伙就对我忠心耿耿，确实喜欢我，鬼才知道为什么。那天早晨我在马林市找到他的时候，他正遭逢颓废而恶劣的日子，二十多岁的年轻小伙子都会遇到这样的日子。他沦落到了无所事事地闲待着，等待一艘船到来，挣几个生活费，他在峡谷对面的营房里有一份特殊警卫的工作。他的女朋友黛安有一张恶嘴，说话刻薄，每天把他骂得狗血淋头。他们整整一周的时间里一分一角地攒钱，周末出去，三个小时便花掉五十块。亨利总是穿着短裤在棚屋里走动，头上戴一顶荒唐透顶的陆军帽；黛安头上戴着发卷走来走去。整整一个星期的时间里，他们就这身打扮互相朝对方大吼大叫。我有生以来也没见过这么多吼叫。但是在周末晚上，他们彼此亲切地朝对方微笑，像一对成功的好莱坞人士一样出门上街。亨利想让黛安走上银幕；他想把我打造成一个好莱坞作家；他有的只是计划而已。他醒了，看见我从窗户里爬进来。他哈哈大笑，堪称世界上嗓门最大的笑声之一，在我耳朵里轰然作响。"哈哈哈，凯鲁亚克，他从窗户里钻进来了，他分毫不差地遵照了指示。你跑哪儿去了，你来晚了两周！"他拍打着我的后背，戳了戳黛安的肋骨，靠在墙上大笑大叫，他重重地捶打着桌子，以至于你在马林市到处都能听到，他长时间的哈哈大笑回荡在马林市的四面八方。"凯鲁亚克！"他尖叫一声，"独一无二的、不可或缺的凯鲁亚克。"我刚才从索萨利托小渔村经过，我说的第一句话是："索萨利托想必有很多意大利人。""索萨利托想必有很多意大利人！"他声嘶力竭地大声喊道。"哈哈哈！"他捶胸顿足，倒在床上，险些滚到地板上。"你听听凯鲁亚克说啥？索萨利托想必有很多意大利人？哈哈哈哈！嗬儿嗨哟！"他笑得喘不过气来，脸涨得像甜菜一样红，"噢，你笑死我了，凯鲁亚克，你是世界上最搞笑的家伙，你来了，你总算来了，他从窗户里爬进来了，你瞧他，黛安，他遵照指示，从窗户里爬进来了……哈哈哈！哇呵呵！"古怪的是，亨利的隔壁住着一个人称斯诺先生的黑人，他也哈哈大笑。我在这里手按《圣经》发誓，那绝对是、完全是世界上最大的笑声。我现在无法形容……马上就会有机会。但是，这位斯诺先生在他老伴随便说了句什么时便从餐桌旁开始哈哈大笑，他显然是呛着了，靠着墙，抬头望天，然后又开始大笑；他最后摇摇晃晃地冲出门，靠在邻居家的墙上，心醉神迷，他跟跟跄跄地跑遍马林市，不停地发出嘀嘀声，洋洋得意地朝那个刺激他这样做的魔神叫喊，我不知道他是不是吃完了晚饭。很有可能，亨利是不知不觉地从这位令人吃惊的斯诺先生那里染上了这个怪毛病。我说，亨利尽管工作上有种种麻烦，与一个尖酸刻薄的女人之间的爱情也并不顺心，但他至少学会了大笑，比世界上任何一个人都笑得开心，我认识到，我们在旧金山的日子肯定会十分开心。住宿的安排是这样：亨利和黛安睡在房间那头的床上，我睡在靠窗的帆布床上。我不会碰黛安。亨利立即就这个问题发表了一通讲话。"我不想发现你们两个在以为我没看见的时候玩什么鬼名堂。老师傅学不会唱新曲儿。这话是我的原创。"我看了看黛安。她是个迷人的性感尤物——一个蜂蜜色的尤物，但她的眼睛里充满了对我们两个人的憎恨。她的野心是嫁给一个阔佬。她来自堪萨斯州的一个小镇。她后悔那天搭上了亨利。在他派头很大的一次周末炫耀中，他在她身上花掉了一百块钱，她以为自己找到了一个富二代。结果她却被拴在了这间棚屋里，由于别的任何东西她都没有，她不得不待在这里。她在旧金山有一份工作，不得不每天在十字路口搭乘长途大巴去上班。她为此决不原谅亨利。他已经尽力了。我打算待在棚屋里，为好莱坞的一家制片厂写一个出色的原创故事。亨利想要抱着他的竖琴，搭乘最高档的航班到处飞，让我们大家都阔起来；黛安将跟着他一起；他要把黛安引见给他一位伙伴的父亲，此人是个著名导演，与 W.C. 菲尔兹关系密切。所以，第一周我待在马林市的那间棚屋里，疯狂地写一个关于纽约的有点阴暗的故事，我认为准会让好莱坞的一位导演感到满意，麻烦在于这个故事太悲伤了。亨利几乎读不下去，因此，他甚至根本没有看，便在几周之后把稿子带到了好莱坞。黛安觉得很无聊，而且憎恨我们两个，因此不愿费心去读它。无数个下雨的时刻，我喝着咖啡，胡涂乱写。最后，我对亨利说，故事写不成；我想去找份工作；我得挣些烟钱。失望的阴影浮现在亨利的眉头——他总是对最荒唐的事感到失望。他有一颗金子般的心。他帮我找了一份和他一样性质的工作，在营房里当警卫。我通过了必要的程序，让我大吃一惊的是，那帮杂种竟然雇用了我。我在当地警察局长的面前宣誓入职，他给了我一枚警徽，一根警棍，现在我是一个特警了。我倒是很想知道，尼尔、艾伦和巴勒斯对于此事会说些什么。我不得不穿上海军蓝裤子和黑色夹克，戴上警帽；头两个星期我不得不穿亨利的裤子；由于他个子太高，再加上出于无聊而贪吃，把自己弄得大腹便便，上班的第一夜我走起路来便像查理·卓别林一样飘飘摇摇。亨利给了我一个手电筒和他的点三二自动手枪。"你在哪里搞到这支枪？""去年夏天在我去西海岸的路上，我在内布拉斯加的北普拉特跳下火车，活动活动腿脚，我在橱窗里看见的只有这支令人惊叹的小手枪，我立即买下了，险些没赶上火车。"我试图告诉他，内布拉斯加的北普拉特对我来说意味着什么——和那两个小伙子一起买威士忌——他拍了拍我的后背，说我是世界上最滑稽好笑的家伙。有了手电筒照路，我爬上了峡谷南面的陡墙，上了一条公路，川流不息的汽车正连夜驶往旧金山，我几乎是连滚带爬地下了公路的另一侧，来到一条深谷的底部，那里有一幢小农舍，紧挨着一条小溪，几个月来每个该死的夜晚都有同一条狗朝我狂吠。接下来是一段快速的步行，在加利福尼亚墨绿色大树的下面，沿着一条尘土飞扬的银白色公路向前走——就像《佐罗的面具》中的一条路，像你在 B 级西部片里看到的任何一条路——我总是掏出手枪，在黑暗中扮演牛仔。随后，我爬上另一座山，营房就在那里。这些营房是海外建筑工人的临时住处。通过了检查的人在这里等船。其中大多数人要去冲绳。多半是在逃避什么——通常是逃避法律的惩罚。有来自亚拉巴马州粗暴的兄弟团伙，来自纽约的贼眉鼠眼之徒，还有来自五湖四海的各色人等。他们完全知道在冲绳干上整整一年多么可怕，于是便拼命喝酒。特警的工作就是看住他们，别把营房给掀翻了。主楼里有我们的总部，不过是一个用木头搭建的玩意儿，有木板隔成的办公室。我们坐在一张翻盖式书桌周围，不停地把枪从屁股上挪开，打着哈欠，老警察们讲故事。他们是一群可怕的人，有警魂的人，全都是，除了亨利和我。亨利只是想挣钱糊口，我也是，但这些人都想抓人，想得到城里局长的表扬。他们甚至说，你每个月至少得抓个把人，否则就会被解雇。面对抓人的前景，我不由得倒吸一口凉气。实际上发生的情况是：那天夜里闹翻了天，而我像营房里的任何人一样喝得烂醉如泥。那天晚上，按值班安排，我要独自一人执勤六小时……是在场唯一的警察；并非任何人都知道这一点，但营房里的每个人那天晚上似乎都喝醉了。因为他们的船明天早晨启航。他们就像起锚前夜的水手一样喝得酩酊大醉。我在办公室里，坐在一张翻盖椅上，双脚搁在桌子上，正在读一本蓝皮书，讲的是俄勒冈和北方地区的冒险故事，突然间我意识到，在这个通常平静无事的夜晚，出现了很大的响动。我走出办公室。营房里几乎每一间该死的棚屋都灯火通明。人们大呼小叫，酒瓶砰嘣碎裂。该我挺身而出了。我拿起手电筒，去吵闹声最大的那间棚屋敲门。有人把门打开了大约六英寸："你想干吗？"我说："我今夜看守营房，你们这帮小子尽量保持安静。"或者诸如此类的蠢话吧。他们对着我的脸砰地关上门。我鼻子贴着木门站在那儿看着。有点像西部片；到了我亲自逮人的时候了。我又敲门。这一回他们把门完全敞开了。"给我听着，"我说，"我并不想来打扰你们这些家伙，但如果你们闹得太厉害，我会丢饭碗的。""你是谁？""我是这里的警卫。""以前从未见过你。""好吧，这是我的警徽。""你屁股上别着把手枪干吗？""那不是我的，"我赶忙道歉，"是我借来的。""赏个脸，喝一杯吧。"要是有酒喝，我倒是并不介意。我喝了两杯。"怎么样，伙计们？安静会儿好不好？要不我会挨骂，你们知道的。""好吧，小子，"他们说，"巡逻去吧，要是想喝的话，回头再来一杯。"我以这种方式去敲所有棚屋的门，不一会儿，我就像其他所有人一样烂醉如泥。天刚拂晓，我的职责是把美国国旗升到六十英尺的旗杆上，这天早晨，我把国旗倒挂在旗杆上，然后回家睡觉。当我晚上回来时，正式警察们一脸严肃地坐在办公室里。"说吧兄弟，昨天晚上这儿闹翻了天是怎么回事。我们收到了住在峡谷对面的人的投诉。""我不知道，"我说，"这会儿听上去十分安静。""这批人全走了。昨天晚上你应该维持这里的秩序——局长在骂你呢——还有一件事，你知不知道，把美国国旗倒挂在政府的旗杆上可能要坐牢的。""倒挂？"我被吓着了；当然，我没有意识到这一点；我每天早晨都机械地做这件事。我在早晨的露水中抖掉国旗上的灰尘，然后把它拉上去。"没错，先生，"一个在那座被称作圣昆丁的可怕监狱里当了三十年看守的胖警察说，"你可能因为这么干而进监狱。"其他人严厉地点点头。他们总是闲坐在那儿，对自己的工作感到自豪。他们掏出自己的枪，谈论它们，但从未用它们对准什么人。他们很想朝谁开上一枪。亨利和我。我不妨跟你讲讲两个最坏的警察。那个曾在圣昆丁监狱担任看守的胖警察大腹便便，六十岁左右，已经退休，但离不开一辈子滋养他干涩灵魂的那种氛围，每天晚上开着他那辆一九三七年的别克汽车来上班，分秒不差地准时打卡。接下来，他十分费劲填写我们所有人每天晚上都必须填写的简单表格——巡逻路线、时间、发生了什么等等。然后，他向后一靠，开始讲故事。"你们要是两个月之前在这儿就好了，当时，我和特克斯（另一个可怕的警察，他很想成为一名得克萨斯骑警，不得已而满足于现在的命运）在营房 G 逮捕了一个醉鬼。老弟，你们真该见识见识那个鲜血飞溅的场面。我今晚带你们去看看墙上的血渍。我们把他揍得在两堵墙之间跳来跳去，先是特克斯用警棍揍他，然后是我，再接下来，特克斯掏出他的左轮手枪，敲了他一下，我正要亲自试试，他便瘫坐在地，无声无息。那家伙发誓出狱后非宰了我们不可——他被判三十天监禁——而现在，六十天过去了，他还没露面。"这才是故事的重点。他被他们吓破了胆，再也不敢回来，更别说宰了他们。我开始发愁，担心他可能会试一试，在一条黑咕隆咚的营房小巷里误以为我是特克斯。那个老警察继续讲着，愉快地回想圣昆丁监狱的恐怖。"我们总是让他们步伐整齐地去吃早餐，像一个陆军排一样行进。没有一个人步调不一致。每件事情都像钟表一样精确。你们真该见识见识。三十年来我一直是那里的看守。从未有过任何麻烦。那些小子知道我们不是闹着玩的。如今有很多家伙看管囚犯时手段太软，惹上麻烦的通常是这些人。就拿你来说吧——根据我在你身上发现的一些苗头，在我看来，你对那些家伙似乎太仁慈了点儿。"他抬起烟斗，死死地盯着我看。"他们会利用你的仁慈，知道吗？"我知道。我告诉他，我不是当警察的料。"是啊，可那是你申请的工作。现在你得打定主意，要么这样，要么那样，否则你会一事无成。这是你的职责。你宣过誓的。你不能向那样的事情妥协。法律和秩序要维护。"我不知道该说什么，他是对的，不过我想要做的只是溜出去，在夜色中消失在某个地方，去全国各地了解人人都在干什么。另一个可怕的警察特克斯矮胖结实，肌肉发达，金色头发剪成板寸，脖子时不时神经质地抽动一下，像个拳击手总是用拳头击打另一只手掌。他把自己打扮得就像过去的得克萨斯骑警，把手枪吊得很低，有一条弹链，拿着一根小马鞭，还有零零碎碎的皮件挂得满身都是，仿佛是一间会走路的刑讯室：锃亮的皮鞋，衣摆很低的夹克，趾高气扬的帽子，除了靴子之外一应俱全。他总是向我展示擒拿的招数：钻到我胯下，敏捷地把我举起。就力量而言，我可以用同样的招数把他扔到天花板上，我清楚地知道这一点；但我从不让他知道，担心他想来一场摔跤比赛。我敢肯定，和这样一个家伙摔跤只能以射击而告终。我敢肯定他玩枪比我在行；我这辈子从未有过一支枪。就连给枪装子弹都让我害怕。他拼命想抓人。一天晚上，只有我们两个值勤，他气哼哼地回来了。"我叫那里的几个小子保持安静，他们还在闹。我给他们讲了两次。我总是给人两次机会，没有第三次。你跟我来，我要回到那里去逮捕他们。""嗯，那就让我去给他们第三次机会吧，"我说，"我去跟他们谈谈。""不，先生，我决不给任何人两次以上的机会。"我叹了口气。我们动身出发。我们去了闹事的房间，特克斯打开门，吩咐所有人鱼贯而出。场面有些尴尬。我们每个人都面红耳赤。这就是美国故事。人人都在做自己认为应该做的事情。一帮男人在夜里高谈阔论，喝点小酒，又怎样呢？但特克斯想要证明什么东西。他带我来是为了提防他们突然袭击他。他们可能会那么干。他们全都是兄弟，全都来自亚拉巴马州。我们大家溜达着回到警务室。特克斯在前，我殿后。其中一个小伙子对我说："你去跟那个一根筋的傻瓜讲讲，让他放我们一马，我们可能为这事而被解雇，去不了冲绳。""我去跟他讲讲。"在警务室里，我叫特克斯忘掉这事。他面红耳赤，为了让每个人听见而大声说："我不给任何人两次以上的机会。""得了吧，"亚拉巴马人说，"两次三次有什么不同？我们可能要丢掉饭碗呢。"特克斯一言不发，在那儿填写拘捕单。他只逮捕了其中一个人，他打电话叫城里派巡逻车来。他们来了，把那人带走了。其他兄弟闷闷不乐地出去了。"老妈会怎么说？"他们说。其中一个人回来找我。"你告诉那个得克萨斯王八蛋，要是我兄弟明天晚上还没出狱，叫他当心自己的屁股。"我告诉了特克斯，以一种不偏不倚的方式，他什么也没说。那个兄弟被放出来了，什么事也没发生。这批人上船启程了；新来的一帮狂野的家伙住了进来。要不是因为亨利·克鲁，这份工作我两个小时也干不下去。但有很多个夜晚，只有亨利·克鲁和我值勤，那个时候，每件事情都乱了套。那天晚上我们慢悠悠地进行我们的第一趟巡逻，亨利试了试所有的门，看看它们是不是锁上了，希望发现一扇门没有锁。他说："许多年来我一直有个想法，要把一条狗培养成一个超级小偷，进入这些家伙的房间里，叼走他们口袋里的美元。我要把他训练得只叼绿票子；我要让他成天嗅绿票子。只要有任何人力所及的方式，我都要把他训练得只叼二十美元的票子。"亨利满脑子都是这种疯狂的计划；接连几周他都在谈论那条狗。只有一次发现一扇门没有锁。我不喜欢这个主意，于是在过道里溜达。亨利偷偷地打开门。脸对脸地碰到的，正是他平日里鄙视和憎恶的东西。那是营房主管的脸。亨利憎恶那个人的脸，以至于对我说："你总是谈论的那个俄国作家叫什么来着——他把报纸塞进自己的鞋里，戴着一顶他从垃圾桶里找来的烟囱大礼帽四处溜达。"这是我给亨利讲过的俄国小说圣徒陀思妥耶夫斯基的夸张故事。"噢，是他……就是他……托斯提奥夫斯基……一个人要是有一张像那位主管那样的脸，他只能叫这个名字……托斯提奥夫斯基。"他和主管、经理、这个地方的老板托斯提奥夫斯基脸对脸。他发现过的唯一没有上锁的门居然属于托斯提奥夫斯基。不仅如此，而且托斯提奥夫斯基听到有人拨弄他的门把手时已经睡了觉。他穿着睡衣起身下床，来到门口，看上去比平时丑陋两倍。当亨利打开门时，他看到一张形容枯槁的脸，因为仇恨和愤怒而更加难看。"你这是什么意思？""我只是试试这门……我以为这是……呃……放拖把的房间。我在找拖把。""你找拖把是什么意思。""嗯……唉。"我后退了一步，说："有个人在楼上的过道里呕吐了。我们得把它打扫一下。""这不是放拖把的房间。这是我的房间。再发生这样的事我会让人调查你们两个家伙，开除你们！明白我的意思吗？""楼上有个家伙吐了。"我再说了一遍。"放拖把的房间在过道那头。那头。"他指了指，等着我们走过去拿拖把，我们去拿了拖把，傻乎乎地拿着它上了楼。我说："该死，亨利你老是给我们惹麻烦。你为什么不洗手不干？你为什么总是要偷偷摸摸？""这世界欠我几样东西，仅此而已。老师傅学不会唱新曲儿。你要是继续那样说话，我就开始叫你托斯提奥夫斯基了。""好吧汉克。把拖把放回去。""你把拖把放回去。我还得继续试试这些门。"他声称他有一次发现一个人睡觉时口袋里掉出了一块钱。"你拿走了它？""在加利福尼亚我不拿，那是一片满地都是水果和坚果的土地，你要么去拿水果，要么去拿坚果，为了我母亲通常称之为健康的那种东西。你跟着老师傅，我们会在他们的邪恶脑瓜子上弹奏美妙的音乐。凯鲁亚克，我毫不怀疑地绝对相信，这个托斯提奥夫斯基，这个男人，这条蠕虫，只不过是一个小偷，因为他那邪恶脑瓜子的形状。"亨利是一个令人着迷的小偷。他就像一个小男孩。在他过去的某个时候，在法国上学的孤独日子里，他们拿走了他的一切；他的父母只是把他困在学校，丢在那里不管；他是被威逼的，一所接一所学校把他赶出校门；夜里，他走在法国的公路上，从他贫乏的词汇中设法想出几句骂人的话。他出去是为了找回失去的一切；他的失去没完没了；这种情况将会永远持续下去。营房的食堂是我们的主要目标。我们东张西望，为的是确定没有人看见，尤其是看看有没有我们的警察朋友潜伏在附近准备找我们的岔子，然后，我蹲下来，亨利踩着我的肩膀爬上去。他打开窗户——窗户从未拴上，因为他晚上都要给它做手脚——爬了进去，落在面粉桌上。我更灵巧一些，只纵身一跳，就爬进去了。然后，我们直奔冷饮柜。在那里实现了我儿时的一个梦想，我揭开巧克力冰淇淋桶的盖子，把手插到齐腕深，托起一大坨冰淇淋，随后舔起来。接着我们找来一些冰淇淋盒子，把它们装满，浇上巧克力汁，偶尔还有草莓什么的——拿几个木勺——然后到厨房里转转，打开冷柜门，看看有什么东西可以装在口袋里带回家。我经常撕下一块烤牛肉，用餐巾包好。"你知道杜鲁门总统怎么说的吗?"亨利说,"我们必须降低生活成本。"一天晚上,我等了很长时间,他在一个巨大的箱子里装满了食品。随后我们无法把箱子从窗户里弄出去。亨利不得不取出每一样东西,把它们放回去。但他还在冥思苦想。那天晚上后半夜,他下班了,我独自一人待在基地,发生了一件怪事。我正沿着峡谷里的那条古老小道散步,指望有机会碰到一头鹿——亨利在周围看见过鹿,即使在一九四七年,马林县也还是蛮荒之地——我听到黑暗中传来一阵可怕的响动。是呼哧呼哧的喘息声。我以为是一头犀牛在黑暗中奔我而来。我抓住手枪,捏紧拳头。一个高大的身影出现在峡谷的黑暗中。突然间,我意识到那是亨利,正扛着一大箱食品。巨大的重量把他压得不停地呻吟和嘟囔。他在什么地方找到了食堂的钥匙,索性从前门搬出了他的箱子。我说:"亨利,我以为你回家了,你到底在干啥?"他说:"你知道杜鲁门总统怎么说的吗?我们必须降低生活成本。"我听见他在黑暗中呼哧呼哧。我已经描述过了回我们棚屋要经过的那条可怕小道,要上山,要过溪谷。他把食品藏进了很深的草丛里,回到我的身边。"杰克,我一个人对付不了。我要把它分成两箱,你得帮帮我。""可我在值勤呀。""你走了我会盯着这儿。日子越来越不好过,我们得竭尽全力,仅此而已。"他擦了擦汗,"哇!我再三对你说过,杰克,我们是兄弟,这事我们俩都有份。只是没有别的办法而已。那些托斯提奥夫斯基们、警官们、特克斯们、黛安们,这个世界上所有的邪恶脑瓜子们,都想扒我们的皮。留心别让任何人算计我们。他们除了肮脏的手臂之外,还有更多坏点子藏在袖子里。记住啰,老师傅学不会唱新曲儿。""我们究竟要做什么才能乘船出海?"我最后问道。十周来我们一直在干这些勾当。我每周挣五十五块钱,平均寄给我妈四十块。所有这些时间里,我只在旧金山度过了一个晚上。我的生活被困在那间棚屋里,在亨利与黛安的战斗中,在营房的夜晚中。

亨利在黑暗中走开了，去拿另一只箱子。我和他一起在那条古老的佐罗小路上艰难行进。我们把食品在黛安的厨房桌子上堆得老高。她醒了，擦了擦眼睛。"你知道杜鲁门总统怎么说的吗？他说我们要降低生活成本。"黛安很高兴。我突然意识到，在美国，人人天生是贼。我自己正沉迷于此。我甚至开始试试门是不是锁了。其他警察都开始怀疑我们；他们从我们的眼神里看出来了；他们凭借可靠的本能明白了我们惦记什么。多年的经验教会他们懂得亨利和我的嗜好。白天的时候，亨利和我拿着枪出门，试着在山里打鹌鹑。亨利偷偷潜近那些咯咯叫的小鸟，距离不到三英尺，用那支点三二手枪射出了一发子弹。他没打中。他那巨大的笑声在加利福尼亚的上空呼啸，在美国的上空呼啸。"到了你我去见见香蕉大王的时候了。"那是星期六；我们打扮得整整齐齐，走向十字路口的巴士车站。我们在那儿玩了一个小时的弹球机。我们知道如何轻轻拍打那机器，留下一百场游戏给任何一个想找点乐子的人。我们所到之处，都回荡着亨利巨大的笑声。他带我去见香蕉大王。"你必须写一个关于香蕉大王的短篇小说，"他告诫我，"别对老师傅玩花招，写别的啥玩意儿。香蕉大王是你的菜。那儿站着的就是香蕉大王。"香蕉大王是街角上一个卖香蕉的老头儿。我觉得很无聊。但亨利不停地戳我的肋骨，甚至拽着我的衣领拖着我向前走。"当你写香蕉大王时，你就是在写生活中有人情味的东西。"我们漫步走过旧金山的街道。亨利不喜欢唐人街。他带我回去见香蕉大王。我告诉他，我对香蕉大王不感兴趣。"在你认识香蕉大王的重要性之前，你对这个世界上有人情味的东西绝对一无所知。"亨利强调说。在我们那间棚屋背后上山的公路上，亨利在路沟里种下了一些大麻籽，希望能长出一丛大麻来。唯一一次，我们去看看那玩意儿的长势，一辆巡逻车在我们旁边停了下来。"你们两个小子在干什么？""哦，我们是索萨利托镇警察部门的成员，我们在那儿的营房上班。刚在那儿消磨了一个下午。"警察们走开了。从索萨利托的海边走过时，亨利突然掏出手枪，朝海鸥射击。没人注意到，除了一个老太太之外，她拿着一袋食品，转过身。"噢噢噢嗬！"亨利吼了起来。海湾里有一艘锈迹斑斑的旧货船，被用作浮标。亨利一直想划船去那里，于是，一天下午，黛安打包好了一顿午餐，我们租了一艘小船，划到了那里。亨利买了一些工具。黛安脱光了衣服，躺在浮桥上晒太阳。我从艉楼甲板上盯着她看。亨利直奔下面老鼠乱窜的锅炉房，开始敲敲打打，寻找并不存在的黄铜衬料。我坐在破破烂烂的高级船员食堂里。那是一艘很老很老的船，从前装修得非常漂亮。木质构件上有漩涡形装饰，还有嵌入式水手储物柜。这是杰克·伦敦笔下旧金山的幽灵。我在阳光灿烂的食堂甲板上做着梦。老鼠在储藏室里跑来跑去。曾几何时，有一位蓝眼睛船长在这里用餐。现在，他的骨头已经和远古的珍珠融为一体。我在底下的内舱与亨利会合。碰到松动的东西他都要用力猛拉。"什么也没有。我以为会有点黄铜，我以为至少有一两个旧扳手。这艘船被一帮小偷剥得精光。"它停泊在海湾里已经很多年了。黄铜被一只早已不复存在的手给偷走了。我对亨利说："我很想哪个起雾的夜里在这艘老船上睡一晚，周围的东西嘎吱作响，听着海浪拍打浮标的巨大声音。"亨利大吃一惊；他对我的敬佩增加了一倍。"杰克，你要是有胆量这么干，我给你五块钱。难道你不知道一些老船长的鬼魂在这里出没吗？我不仅给你五块钱，而且还会划船送你出海，给你打包一顿饭，借给你毯子和蜡烛。""一言为定！"我说。亨利跑去告诉黛安。他对我的勇气感到吃惊。我真想从桅杆上跳下去，刚好落在她的肉体上，但我得信守对亨利的承诺。我把目光从她身上移开了。在此期间，我开始更频繁地去旧金山；我试过书里讲的各种方法去搞一个姑娘。我甚至在一张公园长椅上与一个姑娘坐了整整一个晚上，直至黎明，一事无成。她是个金发姑娘，来自明尼苏达州。然

而，那里有很多男同性恋者。有几次，我带着手枪去了旧金山，当
一个同性恋走近我时，我掏出枪，说："呃？呃？你说什么来着？"
他们拔腿便逃。我一直搞不懂我为什么那样做。我知道全国各地都
有同性恋。可能只是因为旧金山的孤独，以及我有一支枪。我得向
人展示展示。我走过珠宝店，突然产生了一种冲动，想向橱窗射
击，拿走最漂亮的戒指和手镯，跑去送给黛安。然后我们一起逃到
内华达去。这些都是疯狂的梦幻。到了我离开旧金山的时候了，否
则我准会疯掉。我给尼尔和艾伦写了一封长信，他们正在得克萨斯
牛轭湖畔比尔的棚屋里。他们说，一旦这样那样的事情准备就绪，
他们就立即来旧金山跟我会合。关于他们在得克萨斯干什么勾当的
荒诞故事，我是后来才听说的。在此期间，亨利、黛安和我在一起
的每件事情都开始崩溃。九月，雨季到来，随之而来的是高谈阔
论。亨利和黛安飞到好莱坞去了，带去了我那个蠢得不成样子的电
影剧本，什么事也没发生。著名导演格雷戈里·拉卡瓦成天醉醺醺
的，不理睬他们；他们在马利布市他的海滨别墅周围闲逛；他们开
始在其他客人面前吵架；在铁丝网围栏后面吵过几架，围栏挡住了
他们，无法去游泳池，他们飞了回来。最后的高潮是赛马场。亨利
把他所有的钱都存了起来，大约有一百块钱，他拿出了自己的几件
衣服，让我穿戴整齐，让黛安挽着自己的胳膊，我们去了海湾对面
里士满附近的金门赛马场。下面这件事情让你可以看到这小子有一
颗多么善良的心：他把我们偷来的食品分出一半，装进一个巨大的
棕色纸袋里，带给里士满一个他认识的穷寡妇。我们跟着他去了。
那儿有一些衣衫褴褛、满面愁容的小孩子，这里的住房很像我们自
己的棚屋，晾晒的衣服在加利福尼亚的阳光下飘扬。那个女人对亨
利表示了感谢。她是亨利大致上认识的某个海员的姐姐。"不用谢，
卡特尔太太，"亨利用最优雅、最礼貌的语气说，"这些东西所来自
的那个地方还多着呢。"我们接下来去了赛马场。他押上了令人难

以置信的二十块钱，想赢，还没等第七局比赛开始，他就输了个精光。他拿我们留着买食物的最后两块钱，再赌一注，还是输了。我们不得不搭便车回旧金山。我再次上了公路。一位先生让我们搭上了他那辆时髦漂亮的汽车。我和他坐前排。亨利试图编个故事，说他在赛马场看台后面丢了钱包。"真相是，"我说，"我们所有的钱都输在了赌注上，为了防止下次还要从赛马场搭便车回去，从现在起，我们得找一个赌注登记经纪人，是吗亨利？"亨利满脸通红。那人最后承认他是金门赛马场的一位高级职员。他让我们在豪华气派的王宫酒店下了车；我们目送着他消失在枝形吊灯下，他的口袋里装满了钱，他高昂着头。"哇！嗬！"亨利在旧金山早晨的大街上大吼大叫，"凯鲁亚克和那个经营赛马场的人同车，发誓说他要换赌注登记经纪人，黛安！黛安！"他对她又捶又戳——"绝对是世界上最滑稽好笑的人！索萨利托想必有很多意大利人。哈哈嗬！"他抱住一根电线杆子放声大笑。但是，那天夜里，当黛安露出难看的脸色时，天下起雨来。家里一分钱都不剩。雨鼓点似的敲打着屋顶。"至少要下一个星期。"亨利说。他脱下漂亮的西装，重新穿上可怜巴巴的短裤、陆军帽和T恤衫。他那双悲伤的棕色大眼睛盯视着地上的木板。手枪放在桌上。我们能听到雨夜中某个地方传来斯诺先生爽朗的笑声。"那个狗娘养的让我恶心，让我烦透了。"黛安厉声道。她不停地找麻烦。她开始刺激亨利。后者正忙着翻阅他那个黑皮小本儿，上面写着欠他钱的人的名字，大多是海员。他在那些名字的旁边用红笔写上骂人的话。我担心哪天我的名字也会进入那个账本。最近，我寄给母亲的钱有点多，以至于我一个星期只买了四五块钱的食品。遵照杜鲁门总统的教导，我又加了几块钱。但亨利觉得我应摊的份额不止这么多；于是，他开始把他的食品条挂在厨房的墙上，那些丝带一样的长纸条上详细列出了食品的价格，为的是让我看到并理解他的意思。黛安确信亨利藏了私房钱，不让她知道,对于这件事情,我也一样。她威胁要离开他。亨利撇了撇嘴:"你认为你会去哪儿?""去找查理。""查理?赛马场的马夫吗?你听到没有,杰克,黛安要去傍赛马场的马夫。务必记得把你的扫把带去,有了我输掉的一百块钱,那些马儿这个礼拜要吃好多燕麦呢。"事情变得越发糟糕;雨声很大。最初是黛安首先住进这个地方,所以她叫亨利收拾东西滚蛋。他果真开始收拾。我想象着自己在这个下雨的日子独自一人与那个泼妇待在这间棚屋里会是何等情景。我试着出面调解。亨利推了黛安一把。她跳起来去拿那把枪。亨利把枪给了我,叫我藏起来;弹夹里有八颗子弹。黛安开始尖叫,最后她披上雨衣,走了出去,踩着泥泞去找警察,什么鬼警察——不就是我们那位圣昆丁监狱的老朋友吗?幸好他不在家。她浑身湿漉漉地回来了。我躲在我的角落里,把头埋在两膝之间。天哪,我跑到这个离家三千英里的鬼地方干什么?我为什么来这儿?我那艘去中国的慢船在哪里?"还有一件事情,你这个脏鬼,"黛安叫喊道,"今晚是最后一次我给你做肮脏的猪脑炒鸡蛋,还有肮脏的咖喱羊肉,好让你填饱你那肮脏的肚皮,在我的眼皮底下长胖,变得粗俗不堪。""没问题,"亨利只是平静地说,"完全没问题。我当初和你鬼混也没指望玫瑰和月光来着,今夜今日之事我一点也不吃惊。我也试着为你做过几件事情——我竭尽全力为你们两个人好——你们两个都让我失望了。我对你们两个都非常非常失望,"他带着绝对的真诚继续说,"我以为我们在一起能做点什么事,美好而持久的事,我尝试了,我飞去好莱坞,我给杰克找了一份工作,我给你买了漂亮衣服,我试图把你介绍给旧金山最好的人。你们拒绝了,你们两个都拒绝遵循我微不足道的愿望。我不求任何回报。现在,我求你们帮我最后一个忙,今后再也不求你们帮忙了。我爸下周六晚上要来旧金山。我唯一的要求是你们和我一起去,假装看上去仿佛一切都像我写信告诉他的那样……换句话说,你,黛安，你是我的女友；而你，杰克，你是我的朋友。我已经安排好去借一百块钱，周六晚上用。我要看到我爸在这儿度过一段愉快的时光，可以安心离开，在这个世界上没有任何理由为我担心。"这让我大吃一惊。亨利的父亲是哥伦比亚大学一个著名的法语教授，是法兰西荣誉军团成员。我说："你的意思是想告诉我，你要在你爸身上花一百块钱——他挣的钱比你这辈子所有的钱还要多——你会债台高筑，老兄！""没关系，"亨利平静地说，但声音里有种挫败感，"我只求你们最后一件事——你们，至少要尽力让事情看上去还不错。我爱我的父亲，我尊敬他。他带着他年轻的妻子一起来，放暑假后直接从加拿大的班夫来。我们必须对他表现得礼貌周到。"有些时候，亨利确实是世界上最有绅士风度的人。黛安深受感动，很期待见到他父亲；她认为，他可能是一个使人中意的伴侣，就算他儿子不是。星期六晚上很快就到了。我已经辞去了警察的工作，刚好就在我因为没有逮捕足够多的人而被解雇之前，这将是我在旧金山的最后一个周末之夜。亨利和黛安先去酒店房间见他父亲；我身上有旅行的钱，在楼下的酒吧里喝醉了。随后，我上楼去和他们大家会合，来得太晚。亨利的父亲开了门，一个受人尊敬的小个子男人，戴着夹鼻眼镜。"哦，"我见到他便说，"克鲁先生，您好。我很高①！"我大声喊道，本意是打算用法语说："我刚喝酒，有点喝高了。"但在法语里绝对没有那个意思。他父亲被搞糊涂了。我已经让亨利很紧张。他满脸通红看着我。我们大家去一家豪华饭店吃饭，北滩的阿尔弗雷德饭店，在那里，亨利为了我们五个人的饭菜加酒水足足花了五十块钱。此时，最糟糕的事情发生了。阿尔弗雷德饭店的酒吧里坐着一个人，居然是我的老朋友艾伦·特姆科！——他刚从丹佛来，在《旧金山纪事报》找了一份工作。他喝

---

① 原文为法语：Je suis haut。

醉了。他甚至没有刮胡子。他跑了过来，拍了拍我的后背，把一杯鸡尾酒举到我的嘴边。他在克鲁先生旁边的座位上一屁股坐了下来，越过教授的汤盘和我说话。亨利满脸通红，跟甜菜似的。"介绍一下你的朋友好吗，杰克？"他带着无力的微笑说。"《旧金山纪事报》的艾伦·特姆科。"我费劲地绷着脸说。黛安愤怒地看着我。特姆科凑到教授的耳边聊了起来。"你喜欢教中学的法语吗？"他大声喊道。"对不起，我不教中学法语。""哦，我还以为你教中学法语呢。"他是故意粗鲁无礼。我还记得那天夜里他在丹佛不让我们搞派对的情景；但我原谅了他。我原谅每个人，我投降，我喝醉了。我开始跟教授年轻的妻子大谈月光和玫瑰。她是一个真正的巴黎女人，大约三十五岁，性感而孤傲，但温暖而有女人味。我把侮辱堆到了天花板上。我喝得太多，不得不每隔两分钟离开座位去撒尿，而要想去厕所，我不得不从教授的膝盖上跨过去。每件事情都在崩溃。我在旧金山的逗留就要结束。亨利再也不会和我说话了。这真可怕，因为我确实很爱亨利，他是一个真诚的、了不起的家伙，我是世界上少数几个知道这一点的人之一。对他来说，要很多年的时间才能淡忘此事。想当初，许多个夜晚，我在臭氧公园给他写信，计划沿着那条代表六号公路的红线穿越美国，比起那时候，眼下的这一切实在糟透了。在这里，我在美国的尽头……前面再也没有陆地……除了回头无处可去。我决定至少要让我的这趟旅行是环形的。我当即决定去好莱坞，然后经过得克萨斯，去牛轭湖畔看看我的那帮老伙计，其余的事就见鬼去吧。特姆科被赶出了阿尔弗雷德饭店。晚宴总算结束了，于是我便去和他会合，也就是说，亨利建议这样，所以我和特姆科一起离开了，去喝酒。我们在铁锅酒吧的一张桌旁坐了下来，特姆科用很大的声音说："山姆，我不喜欢酒吧里的那个小妖精。""耶，杰克？"我说。"山姆，"他说，"我想我会站起身来敲他的头。""不，杰克，"我说，继续模仿海明威的口

吻，"只要从这里瞄准，看看会发生什么。"我们最后摇摇晃晃走到
一个街角。我做梦也没想到我两年后会回到同一个街角——三年后
再次回来。我跟特姆科道了别。早晨，亨利和黛安还在睡觉，我有
点悲伤地看着一大堆要洗的衣服，亨利和我本打算拿到棚屋后面用
邦迪克斯洗衣机洗（这始终是一项阳光明媚、令人快乐的活动，周
围是黑人妇女，头顶上回荡着斯诺先生的笑声），我决心离开。我
走到外面的门廊里。"不，真他妈该死，"我自言自语道，"我答应
过，在爬上那座山之前我不会离开。"那是峡谷的另外一侧，神秘
地通向太平洋。于是我又待了一天。那是星期天。巨大的热浪滚滚
而来；那是一个美好的日子，太阳在三点钟便变成了红色。我三点
钟开始登山，四点到达山顶。四面八方都覆盖着可爱的加利福尼亚
三角叶杨。我觉得就像在扮演牛仔。接近山顶的地方已经没有了
树，只有岩石和野草。牛群在西海岸的山顶上吃草。太平洋就在那
儿，在山脚下不远的地方，蔚蓝而浩瀚，一道巨大的白墙从传说中
的土豆地向前延伸，旧金山的大雾就是从那里升腾而起。再过一个
小时，白雾会涌过金门，让这座浪漫的城市笼罩在白色中，一个小
伙子拉着女朋友的手，沿着一条长长的白色人行道，缓慢地往上
爬，口袋里装着一瓶托考伊白葡萄酒。这就是旧金山；漂亮的女人
站在白色的门道里，等待她们的男人；科伊特塔、内河码头、市场
街，以及十一座人流如织的小山。对当时的我来说是荒凉孤寂的旧
金山——几年后，当我的灵魂变得更陌生时，它将是乱哄哄的。眼
下，我只是山上的年轻人。我弯下腰，从两腿之间望去，注视着这
个上下颠倒的世界。褐色的山丘一直通到内华达；往南，是传说中
的好莱坞；往北，是神秘的沙斯塔县。向下，一切尽收眼底：有那
座营房，我们曾在那里偷窃小盒食品，托斯提奥夫斯基那张小脸怒
视着我们，亨利和我曾把那把玩具枪藏在那里，我们短促尖锐的叫
喊声曾从那里发出。我不停转动着头，直至头晕目眩。我以为我会

像在梦里一样摔倒下去，消失在悬崖中。"噢，我爱的姑娘在哪里？"
我寻思着，四处张望，就像我曾经在下面那个小小的世界里四处张
望一样。我面前是绵延起伏、大块浑然的美洲大陆，极目远望，在
阴沉疯狂的纽约那边的某个地方，尘土的云团和棕色的蒸汽升腾而
起。关于东部，有某种棕色的和神圣的东西；加利福尼亚是白色
的，就像是晾衣绳和空无一物的灵魂——至少我当时是这么想的。
我后来知道得更清楚。现在，到了继续向前追寻我的月亮的时候
了。早晨，亨利和黛安还在睡觉，我静静地收拾好行装，像当初我
进来的时候一样从窗户里溜了出去，带着我的帆布包离开了马林
市。我始终没有在那艘幽灵船上过夜，它叫弗里比海军上将号，亨
利和我失去了联系。在奥克兰，我在一家门前摆着一个马车轮子的
酒吧里喝了一杯啤酒，周围是一群流浪汉，我再次上路了。我即将
进入那个世界上最忙乱的河谷：圣华金谷，我注定要在那里遇见并
爱上一个美丽的女人，经历我回家之前的所有冒险中最疯狂的冒
险。两趟便车把我带到了南边四百英里之外的贝克斯菲尔德。第一
趟便车的司机是一个疯狂的家伙：一个高大魁梧的金发小伙子，开
着一辆加大了马力的改装跑车。"瞧见那个脚趾没有？"他说，一边
加大油门，把这辆破车开到了每小时八十英里，超了路上的每一辆
车。"你瞧。"那个脚趾裹着绷带，"我今天早晨刚刚把它截掉了。
那帮混蛋想让我住院。我收拾好行囊离开了。一根脚趾算什么。"
确实不算什么，我心里说，现在得当心，我紧紧抓住座位。你从未
见过一个那样开车的傻瓜。他不一会儿就开到了特雷西。特雷西是
一个铁路小镇；司闸员们在铁路边上的小餐馆里吃着糟糕的饭菜。
火车号叫着驶过河谷。太阳正下山，又大又红。圣华金谷所有奇妙
的地名渐次展现——曼特卡、马德拉，以及诸如此类吧。天色很快
暗了下来，葡萄色的暮色，紫色的暮色，笼罩着柑橘树林和狭长的
瓜田；太阳是榨干了的葡萄的颜色，夹杂着勃艮第红；田地是爱情

的颜色，西班牙悬疑小说的颜色。我把头伸出车窗，深深呼吸着芬芳的空气。那是最美好的时刻。那疯子是南太平洋铁路公司的一名司闸员，住在弗雷斯诺；他父亲也是一名司闸员。他在旧金山调车场调车时丢掉了一个脚趾。我没完全搞明白是怎么回事。他驱车把我载到了忙乱的弗雷斯诺，在小镇的南边让我下了车。我走到铁路旁边一家食品杂货店匆匆喝了一杯可口可乐，这时，一个神情忧郁的亚美尼亚年轻人沿着红色货车车厢走了过来，正在此时，一辆机车拉响汽笛，我心里说："是啊，是啊，这就是萨洛扬的小镇。"那个莫拉德去了哪里？——有多萧条？弗雷斯诺在梦见什么？我得去南方；我来到公路上。一个开着一辆崭新轻型货车的男人把我捎上了。他来自得克萨斯州的拉伯克，做拖车的生意。"你想买一辆拖车吗？"他问我，"任何时候，想买的话尽管找我。"他讲了一些他父亲在拉伯克的故事。"一天晚上，我老爸把当天收到的进款放在了保险柜上面，完全忘记了。发生什么了呢……夜里进来一个小偷，乙炔割枪、手电筒什么的一应俱全，打开了保险柜，把里面的文件之类翻了个底朝天，踢翻了几把椅子，然后离开了。而那几千块钱就放在保险柜上面，你听说过这种事吗？"那是一个令人惊叹的故事。我也要赶时间，七小时跑四百英里！我的前面燃烧着黄金时代好莱坞的幻想。我的身后一无所有，一切都在我的前头，正如从前在路上一样。他在贝克斯菲尔德的南边让我下了车，接下来，我的冒险开始了。天气冷了起来。我穿上我在奥克兰花三块钱买的轻薄陆军雨衣，站在路上哆哆嗦嗦。我站在一家西班牙风格的汽车旅馆门前，旅馆装饰华丽，灯火通明。驶往洛杉矶的汽车疾驰而过。我疯狂地做着搭便车的手势。外面太冷了。我在那里一直站到半夜，整整站了两个小时，嘴里不停地咒骂着。就像在艾奥瓦州的斯图亚特一样。除了花两块多钱搭乘一辆大巴走完到洛杉矶剩下的路程，别无他法。我沿着公路往回走到贝克斯菲尔德，进了巴士车

站，在一张长椅上坐下来，在那个夜晚的疯狂中，你做梦也想不到
会发生什么——我做梦也没有想到，一个星期之后我会再次坐在那
张长椅上，在最狂野、最可爱的环境下去北方。我买了车票，等候
去洛杉矶的大巴，但突然间，我看到了那个娇小漂亮、穿着运动裤
的墨西哥姑娘从我的视线里一闪而过。她坐在一辆刚刚进站的大巴
里。她的乳房耸起，直挺而真实；她的小蛮腰看上去赏心悦目；她
长发飘逸，乌黑光滑；她蓝色的大眼睛里藏着灵魂。我真想和她同
在一辆大巴上。我的心里一阵刺痛，就像每次见到我心爱的姑娘在
这个太大的世界上朝相反的方向走去一样。广播员呼叫去洛杉矶的
乘客上车。我收拾好背包，上了车；独自坐在车里的不是别人，正
是那个墨西哥姑娘。我坐在她的正对面，立即开始琢磨我的计划。
我如此孤独，如此悲伤，如此疲惫，如此颤抖，如此破碎，如此颓
废——所有这一切都让我难以承受——以至于让我鼓起了勇气，接
近一个陌生姑娘所需要的勇气，开始行动。即使在那个时候，当大
巴开出时，我也还是用了五分钟的时间，在黑暗中不停地拍打自己
的大腿。"一定要上，你一定要上，不然你死定了！该死的蠢货，
去和她搭讪呀！你到底出什么毛病啦？你这会儿莫不是烦透了自
己？"没等我弄明白自己在做什么，我已经越过座位之间的过道，
朝她凑了过去——她正试图在座位上睡一会儿——我说："小姐，
要不要用我的雨衣当枕头？"她抬头笑了笑，说："不用了，非常感
谢。"我颤抖着坐了回去，点燃了一个烟屁股。我一直等到她以那
种有点哀怨、充满爱意的目光斜睨我一眼，我站了起来，俯身对她
说："我能坐在你旁边吗，小姐？""请便。"我坐了过去。"你去哪
儿？""洛杉矶。"我喜欢她说"洛杉矶"的样子；我喜欢西海岸每个
人说"洛杉矶"的样子，归根到底，那是他们唯一的黄金之城。"那
正是我要去的地方！"我叫了起来，"我很高兴你让我坐到你的旁
边，我非常孤独，我旅行的时间实在太长了。"我们平静下来，讲

述了我们各自的故事。她的情况是这样：她有一个丈夫和一个孩子。丈夫打她，于是她离开了他，回到弗雷斯诺以南的塞尔玛，接下来要去洛杉矶和她姐姐过一阵。她把年幼的儿子留在了她的娘家，娘家人是摘葡萄的，住在葡萄园里的一间棚屋里。她无事可做，成天胡思乱想。我很想立即搂住她。我们不停地聊啊聊。她说她喜欢和我说话。过一会儿，她说她希望也能去纽约。"或许我们可以一起去。"我笑了起来。大巴呻吟着爬上了格雷普韦恩山口，随后我们向下驶入了一大片散乱的灯光中。没有任何特殊的约定，我们开始手拉着手，以同样的方式，我们无声、美好而纯洁地作出决定，当我在洛杉矶开好一个酒店房间时，她会陪在我身边。我全身心地心疼她；我把头靠在她漂亮的头发上。她娇小的肩膀让我忍不住发狂，我抱紧她，抱紧她。她喜欢这样。"我喜欢爱情。"她闭上眼睛说。我答应给她美好的爱情。我贪婪地看着她。我们的故事讲完了，我们陷入了沉默和甜蜜的畅想。事情就这么简单。你们可以拥有这个世界上所有的珍吉尔们、贝弗莉们、鲁思·格利恩们、卢安妮们、卡罗琳们和黛安们，这一个才是我的姑娘，那种有着少女灵魂的姑娘，我把这个想法告诉了她。她承认她在巴士车站注意到了我盯着她看。"我还以为你是一个令人愉快的大学生呢。""哦，我就是个大学生呀！"我说。大巴到了好莱坞。在灰蒙蒙、脏兮兮的黎明中，就像电影《苏利文的旅行》中乔尔·麦克雷遇见维若妮卡·蕾克时的那个黎明一样，她趴在我的膝盖上睡着了。我贪婪地望着窗外：灰泥粉饰的房子、棕榈树和免下车餐饮店，整个疯狂的事情，破破烂烂的应许之地，荒诞离奇的美洲尽头。我们在主街下了大巴，和你在堪萨斯城、芝加哥或波士顿下车的地方没什么两样，红砖楼房，肮脏的污秽，漂泊的人物，黎明中电车刺耳的摩擦声，大城市的婊子气味。在这里，我思绪万千，一团乱麻，我不知道为什么。我开始产生这样一个愚蠢的偏执狂想法：比阿特丽斯——那姑娘的名字——是那种常见的小骗子，在大巴上弄几个小钱，经常在洛杉矶和我们这样的人约会，在那里先把那个容易上当的傻瓜带到一个吃早餐的地方，而给她拉皮条的家伙在那里等着，然后去某家酒店，拉皮条的家伙可能带着枪或别的什么东西进入酒店。我没有向她坦白这个想法。我们吃早餐时，一个皮条客一直盯着我们；我幻想比阿特丽斯在偷偷地对他使眼色。我很累，愚蠢的恐惧攫住了我的灵魂，让我变得卑劣而庸俗。"你认识那个家伙吗？""哪个家伙呀？"我没再提此事；她做什么事情都很慢，磨磨蹭蹭。吃早饭花了很长时间，还抽了一支烟，她说话太多。我一直琢磨她是在拖延时间。但这完全是荒诞不经的念头。我们找到第一家酒店有一个房间，我还没来得及看看房间怎样便迫不及待地锁上了门，她坐在床上脱鞋。我温顺地吻了她。最好她永远不知道我的这些愚蠢想法。为了放松我们的神经，我知道我们需要一点威士忌，尤其是我。我跑了出去，逛遍了城里的十二个街区，才在最不可能卖酒的地方，一个报摊上，买到了一品脱威士忌。我劲头十足地跑了回来。比阿特丽斯正在浴室里收拾自己的脸。我用一个玻璃水杯倒了满满一大杯，我们大口地喝了起来。啊，真是太甜蜜，太美妙，我的整个悲哀的旅行都值了。我站在她身后，对着镜子，我们就那样在浴室里跳起舞来。我开始谈论我在东部的朋友。我说："你应该去见见我认识的一个大个子姑娘，她叫维基。她是个六英尺高的红头发姑娘。如果你去纽约，她会告诉你哪里可以找到工作。""这个六英尺高的红头发姑娘是谁呀？"她满腹狐疑地问道，"你为什么跟我谈到她？"她头脑简单，搞不懂我那种高兴的神经质的谈话。我丢开了这个话题。她在浴室里就开始有点醉意。"上床吧！"我不停地说，"六英尺高的红头发姑娘呢，嘿？我还以为你是个正派大学生呢，我见你穿着那件可爱的针织套衫，我对自己说：'嗯，他应该不坏吧。'不！不！不！你必定是个皮条客，就像他们所有人一样!""你到底说些什么呀?""别站在那儿告诉我说那个六英尺高的红头发姑娘不是老鸨,我一听就知道是老鸨,而你,你就是一个皮条客,像我认识的所有人一样,人人都是皮条客。""听我说,比阿特丽斯。我不是皮条客。我手按《圣经》对你发誓,我不是皮条客。我干吗要当皮条客呢?我唯一感兴趣的是你。""我一直以为我遇到了一个正派小伙子。我是那样高兴,我暗自得意,心里说:'嗯,这确实是个正派小伙子,不是个皮条客。'""比阿特丽斯,"我全心全意地恳求她,"请听我说,你要明白。我不是皮条客。"一个小时前,我还以为她是个骗子呢。真他妈悲哀。我们的脑子里都有很多疯狂的想法,它们岔开了。噢,生活多么可怕,我悲叹,我恳求,随后我发火了,我意识到我是在恳求一个愚蠢的墨西哥小婊子,并这样对她说了;没等我弄明白,我就拿起她的红色轻便鞋,朝浴室的门口扔了过去,叫她出去。"走吧,赶紧走吧!"我要睡觉,我要忘掉此事;我有我自己的生活,有我自己永远悲伤凄惨、永远破烂不堪的生活。浴室里出现了一阵死一般的寂静。我脱光衣服,上床睡觉。比阿特丽斯走了出来,两眼盈满懊悔的泪水。在她简单而古怪的小脑袋里,她断定了这样一个事实:一个皮条客不可能把一个女人的鞋子朝门口扔去,不可能叫她出去。在恭敬而甜蜜的沉默中,她脱光了自己的衣服,把她小小的身体滑进了被褥里,睡在我的旁边。她的身体像葡萄一样是褐色的。我看到她可怜的肚皮上有一块剖腹产留下的疤痕,清晰地一直延伸到她的肚脐眼那儿。她的臀部太狭窄,生孩子不能不切开一个口子。她的双腿就像两根小棍子。她只有四英尺十英寸高。她张开小小的双腿,我在这个困乏早晨的甜蜜中和她做爱。接下来,我们就像两个疲惫的天使,被孤零零地困在了洛杉矶的一个沙洲上,一起发现了生活中最亲密、最美妙的东西,我们睡着了,一直睡到傍晚。接下来的十五天时间里,好也罢坏也罢,我们都在一起。当我们醒来时,我们决定一起搭便车去纽约；她将以我女朋友的身份出现在纽约城。
我想象着尼尔和卢安妮以及每个人那激动而复杂的表情，一个活动
季，一个新的活动季。我们首先要去工作，为这趟旅行挣到足够的
钱。比阿特丽斯非常赞成带着我剩下的二十块钱立即出发。我不喜
欢这个主意。我考虑了这个问题，像个傻瓜那样琢磨了两天，我们
一边阅读着洛杉矶新出的报纸上我这辈子之前从未见过的招聘广
告，从自助餐厅到酒吧，直至我二十块钱逐渐减少到只剩下十块有
零。情况越来越糟。我们在小旅馆的房间里非常快乐。半夜三更，
我因为睡不着而起身下床，拉过被单盖住宝贝的褐色肩膀，仔细端
详洛杉矶的夜景。那是怎样的残酷、闷热、警报哀号的夜晚啊！街
对面出麻烦了。悲剧的现场是一幢破败飘摇、年久失修的寄宿公
寓。巡逻警车开到了楼下，警察们正在询问一位头发花白的老人，
楼内传出啜泣的声音。我什么声音都听得一清二楚，连同我的宾馆
霓虹灯的嗡嗡声。我一生中从未感觉到这样悲伤。洛杉矶是美国最
孤独、最残酷的城市；纽约的冬天冷得可怕，但在那儿，某些街道
总有某个地方有一种稀奇古怪的亲密伙伴的感觉。洛杉矶是一片丛
林。比阿特丽斯和我总是拿着热狗在南主街闲逛，那里是一场华灯
与蛮荒的怪诞狂欢。穿着皮靴的警察在几乎每一个街角搜查行人。
这个国家最颓废的人物云集在人行道上——所有这一切都发生在南
加利福尼亚柔和的星空下，迷失在洛杉矶这个巨大沙漠营地的棕色
光环中。你可以闻到茶叶和杂草的味道——我指的是飘浮在空气中
的大麻的味道，连同辣味豆和啤酒的气味。嘈杂而狂野的波普爵士
乐的声音从啤酒屋中飘出来，与美国的夜空中各种各样的牛仔音乐
和布吉摇滚乐的声音混合在一起。每个人看上去都像亨基。狂暴的
黑人戴着爵士帽，蓄着山羊胡，哈哈大笑着走过；接下来是长发飘
飘、落魄潦倒的颓废青年，他们经由六十六号公路直接从纽约来到
这里；然后是一些沙漠耗子，他们扛着大包小包，直奔广场公园的

长椅；再接下来是袖子散了纱的卫理公会牧师，偶尔有一个蓄着络腮胡子、穿着浅口凉鞋的"自然之子"圣徒。我很想遇见他们所有人，与每个人交谈，但比阿特丽斯和我都太忙，正想方设法一起挣个块把钱。我们去了好莱坞，试图在日落大道与藤街拐角上的那家药店里找份工作。幸好那儿有一个街角！总是有一大家子老老少少开着老爷车从内陆地区来到这儿，闲站在人行道上，张大嘴巴渴望见到某个电影明星，可电影明星从未露面。当一辆豪华轿车驶过，他们就热切地冲到马路牙子那儿低头朝车里看，某个人物戴着墨镜坐在车里，旁边是一位珠光宝气的金发美女。"唐·阿米契！唐·阿米契！""不，是乔治·墨菲！乔治·墨菲！"他们毫无目的地乱转，东张西望。英俊潇洒的古怪男孩来到好莱坞，想扮演牛仔，他们到处闲逛，用他们神气活现的指尖弄湿眉毛。世界上最漂亮的痴心少女穿街而过；她们来到这里想成为电影新秀，最终只能在路边小餐馆里打工。比阿特丽斯和我也曾试着到路边小餐馆找工作。哪儿都不成。好莱坞大道是一条尖叫的疯狂车流；每分钟至少有一次小事故；每个人都奔向那棵最远的棕榈树，再过去就是沙漠和空无。好莱坞的山姆站在豪华饭店门前争论不休，其方式完全就像百老汇的山姆们在纽约的雅各布海滩上争论不休一样，只是他们穿的是棕榈滩牌西服，他们的谈话更加陈词滥调。身材高大、死尸般的传道士哆哆嗦嗦地走过。肥胖的女人跑过好莱坞大道，去排队参加问答比赛秀。我看到杰里·科隆纳正在别克汽车公司买车，他在巨大的平板玻璃窗里面抚弄他的八字胡须。比阿特丽斯和我在闹市区的一家自助餐厅吃饭，餐厅装饰得看上去就像一个洞穴。洛杉矶的所有警察看上去都像英俊潇洒的舞男；很显然，他们来到洛杉矶是为了拍电影。每个人来这里都是为了拍电影，甚至包括我。比阿特丽斯和我最后沦落到试着去南主街找工作，混迹于一群颓废人物当中，他们对自己的颓废毫不掩饰，即使在那里也一无所获。我们还有八块钱。"老兄，我要去我姐姐那儿拿衣服，我们要搭便车去纽约。"比阿特丽斯说，"来吧，哥们。我们干吧。如果你不会跳摇摆舞，我会跳给你看。"那是她唱的歌曲的最后一部分。我们赶忙去了阿拉米达大道那边一个摇摇晃晃的墨西哥人棚户区她姐姐家。我在墨西哥人的厨房后面一条黑咕隆咚的小巷里等着，因为推测起来，她姐姐应该不喜欢看到我。几条狗跑来跑去。有一些很小的路灯照亮这条耗子巷。我能听到比阿特丽斯和她姐姐在柔和温暖的夜色里争论。我做好了应付一切情况的准备。比阿特丽斯出来了，拉着我的手去中央大街，那里是洛杉矶有色人种的主要聚集地，那是一个怎样的蛮荒之地啊，鸡舍似的棚屋大到刚够放下一台自动点唱机，唱机里只播放蓝调、波普和急奏爵士乐。我们爬上肮脏的公租房楼梯，来到比阿特丽斯的朋友玛格丽娜的房间，她是个有色人种姑娘，比阿特丽斯有一条裙子和一双鞋在她这儿。玛格丽娜是个可爱的黑白混血姑娘，她丈夫像扑克牌里的黑桃一样黑，人很友善。他径直出去了，买了一品脱威士忌招待我。我试着分摊一部分钱，但他不同意。他们有两个小孩子。小家伙们在床上蹦蹦跳跳，那是他们的游乐场。他们搂着我，好奇地看着我。在外面，中央大街狂野的喧嚣之夜——汉普的《中央大道崩溃》中的夜晚——发出嚎叫和隆隆声。我想这真奇妙，点点滴滴都很奇妙。人们在门道里唱歌，从他们的窗户里唱歌，大声叫骂和朝外张望。比阿特丽斯取了衣服，我们告辞了。我们走到一间鸡舍似的棚屋，在自动点唱机上点播了唱片。两个黑人凑到我的耳边低声谈论大麻的事。只要一块钱。我说行。毒品贩子走了进来，示意我去地下室的厕所，在厕所里，他说："捡起来，伙计，捡起来。"我傻乎乎地闲站在那儿。"捡什么？"我说。他已经收了我的一块钱。他不敢指着地板。我四下张望，他用头朝地板示意。那儿没有地板，只有地下室。那儿有什么东西，看上去很像一个小小的褐色粪块。他谨慎得有些荒唐。"我得为自己考虑,上个礼拜很不太平。"我捡起了那个粪块,它是一支棕色纸卷成的香烟。回到比阿特丽斯身边,我们离开了,打算去酒店房间里爽一把。结果什么反应也没有。那只是布尔达勒姆牌香烟。真希望我花钱更明智些。比阿特丽斯和我必须绝对地、一劳永逸地决定该做什么:我们决定带着剩下的钱搭便车去纽约。她收拾好那天夜里她从姐姐那里拿到的五块钱。我们总共有大约十三块钱。于是,在旅馆房间的日租金到期之前,我们收拾好行装,搭上了一辆红色汽车到加利福尼亚州的阿卡迪亚,圣安妮塔就在那儿,位于白雪盖顶的群山之下。天色已晚,我们面对的是辽阔浩瀚的美洲大陆。我们手牵着手,沿着公路向下步行了好几英里,才走出人口密集的地区。那是星期六的夜晚。发生了一件事情,让我变得比离开臭氧公园以来任何时候都更加疯狂:我们站在一个路灯下,竖起拇指做搭便车的手势,突然间,几辆满载着青春少年的汽车呼啸而过,车上彩带飘飘。"耶!耶!我们赢了!我们赢了!"他们全都大呼小叫。接下来,看到路上有一个男人和一个姑娘,他们十分高兴,朝我们哇哇乱叫。陆续有几十辆这样的车子开了过去,车上全是年轻的面孔,以及俗话所说的"变嗓的声音"。我恨他们每一个人。他们以为自己是谁,仅仅因为他们是中学的小朋克,因为他们的父母在星期天下午切烤牛肉,就奚落路上的某个人。他们以为自己是谁,竟敢取笑一个落魄的姑娘和一个她想跟着的男人。我们操心自己的事。我们没有搭上一辆该死的便车。我们不得不走回镇上,最糟糕的是我们需要喝点咖啡,倒霉的是我们走进了唯一还在营业的地方,那是一所中学的冷饮室,所有孩子全都在那儿,而且记得我们。这会儿他们认识到了另一个事实:比阿特丽斯是墨西哥人。我一分钟也不想待。比阿特丽斯和我在黑暗中游荡。我最后决定和她再逃避现实一晚,明天早晨见鬼去吧。我们走进了一家汽车旅馆的院子,订了一个舒适的小套间,大约花了四块钱——有淋浴、浴巾、嵌在墙里的收音机，等等。我们紧紧抱住对方，谈话。在我们一起的那个季节，我爱这个姑娘，而那个季节远没有结束。早晨，我们大胆地制定了我们的新计划。我们打算搭乘大巴去贝克斯菲尔德，干摘葡萄的活。几个星期后，我们再以恰当的方式，亦即搭乘大巴，直奔纽约。那是一个美妙的下午，我和比阿特丽斯乘坐大巴去贝克斯菲尔德：我们靠着坐，放松，聊天，看着窗外乡村的景色向后退去，不操心任何事情。我们傍晚抵达贝克斯菲尔德。去找城里的几乎每一个水果批发商。比阿特丽斯说，上班后我们可以住在帐篷里。住帐篷，在加利福尼亚凉爽的早晨摘葡萄，这个想法正合我意。但是，并没有现成的工作，每个人都给了我们数不清的点子和应该去的地方，把我搞得一头雾水，工作还是没有着落。但我们还是吃了一顿中餐，带着增强了的体力继续出发。我们穿过南太平洋铁路去了墨西哥镇。比阿特丽斯叽里呱啦地和她的同胞们交谈，打听工作的事。这会儿天已经黑了，墨西哥镇上小小的街道到处都是炽热的电灯泡：电影院的雨棚、水果摊、廉价娱乐厅、廉价品商店。数百辆摇摇晃晃的卡车和溅满泥点的老爷车停在那里。采摘水果的墨西哥人全家倾巢出动，一边吃着爆米花，一边到处闲逛。比阿特丽斯与数不清的墨西哥人交谈，得到各种各样乱七八糟的信息。我开始感到绝望。我所需要的，比阿特丽斯也需要的，是喝一杯，于是，我们花了三毛五分钱，买了一品脱加利福尼亚葡萄酒，去后面的货车车厢喝酒。我们找到了一个地方，曾经有流浪汉搬来一些板条箱坐在那里烤火取暖。我们在那里坐了下来，喝着葡萄酒。我们的左边是货车车厢，在月光下呈现出悲伤而乌黑的暗红色；正前方是贝克斯菲尔德市内的灯光和机场升降杆；在我们的右边，是一个巨大的半圆拱形活动铝仓库。我之所以提到这个，完全是因为一年半之后，我将再次和尼尔一起从这里经过，我向他指出了这个地方。啊，那是怎样一个美好的夜晚，一个温暖的夜晚，一个喝酒的夜晚，一个月光如水的夜晚，一个搂着你的姑娘、说话、吐痰、走向天国的夜晚。我们度过的就是这样一个夜晚。比阿特丽斯是个能喝的小傻瓜，她喝得不比我少，甚至超过我，我们一直聊至午夜。我们一直没有从那些板条箱上挪开。偶尔有流浪汉走过，有墨西哥母亲带着孩子走过，有巡逻警车驶过，警察下车撒尿，但大多数时间里，只有我们两个坐在那里，我们的灵魂越来越紧密地融合在一起，直至难分难舍。午夜，我们游游荡荡地朝公路走去。比阿特丽斯有一个新的主意。我们搭便车去她老家塞尔玛，住在她哥哥的车库里。我反正怎么着都行。在路上，距离那个该死的、命中注定的西班牙式汽车旅馆不远——那个把我困在那里、因此让我遇见比阿特丽斯的绝妙旅馆——我让比阿特丽斯坐在我的帆布包上，让她看上去像一个陷入困境的女人。一辆卡车毫不犹豫地停下了，我们欢天喜地地跑了过去。司机是个好人，他的卡车却很差劲。他轰隆隆地驾驶着卡车，沿着圣华金谷缓慢地向上爬行。我们在拂晓之前到了塞尔玛。在比阿特丽斯熟睡的时候，我喝完了剩下的酒，彻底醉了。我们下了车，在这个加利福尼亚小城树木茂盛、静谧安宁的广场上漫步，那是南太平洋铁路上的一个小站。我们去找比阿特丽斯的哥哥的好朋友，他会告诉我们她哥哥在什么地方；家里没人。我们继续漫步于这个墨西哥人的小城那些摇摇晃晃的小巷中；天刚破晓，我仰躺在广场的草坪上，反反复复不停地说："你不会讲他在威德做什么，不是吗？他在威德做什么？你不会讲的，是不是？他在威德做什么？"这是电影《人鼠之间》布吉斯·梅迪斯（对乔治·班克罗夫特）说的话。比阿特丽斯咯咯地笑了起来。我做什么她都觉得好。我可以躺在那儿继续说下去，直至女士们出来上教堂，她也不会介意。但最后我决定，由于她哥哥就在这一带，我们得马上做好准备，于是我带她去了铁路边上一家老旅馆，我们舒舒服服地上了床。兜里只剩下五块钱。早晨，比阿特丽斯早早起来了，去找她哥哥。我一直睡到中午，我朝窗外放眼望去，突然看到南太平洋铁路公司的一列货车驶过，成百上千的流浪汉斜躺在平板火车上，兴高采烈地滚滚向前，用背包当枕头，脸上盖着漫画小报，有人大声咀嚼着顺手从路边摘下的上好的加利福尼亚葡萄。"妈的！"我叫了起来，"嗬！这就是应许之地。"他们全都来自旧金山；一周之后，他们全都会用同样宏大的方式回去。比阿特丽斯回来了，同来的还有她哥哥、哥哥的朋友和她的孩子。她哥哥是个野鹿般的墨西哥小伙子，看样子很喜欢喝酒，一个很棒的小伙子。他的朋友是一个肥胖的大块头墨西哥人，说英语没太多口音，嗓门很大，过于想取悦别人。我能从他的眼神里看出，他对比阿特丽斯有点意思。比阿特丽斯的小孩叫雷蒙德，今年七岁，黑眼睛，很可爱。我们大家都在那儿，又一个狂野的日子开始了。她哥哥名叫弗雷迪，有一辆一九三八年生产的雪佛兰汽车，我们都挤了进去，也不知道往什么地方开。"我们去哪儿？"我问。哥哥的朋友给出了解释——他名叫彭佐，人人都这么叫他。他身上有股臭味。我后来弄明白了原因。他做的生意是把粪肥卖给农民，他有一辆卡车。弗雷迪的口袋里始终只有三四块钱，快乐无忧，随遇而安。他总是说："不错啦，老兄，您走好了——走起来，走起来！"然后，他就开车走起来，把这辆老爷车开到了每小时七十英里，我们去弗雷斯诺那边的马德拉县，见几个农场主。弗雷迪拿着一个酒瓶："我们今天喝酒，明天干活。哈，走起来，老兄——来一口吧。"比阿特丽斯和她的孩子坐在后排；我转身看了看她，从她脸上看到了快乐的红晕。加利福尼亚十月美丽的绿色乡村疯狂地一掠而过。我狼吞虎咽地喝了一大口，再次精神抖擞，准备出发。"我们现在去哪儿，老兄？""我们去找一个有点闲置粪肥的农场主——明天我们开卡车来把它拉回去。老兄，我们能挣不少钱。啥都不用担心。""我们大伙儿都有份儿！"彭佐大声喊道。我看出来了，事情确实如此——不管到哪儿，人人都有份儿。我们跑过了弗雷斯诺疯狂的街道，驶上圣华金谷，来到偏僻的乡村公路，找几个农场主。彭佐下了车，与几个老墨农场主进行了一些让人摸不着头脑的交谈；当然一无所获。"我们需要的是喝一杯！"弗雷迪叫道，于是我们都下了车，去了十字路口的一家酒馆。美国人总是在星期天的下午去十字路口的酒馆喝酒；他们带着孩子；纱门的外边总是有一堆堆的粪便；他们一边喝着酿造酒，一边喋喋不休，争吵打架；一切都很美好。夜幕降临，孩子们开始哭闹，父母们醺然欲醉。他们摇摇晃晃地回家了。在美国各地的十字路口酒馆，我都遇到过这样的一家人。孩子们吃着爆米花和炸薯条，在屋后玩耍。我们也是这样。弗雷迪、彭佐、比阿特丽斯和我坐在那儿喝酒，跟着音乐大呼小叫；小家伙雷蒙德和其他孩子一起，在自动点唱机周围溜达。太阳开始变得通红。什么事也没办成。有什么事要办呢？"明天吧，"弗雷迪说，"明天，老兄，咱们明天把它办了。再来一杯啤酒，老兄，啊哈，走起来，走起来！"我们踉踉跄跄地走出门，上了车。彭佐是那种大着嗓门吵吵嚷嚷的人，看上去认识圣华金谷的每一个人。我和他一起从那个公路酒吧出来，开车去找一个农场主；结果，我们跑到马德拉的墨西哥人聚居区去找女孩子，试图帮他和弗雷迪捞几个；接下来，当紫色的黄昏开始笼罩这个葡萄之乡，我发现自己傻乎乎地坐在车里，彭佐在厨房门口和一个墨西哥老头讨价还价，想买他在后院里种的西瓜。我们买了一个西瓜，当场把它吃掉了，把瓜皮扔在老头家那肮脏的人行道上。形形色色的漂亮小姑娘陆续跑到暮色渐暗的街上。我说："我们到底是在什么鬼地方？""别担心，老兄，"大个子彭佐说，"明天我们要挣大把的钱，今晚咱们就别发愁了。"我们回去了，载上了比阿特丽斯和她的哥哥及儿子，驱车前往弗雷斯诺。我们大家都饿得要命。我们颠簸着驶过了弗雷斯诺的铁轨，去找弗雷斯诺墨西哥人区那些荒凉的街道。古怪的中国人从窗户里探出头来，打量着星期天夜晚的街道；一群群墨西哥小姑娘穿着宽松裤到处昂首阔步；自动点唱机里播放着曼波舞曲；四处张灯结彩，就像万圣节前夜一样。我们走进一家墨西哥人的餐馆，吃了一些玉米面卷和墨西哥薄饼卷捣烂的斑豆泥，味道不错。我刷地一下掏出我最后一张闪闪发光的五美元钞票，为大家付了账，这张票子原计划要一直维持到长岛海岸。现在我只剩两块钱。比阿特丽斯和我面面相觑。"我们今晚去哪儿睡觉，宝贝？""我不知道。"弗雷迪已经醉了；眼下他只能以温柔而疲惫的声音不停地说："哈，走起来，老兄——哈，走起来，老兄。"那是漫长的一天。我们谁都不知道接下来会发生什么，也不知道仁慈的主安排了什么。可怜的小雷蒙德在我怀里睡着了。我们驱车回了塞尔玛。半路上，我们突然停在了九十九号公路旁边一个路边餐馆的门前。弗雷迪想喝最后一杯啤酒。在路边餐馆的后边，有一些拖车和帐篷，还有几个摇摇晃晃的汽车旅馆式的房间。我打听了一下价格，回答是两块钱。我问比阿特丽斯怎么样，她说好，因为我们现在抱着孩子，要让他舒服点儿。于是我们又喝了几杯啤酒，酒吧里有一个牛仔乐队在演奏，几个闷闷不乐的流动农民工跟着音乐的节奏摇摇晃晃地跳舞。然后，比阿特丽斯和我带着雷蒙德走进了一个汽车旅馆房间，准备上床睡觉。彭佐一直在周围闲逛；他没地方睡觉。弗雷迪睡在他父亲家里，那是葡萄园里的一个棚屋。"你住哪儿，彭佐？"我问。"没地方去，老兄。我原本和大个子罗斯住一块儿，但她昨天晚上把我撵了出来。我去把我的卡车开过来，今夜就睡车里。"有人弹起了吉他。比阿特丽斯和我一起凝视着繁星，亲吻。"明天，"她说，"明天一切都会好起来，你不这么认为吗，亲爱的老兄？""当然，宝贝，明天。"总是明天，接下来的一个星期里，我听到的只有两个字：明天，这是一个可爱的词，这个词的意思大概是指天堂吧。小雷蒙德衣服也没脱，跳到床上，睡了。沙子从他的鞋子里洒了出来，马德拉的沙子。半夜，比阿特丽斯和我起身下床，掸掉了床单上的沙子。早晨，我起了床，洗漱后到周围散了一会儿步。我们在塞尔玛城外五英里处，周围是棉花地和葡萄园。我问那个经营宿营地的大个子胖女人，还有没有空帐篷出租。一个最便宜的帐篷还没人租，一天一块钱。比阿特丽斯和我凑了一块钱，搬了进去。有一张床，一个炉子，一面有裂缝的镜子挂在一根杆上；这已经很令人高兴了。我不得不弯腰钻进去，我进去时里面有我的宝贝，以及我的宝贝的孩子。我们等弗雷迪和彭佐开着卡车过来。他们带来了瓶装啤酒，我们在帐篷里喝了起来。"粪肥的事怎么样？""今天太晚了——明天我们要挣大把的钱，老兄，今天咱们喝几杯啤酒。你说呢，来点啤酒？"这事我倒是用不着劝。"走起来——哈，走起来！"弗雷迪喊道。我开始认识到，我们用卡车运粪肥挣钱的计划永远不会实现。卡车停在帐篷外面。它闻上去的气味就像彭佐一样。那天晚上，在被露水打湿的帐篷下，比阿特丽斯和我在甜蜜的夜晚空气中上床睡觉，重温了甜蜜的旧爱。我正准备睡去，比阿特丽斯说："你现在想和我做爱吗？"我说："雷蒙德怎么办？""他不会介意。他已经睡了。"但雷蒙德没有睡，他默不作声。第二天，小伙子们开着卡车回来了，又驱车去找威士忌；他们回来后又在帐篷里度过了一段快乐时光。那天晚上，彭佐说外面太冷，于是睡在我们帐篷里的地上，裹着一块很大的防水帆布，散发着牛粪的气味。比阿特丽斯讨厌他；她说，彭佐成天围着她哥哥转，目的是为了接近她。不会有任何事情发生，除了比阿特丽斯和我饿肚子之外，所以，那天早晨，我在乡下到处溜达，打听哪儿有摘棉花的工作。人人都告诉我，出了营地，穿过公路，到对面的农场去问问看。我去了，农场主和他老婆在厨房里。他走了出来，听了我的故事，他提醒我说，每摘一百磅棉花，他只能给三块钱。我心想，我一天至少能摘三百磅，于是我接受了这份工作。他从仓房里摸出几个很长的帆布袋，告诉我拂晓时开始摘。我欢天喜地跑回去告诉比阿特丽斯。半路上，一辆运葡萄的卡车在路上颠了一下，颠出了几大串葡萄，掉在滚烫的沥青路面上。我把它们捡了起来，带回了家。比阿特丽斯很高兴："雷蒙德和我跟你一起去，搭个帮手。""啐！"我说，"没这必要！""你知不知道，摘棉花很辛苦的。我摘给你看。"我们吃着葡萄，傍晚，弗莱迪露面了，带来了一块面包和一磅碎牛肉，我们搞了一顿野餐。在隔壁一顶更大的帐篷里，住着整个一家摘棉花的工人；祖父整天坐在一把椅子上，他太老了，没法干活；儿子和女儿，以及他们的孩子，每天拂晓时分鱼贯而出，穿过公路，去雇用我的那位农场主的地里干活。第二天拂晓，我跟着他们一起去了。他们说，黎明时，由于露水的缘故，棉花的分量更重，你这个时候摘比下午摘挣的钱更多。但他们整天都在干活，从天刚破晓一直干到太阳下山。在三十年代大灾害期间——和蒙大拿那位牛仔跟我讲过的沙尘暴完全一样——祖父带着全家人坐着一辆破旧的卡车从内布拉斯加来到这里。从那时到现在，他们一直待在加利福尼亚。他们爱干活。十年后，老人的儿子的子女增加到了四个，其中有的孩子已经大到可以摘棉花了。那时候，他们已经离开了西蒙·莱格里式的种植园，摆脱了衣衫褴褛的穷困，住进了条件更好、更体面的帐篷里，就这么回事。他们很为他们现在的帐篷感到自豪。"回没回过内布拉斯加？""啐，回那儿什么都没有。我们要做的就是买一辆拖车。"我们弯下腰，开始摘棉花。风景很美。过了那片地就是帐篷，再过去，是凋萎的褐色棉地，一眼望不到尽头，远处是白雪盖顶的塞拉斯山脉，隐约出现在早晨的蓝色空气中。这远比在南主街洗盘子强多了。但我对摘棉花一无所知。我花了太多的时间把雪白的棉球与爆裂的底托分离开来；别人轻轻一拉就做到了。此外，我的手指开始出血；我需要一双手套，或者需要更多的经验。棉地里有两个上年纪的黑人和我在一起。他们摘棉花时很有耐心，和他们的祖父战前在亚拉巴马州干活时没什么两样：径直沿着一行行的棉花往前移动、弯腰、采摘，他们的帆布袋越来越鼓。我的后背开始疼痛。要是能跪下来躲到地里去应该很美好：想休息就休息，把脸枕在褐色的湿土上。鸟儿唱着歌在一旁伴奏。我想，我已经找到了我毕生的工作。在令人昏昏欲睡的闷热正午，比阿特丽斯和雷蒙德来了，在棉地的那边朝我挥手，他们和我一起摘棉花。真见鬼，小雷蒙德竟然摘得比我还快——当然，比阿特丽斯比我快一倍。他们赶到我前面去了，留给我一堆堆干净的棉花，加进我的帆布袋里，比阿特丽斯是精工细作的一大堆，雷蒙德是孩子气的一小堆。我满腹悲伤地把它们塞进袋子里。我算什么大老爷们，连自己都养活不了，更别说是他们了。他们整个下午都和我在一起。当太阳变得通红时，我们一起吃力地往回走。在棉地的尽头，我把我的重负卸在磅秤上，重五十磅，我拿到了一块五毛钱。随后，我向一个农民工小伙子借了一辆自行车，沿着九十九号公路骑到了十字路口一个食品杂货店，买了几罐煮熟的意大利面条和肉丸、面包、黄油、咖啡和蛋糕，把袋子挂在车把上骑回去。开往洛杉矶的车流隆隆驶过，开往旧金山的车流追在我屁股后面烦我。我嘴里骂个不停。我抬头看了看黑暗的天空，祈求上帝让我时来运转，有更好的机会为我爱的两个小人儿做点事情。天上没人理睬我。我自己知道得更清楚。正是比阿特丽斯，让我找回了自己的灵魂：她在帐篷里的炉子上把食物热了一下，那是我这辈子吃过的最好的几顿饭之一。我像那个摘棉花的老黑人一样叹着气，斜躺在床上，抽了一支烟。狗在寒冷的夜晚里吠叫。弗雷迪和彭佐晚上不再来。对此我很满意。比阿特丽斯蜷缩在我旁边，雷蒙德坐在我的胸膛上，他们在我的笔记本上画动物。在令人恐怖的平原上，我们帐篷里亮着灯光。牛仔音乐在路边餐馆里弹响，越过田野，传递着无尽的忧伤。对我来说一切都很好。我吻了我的宝贝，把灯熄灭。早晨，露水让帐篷有些下陷；我起身下床，拿着毛巾和牙刷，去汽车旅馆的公共厕所洗漱；随后，我回来穿上长裤，由于跪在地上干活，裤子破得不成样子，比阿特丽斯在夜里把它缝好了；戴上破烂不堪的草帽，它起初是雷蒙德的玩具帽；拿着我的帆布棉花袋穿过公路。我每天大约挣一块五毛钱，刚够晚上骑自行车去买食物。日子一天天过去。我已经把东部、尼尔、艾伦和该死的公路统统忘得一干二净。雷蒙德整天和我一起玩耍：他喜欢我把他举起来扔到空中，然后落在床上。比阿特丽斯坐在那儿缝补衣服。我是一个尘世之人，正如我从前在臭氧公园里梦想的那样。有传闻说比阿特丽斯的丈夫回到了塞尔玛，要找我算账；我已经做好了应付他的准备。一天晚上，那帮流动农民工在路边酒馆里发了疯，把一个男人绑在树上，用棍棒把他揍得皮开肉绽。当时我睡了，后来才听说此事。从那时起，我便在帐篷里放一根大木棍在手边，以防他们万一认为我们这些墨西哥人把他们的拖车营地搞得一团糟。他们当然以为我是个墨西哥人；而且某种程度上我确实是。但眼下已经是十月，夜晚更冷了。流动农民工家庭有木柴炉子，打算在这里过冬。我们除了帐篷之外啥也没有，再说帐篷的租期也已到期。比阿特丽斯和我痛苦地作出决定，我们必须离开。"回到你的家人身边吧，"我咬着牙说，"看在上帝的分上，你不能带着一个像雷蒙德那样的孩子在帐篷营地里四处游荡；可怜的小家伙冷得受不了。"比阿特丽斯哭了，因为我在批评她的母性本能；我并没有这个意思。一个灰蒙蒙的下午，彭佐开着卡车来了，我们决定去看看她娘家的情况。但我不能让人看见，必须在葡萄园里躲起来。我们动身去塞尔玛；卡车抛锚了，同时下起了大雨。我坐在破旧的卡车里骂骂咧咧。彭佐下了车，在雨中费力地修理。毕竟，他是个老好人。我们彼此答应再痛饮一次。在塞尔玛的墨西哥人聚居区，我们下车走到一个摇摇晃晃的酒吧，喝了一个小时的酿造酒。我已结束了在棉地里打零工。我能感觉到自己毕生的使命在拉我回去。我给母亲寄去了一张廉价明信片，再次求她寄五十块钱来。我们驱车去了比阿特丽斯娘家的棚屋，它坐落在葡萄园之间的一条老路旁。我们到那儿的时候，天已经黑了。他们让我在还剩四分之一英里的地方下了车，然后把车开到了她家门口。比阿特丽斯的另外六个兄弟正在弹吉他唱歌。老头在喝酒。我听到了大呼小叫和争吵声。他们叫她婊子，因为她离开了她那位糟糕的丈夫，去了洛杉矶，把雷蒙德丢给他们。但她那位身材肥胖、棕色皮肤的母亲占了上风，就像世界上一些伟大的农耕民族当中一样，做母亲的总是占上风，比阿特丽斯被允许回家。几个兄弟开始唱起欢乐的歌曲。我蜷缩在寒冷的风雨中，注视着圣华金谷金秋十月这片悲伤的葡萄园里发生的一切。我的脑海里回荡着比莉·哈乐黛演唱的那首伟大的歌曲《情人》："来日我们还会相逢，你会擦干我所有的泪水，在我耳边低声诉说甜言蜜语，拥抱亲吻，啊，我们多么思念，啊，多情的人儿，你在何方……"这首歌最伟大的并不是歌词，而是它和谐的曲调和比莉的唱法，就像一个女人在柔和的灯光下抚摸她男人的头发。风在嘶吼。我很冷。比阿特丽斯和彭佐回来了，我们轰隆哐啷地开着那辆老爷卡车去找弗雷迪。弗雷迪如今和彭佐的女人大个子罗斯住在一起；我们在摇摇晃晃的小巷里猛按喇叭。大个子罗斯把他轰了出来。每件事情都在崩溃。那天晚上，比阿特丽斯当然紧紧抱住我，叫我不要离开。她说她去打工摘葡萄，为我们两个人挣到足够的钱，我可以住在农场主赫弗尔芬格的仓库里，就在离她家不远的路那头，我不用干活，只要成天坐在草坪上吃葡萄。早晨，比阿特丽斯的表兄弟们过来，把我们接上了另一辆卡车。我突然意识到，整个这片乡村地带成千上万的墨西哥人都知道比阿特丽斯和我的事，我们的故事想必是他们谈论的一个有趣而浪漫的话题。几个表兄弟都很客气，简直很可爱。我和他们一起站在卡车平台上，轰隆哐啷地开进了城里，我们死死抓住栏杆，愉快地开着玩笑，谈论我们战争期间到过什么地方，以及沥青是什么。总共有五个表兄弟，个个都很好。他们似乎属于比阿特丽斯家族的另一面，不像她哥哥那样大惊小怪。但我很喜欢她哥哥。我喜欢那个狂野的弗雷迪。他发誓说他要去纽约找我。我想象着他在纽约把每件事情都推到明天的情形。那天他醉倒在一块地里的什么地方。我在十字路口下了卡车，表兄弟们把比阿特丽斯送回了家。他们在家门口给我发了个暗号：父母不在家，他们摘葡萄去了。所以这个下午我可以随便进出那幢房子。那是一幢有四个房间的棚屋；我想象不出一大家子如何生活在这里。苍蝇在水池上飞来飞去。没有纱窗，就像歌里唱的那样："窗户打破了，雨飘进来了。"比阿特丽斯这会儿在家，在锅碗瓢盆之间慢悠悠地干活。她的两个妹妹朝我傻笑。小孩子们在路上尖叫。这是我在圣华金谷的最后一个下午，当太阳透过云层露出红色时，比阿特丽斯领着我去农场主赫弗尔芬格的仓库。赫弗尔芬格在公路那头有一家很兴旺的农场。我们把几个板条箱拼在一起，她从家里带来了毯子，一切准备就绪，只不过有一只毛茸茸的大蜘蛛，潜伏在仓库屋顶的最顶端。比阿特丽斯说，只要我不去惹它，它就不会伤害我。我仰躺在那儿，凝视着那个蜘蛛。我走了出去，来到墓地，爬上了一棵树。我在树上唱着《蓝色的天空》。比阿特丽斯和雷蒙德坐在草地上；我们吃葡萄。在加利福尼亚，人们只吮吸葡萄汁，吐出葡萄皮，真够奢侈的。夜幕降临。比阿特丽斯回家准备晚饭，九点钟带着美味可口的玉米粉圆饼和捣碎的豆泥来到仓库。我在仓库的水泥地上用木柴点着一堆火照明。我们躺在板条箱上做爱。比阿特丽斯起身，径直回了棚屋。她父亲朝她大喊大叫，我可以从仓库里听到他的叫喊声。她给我留了一件披肩御寒；我把它披在肩上，偷偷地穿过洒满月光的葡萄园，去看看发生了什么事。我蹑手蹑脚地走到一排葡萄架的尽头，跪在温暖的泥土中。她的五个哥哥正在用西班牙语唱着旋律优美的歌

曲。繁星高挂在小小屋顶的上方；火炉的烟囱里冒着烟。我闻到了
豆泥和辣椒的味道。老头骂骂咧咧。哥儿几个一直在用尤德尔唱法
唱歌。母亲默不作声。雷蒙德和孩子们在床上咯咯地傻笑。一个加
利福尼亚之家！我躲在葡萄藤中间，看着眼前的一切。我觉得自己
就像百万富翁，我正在疯狂的美国之夜冒险。比阿特丽斯出来了，
砰地关上了门。我在黑咕隆咚的公路上走过去跟她搭话。"出了什
么事？""哦，我们老是吵架。他想让我明天去上班干活。他说他不
希望我无所事事。杰克，我想跟你去纽约。""可怎么去？""我不知
道，宝贝。我会想你，我爱你。""但我不得不离开。""是啊，是啊。
我们再搞一次，然后你离开。"我们回到了仓库；我和她在那个大
蜘蛛的下面做爱。大蜘蛛在干什么呢？我们在板条箱上睡了一会
儿。她半夜回去了；她父亲已经喝醉了；我能听到他不停地吼叫；
随后一片寂静，他睡着了。星空笼罩着熟睡的乡村。早晨，农场主
赫弗尔芬格从马厩门探进头来，说："怎么样小伙子？""很好。希望
我待在这里没有给你添什么麻烦。""没事。你和那个墨西哥小姑娘
搞在了一起是吗？""她是个很好的姑娘。""也很漂亮。我想是公牛
跳过了栅栏。她的眼睛是蓝色的。"我们谈论了他的农场。比阿特
丽斯给我带来了早餐。我收拾好了我的帆布包，准备去纽约，在塞
尔玛一拿到我的汇款就动身。我知道汇款这会儿正在那里等着我。
我告诉比阿特丽斯我要离开。她整夜都在琢磨此事，无计可施，只
好听天由命。她在葡萄园里不动感情地吻了我，沿着那排葡萄架走
开了。我们走出十二步后都转过身，因为爱情就像是一场决斗，我
们最后一次互相看着对方。"纽约见，比阿特丽斯。"我说。她计划
一个月后和她哥哥一起开车去纽约。但我们俩都知道她不可能成
行。走了一百英尺，我转身看着他。她正往回走向棚屋，手里拿着
我的早餐盘。我低下头，注视着她。去他老爸的，我又上路了。我
顺着公路往塞尔玛走去，一边吃着从胡桃树上摘下的黑胡桃。我沿

着南太平洋铁路向前走，踩在铁轨上，伸开双臂保持平衡。我经过一座水塔和一家工厂，到了什么地方的尽头。我走到铁路电报室，去取纽约寄来的汇款。那里大门紧闭。我骂了一句，坐在台阶上等。票务主管回来了，请我进去。汇款已到，我妈又一次救了我的急。"明年的世界大赛谁会赢？"骨瘦如柴的老主管问。我突然意识到已经是秋天了，我要回纽约去。我心头涌起一阵巨大的快乐。我告诉他，勇士队和红短袜队会赢；结果是勇士队和印第安人队，那是一九四八年的世界大赛。这会儿是公元一九四七年。在凋零的十月，我离开圣华金谷；就在那一刻，得克萨斯正在发生我现在要讲的事情，这些事情使得当时的环境更加丰富多彩，而正是这些使得尼尔和我那年秋天在这片土地上失之交臂，互相思念。尼尔和艾伦已经在牛轭湖畔比尔·巴勒斯的棚屋里住了一个月。他们睡在一张帆布床上，亨基也是如此；比尔和琼带着女婴朱莉住在卧室里。日子千篇一律：比尔第一个起床，去院子里瞎捣鼓，他在院子里种了一片大麻，建造了一个赖希生命能积存器。那是一个普通的箱子，大到足以让一个人在里面坐在一张椅子上：一层木头一层金属再一层木头，从大气中收集生命能量，关在里面足够长的时间，好让人体比通常状态下吸收更多的生命力。据赖希说，生命力是生命本原的大气振动原子。比尔认为，如果他使用的木头尽可能有机的话，他的生命能积存器就可以得到改进；所以，他跑到灌木丛生的牛轭湖畔，把一些树叶和细枝捆起来，搬到他神秘的外屋。积存器立在闷热的平坦院子里，一台油漆剥落的机器装饰着一些疯狂的装置。比尔脱光衣服，走进去，坐下来，月光照着他的肚脐眼。他吼叫着出来吃早餐和做爱。他长长的、骨瘦如柴的身体挣扎着回到棚屋，他皱缩的、秃鹫似的脖子几乎撑不住他那瘦骨嶙峋的头颅，那颗头颅里储藏了三十五年疯狂生活积累的所有知识。他后来更过分。"琼，"他说，"早餐准备好了吗？要是没有准备好，我就去抓一条鲇鱼。尼尔！艾伦！你们一辈子都在睡觉——像你们这样的年轻人。起来，我们开车去麦卡伦弄点食品。"大约十五分钟的时间里，他浑身发热，在房子周围忙个不停，急切地搓着双手。当每个人都起床穿衣时，比尔的白天结束了，他所有的能量都耗尽了，生命力从他干瘪的两肋和枯瘦的双臂上百万个小孔中溜走了，那里扎满了吗啡针孔。琼试图找他。他躲在自己的房间里注射早晨的第一针毒品。随后他走了出来，目光呆滞，沉着平静。一直是尼尔开车；从他遇到比尔的那一刻起，他就成了比尔的专职司机。他们有一辆吉普车。他们把车开到十字路口的路边小店，买回一些食品和苯丙胺吸入剂。亨基跟他们一起去，希望他们开到休斯敦去，这样他就可以溜到街上去，与某些人物厮混。他已经厌烦了戴草帽和帮琼拎水桶。有一张他的照片，拍的是他正戴着硕大的草帽，在大麻地里耙草；他看上去就像一个苦力；照片的背景是那间棚屋，门廊上有几个水桶，小朱莉站在那儿，眼睛注视着。另一张照片是琼在锅边傻笑；她长发蓬乱，因服用了安非他命而兴奋，鬼知道按下快门时她在说什么……"别把那个令人厌恶的老东西指着我。"尼尔趴在一个板条箱上给我写长信，把每件事情都告诉我。在前厅里，他坐在比尔的脚前。比尔吸着鼻子，讲着一些漫长的故事。当太阳变红的时候，比尔总是突然跑去拿一根自己种的大麻茎，为的是增加食欲。每个人都风风火火，在棚屋里跑来跑去，忙各种不同的杂务。接下来，琼做好一顿美味可口的晚餐。他们坐在残羹剩汤面前——在得克萨斯那个大好的夜晚，目光锐利的艾伦陷入沉思，他说："嗯。"热切的尼尔对每个人说的每件事都大呼小叫："是啊！是啊！"绷着脸的亨基穿着紫色的裤子在旧内裤的周围摸索着寻找一只蟑螂，疲倦的琼转过脸去，而比尔——他们都叫他比尔大叔——盘着两条长腿坐在那儿，抚弄着他的猎枪。他突然跳了起来，用他的双管猎枪朝敞开的窗户开了一枪。一匹跛脚的脱缰老马跑过他的火线。子弹击穿了牛轭湖畔一棵已经腐烂的树干。"我的天啊!"比尔喊道,"我射中了一匹马!"他们全都跑了出去;那匹马跑进了沼泽地里。"你指的是那个蠕虫般的令人厌恶的老东西,"琼嘲讽道,"那不是一匹马。""就算不是一匹马,那又怎样?""阿里斯泰尔说它是一个女巫。"阿里斯泰尔是隔壁一个阴郁的农场主,整天坐在自家的篱笆旁。"这个世界的麻烦在于,"他说,"有太多的犹……犹……犹……犹太人。"同时用他那鸟喙般的长鼻子嗅着空气。他有一根探测杖,拿着它四处瞎逛。当探矿杖轻击他的手掌时,他便宣称下面有水。"那个探测杖是怎么工作的?""更多的是我在工作,而不是它。"阿里斯泰尔说。有一天他过来了;他刚到,天上便打起雷来。"得了,我猜我把雨带过来了。"他沮丧地说。得克萨斯牛轭湖畔的那个夜晚,一帮人闲坐在那儿播放比莉·哈乐黛的唱片。亨基预言世界末日会在得克萨斯开始。"这儿有太多的化学工厂和被铁链拴在一起的囚犯,我可以在空气中感觉到,这十分危险。"琼表示同意。"连锁反应会从这儿开始。"他们谈论了得克萨斯城的爆炸,一天下午,他们全都听到爆炸声。他们全都点头确认这是一次预示世界末日的事件。"时间不会很久。"琼说。比尔吸了吸鼻子,暗自保守秘密。亨基——有一张东方面孔的黝黑的小个子亨基——夜里出去了,到牛轭湖畔捡拾腐烂的枯枝。有一些十分有趣的蜕变要去发现。他发现了一些新种类的蠕虫。最后,他说他在自己的皮肤里找到了它们。他花了不少时间在镜子面前把它们挑出来。接下来,到了他们所有人都搬到纽约去的时候。比尔突然对那个牛轭湖感到厌烦。他有一笔收入,每周可以从家里拿到五十块钱,他口袋里总是有大把的钞票。他把琼和那个女婴送上了火车,他、亨基和尼尔将开吉普车去。艾伦进入了一个消沉的时期,他称之为"牛轭湖的消沉日子"。尼尔已经厌倦了他和艾伦之间那种一直不停地谈话所带来的可怕、紧张的氛围;他们开始争吵。艾伦去了休斯敦的海滨，突然发现自己在一个大厅里，正签约受雇于一艘驶往西非达喀尔的船。两天后，他乘船出海了。他两个月之后回到纽约，蓄着浓密的大胡子，胳臂下夹着《达喀尔的消沉日子》。尼尔开着吉普车，载着比尔和亨基以及几件家用物品，去了纽约。他中途一次也没有停车——得克萨斯、亚拉巴马、南卡罗来纳、北卡罗来纳、弗吉尼亚，一路向北。他们黎明时分到达曼哈顿，带着一盎司大麻径直去找维基，她立即买下了。他们身无分文。尼尔开车载着比尔跑遍大都会纽约找公寓。亨基在时代广场消失不见了，最后因为携带毒品而被捕，在赖克斯岛服刑。比尔·巴勒斯最终找到一间公寓的那个傍晚正好是我离开塞尔玛的那个加利福尼亚的下午。我急着找到他们，加入他们的行列。在圣华金谷漫长而悲伤的十月之光里，我沿着铁轨向前走，希望有一列南太平洋铁路的货车，好让我能够加入吃葡萄的流浪汉们的行列，和他们一起读漫画小报。没有列车过来。于是我离开铁路，上了公路，立即搭上了一辆便车。我一辈子也没有坐过开得这么快、声音这么吵的车。车主是加利福尼亚一个著名牛仔乐队的提琴手。他有一辆崭新的车，开到了每小时八十英里。"我开车时不喝酒。"他说，随手递给我一个酒瓶。我喝了一口，让他也来一口。"好啊。"他说，然后喝了一口。我们从塞尔玛到洛杉矶只用了令人吃惊的四个小时——大约二百五十英里。河谷再次展现在我的眼前。我曾经沿着哈得逊河谷上下颠簸，现在我正在世界的另一边沿着圣华金谷上下颠簸。这很古怪。"哇哈！"提琴手大喊大叫，"你瞧，我们乐队的领队今天早晨必须飞到俄克拉荷马去参加他父亲的葬礼，今天晚上我得领导乐队，我们要在广播电台演奏半个小时。你是不是认为我可以在什么地方搞到一点苯丙胺。我从未在收音机里说过一句话。"我告诉他，在任何药店都可以买到苯丙胺吸入剂。他已经醉了。"你估计你可以为我做主持吗？我会借给你一套西服。你似乎讲一口蛮不错的英语。你看怎样?"我完全赞成——二十四个小时之内,我从摇摇晃晃的墨西哥人棚屋,到主持一个广播节目。我为什么不能有别样的生活呢?但他忘记了此事,这对我来说也很好。我问他听没听过迪齐·吉莱斯皮吹小号。他拍了一下自己的大腿。"那小子简直疯了!"我们在格雷普韦恩山口下了车。"日落大道,哈哈哈!"他大吼大叫。他让我在好莱坞哥伦比亚影业公司制片厂的门口下了车;我正好赶在下班之前去取回那个被拒绝的剧本。随后,我买了一张去纽约的大巴车票。大巴十点钟出发,我有四个小时的时间,可以孤身一人去逛逛好莱坞。我首先去买了一大块面包和意大利腊肠,自己动手做了十个三明治,打算带着这些干粮穿越美国。我只剩下一块钱。我坐在好莱坞一个停车场后面低矮的水泥墙上,使用我在场地上找到的一块平木,把它弄干净了,摊上芥末酱,制作三明治。正当我费力地做着这件荒唐工作时,宣传好莱坞一部新片首映的巨大聚光灯刺破夜空,那片热闹的西海岸夜空。周围全都是这座黄金海岸城市的喧嚣。这就是我闯荡好莱坞的经历——这是我在好莱坞的最后一夜,我在停车场厕所背后趴在膝盖上涂抹芥末酱。我忘了提到,我没有足够的钱买直达纽约的大巴车票,只能买到匹兹堡。我心里想象着到达匹兹堡之后又要为钱发愁了。我一只胳膊夹着三明治,另一只胳膊夹着帆布包,在好莱坞闲逛了几个小时。有一些来自乡村地区的全家老少,开着老爷车,噗哧噗哧穿过日落大道和藤街,满脸急切地到处搜寻电影明星。他们所看到的一切,不过是其他家庭开着老爷车做同样的事情。他们来自贝克斯菲尔德、圣地亚哥、弗雷斯诺和圣贝纳迪诺郊外流动农民工的聚居地;他们阅读电影杂志;小男孩们想看到牛仔卡西迪骑着大白马穿过车流;小姑娘们想看到拉娜·特纳深情拥抱罗伯特·泰勒在惠兰酒店门前;母亲们想看到沃尔特·皮金戴着大礼帽,穿着燕尾服,从路边向他们躬身致意;父亲们——骨瘦如柴的、开着疯狂老爷车的美国人——在空气中嗅到了钱的味道。他们准备把他们的女儿卖给出价最高的人。人们云集在人行道上，每个人都在打量着别人。那是美洲大陆的尽头，往前再也没有陆地了。有人让美洲大陆像一台弹球机一样向一边倾斜，所有的傻球都滚向西南角上的洛杉矶。我为他们所有人而哭。美国的悲伤和美国的疯狂没有尽头。总有一天，当我们认识到这一切多么荒唐可笑，我们就会开始大笑，在地上打滚。直到那时，所有这一切中才有我所热爱的一种忧伤的严肃性。拂晓时分，我所乘坐的大巴快速驶过亚利桑那沙漠——印第奥、布莱斯、莎乐美（她跳舞的地方）；巨大的干旱地带绵延起伏，一直通到南边的墨西哥群山。接下来，我们向北拐，驶向亚利桑那的群山，旗杆镇，悬崖镇。我带着一本从好莱坞一个书摊上偷来的书：阿兰·傅尼埃的《大莫纳》，但我更愿意阅读沿途的美国风景。每一个隆起的高岗及其中的延伸部分都让我充满了神秘的渴望。在漆黑如墨的夜里，我们穿越沉浸在夜色中的新墨西哥；在灰蒙蒙的黎明时分，大巴抵达得克萨斯州的达尔哈特；在那个阴冷的星期天下午，我们驶过俄克拉荷马州一个接一个平原小镇；夜幕降临，已经是堪萨斯州的地界。大巴继续呼啸前行。我十月回家。人人都在十月回家。在威奇托，我下了大巴去上厕所。有一个年轻人穿着俗艳的堪萨斯人字呢西装，跟大家道别，去找他当牧师的父亲。一分钟后，当我在抽水马桶上坐下来的时候，我看见一只眼睛正透过隔间上的一个小孔注视着我。一张纸条塞了进来。"如果你完成它的话，我这边给你提供任何东西。"我透过小孔瞥见一身俗艳的堪萨斯人字呢西装。"不用，谢谢。"我通过小孔说。对那个堪萨斯牧师的儿子来说这是一个多么悲伤的星期天夜晚啊；这是怎样的威奇托的消沉日子啊。在堪萨斯的一个小镇，一个职员对我说："这儿没什么事情可做。"我俯瞰着街道的尽头，隔着无穷无尽的空间，一直延伸到最后一间杂乱棚屋的那边。我们中午到达圣路易。我在密西西比河畔散了一会儿步，注视着从北方的蒙大拿州漂流而来的原木——我们的大陆之梦中那些奥德赛大原木。一些旧汽船停在烂泥中，船上的漩涡形装饰构件由于经年的日晒雨淋而卷曲和凋敝，成了耗子们的栖身之所。下午，大片的乌云笼罩着密西西比河谷。那天夜里，大巴呼啸着驶过印第安纳州的玉米地；月光照亮幽灵般堆积在一起的玉米壳；万圣节快到了。我结识了一个姑娘，我们一路上耳鬓厮磨，直到印第安纳波利斯。她近视得很厉害。我们下车吃饭时，我不得不牵着她的手，把她领到卖快餐的长柜台。她帮我买了饭，我的三明治已经吃光了；作为交换，我给她讲了一些很长的故事。她从华盛顿州来，这个夏天她一直在那里摘苹果。她的家在纽约州北部的一个农场里。她邀请我去她家。不管怎么说，我们约好在纽约的一家酒店里见面。她在俄亥俄州的哥伦布市下了车，我一路睡到了匹兹堡。许多年来我从未这么疲倦过。我还有三百六十五英里要搭便车去纽约，兜里只剩一毛钱。我步行了五英里才走出匹兹堡，搭了两趟便车，一辆是装苹果的卡车，另一辆是拖挂式卡车，在一个柔和的夏日雨夜到了哈里斯堡。我马不停蹄继续向前。我想回家。那是萨斯奎哈纳河的幽灵之夜。我做梦也没想到我会耽搁那么久。首先，我并不知道，我正在沿着一条更老的公路，朝着匹兹堡的方向往回走。那个幽灵也不知道。幽灵是一个干瘪的小老头，背着一个纸书包，他声称要去"加拿迪"。他走得飞快，命令我跟上，说前面有一座桥，我们可以从桥上过去。老头大约六十岁，不停地谈论他一路上吃过的饭菜，他们给他的薄烤饼涂了多少黄油，额外给了多少面包片，那些老人如何从马里兰的一个养老院的门廊上召唤他，邀请他留下来过周末，他离开之前如何洗了一个痛快的热水澡；他如何在弗吉尼亚的公路边上得到了一顶崭新的帽子，眼下正戴在他的头上；他如何去找每一个城镇的红十字会，把自己的第一次世界大战退伍老兵证书拿给他们看；他们如何对待他；哈里斯堡红十字会如何配不上这个名字；他在这个艰难时世如何设法生存，有时候卖领带。但是，照我看，他只是那种并不十分体面的徒步流浪汉，他们走遍整个东部荒野，碰到红十字会的办事处都会进去，有时候在城镇主街的街角乞讨几个小钱。我们一起流浪。我们沿着令人伤心的萨斯奎哈纳河步行了七英里。那是一条可怕的大河。它的两岸都是灌木茂盛的悬崖，就像毛茸茸的鬼魂一样俯临那些未知的水域。漆黑如墨的夜幕笼罩着一切。偶尔，河对岸的铁路调车场亮起红色的机车照明灯，照亮那些可怕的悬崖。天下起了毛毛细雨。小个子老头说他的书包里有一条精美的皮带，我们停下来，让他摸出那条皮带。"我在什么地方得到了这条精美的皮带——是在马里兰州的弗雷德里克市得到的。该死，现在找不到了，我是不是把那玩意儿留在了弗雷德里克斯堡的柜台上？""你说的是弗雷德里克吧。""不，不，是弗吉尼亚州的弗雷德里克斯堡。"他一直在谈论马里兰州的弗雷德里克和弗吉尼亚州的弗雷德里克斯堡。他径直走在公路上，面对滚滚向前的车流，有几次险些被撞上。我沿着路沟艰难前行。每时每刻我都认为那个可怜的小个子疯子会在漆黑的夜色里被撞飞。我们始终没有找到那座桥。在一个铁路地下通道里，我在黑暗中和他分手了，因为我走得浑身是汗，不得不脱下衬衫，穿上两件针织套衫；我借着一个路边旅馆的灯光，宽衣解带，很是狼狈。有一家人沿着黑咕隆咚的公路走了过来，很纳闷我在干什么。最古怪的是，这个宾夕法尼亚州的乡下旅馆里，竟然有一个次中音号手正在吹奏非常棒的蓝调；我一边听一边呜咽。雨下得大了起来。一个男人让我搭便车回哈里斯堡，并告诉我走错了路。我突然看见那个小个子老头正站在路灯下，竖起拇指做搭便车的手势——孤苦伶仃的可怜老人，曾几何时也是翩翩少年，如今流落荒野，成了一个身无分文的破碎幽灵。我给司机讲了他的故事，他停了下来，告诉老人："喂，伙计，你在往西，而不是往东。""什么？"

小个子幽灵说，"你总不能说我不认识这里的路吧。我在这一带走了好多年。我要去加拿迪。""可这条路不到加拿大，这是去匹兹堡和芝加哥的路。"小老头很反感我们，走开了。我最后看到他是那个上下移动的白色小书包逐渐消失在忧伤的阿勒格尼山脉漆黑的夜色中。"嗨。"我喊道。他正在咕咕哝哝地自言自语。他不需要像我这样有始无终的家伙。"我走对了……径直走……就到了！"他说的是加拿大；他说他知道边境上的一个地方，他可以神不知鬼不觉地溜进那里，说他要搭乘一列货车去那儿。"利哈伊谷、拉克万纳、伊利，我全都搭便车去过。"我一直以为美国的所有荒野都在西部，直至那个萨斯奎哈纳河的幽灵让我认识到并非如此。不，东部也有一片荒野，正是在这片荒野，本杰明·富兰克林担任邮政局长时坐着牛车艰难跋涉，乔治·华盛顿与印第安人战斗，丹尼尔·布恩在宾尼法尼亚的灯下讲故事并承诺要找到坎伯兰峡口，布雷德福修建了他的公路，人们在小木屋里为之欢呼。对于那个小老头来说，不存在亚利桑那的广大空间，只有东宾夕法尼亚、马里兰和弗吉尼亚灌木丛生的荒野，偏僻的乡村公路，以及那些黑乎乎的沥青公路，蜿蜒穿行于悲伤的河流中间，像萨斯奎汉纳河、莫农加希拉河、老波托马克河和蒙诺卡西河。这番经历让我彻底心烦意乱；那天晚上在哈里斯堡让我承受了该死的惩罚，从那时到现在。我不得不睡在火车站的长椅上；黎明时分，票务主管把我撵了出去。难道不是吗？你从一个可爱的孩子开始你的人生，相信一切都在父亲的庇护之下，然后，冷漠的日子到来，你知道你悲惨不幸、又穷又瞎、衣不蔽体，一副可憎的面容就像悲伤的鬼魂，你正哆哆嗦嗦地经历噩梦般的人生。我面容枯槁、踉踉跄跄地出了火车站；我再也控制不住自己。我所看到的早晨只是一片煞白，像坟墓一样的煞白。我饿得要死。我身上剩下的还算有点热量的东西，只有几个月前在内布拉斯加州普雷斯顿买的最后几粒止咳糖；我吮吸着里面的糖分。我不知道怎么乞讨。我跌跌撞撞地出城，几乎走不到市区的边界。我知道要是我在哈里斯堡再过上一夜，我可能会被捕。该死的城市！悲哀的早晨！我儿时幻想的那些早晨在哪儿？一个男人要做的事情是什么？生活就是一个接一个的讽刺，因为接下来让我搭便车的是一个面容枯槁、瘦骨嶙峋的男人，他相信适度挨饿有益于健康。汽车向东行驶时我告诉他我快要饿死了，他说："很好，很好，对你来说再好不过了。我自己已经三天没吃东西了。我要活到一百五十岁。"他是一个鬼魂、一包骨头、一只松松垮垮的玩偶、一根折断的枯枝、一个神经病。我要是能搭上一个有钱胖子的便车那该多好，他准会说："我们就在这家餐馆停车，吃点猪排和豆子吧。"可那天早晨我搭上的是一个神经病的车，他相信适度挨饿有益于健康。在新泽西的某个地方，他突然大发慈悲，从车的后备厢里拿出了面包黄油三明治。它们藏在他的推销样品中间。他正在宾夕法尼亚到处推销管道配件。我狼吞虎咽地吃着面包黄油。突然间，我笑了起来。他在新泽西州的阿伦敦打推销电话，我独自一人在车里等他，我笑个没完。上帝啊，我已经对生活感到厌烦。可那个神经病要开车带我回纽约的家。突然间我发现自己置身于时代广场。我在美洲大陆兜了一圈，全程八千英里，现在回到了时代广场，刚好赶在一个繁忙混乱的时刻，以我这双涉世之深、却也历经路途风尘的眼睛，我得以看到了纽约绝对的疯狂和荒诞的喧嚣，数百万人为了一块钱而永不停息地你推我挤……抢夺、攫取、给予、叹气、死去，只有这样，他们才能被埋葬在长岛市那边那些可怕的城市墓地里。这片土地上的高塔……这片土地的另一端……正是美国的诞生之地。我在地铁的门道里，试着鼓起足够的勇气，捡起一个漂亮的长烟屁股，可是每一次我刚弯下腰，拥挤的人群便冲了过来，挡住我的视线，最后把它踩得稀烂。我没钱坐地铁回家。臭氧公园距离时代广场十五英里。你能想象我步行这最后的十五英里、穿过曼哈顿和布鲁克林吗？天已经黑了。亨基在哪里？我在时代广场到处找亨基；他不在那儿，他在赖克斯岛的铁窗后面。尼尔在哪里？——比尔在哪里？每个人在哪里？生活在哪里？我有家可回，有倒头便睡的地方，在那里估算我遭受的损失，计算我知道在某个地方可以获得的收益。我必须乞讨一毛钱去买地铁票。我最后找上了一个闲站在街角上的希腊牧师。他给了我一毛钱，神经紧张地把视线转移开了。我立即奔向地铁。当我到家时，我吃光了冷柜里的一切。我妈起身下了床，看着我。"可怜的小约翰，"她用法语说，"你瘦了，你瘦了。你这段时间去哪儿了？"我穿着两件衬衫，两件针织套衫；我把那条在棉地里干活磨破的裤子和破破烂烂的凉鞋塞进了帆布包里。我妈和我决定用我从加利福尼亚寄给她的钱买一台新电冰箱；那将是家里的第一台电冰箱。她上床睡觉去了，夜深了，我无法入睡，躺在床上抽烟。我完成了一半的书稿还在书桌上。已经是十月，我已回家，重新开始工作。第一阵寒风吹得窗玻璃叮当作响，我总算及时回家了。尼尔来过我家，为了等我而在这儿睡过几个晚上；下午陪我妈聊天，而我妈则把家里几年的旧毛衣全都拆了，正在编织一块大地毯，眼下已经编完，铺在我卧室的地板上，它就像时光的流逝一样复杂而丰富；随后，在我到家两天之前，尼尔离开了，要去旧金山——这个世界所有的地方他不去，偏偏要去旧金山——去追寻我遗失在那里的脚步声，我们大概是在宾夕法尼亚或俄亥俄的什么地方失之交臂。尼尔在那里有他自己的生活；卡罗琳刚刚弄到了一套公寓房。我在马林市的时候从未想到去看看她。现在悔之晚矣，我也很想念尼尔。我做梦也不曾想过，我会在到家的第一夜再次见到尼尔，一切重新开始，公路，旋风一般的公路，比我在最疯狂的想象中所预见过的更加疯狂。

第二部

　　我再见到尼尔已经是一年半以后。那段时间我一直待在家里，完成我的小说，并根据《退伍军人权利法案》开始上学。一九四八年的圣诞节，母亲和我满载着礼物去南方看望我姐姐。我一直在给尼尔写信，他说他要再次来东部；我告诉他，如果来的话，在圣诞节与新年之间可以到北卡罗来纳州的落基山找我。有一天，我们所有的南方亲戚都围坐在落基山的客厅里，骨瘦如柴的男人和女人眼睛里都有老南方的灵魂，他们用很低的哀诉声，谈论着天气和收成，重复着谁家生了小宝贝、谁家做了新房子之类沉闷乏味的话题，正当此时，一辆溅满泥泞的一九四九年生产的哈得逊牌汽车在屋前那条泥土路上停了下来。我压根没想到是谁。一个疲惫不堪的年轻小伙子，穿着破破烂烂的T恤衫，肌肉发达，胡子拉碴，两眼通红，走到门廊上，按响了门铃。我打开门，突然间意识到那是尼尔。他从旧金山一路过来，径直来到北卡罗来纳州我姐姐家门口，时间短得令人吃惊，因为我刚给他写了最后一封信，告诉他我在哪里。我看到车里还有两个人在睡觉。"活见鬼，尼尔！车里是谁？""喂，喂，老兄，那是卢安妮。还有阿尔·亨克尔。我们得马上找个地方洗一把，我们累得跟狗似的。""你怎么这么快就到了这里？""哈，伙计，那辆哈得逊能跑呗！""你从哪里弄来的？""我用我的积蓄买的。我一直在南太平洋铁路当司闸员，一个月挣四百块钱。"接下来的一个小时里一片混乱。首先，我的南方亲戚们一头雾水，不知道发生了什么事，也不知道尼尔、卢安妮和阿尔·亨克尔是谁；他们目瞪口呆地注视着眼前的一切。我母亲和我姐姐跑到厨房里去商量。这幢小小的南方房子里总共有十一个人。不仅如此，我姐姐刚刚决定从这儿搬走，她的家具已经搬走了一半；我姐姐、姐夫和小孩要去臭氧公园和我们一起住在小小的公寓房里。尼尔听说此事，立即提出用他那辆哈得逊汽车帮忙。他和我将分两趟把家具运到纽约，第二趟把我母亲带回去。这会给我们省一大笔钱。大家同意了。我姐姐做了一顿丰盛的饭菜，三个憔悴不堪的旅人坐下来吃饭。卢安妮自丹佛之后就没睡过觉；我觉得她这会儿看上去老了一些，但更漂亮了。让我描述一下这期间发生的一切以及卢安妮为什么和尼尔在一起吧。自一九四七年秋天之后，尼尔便和卡罗琳幸福地生活在一起；他在铁路上找了一份工作，挣了不少钱。他们生了一个漂亮的小姑娘：凯茜·乔·安·卡萨迪。接下来，有一天，他突然大发雷霆，跑到街上，他看到一辆一九四九年产的哈得逊在出售，于是跑到银行，取出自己的全部存款。他当场买下了那辆车。阿尔·亨克尔和他在一起。如今他们身无分文。尼尔为了平息卡罗琳的担心，告诉她说，他一个月之后回来。"我要去纽约，把杰克带回来。"她对这一前景不是很高兴，"但所有这一切的目的是什么？你为什么要对我做这样的事？""没事，没事，亲爱的——哈——嗯——杰克恳求我去找他，把他接过来，那对我来说绝对必要——但我们不必讨论所有这些解释——我会告诉你为什么……不，你听着，我会告诉你为什么。"他告诉了她为什么，当然是胡扯一通。大个子阿尔·亨克尔也在铁路上工作，和尼尔一起。他们刚刚在一次罢工期间被解雇了。阿尔刚刚遇到一个姑娘，名叫海伦，靠自己的积蓄生活在旧金山。这两个没有脑子的下流坏决定带上那个姑娘去东部，一路上让她付账。阿尔连哄带求；她就是不肯，除非阿尔娶她。旋风般的几天之后，阿尔·亨克尔和海伦结了婚，为了弄到必需的文件他和尼尔一起到处跑，圣诞节前几天，他们以每小时七十英里的速度驶出了旧金山，直奔洛杉矶和没有雪的南方公路。在洛杉矶，他们在一家旅行社捎上了一个水手，收了他十五块钱的油钱。他们直奔印第安纳。他们还捎上了一个女人连同她的白痴女儿，收了四块钱的油费，把她们带到亚利桑那，随后，一行人疾驰而去。尼尔让那个白痴姑娘和他一起坐前排，逗她，正如他所说的："一路上，伙计！这样一个痴迷甜蜜的小人儿。噢，我们聊啊聊，我们聊到了大火和变成天堂的沙漠，聊到了她那只用西班牙语骂人的鹦鹉。"这些乘客下车后，他们继续驶往图森。一路上，阿尔的新婚妻子海伦·亨克尔不停地抱怨，说她累了，想找一家汽车旅馆睡觉。如果听她的，他们早在到北卡罗来纳之前就把她的钱花光了。有两个晚上，她非要停车不可，浪费了几十块钱在汽车旅馆上。等他们到了图森，海伦已经身无分文。尼尔和阿尔偷偷地把她丢在了一家酒店的大堂里，带着那个水手重新上路了，没有任何良心上的不安。阿尔·亨克尔是一个身材高大、沉着镇静、不动脑子的家伙，尼尔叫他做什么，他都欣然从命；这一次，尼尔太忙，顾不上良心安不安。他呼啸着穿越新墨西哥州的拉斯克鲁塞斯，正当此时，他突然发神经，很想再次见见他迷人的前妻卢安妮。她在丹佛。他不顾水手软弱无力的抗议，掉头向北，傍晚时分呼啸着驶入丹佛。他跑到一家酒店找到了卢安妮。他们疯狂做爱十个小时。每件事情都重新决定；他们要厮守在一起。卢安妮是尼尔唯一真正爱过的女孩。当尼尔再次看到她的面孔时，他肠子都悔青了，而且像从前一样，跪在她的面前恳求她的欢心。她了解尼尔，她抚摸着他的头发，她知道他多么疯狂。为了安抚那个水手，尼尔在一个酒店房间里给他安排了一个姑娘，就在从前那帮桌球厅的老伙伴们经常喝酒的那个酒吧旁边，格伦阿姆大街与第十四街的街角上。但水手不要那个姑娘，事实上那天夜里走掉了，他们再也没有见过他；他显然是搭乘大巴去了印第安纳。尼尔、卢安妮和阿尔·亨克尔沿着科尔法克斯大街向东疾驰，出城驶向堪萨斯平原。几场大暴风雪袭击了他们。在密苏里州，夜里，尼尔开车时不得不

用围巾把脑袋裹得严严实实，戴着滑雪眼镜，把头伸出车窗外，这
让他看上去就像一个在大雪中凝视手抄本的修道士，因为挡风玻璃
上结满了一英寸厚的冰。他驱车经过他的祖先们出生的那个县，心
里没有任何想法。早晨，车在一座结冰的小山上侧滑，颠入了一条
深沟里。一个农民主动提出帮他们把车弄出来。他们捎上了一个搭
便车的人，此人答应，如果他们把他带到孟菲斯，他就给他们一块
钱，这让他们所有人都松了一口气。在孟菲斯，那人走进了自己的
家，漫无目标地找那一块钱，他喝醉了，说他找不到钱。他们重新
上路，穿越田纳西州：一场意外事故撞坏了操纵杆。尼尔此前一直
以每小时九十英里的速度开车，现在，他不得不把速度稳定在七十
英里，要不然整个汽车准会翻下山坡。他们在隆冬时节穿越大烟
山。当他们到达我姐姐家的门前时，他们已经三十个小时没有吃
饭——只吃了一点糖果和奶酪饼干。他们狼吞虎咽地吃着，尼尔手
里拿着三明治，弯腰站在那台大留声机前蹦蹦跳跳，听着一张狂野
的波普爵士乐唱片，那张唱片是我刚买的，叫作《捕猎》，德克斯
特·戈登和沃德尔·加里在尖声高叫的观众面前吹着萨克斯，让这
张唱片的音量达到了令人疯狂的程度。我那些南方的亲戚面面相
觑，望而生畏地摇摇头。"杰克结交的是一帮什么朋友？"他们对我
姐姐说。这个问题把她难住了，不知如何回答是好。南方人一点也
不喜欢疯狂，更不要说尼尔那种疯疯癫癫。他完全不理会他们。尼
尔的疯狂开出了一朵怪诞的花。我并没有意识到这一点，直至有一
段时间，尼尔、我、卢安妮和亨克尔离开了这幢房子，开着哈得逊
汽车短暂地兜了一圈，那是第一次我们单独在一起，可以畅所欲
言。尼尔抓着方向盘，换到第二挡，一边向前开，一边沉思了片
刻，突然间，似乎做出了什么决定，加足油门，让车子急速窜了出
去。"好啦，伙计们。"他擦着鼻子说，弯腰试了试紧急刹车，从储
物夹层里摸出香烟，他做这些事情时前后晃动，同时还开着车，"到

了我们决定下个星期该干什么的时候了。事关重大，事关重大。啊哈！"他躲开了一辆骡车；一个老黑人赶着骡车缓慢前行。"是啊！"尼尔叫道，"是啊！瞧他！现在琢磨一下他的灵魂——我们停下来琢磨一会儿。"他放慢了车速，好让我们大家转身看看那个嘟嘟囔囔缓慢前行的老黑人。"噢，是的，好好看看他吧，现在我愿意付出我最后一条手臂，来了解他那脑子里有些什么想法；爬进那个脑子里去，你会发现，他那可怜的傻瓜脑袋琢磨的只不过是今年的萝卜菜和火腿。杰克，你不了解，可我曾经在阿肯色州和一个农民生活了整整一年，当时我十一岁，我干过一些可怕的零活，有一次我不得不剥下一匹死马的皮，自一九四三年的圣诞节之后我就再也没去过阿肯色了，那恰好是六年之前，当时，本·戈文和我遭到一个拿枪男人的追杀，我们试图偷他的车。我说所有这些是为了向你表明，我对南方有发言权……我了解……我的意思是，老兄，我研究过南方，我了解南方的里里外外——我研究过你写给我的关于南方的信。噢，是啊，噢，是啊。"他说话的声音越来越小，直至完全停住了，突然间，他又把车速加大到了每小时七十英里，弓着身子趴在方向盘上跑了起来。他死死地盯着前方。卢安妮安详地笑着。这是一个新的、完整的尼尔，变得成熟了。我能看出，卢安妮和亨克尔正在带着惊奇的爱琢磨过去的这几天。我对自己说："天哪，他变了。"当他讲到他痛恨的事情时，他的眼睛里喷发出怒火；当他突然高兴起来时，快乐的光亮便取而代之，每一条肌肉都在痉挛。"噢，伙计，有很多事情我可以告诉你，"他说着戳了戳我，"噢，伙计，我们绝对必须找出时间……艾伦出了什么事。我们大家都去看看艾伦，亲爱的，这是明天的第一件事情。现在，卢安妮，我们必须去买些面包和肉，准备去纽约的路上吃。你有多少钱，杰克？我们把所有的东西都放在后座上，还有K太太的家具，我们大家紧搂着坐在前排，一边讲故事，一边飞奔纽约。卢安妮宝贝挨着我坐，杰克坐旁边，阿尔靠窗，他个子大，能挡风，这一次他可以让那张车毯派上用场了……然后我们出发，奔向甜蜜的生活，现在正是时候，我们全都要把握时机！"他狠狠地擦了擦下巴，猛打方向盘，超了三辆卡车，他呼啸着驶入了落基山市区，注视着四面八方，不用转头，眼球一百八十度弧的范围内一切尽收眼底。他立即找到了一个停车空间，砰的一声，我们停住了。他跳下了车。他飞快跑进了火车站，我们腼腆地跟在后面。他买了些香烟。他的举止动作已经变得彻底疯狂：他似乎同时在做每一件事情。他一直在摇头，上下左右摇，那双有力的手忽动忽停，快速行走，坐下，跷起腿，又放下，站起身，搓着手，摸摸裤子上的拉链，提提裤子，抬头向上看并说"啊嗯"，突然眯起眼睛到处看；自始至终他都在戳我的肋骨，说个不停。落基山很冷；下了一场不合节令的雪。长长的主街沿着海岸铁路向前延伸，他站在阴冷的主街上，只穿一件 T 恤衫，以及一条松松垮垮的裤子，裤带解开了，仿佛正打算脱掉似的。他探过头来和卢安妮说话，但又缩了回去，在她面前晃着双手。"哦，是的，我知道！我了解你，我了解你，亲爱的！"他的笑声很疯狂；开始很低，最后很高，完全就像广播节目里一个疯子的笑声，只是速度更快，更像是傻笑。一个呵呵傻笑的疯子。随后，他恢复了公事公办的口吻。我们来到市区毫无目的，但他硬是找出了目的。他让我们全都忙碌起来，卢安妮去买食品，我去买张报纸看看天气预报，阿尔去买雪茄。尼尔喜欢抽雪茄。他一边看报纸，一边抽雪茄，还一边聊天。"噢，我们在华盛顿的那帮神圣的美国大佬正在策划更多的麻烦事——噢——哼！——噢——嗬！嗬！"他跳了起来，跑去看一个刚从火车站外面经过的黑人姑娘。"瞧她，"他站在那儿，弯着手指指了指那姑娘，然后一脸傻笑指着自己的生殖器，"可爱迷人的小黑妞。噢！哼！"我们钻进了车里，呼啸着回了我姐姐的家。我原本打算在乡下过一个安静的圣诞节。

当我们回到那幢房子，我看到圣诞树和礼物，闻到烤火鸡的味道，听到亲戚们的交谈，我意识到，我要在乡下过一个平静安宁的圣诞节，可现在，那只虫子再次在我身上爬，虫子的名字叫尼尔·卡萨迪，我又一次冲动之下动身离去，重新上路。我们把我姐姐的衣服和碗碟打包装进了几个箱子，连同几把椅子，放在车的后面，天黑时分动身出发，并答应三十个小时后回来。三十个小时在南方和北方跑一千英里。但那就是尼尔想要的方式。这是一趟艰苦的旅行，我们没有一个人认识到这一点；加热器不工作了，因此，挡风玻璃蒙上了雾气，结了冰。尼尔在以每小时七十英里的速度开车的同时，不停地把手伸出去，用一块破布擦挡风玻璃，擦出一个窟窿，好让他能够看见路。这辆宽敞的哈得逊里有足够的空间，让我们四个人全都坐在前排。一张毯子盖着我们的膝盖。收音机也不工作了。它是一辆崭新的车，五天前才买的，现在已经被搞垮了。分期付款还只交了一期。我们驶上了弗吉尼亚北边的一百零一号公路，那是一条笔直的两车道公路，车流量不大。只有尼尔一个人在说话，其他人都不开口。他猛烈地打着手势，有时候为了强调某个观点甚至斜过来靠在我的身上，有时候，他的双手没有放在方向盘上，但汽车依然像一支箭一样笔直向前，车的左前轮片刻也不曾偏离路中间的那条白线。我根本没有想到，在这个新的季节结束之前，我们一路驶往加利福尼亚也是这种情况。尼尔来这里的背景情况毫无意义，我跟着他离开也毫无理由。我在纽约上学，正在和一个名叫保琳娜的姑娘谈恋爱，她是一个蜜色头发的、漂亮的意大利姑娘，我确实想和她结婚。这些年来，我一直在寻找我想娶的女人。我遇到任何一个姑娘都会问自己："她会成为什么样的妻子？"我跟尼尔和卢安妮讲了保琳娜的事。卢安妮突然跳了起来。她很想知道关于保琳娜的一切，很想见见她。我们疾驰着穿过了里士满、华盛顿、巴尔的摩，沿着一条弯弯曲曲的乡村公路向费城驶去，一边谈着话。"我想和一个姑娘结婚成家，"我告诉他们，"这样我的灵魂就可以在她身边安宁下来，直至我们都老去。眼下这种状况不可能一直继续下去……所有这些疯狂举动，颠沛流离。我们要去某个地方，寻找某个东西。""噢，老兄，"尼尔说，"许多年来，我一直在琢磨你，关于家庭和婚姻，所有那些关于你的灵魂的美好而奇妙的东西。"阿尔·亨克尔坐在我的右边，他为了汽油费而和一个姑娘结婚。我觉得我是在捍卫我的立场。那是一个悲伤的夜晚，也是一个欢乐的夜晚。在费城，我们走进一家小餐馆，用我们购买食品的最后一块钱吃了几块汉堡包。那是凌晨三点，服务员听到我们谈论钱，主动提出，由于餐馆里的洗碗工没有来，如果我们大家一起到后面去把杯盘碗碟全都洗干净了，他就不收我们的汉堡钱，外加几杯咖啡。我们欣然同意。阿尔·亨克尔说他很久以前干过洗碗工，说着便把他那双长臂伸进了洗碗池里。尼尔拿着毛巾四处转悠，卢安妮也是如此。最后他们开始在锅碗瓢盆中间搂着脖子亲起嘴来；他们撤到了储藏室里一个阴暗的角落里。只要阿尔和我在洗碗，服务员就心满意足了。我们在十五分钟的时间里洗完了。拂晓时分，我们疾驰着穿过新泽西，纽约大都会的巨大云团就浮现在白雪茫茫的远处，映入我们的眼帘。尼尔用一件毛衣裹住两耳御寒。他说我们是一帮阿拉伯人，要来炸掉纽约。我们嗖嗖地驶过林肯隧道，来到了时代广场。"噢，该死，但愿我能找到亨基。大家都盯着点儿，看能不能找到他。"我们大家搜遍了人行道，"老好人亨基……噢，你们应该在得克萨斯见过他。"现在，尼尔来了，从旧金山出发，经亚利桑那，再到丹佛，在四天时间里大约跑了四千英里，中间夹杂着数不清的冒险，而这只是开始。我们去了臭氧公园我的家，倒头便睡。我第一个醒来，已经是傍晚时分。尼尔和卢安妮睡在我的床上，阿尔和我睡在我妈妈的床上。尼尔那个遍体鳞伤、掉了铰链的旅行箱摊在地板上，袜子露了出来。有人打电话到楼下的药店找我。我跑了下去，是新奥尔良打来的电话。比尔·巴勒斯用很高的、哀诉的声音叫苦不迭。似乎是一个名叫海伦·亨克尔的姑娘刚到他家，找一个叫阿尔·亨克尔的家伙。比尔不知道这两个人是谁。海伦·亨克尔是一个死不放手的失败者。我叫比尔安慰她一下，亨克尔跟尼尔和我在一起，我们尽最大可能在去西海岸的路上捎上她。随后，姑娘本人接过了电话。她想知道阿尔怎么样。她十分关心他是不是快乐。"你怎么从图森跑到新奥尔良去了？"她说她打电报给家里要了钱，搭乘了一辆大巴。她决心追上阿尔，因为她爱他。我去楼上告诉了大个子阿尔。他坐在椅子里，看上去很焦急的样子。"现在好了，"尼尔突然说，他醒了过来，跳下了床，"我们必须做的事情是吃饭，马上，卢安妮赶紧去厨房看看那儿有啥，杰克你和我去楼下打电话给艾伦，阿尔你去看看你能做点什么把这房子收拾收拾。"我跟着尼尔赶忙去了楼下。经营药店的那个家伙说："刚刚又有电话找你……这一回是旧金山打来的……找一个叫尼尔·卡萨迪的人。我说这里没有叫这个名字的人。"那是卡罗琳找尼尔。药店老板山姆是我的朋友，个子很高，沉着镇静，他看着我，挠了挠自己的头。"天哪，你经营的是什么鬼营生，一座国际妓院吗？"尼尔疯狂地傻笑，"我看好你，老兄！"他跳进了电话亭，给旧金山打了一个对方付费的长途。随后，我们给艾伦在新泽西的家里打电话，叫他过来。艾伦两个小时后赶到。在此期间，尼尔和我准备单独赶回北卡罗来纳，装上剩余的家具，带回我母亲。艾伦·金斯堡来了，胳膊下夹着诗歌，坐在一把安乐椅里，用那双锐利的眼睛注视着我们。前半个小时他拒绝说任何话，或者说他拒绝表态。自"丹佛的消沉日子"之后，他就安静了下来；"达喀尔的消沉日子"让他变得这样。在达喀尔，他蓄起了大胡子，跟着一些小孩子游荡于偏僻的小巷，孩子们带他去找一位巫医，后者给他算命。他拍了一些快照，都是达喀尔偏僻地区那些茅草棚屋组成的疯狂街道。他说在回来的路上，他险些像哈特·克莱恩一样从船上跳了下去。那是他们在休斯敦分手之后他第一次见到尼尔。尼尔坐在地板上，拿着一个音乐盒，十分惊奇地听着里面演奏小曲《美丽的浪漫故事》——"叮当飞转的小铃铛。哈！听啊！我们大家都一起俯下身，看着音乐盒的中心，我们就能弄清其中的奥秘……叮当小铃铛，哟。"阿尔·亨克尔也坐在地板上，手里拿着我的鼓槌；他突然开始轻轻敲打着节拍，跟着音乐盒的节奏，声音轻得几乎听不见。每个人都屏住呼吸听着。"嗒……嗒……嗒嗒……嗒嗒。"尼尔用手拢着耳朵，嘴巴张得很大，说："哈！哟！"艾伦眯起双眼注视着这愚蠢的疯狂举动。最后，他拍了一下膝盖，说："我有一件事要宣布。""啥？啥？""这次纽约之行的意义是什么？你们现在干的是什么肮脏的勾当？我的意思是，伙计，你要去哪里？""你要去哪里？"尼尔张大嘴巴跟着学了一句。我们坐在那儿，不知道该说什么；再也没有什么东西可聊。唯一要做的事情就是走人。尼尔跳了起来，说我们准备回北卡罗来纳去。他去洗了个淋浴，我用家里剩下的食品做了一大盘米饭，卢安妮缝好了他的裤子，我们准备出发。尼尔、艾伦和我疾驰着驶进了纽约。我们答应三十个小时之后去看他，正赶上新年前夜。现在已经是晚上。我们把艾伦丢在了时代广场，掉头穿过林肯隧道，驶入新泽西。尼尔和我轮流开车，十小时后赶到北卡罗来纳。"这是我们多年来第一次单独在一起，总算可以好好聊聊了。"尼尔说。他讲了一整夜。就像在梦里一样，我们疾驰着穿过沉睡中的华盛顿，驶入弗吉尼亚荒野，在黎明时分穿越北卡罗来纳的边境线，上午九点停在我姐姐家门前。整个这段时间，尼尔对他看到的一切、他谈论的一切、每个瞬间所发生的每个细节都极其兴奋。他对真正的信仰如痴如狂。"当然，现在谁也无法让我相信上帝不存在。我们已经有了各种各样的经历。你还记得吗？杰克，当我第一次来到纽约时，我想哈尔·蔡斯给我讲讲尼采。那是多久以前的事了？一切都很好，上帝存在，我们了解时代。希腊人断言的每一件事情都是错的。你不可能用几何学及几何学的思想体系来解决这个问题。就这么回事！"他紧紧攥着拳头；汽车紧贴着那条白线行驶。"不仅如此，而且，我们两个都明白，我不可能有时间来解释为什么你我都知道上帝存在。"在某个时刻，我抱怨生活的烦恼，我的家庭多穷，我多想帮助保琳娜，她也很穷，而且还有一个女儿。"你要知道，烦恼是个一般化名词，它所表示的，正是上帝之所在。重要的事情是不要被困住。我的脑袋嗡嗡作响！"他抱头大叫。他冲出汽车，跑去买香烟，就像格劳乔·马克思那样——飞快地贴地而行，燕尾服下摆飘飘，只不过他没有穿燕尾服。"自丹佛之后，杰克，我想了很多事情——噢，那些事情——我翻来覆去地想。我过去总是进少年管教所。我是个叛逆少年，一直我行我素——偷车是对我的地位的一种心理表达，为了表现得神气活现。我进监狱的所有问题现在都相当清楚。据我所知，我再也不会进监狱了。余下的事不是我的毛病。"我们从一个小孩身边经过，他正在朝路上的汽车扔石头。"试想一下，"尼尔说，"有一天，他扔出一块石头砸穿了一辆汽车的挡风玻璃，那人出车祸，死掉了……一切都是由于那个小孩子。你明白我的意思吗？上帝的存在毫无疑问。当我们沿着这条路向前行驶时，我敢肯定，毫无疑问，每件事情都为我们考虑到了……就拿你来说，当你开车时，尽管你害怕方向盘"（我讨厌开车，总是开得小心翼翼）"但车子会自己向前跑，你不会偏离公路，我可以安心睡觉。再者说，我们都了解美国，我们是在自己家里；我可以去美国的任何地方，得到我想要的东西，因为它的每个角落都是一样的，我了解那些人，我知道他们在干啥。我们给予和获取，一路前行，以一种令人难以置信的复杂方式，每一面都蜿蜒曲折。"他说的这些话让人一头雾水，但他要表达的意思，可以用某种方式使之变得纯净而清晰，他大量使用"纯净"这个词。我做梦也没想到，尼尔会成为一个神秘主义者。这是其神秘主义最早的日子，将导致后来岁月里他那种像 W.C. 菲尔兹一样古怪的、衣衫褴褛的圣徒品行。当天夜里，在我们装着家具风驰电掣地回纽约的路上，就连我母亲也好奇地、半信半疑地听着尼尔高谈阔论。这会儿，由于我妈坐在车里，尼尔总算平静下来，谈论他在旧金山的工作和生活。他巨细无遗地介绍了司闸员要干什么，我们每次通过铁路时他都要举例说明，甚至在某个时刻跳下了车，向我展示司闸员如何给一列直达快车发信号。我母亲换到后座上，睡了。凌晨四点，在华盛顿，尼尔再次给旧金山的卡罗琳打了一个对方付费的长途电话。过后不久，当我们驶出华盛顿时，一辆巡逻警车鸣着警笛追上了我们，给了我们一张超速罚单，尽管事实上我们只开到了每小时三十英里。是加利福尼亚的牌照惹的祸。"你们这些家伙是不是以为你们来自加利福尼亚就可以想开多快开多快？"警察说。我跟着尼尔去了警官的办公室，我们试图向警察解释我们身上没有钱。他们说，如果我们凑不齐罚款的话，尼尔就要在监狱里过夜。当然，我妈有钱，罚金十五块，她总共有二十块，交罚金没问题。而事实上，正当我们和警察争辩时，其中一个警察走了出去，偷偷地看着我妈，她正裹着毯子坐在汽车后排。她看到了那个警察。"别担心，我不是一个持枪女匪……如果你想进来搜查这辆车的话，尽管请便……我和儿子一起回家，这些家具不是偷来的，是我女儿的，她刚刚生小孩，要来和我一起住。"这让那位福尔摩斯大吃一惊，他回到警务局。我妈不得不替尼尔交了罚金，要不然的话我们就要困在华盛顿；我没有驾照。尼尔答应还这笔钱；他还真的还了钱，刚好在一年半之后，这让我妈又高兴又吃惊。我妈是个正派体面的妇女，被困在这个悲哀的世界，她很了解这个世界。她给我们讲了那个警察的事。"他躲在那棵树的背后，想看看我是什么模样。我告诉他……我告诉他如果他想搜车就请便。我没有任何见不得人的事。"她知道尼尔有什么见不得人的事,我也有,因为我老是和尼尔在一起,我和尼尔悲哀地承认了这一点。我妈曾经说过,除非男人都跪倒在女人的脚下请求原谅,否则这个世界永远不得安宁。这倒是真的。世界各地,在墨西哥的丛林里,在上海的偏僻小巷里,在纽约的鸡尾酒吧里,丈夫们总是烂醉如泥,而女人们则待在家里带孩子,面对越来越暗淡的未来。如果这些男人关机回家——跪下来——请求原谅——女人祝福他们——安宁就会突然降临这个尘世,带来巨大的寂静,就像世界末日固有的寂静一样。可尼尔懂得这个道理,他多次提到过。"我再三恳求卢安妮,永远丢掉一切争吵,平和而甜蜜地理解我们之间纯洁的爱情——她懂——但她的心思在别的事情上——她跟着我——但她不会理解我多么爱她——她正在编织着我的厄运。""事情的真相是我们不理解我们的女人,我们责怪她们,其实全都是我们的错。"我说。"但事情并不那么简单,"尼尔警告,"安宁会突然到来,但我们搞不懂它何时到来,明白吗,老兄?"他顽强而阴郁地驱车穿过了新泽西;拂晓时分,我开车从普拉斯基高架桥上经过,而他在后排睡觉。我们上午九点抵达臭氧公园,发现卢安妮和阿尔·亨克尔闲坐在那儿,从烟灰缸里找烟屁股抽;尼尔和我离开之后,他们啥也没吃。我妈去买了一些食品,做了一顿丰盛的早餐。现在到了这个西部三人帮在曼哈顿市区找新住处的时候了。艾伦在约克大道有一套公寓房,他们晚上搬了进去。我们睡了一整天,尼尔和我,当一场大暴雪迎来一九四八年的新年夜时,我们醒了过来。阿尔·亨克尔坐在我的安乐椅里讲述去年的新年。"我在芝加哥。我身无分文。我坐在北克拉克街酒店房间的窗前,最美妙的香味从楼下的面包房里飘进我的鼻孔里。我一毛钱也没有,但我走下楼,和面包房的姑娘谈了谈,她给了免费的面包和咖啡蛋糕。我回到房间,把它们吃掉了。我整夜待在我的房间里。有一次,在犹他州的法明顿市，我和埃德·乌尔一起干活，你认识埃德·乌尔，就是丹佛那个大农场主的儿子，我躺在床上，突然看见我死去的母亲站在角落里，浑身发光。我喊道：'妈妈！'她消失不见了。我经常出现幻觉。"阿尔·亨克尔说着垂下了头。"你打算拿海伦怎么办？""哦，走着瞧吧。等我们到了新奥尔良再说。你不这样想吗，嘿？"他开始也向我征求意见；一个尼尔对他来说还不够。"你打算拿自己怎么办，阿尔？"我问。"我不知道，"他说，"我只管往前走，我琢磨生活。"他重复了一遍，模仿尼尔的做派。他没有方向。他坐在那里追怀芝加哥的那个夜晚，以及孤寂房间里热乎乎的咖啡蛋糕。外面大雪纷飞。纽约即将有一场盛大派对，我们大家都要去。尼尔收拾好他破损的衣箱，放进车里，我们大家动身出发，去参加那场盛大的聚会。母亲想到我姐姐下周就要搬过来很是高兴；她拿着报纸坐在那里，等待时代广场午夜的新年广播。我们呼啸着驶入纽约，汽车在结冰的路面上打滑。尼尔开车时我从不害怕；他能在任何环境下操纵一辆车。收音机的频率已经固定好，现在有狂野的波普爵士乐催促我们在夜色中一路前行。我不知道所有这一切会把我们领向何方，我不在乎。就在那个时候，一件古怪的事情开始萦绕在我心头，挥之不去。它是这样：有什么事情被我忘记了。尼尔出现之前，我正要作出一个决定，现在它已经彻底从我的脑海里清除得一干二净，但依然留在我的大脑所控制的舌尖上。我不停地咬着手指，试图记起它。我甚至提到过它。我甚至说不出它究竟是一个真正决定，还只是一个我决定要做、却忘了去做的想法……这个问题纠缠着我，让我目瞪口呆，满腹悲伤。它必定和那首《缠着裹尸布的陌生人》①有点什么关系。有一次，艾伦·金斯堡和我坐在两张椅子里，膝盖碰膝盖，脸对脸，我给他讲了我所做的一个梦，关

---

① 这是艾伦·金斯堡的一首诗。

于一个陌生的阿拉伯人，正在沙漠中追赶我；我想方设法躲开，最后，就在我快要到达"庇护之城"的时候，那人追上了我。"这人是谁？"艾伦问。我们仔细琢磨了这个问题。我提出，它是披着裹尸布的我自己。但它不是。某个东西、某个人、某个幽灵，在生活的沙漠里追逐我们所有人，而且注定要在我们到达天国之前抓住我们。很自然，现在回过头来看，这个东西只不过是死亡：死亡会在天国的门前追上我们。我们在活着的日子里所渴望的一样东西，让我们叹息和呻吟，让我们经历各种各样甜蜜的恶心，那就是对某个已经失去的大欢喜的回忆，这个大欢喜大概是在母亲的子宫中经历过，只能在死亡中再现——尽管我们不愿意承认。可是，谁想死呢？但更多的属于后者。在迅速发生的一连串令人眼花缭乱的事件中，我内心深处一直在不停地琢磨这个问题。我告诉了尼尔，他立即认识到，那不过是对纯死亡的简单渴望；因为我们所有人都决不可能重生，他肯定和这个毫无关系，我现在同意他的观点。我们去找纽约的那帮朋友。我在纽约有一帮可怕而有趣的朋友。纽约是这样一座疯狂的城市，也有一帮疯狂的家伙在那里繁花盛开。我们先去了埃德·斯特林厄姆的家……埃德·斯特林厄姆是个悲伤而英俊的家伙，可爱、慷慨而顺从，只是有一次，他突然抑郁症发作，匆匆离开了，没有和任何人说一句话。今晚他欣喜若狂。"杰克，你在哪里找到这些妙不可言的家伙？我从未见过像他们那样的人。""我在西部找到他们的。"尼尔有他的兴奋点：他在播放一张爵士唱片，抓着卢安妮，紧紧抓住她，跟着音乐的节拍拉着她蹦蹦跳跳。卢安妮也跟着蹦蹦跳跳。就那么简单，一曲真正的爱情之舞。约翰·霍姆斯领着一大帮人进来了。新年周末开始了，持续了三天三夜。一大帮人挤进了那辆哈得逊车里，在大雪纷飞的纽约街道上突然转弯，从一场派对到另一场派对。当保琳娜看到我和尼尔及卢安妮在一起时，她的脸黑了下来……她感觉到了他们在我身上注入的那种疯狂。"我不喜欢你和他们在一起。""哦，没事，只是找点刺激。我们只活一次。我们要及时行乐。""不，那是悲哀，我不喜欢。"那时，卢安妮已经开始向我求爱；她说尼尔要和卡罗琳待在一起，她要我跟她一起。"跟我们一起回旧金山吧。我们生活在一起。我会对你好的。"但我知道尼尔爱卢安妮，我也知道卢安妮这样做是为了让保琳娜嫉妒，我可不想这样。不过话说回来，这个性感迷人的金发美女还是让我垂涎欲滴。卢安妮和保琳娜都是一流的大美人。当保琳娜看到卢安妮把我推到角落、向我表白并强行吻我时，她接受了尼尔的邀请，跟他出去，钻进了车里。但他们只是聊一会儿天，喝了一点我留在车里的南方私酿酒。每件事情都混在一起，一切都乱了套。我知道我和保琳娜的风流韵事持续不了多久。她想我和她在一起。她嫁给了一个机修工，对她很不好。如果她和那个机修工离婚的话，我愿意娶她，并抚养她的宝贝女儿，以及诸如此类；但我们甚至没有足够的钱来办一次离婚，整个事情毫无希望，此外，保琳娜永远不会理解我，因为我喜欢的东西太多，全都混在一起，从一件事情拖延到另一件事情，直至我放弃。那个夜晚就是这样，对你来说就这么回事。除了我的困惑之外，对任何人我都提供不了任何东西。派对规模巨大；在赫伯·本杰明位于西九十几街的地下室公寓房里，至少有一百个人。人满为患，有的人挤进了暖气炉旁边的地窖隔间里。每个角落里，每张床上和沙发上，都有事情在发生，倒不是纵情狂欢，而只是纽约的一场派对，有着发疯似的尖叫和狂野的收音机音乐。甚至有一个华人女孩。尼尔像格劳乔·马克思一样，从一群人跑到另一群人，每个人都要捅一下。我们每隔一会儿冲出去，开车装来更多的人。卢西安来了。卢西安是我们纽约帮的英雄，正如尼尔是西部帮的主要英雄一样。他们俩立即互相反感。卢西安的女朋友突然抡起拳头，朝卢西安的下巴一记重拳。他被打得晕头转向。她把他拉回了家。几个报社里的疯朋友拎着酒瓶从办公室里赶了过来。外面正下着一场可怕而奇妙的暴风雪。阿尔·亨克尔搭上了保琳娜的妹妹，带着她消失不见了；我忘了说，阿尔·亨克尔是个很有女人缘的家伙。他身高六英尺四英寸，性情温和，和蔼可亲，容易相处，沉默寡言，讨人喜欢。他总是帮助女士们穿外套。那就是他为人处世的方式。凌晨五点的时候，我们大家冲过一幢住宅的后院，从窗户爬进了一套公寓房里，一场盛大的派对正在那里进行。拂晓时分，我们回到了埃德·斯特林厄姆的家。人们在画画，喝变了味的啤酒。我和一个叫罗达的姑娘——可怜的罗达——睡在一起，和衣而睡，没有任何理由，只是睡在同一张沙发上。大群的人从哥伦比亚老校园的酒吧里赶了过来，鱼贯而入。生活中的每一件事情，生活中的每一张面孔，都堆进了同一间黑咕隆咚的房间里。在约翰·霍姆斯的家里，派对继续进行。约翰·霍姆斯是个妙不可言、温柔可爱的家伙，他戴着眼镜，十分高兴地透过眼镜注视着眼前的一切。他开始学着对每件事情都说"是啊"，就像这个时期的尼尔一样，而且，打那以后就再也没有停止过。伴着德克斯特·戈登和沃德尔·加里吹奏的《捕猎》，尼尔和我与卢安妮在沙发上玩起了传接球游戏；她在这方面也不是个玩具娃娃。尼尔光着膀子到处走动，只穿着裤子，赤着脚，除非是开车去接人的时候。什么事情都发生了。我们找到了欣喜若狂的艾伦·安森，在长岛他的家里过了一夜。艾伦·安森和他姑妈一起住在一幢漂亮的房子里；等她死了，房子就完全是他的了。在此之前，她拒绝同意他的任何愿望，憎恶他的朋友们。他带来了尼尔、卢安妮、阿尔和我这么一帮衣衫褴褛的朋友，开始一场喧嚣吵闹的派对。他姑妈在楼上不安地徘徊；她威胁要叫警察。"噢，闭嘴，你这个老太婆！"安森吼道。我很奇怪，他们都这样了，怎么还能生活在一起。安森的藏书比我这辈子见过的书还要多……有两间藏书室，四壁从地板到天花板堆满了书，像十卷本

《启示录诠释》这样的书都有。他表演威尔第的歌剧，穿着后背裂
了一个大口的睡衣做着夸张的动作。他对任何事情都不在乎。他是
个大学者，胳臂下总是夹着十四世纪音乐手稿的原件，在纽约的滨
水区蹒跚而行，大喊大叫。他像个大蜘蛛那样爬过街道。他的双眼
中喷发出兴奋，带着一种强烈刺痛的凶光。他在痉挛般的狂喜中转
动着脖子。他口齿不清，他身体扭动，他猛地坐下，他呻吟呜咽，
他嚎啕吼叫，他在绝望中后退。他对生活如此兴奋，以至于几乎说
不出一句话。尼尔低头站在他面前，不停地重复："是啊……是
啊……是啊。"他把我拉到一个角落。"那个艾伦·安森是最伟大、
最神奇的家伙。我想告诉你的是……那正是我想要成为的人……我
想像他一样。他从不拖延，四面出击，全力以赴，他了解时代，他
只能来回摇摆，老兄，他就是目标！你要是一直像他那样，你最终
也会达到。""达到什么？""那样！那样！告诉你吧——现在没时间，
我们现在没时间。"尼尔匆匆跑了回去，想再看看艾伦·安森。尼
尔说，伟大的爵士钢琴家乔治·谢林完全就像艾伦·安森一样。在
那个漫长而疯狂的周末中间，尼尔和我去鸟园爵士酒吧看谢林演
出。那个地方冷冷清清，我们是最早的顾客，十点钟。谢林出来
了，是个瞎子，别人拉着他的手，把他牵到钢琴键盘前。他是个气
度不凡的英国人，浆硬的白色衣领，略显粗壮，浅色皮肤，身上散
发着一种英国夏夜的精致气息，当低音吉他手恭敬地向他欠身示意
并弹响节拍时，最早几个甜美的音符便从他的指间轻盈地荡漾而
出。鼓手丹尼尔·贝斯特一动不动地坐在那里，只是手腕快速移
动，挥舞着鼓刷。谢林开始摇摆；他那心醉神迷的脸上绽放出一丝
微笑；他开始在琴凳上前后摇摆，起初很慢，随着节奏的加快，他
摇摆得更快，他的左脚跟着每一个节拍跳跃，脖子开始歪斜着摆
动，他把脸凑向琴键，把头发向后一掠，梳得整整齐齐的头发顿时
散乱了，他开始出汗。音乐变得振奋起来。低音吉他手弓着身子，

十分投入，节奏越来越快。看上去似乎越来越快，就是这样。谢林
开始弹奏他的和弦部分，和弦像倾盆大雨一样从钢琴里滚滚而出，
你会认为这家伙根本来不及把它们排列整齐，就像大海一样汹涌翻
腾。观众对他大喊大叫："走起来！"尼尔大汗淋漓；汗水顺着衣领
往下淌。"就是他！就是他！天哪，天哪，谢林！是啊，是啊，是
啊！"谢林意识到了他身后的疯子，他能听到尼尔的每一声喘息和
咒骂，他能感觉到，尽管他看不见。"太棒了！"尼尔说。"是啊！"
谢林笑了；摇摆着。谢林大汗淋漓地从琴凳上站起身来；这是他变
得冷漠和商业化之前的大好时光。当他离开时，尼尔指着空空的琴
凳。"上帝的空椅子。"他说。钢琴上放着一把小号，它金色的影子
在鼓背后的墙上描画出的沙漠旅行队制造出古怪的映像。上帝走
了；那个映像是他离去后的寂静。尼尔满怀敬畏地瞪大眼睛。这种
疯狂不会有任何结果。我不知道我自己身上正在发生什么，我突然
意识到，那不过是我们正在抽的大麻，尼尔在纽约买了一些。它让
我以为一切即将到来——那个瞬间，你知道一切都被永久性地决定
了。我丢下每一个人，回家休息。母亲说我是在浪费时间，和尼尔
及他那帮人到处瞎混。我也知道这很混账。生命是生命，本性是本
性。我想要的是去西海岸作一次更宏大的旅行，然后及时回来，赶
上学校的春季学期。结果是一趟什么样的旅行啊！我只想一路搭车
兜风，看看尼尔还要干点什么别的，最后，我还知道，尼尔在旧金
山会回去找卡罗琳，我想和卢安妮来一段风流韵事，我确实这么干
了。我想再次穿越呻吟的美洲大陆。我取出了我的退伍军人津贴，
给了尼尔十八块钱，让他寄给他妻子，她在等他回家，身无分文。
卢安妮心里怎么想，我不知道。阿尔·亨克尔像从前一样只是跟在
后面。"我不想剥夺你们神气活现的乐趣，但在我看来，到了你们
该决定自己是什么、要做什么的时候了。"艾伦在给美联社干送稿
的活。"我想知道，你们成天闲坐在家里究竟是什么意思？谈论的

究竟是什么，你们打算做什么？尼尔，你为什么离开卡罗琳，搭上了卢安妮？"尼尔没有回答——只是傻笑。"卢安妮，你为什么像这样全国各地到处跑，作为女人，你操心这块裹尸布的意图是什么？"回应是一样的。"阿尔·亨克尔，你为什么在图森抛弃你的新婚妻子，你撅着肥大的屁股坐在这儿干什么？你的家在哪里？你的工作是什么？"阿尔·亨克尔在真正的迷惘中低下了头。"杰克——你怎么沦落到这样潦草懒散地混日子，你对保琳娜做了什么？"他调整了一下自己的浴衣，面对我们大家坐着。"惩罚的日子就要到来。气球维持不了多久。不仅如此，它还是一只抽象的气球。你们全都会飞到西海岸，然后摇摇晃晃地回来，寻找你们的石头。"这些日子，艾伦发展出了一种腔调，他希望听上去像他所说的"岩石之声"。整个观念就是要把人震晕，让他们对岩石有所领会。"你们把一条龙别在你们的帽子上，"他警告我们，"你们和蝙蝠一起待在阁楼上。"他疯狂的眼睛朝我们闪闪发光。自"达喀尔的消沉日子"以来，他最终经历了一个可怕的时期，他称之为"神圣的消沉日子"或"哈莱姆的消沉日子"，那段时期，他住在哈莱姆区，时值仲夏，夜里他在自己那间孤独的房间里醒来，听到那架"大机器"从天而降；他在第一百二十五街与所有其他鱼类行走于"水下"。正是一大堆乱七八糟疯狂的观念，开始占据他的头脑。他让卢安妮坐在他的大腿上，命令她平息下来。他告诉尼尔："你为什么不坐下来放松放松，你为什么这样跳来跳去？"尼尔东奔西跑，不停地给自己的咖啡里放糖，并说："是啊！是啊！是啊！"夜里，阿尔·亨克尔铺上垫子，睡在地板上，尼尔和卢安妮把艾伦从床上推了下去，他们自己上了床，艾伦坐在厨房里吃他的炖腰子，嘀嘀咕咕念叨着岩石的预言。我白天来，注视着一切。阿尔·亨克尔对我说："昨天晚上，我一直走到了时代广场，正当我到达那里的时候，我突然意识到我是一个鬼——走在人行道上的是我的幽灵。"他对我说这些话时没有发表任何评论，只是使劲地点头。十个小时后，在另外一次谈话中间，阿尔突然说："没错，就是我的幽灵在人行道上漫步。"突然间，尼尔凑到我跟前，认真地说："杰克，我有件事要问你——对我来说很重要——我很想知道你是怎么看的——我们是不是好兄弟？""当然是，尼尔。"他的脸差不多都红了。最后，他终于说出了口：他想我去搞卢安妮。我没问他为什么，因为我知道，他想测试一下自己身上的什么东西，他想看看卢安妮和别的男人在一起时是什么样子。他提出这个想法时，我们坐在第八大道的罗斯酒吧；我们在时代广场走了一个小时，寻找亨基。罗斯酒吧是时代广场的流氓阿飞酒吧；它每年都改名字。你走进去看不到一个女孩，即使在火车座里，一大帮年轻男人穿着各种各样的流氓服装——从红衬衫到阻特装；它也是一个男妓的酒吧，在第八大道的夜色里，那些男孩子在满腹悲伤的老同性恋者当中挣钱谋生。尼尔走进那里，眯起眼睛看看每一张面孔。里面有一些狂野的黑人同性恋者，带着枪的阴郁家伙，刀不离身的水手，单薄瘦削、态度暧昧的吸毒者，偶尔有一个穿着整齐的中年侦探，假扮成赌注登记经纪人，他来这儿溜达，一半是为了利益，一半是出于职责。那是尼尔提出请求的典型地方。各种五花八门的邪恶计划都是在罗斯酒吧里炮制出来的——在这里的氛围中你才能有那样的感觉——各种疯狂的性爱程序都是在这里着手进行的。撬保险柜的窃贼不仅向流氓恶棍推荐第十四街的某处阁楼，而且他们还在一起睡觉。金赛教授在罗斯酒吧耗费了大量时间，采访这里的一些小伙子；一九四五年，他的助手来的时候我恰好在那儿。亨基和艾伦都接受过采访。尼尔和我驱车回到约克大道，发现卢安妮在床上。亨克尔正领着他的鬼魂在纽约四处游荡。尼尔把我们的决定告诉了卢安妮。她说她很乐意。我自己则不是那么有把握。我必须证明我会完成这个任务。我爸就是在那张床上去世的——一个星期之前我把它给了艾伦，尼尔和我从长岛开车来到这里。我爸是个大块头，床的中间有些塌陷。
卢安妮躺在那儿，尼尔和我躺在她的两侧，分别占据着尚未伸出的
床垫两端，我不知道该说些什么。我说："噢，该死，我干不了这
事。""来吧，伙计，你答应过的！"尼尔说。"卢安妮呢？"我说。"快
点，卢安妮，你是怎么想的？""干吧。"卢安妮说。她抓住我，我试
着忘掉尼尔在那里。每一次我都意识到他就躺在那儿，像块木板一
样僵硬，在黑暗中听着每一声响动，我没法干。我不停地滚开。这
真可怕。"我们大家都必须放松。"尼尔说。"我恐怕干不了。你干
吗不去厨房里待一会儿呢？"尼尔去了厨房。我的心思依旧不在这
事上。卢安妮紧紧抱着你的时候是个很可爱的女人。她温暖，她乐
意，极其慵懒。我小声说，我们到了旧金山再试一把，到那时准会
很棒。这是三个大地之子试图在那个夜晚决定干件什么事情，让过
去千百年的全部重量在他们面前的黑暗中如气球般膨胀。房间里有
一种奇怪的安静。我走了，拍了拍尼尔，叫他去找卢安妮；我退到
沙发上。我听到他们疯狂地前后摇晃那张床。让我惊愕的是，我认
识到，尼尔正在贪婪地吞噬她，这对他们来说是通常的惯例。只有
一个在监狱里度过了五年的家伙才能达到这样一种无助的、极度疯
狂的状态：不断乞求的正是子宫的入口，完全在身体上认识生命极
乐的源头；试图一劳永逸地回到子宫，同时活着，并给生活增添生
机蓬勃的性的狂乱和韵律。这是多年在铁窗后面观看淫秽图片，欣
赏杂志上女人的大腿，评估监狱钢铁过道的坚硬和并不存在的女人
的柔软的结果。监狱是你期待活着的权利的地方。尼尔从未见过自
己母亲的脸。每个新交的女孩，每个新婚的妻子，每个新生的婴
儿，都会让他原本凄凉的情感困境变本加厉。他父亲在哪里——那
个老流浪汉理发匠尼尔·卡萨迪，扒货运列车，在铁路厨房里打
杂，踉踉跄跄，跌倒在酒鬼小巷的夜色里，躺在煤堆上奄奄一息，
在西部的阴沟里磕掉了一颗接一颗发黄的牙齿。尼尔完全有权利在

卢安妮对他毫无保留的爱中甜蜜地死去。卢安妮的父亲是洛杉矶的一个警察，曾做出过很多乱伦的暗示。她给我看过一张照片：小八字胡子，油光水滑的头发，凶残的目光，锃亮的皮带和手枪。我不想干预，我只想了解。艾伦黎明时分回来了，穿上了他的浴衣。这些天来他再也没有睡觉。"噫！"他尖叫起来。眼前的混乱让他几乎发狂，地板上堆满了乱七八糟的东西：裤子、到处乱扔的衣服、烟屁股、脏盘子、打开的书——仿佛我们正在举行一场大型讨论会。每一天世界都在呻吟着转动，我们在对夜晚进行骇人的研究。卢安妮因为什么事情和尼尔打起来了，身上青一块紫一块，尼尔的脸也被抓伤了。是离开的时候了。我们开车去我家，一帮人总共十个，去拿我的帆布包，并从酒吧里给新奥尔良的比尔·巴勒斯打电话，几年前，当尼尔来到我家门口表示要学习写作时，我们就是在那个酒吧第一次深谈。我听到比尔在一千八百英里之外的哀号声。"说吧，你们这帮家伙指望我拿这位海伦·亨克尔怎么办？她在这儿已经两个礼拜了，躲在自己房间里不出门，拒绝与琼或我说话。那个叫阿尔·亨克尔的家伙和你们在一起吗？看在上帝的分上，让他来这儿，把她带走。她睡在我们最好的卧室里，钱全花光了。这儿不是酒店。"我们对着电话大呼小叫，让比尔放心——那儿有尼尔、卢安妮、艾伦、亨克尔、我、约翰·霍姆斯和他妻子玛丽恩、埃德·斯特林厄姆，鬼知道还有别的什么人，全都对着电话大呼小叫，喝着啤酒，电话那头的巴勒斯一头雾水，他尤其痛恨混乱。"好吧，"他说，"等你们到这儿的时候，或许你们会变得更理智些。"我和母亲道别，答应两周后回来，然后再次动身出发，前往加利福尼亚。你总是期待大路尽头有什么神奇的东西。说来也怪，尼尔和我打算在我们完成这趟行程之前单独去找它。纽约的小子们站在约克大道上，围着汽车，挥手告别。罗达在那儿，还有乔治·威克斯特罗姆和勒斯·康诺尔斯以及别的一个什么人，那个盛大的新年周末的残余分子就不足为奇了。"那天夜晚,那天夜晚。"尼尔不停地说,自始至终只有他一个人操心锁上衣箱,把东西放进合适的隔间里,清扫地板,做好一切准备,保证再次上路的纯洁性……尽可能快地移动并到达某个地方的纯洁性,不管是什么地方,都尽可能对所有事情都感到兴奋,并加以研究。我们呼啸着出发了——在最后一分钟,罗达决定搭车和我们一起去华盛顿,再坐大巴回来。到这会儿,她已经爱上了大个子阿尔,他们坐在后座里,再次搂着脖子亲嘴,尼尔开着那辆哈得逊穿过了林肯隧道,我们已经在新泽西了。我们这趟旅行开始时,天下起了毛毛细雨,很神秘。"哇!"尼尔叫道,"我们走起来!"他弓着身子趴在方向盘上,加大油门;他回到了自己的老本行,每个人都能看出这一点。我们大家都很高兴,我们都认识到,我们正在把混乱和胡闹丢在身后,正在履行我们的一项高贵的时代职能:移动。我们动起来了!夜里,我们飞快掠过新泽西某个地方神秘的白色指示牌,上面写着"南"(有个箭头)和"西"(也有个箭头),我们选择了往南的方向。新奥尔良!它在我们的头脑里燃烧。驶出尼尔所说的"冰天雪地的同性恋之城"纽约那脏兮兮的积雪,一路驶向被河流冲刷出的美洲底部,驶向散发着草木与河流气息的老新奥尔良;然后向西,驶向某个地方。卢安妮、尼尔和我坐在前排,聊着最温暖的话题,关于生活的美好和欢乐。尼尔突然变得温柔起来。"真该死,你们全都听着,我们大家必须承认一切都很美好,这个世界上没有什么需要烦恼的,事实上我们应当认识到,懂得我们确实不必为任何事情烦恼对我们来说究竟意味着什么。我说得对不对?"我们大家都同意。"我们走起来,我们大家在一起……我们在纽约干了什么……让我们宽恕吧。"我们大家在纽约有过争吵。"那些都留在了我们身后,只过去了几英里和几个斜坡。现在我们直奔新奥尔良,去找比尔·巴勒斯,不是去找刺激,不是去听这个老男高音大发雷霆。"——他拧大了收音机的音量，直至汽车都在颤抖——"而是去听他给你们讲故事，真正放松放松，学点知识。"我们全都跟着音乐跳起来，并表示同意。道路的纯洁性。公路上白色的中线向前延伸，紧贴着车子的左前轮，仿佛黏在我们的车辙上。尼尔弓起他肌肉发达的脖子，冬天的夜里也只穿一件 T 恤衫，把车开得飞快。不一会儿，我们已经到了费城的大门口。讽刺的是，这是我们第三次走上通往北卡罗来纳的同一条公路；它是我们的路线。我一直想知道的是我在纽约忘记做的那件事情究竟是什么；它在我的身后越退越远，我越来越不记得它是什么。我提出了这个问题。大家都试着猜测我忘记的是什么。这毫无用处。一路上我们只有四十块钱可用。我们要做的一切就是：一旦丢下罗达，就捎上搭便车的人和流浪汉，收他们两毛五分钱的油费。罗达开始说她想去新奥尔良；由于阿尔·亨克尔的妻子已经在那里等他，所以这不是个好主意。尼尔什么也没说；他心里知道，他要在华盛顿把她扔下。在费城，我们在一号公路迷路了，突然发现我们摸索着驶进了一条狭窄的林中小路。"我们突然驶进了童话故事中鹅妈妈森林里的一号公路。发现……一些华而不实的房子就在前面……"我们完全不知道自己身在何处。尼尔很高兴在童话故事中继续开一会儿；最后来到一片沼泽中的死路。"路的尽头？"我说。"可不是嘛。"他把车掉了个头，我们呼啸着回到费城，上了一号公路，一个半小时后到达巴尔的摩。尼尔坚持让我开车穿过巴尔的摩，为的是练习在交通繁忙的闹市区开车；这不是问题，只不过他和卢安妮在接吻和胡闹的同时坚持掌握方向盘。这很疯狂；收音机音量开到了最大。尼尔在仪表板上敲鼓点，直至仪表板被敲得凹下去一大块。可怜的哈得逊——驶往中国的慢船——不停地被敲打。"噢，伙计，真带劲！"尼尔叫道，"卢安妮，你听着，亲爱的，你知道，我能同时做很多事情，我有无限能量……在旧金山，我们必须继续住在一起……我刚好知道有一个地

方可以安顿你……在圣路易斯奥比斯保劳改队上班路线的尽头，我
每天晚上八点回家……我每天早晨回到卡罗琳那里……我们可以搞
定，我们在那之前干完。"这对卢安妮来说不成问题，她巴不得剥
了卡罗琳的皮。原先达成的谅解是，到了旧金山卢安妮就转给我，
但我现在开始看出来他们要黏在一起，我要一个人被孤苦伶仃地丢
在大陆的另一端。可是，当那个黄金国度的一切都在你的前头，各
种不可预见的事件等着让你惊奇，让你庆幸自己能在有生之年亲眼
目睹时，干吗要想这些扫兴的事呢？我们拂晓时分到达华盛顿。那
是哈里·杜鲁门第二个总统任期就职典礼的日子。当我们乘坐着我
们遍体鳞伤的小船驶过宾夕法尼亚大道时，沿途正在大规模地展示
军事实力。有 B-29 轰炸机、鱼雷巡逻艇、大炮，以及各种军事物
资，陈列在积雪覆盖的草地上；最后是一艘普通的小救生艇，看上
去可怜巴巴，傻乎乎的。尼尔为了观看展示而放慢了车速。他不停
地摇头，肃然起敬。"这些人要干什么？我们神圣的美国漏下巴……
哈里睡在这座城市的某个地方……好样的老哈里……他也是密苏里
州人，像我一样……那想必是他自己的救生艇。"我们突然发现自
己陷在一条没有出口的循环车道里。我们必须开到它的尽头。我们
大叫好哇；那儿有一个餐馆，我们都饿了。但餐馆关了门。我们不
得不驱车返回同一条没有出口的循环车道，直至再次找到那条公
路。打那以后我再也没有见过那种奇怪的事情；那是在弗吉尼亚，
刚刚离开华盛顿大桥；没有出路，只能光顾那家餐馆，要是餐馆关
了门，那真是倒霉透了。还算不错，我们找到了一个饭摊。亨克尔
立即在自己口袋里塞满了咖啡蛋糕；他是个有强迫症的小偷。我能
看出这将是个麻烦。我们吃好了，付了我们所吃的一半的钱。在弗
吉尼亚起伏不平的黎明中，可怜的罗达低着头，在外套里缩作一
团，她不想去加利福尼亚，步行回到十字路口的一个巴士停靠站。
那是最后一次见到罗达。尼尔去后座睡觉，亨克尔开车。我们给了

他一些具体的指示，让他不要慌张。我们刚刚鼾声四起，他就把车开到了每小时八十英里，操纵杆什么的都坏掉了，不仅如此，他还在警察和一个驾车者争辩的现场超了三辆车——他在一条四车道公路上走的是第四车道，走错了道。很自然，警察拉响警报对我们穷追不舍。我们停了下来。他叫我们跟他去警局。那儿有一个态度恶劣的警察看到尼尔马上就产生了厌恶感；他能嗅到尼尔浑身散发出监狱的气息。他把助手派到外面去私下里盘问卢安妮和我。他们想知道卢安妮多大，试图找出违反《曼恩法案》的线索。但卢安妮有结婚证。随后他们单独把我叫到旁边，想知道谁和卢安妮睡在一起。"她丈夫呗。"我十分简单地答道。有什么东西很可疑。他们尝试着使用业余福尔摩斯的手法，把同一个问题问了两遍，指望我们说漏嘴。我说："那两个家伙要回加利福尼亚的铁路公司上班，这位是其中那个矮个儿的老婆，我是他们的朋友，大学里放了两个礼拜的假。"警察笑了，说："是吗？这个皮夹子真是你的吗？"最后，屋里那个态度恶劣的警察判处尼尔二十五块钱的罚金。我们告诉他们，我们只有四十块钱，要一路跑到西海岸；他们说，这不关他们的事。当尼尔提出抗议时，那个态度恶劣的警察威胁说要把他带回宾夕法尼亚，对他提出一项特别指控。"什么罪名？""别管什么罪名，不用操心这个，你这个自作聪明的家伙。"我们必须把那四十块钱给他。随后，阿尔·亨克尔——他是个惯犯——主动提出进监狱，这样我们就可以继续上路。尼尔考虑了一下。警察发火了；他说："要是你们让自己的伙伴去坐牢，我现在就把你们带回宾夕法尼亚。听到没有？"全乱套了。我们不得不把钱给他们；其中大多数钱在我口袋里。当他们看到这些钱来自哪里时，他们恶狠狠地瞪了我一眼。我们只想离开。"要是在弗吉尼亚再有一张超速罚单，你们的车子就没了。"那个态度恶劣的警察说，作为一句告别赠言。尼尔满脸通红。我们默不作声地驱车离开。拿走我们的旅行费用就像是一份偷窃邀请。他们知道我们身无分文，知道我们沿途没有亲戚，也没办法打电报要求汇钱什么的。美国的警察，对付那些并没有冠冕堂皇的文件或恐吓手段来威胁他们的美国人，总是使用心理战，让人防不胜防。可怜的人要想活命，只能指望那些爱管闲事的神经病出面干涉。那是维多利亚时代的警察；他们透过发霉的窗户盯视着外面，什么事情都想盘问一番，如果不存在让他们满意的罪名，他们可以捏造罪名。尼尔气疯了，他想回弗吉尼亚去，一旦搞到了一把枪，就把那个警察毙了。"宾夕法尼亚！"他嘲笑道，"我真希望我知道指控的罪名是什么！流浪罪，或许吧；拿走我所有的钱，然后指控我流浪。那些家伙干起这事来就他妈这么容易。如果你喊冤的话，他们会出来把你毙了。"我们别无他法，只能自己找乐，并把它忘得一干二净。当我们从里士满穿城而过时，我们便开始忘掉此事，很快，一切都 OK 了。在弗吉尼亚荒野，我们突然看见一个人走在公路上。尼尔猛地刹车。我回头看了看，说那家伙只是个流浪汉，多半身无分文。"仅仅为了找点乐子，我们也要把他捎上！"尼尔笑道。那人像个疯子，衣衫褴褛，戴着眼镜，一边走路，一边读着一本脏兮兮的书，那是他在路边的一个涵洞里找到的。他上了车，继续埋头读书；他身上脏得令人难以置信，还长满了疥癣。他说他叫赫伯特·戴蒙，走遍美国各地，遇到犹太人家就敲门讨钱，有时候是踢门。"给钱我买吃的。我是犹太人。"他说这招很管用，他是突然想到这个法子的。我们问他在读什么。他说不知道。他才不愿费心去看标题页。他只是看里面的字句，仿佛他在弗吉尼亚荒野里找到了真正的《摩西五经》。"瞧见没？瞧见没？瞧见没？"尼尔高声笑道，戳着我的肋骨，"我说这家伙是个乐子吧。人人都是乐子，老兄！"我们把戴蒙一路带到了北卡罗来纳的落基山。我姐姐已经不住那儿，就在我离开之前，她刚刚搬到臭氧公园和我妈一起住。我们又回到了那条阴冷的长街，铁轨从街道中间穿过，悲伤而阴郁的南方人从五金店和廉价商店的门口大步走过。戴蒙说："我看你们这帮人需要一点钱继续赶路。你们等等我，我去找一家犹太人讨几块钱，然后我一直跟着你们去亚拉巴马。"尼尔举双手赞成。突然间，我记起了艾伦·特姆科在落基山有几个亲戚，犹太亲戚，是城里的珠宝商。我叫戴蒙去找特姆科珠宝店。他的眼睛一下子亮了。他赶紧跑开了。尼尔欣喜若狂；他和我赶忙跑去买些面包和奶酪，准备在车里吃。卢安妮和阿尔在车里等。我们在落基山用了两个小时等赫伯特·戴蒙出现；他跑到城里什么地方找他的面包去了，但我们不见他的踪影。太阳开始变成红色，时间太晚了。我们都想到戴蒙再也不会出现了。"他出什么事了？或许特姆科的亲戚收留了他，这会儿他正坐在壁炉前，讲述他与那帮疯狂的家伙坐在哈得逊车里的冒险故事。"我们记起了特姆科在丹佛把我们那帮人赶出来的情形，那个护士姐妹的夜晚，那个我丢掉了钥匙的夜晚。我们全车人笑作一团。戴蒙再也没有出现，我们呼啸着驶出落基山——"现在你明白了吧，杰克，上帝是存在的，因为我们不停地被困在这座城市里，不管我们干什么，你会注意到它那古怪的《圣经》式的名字，那个让我们再次在这里停下来的古怪的《圣经》式的人物，所有事情全都关联在一起，就像大雨通过链式接触把每个人和这个世界关联起来……"尼尔就这样喋喋不休；他欣喜若狂，兴高采烈。他和我突然间把整个国家看得像是一个为我们打开的蚌，里面有珍珠，珍珠就在那儿。我们疾驰着驶向南方。我们又捎上了一个搭便车的人。这是一个悲伤的年轻小伙子，他说他有个姑姑在北卡罗来纳州邓恩市有一家食品杂货店，就在费耶特维尔市的外边。"我们到那儿之后，我能从她那儿要到一块钱。""哇！很好！咱们走起来！"一个小时后，我们到了邓恩，已是薄暮时分。我们把车开到了小伙子说他姑姑开食品杂货店的那个地方。那是一条凄凉的小街，尽头是一家工厂的围墙。倒是有一家食品杂货店，但没有姑姑。我们对小伙子说的话感到疑惑。我们问他还要走多远；他说不知道。那是个恶作剧；也许他以前曾在某个迷失的偏僻小巷里冒险，曾经在北卡罗来纳的邓恩市见过那家食品杂货店，他那混乱发热的脑子里首先冒出的就是这个故事。我们给他买了一个热狗，但尼尔说我们不能继续带他往前走了，因为我们需要腾出空间睡觉，也需要空间捎上能够掏点油钱的搭便车者。这很悲哀，却是实情。我们在夜幕降临时分把他丢在了邓恩。我们即将发现，在这趟旅行中，他并不是唯一一个有姑姑开食品店的小伙子；还有一个沿途追踪我们的轨迹两千英里的人。我开车穿越南卡罗来纳，一路过了佐治亚州的梅肯市，尼尔、卢安妮和阿尔在睡觉。夜里一个人孤零零的，我思绪万千，让汽车紧贴着这条神圣公路中间的白线行驶。我在干什么？我要去哪里？很快我会找出答案。过了梅肯市，我累得像狗一样，便叫醒尼尔，让他接着开。我们下车透透气，我们两个突然惊喜地意识到，在黑暗中，我们周围是芬芳的绿草，以及新鲜粪肥和温暖流水的气息。"我们到南方了！我们已经把冬天甩在了身后！"微弱的黎明照亮路边绿色的新芽。我做了一个深呼吸；一辆机车呼啸着穿过黑暗，朝莫比尔的方向驶去。我们也朝莫比尔驶去。我脱掉衬衫，欣喜若狂。沿路向下行驶了十英里，尼尔熄了火，把车溜进了一个加油站，他注意到服务员趴在桌子上睡着了，于是便跳下车，静悄悄地给油箱加油，注意不让铃响，足足加了五块钱的油，然后像个阿拉伯人那样滑出加油站，重新开始我们的朝圣之旅。否则的话，我们绝对开不到新奥尔良和阿尔及尔沼泽里比尔·巴勒斯那幢摇摇晃晃的老房子。我睡了，疯狂而欢快的音乐声把我吵醒了，尼尔和卢安妮在聊天，大片的绿地从窗外滚滚而过。"我们到哪儿啦？""刚过佛罗里达的末端，伙计，它叫弗洛马顿。"佛罗里达！我们正在驶向海岸平原和莫比尔；前方就是墨西哥湾上空翻滚的大片云层。从我们在肮脏的积雪中跟大家告别到现在，只有十五个小时。我们把车停在了一个加油站里，尼尔和卢安妮在油罐周围玩肩驮背扛的游戏，亨克尔走进屋里，毫不费力地偷了三包香烟。我们的烟抽完了。沿着长长的潮汐公路驶入莫比尔市，我们大家都脱掉了冬天的衣服，享受南方的温暖。就是这个时候，尼尔开始讲述他生平的故事，过了莫比尔之后，在一个十字路口遇上了堵车，他没有从汽车之间蹭过去，而是穿过加油站的车道，继续以每小时七十英里的速度向前开。我们把一张张目瞪口呆的脸甩在了后面。尼尔继续讲他的故事。"我老实跟你们讲真话，我九岁时就开始了，和一个叫作米莉·梅费尔的女孩子，在格兰特街罗德汽车修理厂的后面——艾伦在丹佛就是住在那条街上。那时候我父亲还干点理发的活儿。我还记得，我姑姑从窗户里大喊：'你们在修理厂后面干什么？'噢，亲爱的卢安妮，要是我那时候认识你就好了！哇！你九岁的时候一定非常可爱。"他发疯似的傻笑；他把手指伸进卢安妮的嘴里，然后舔起来；他拉起她的手，在自己身上乱摸一气。她只是坐在那里，安静地笑着。大个子阿尔·亨克尔只是坐在那里看着窗外，自言自语。"是的，先生，那天晚上在时代广场我认为我是一个鬼魂。"他还很想知道海伦·亨克尔在新奥尔良会对他说些什么。尼尔继续讲故事："有一次，我扒上一列货运列车从新墨西哥径直去了洛杉矶——当时我十一岁，我在一条岔线上和我爸走散了，我们在一个流浪汉的露营地里，我和一个叫大里德的人在一起，我爸在营地外面一个货车车厢里喝醉了酒——列车开动了——大里德和我没赶上——我已经四个月没见到我爸。我扒错了开往加利福尼亚的货车。一路上三十五个小时，我一只手紧紧抓住栏杆，另一条胳臂紧紧夹着一条长面包。这不是故事，是真事。当我到洛杉矶时，我饿得不行，很想吃牛奶和奶油，以至于跑到一家乳品店里找了一份工作，我做的第一件事情就是喝了两品脱很浓的奶油，呕吐了。""可怜的尼尔。"卢安妮说，并吻了他。他骄傲地凝视着前方。他爱卢安妮。我们突然发现，我们正沿着墨西哥湾蔚蓝的水域行驶，与此同时，收音机里开始传出震耳欲聋的疯狂声音：是新奥尔良的爵士音乐节目，播放爵士乐和冈波乐唱片，全都是疯狂的爵士乐唱片，黑人音乐唱片，节目播音员不停地说："不要担心，不要烦恼！"我们兴高采烈地看到夜幕中的新奥尔良就在我们前头。尼尔在方向盘上搓着双手。"现在我们要去找点乐子！"黄昏时分，我们驶入了新奥尔良闹哄哄的街道。"噢，闻闻那些人的味道吧！"尼尔叫道，把脸探出了车窗，"噢！上帝啊！生活啊！"他飞快地绕过了一辆电车。"是啊！"他把车飞快地开进了运河街的滚滚车流中。"哇！"他摇摇晃晃地开着车，朝四面八方张望，寻找女孩子。"瞧她！"新奥尔良的空气如此甜美，似乎走进了柔软的丝质大手帕里；你的鼻子突然离开北方冬天干燥冰冷的空气，能闻到河流的气息，真正嗅到人的气息，还有泥土、糖蜜及各种热带作物的气息。我们在座位上蹦蹦跳跳。"瞧她！"尼尔叫道，指着另一个女人，"噢，我爱、我爱、我爱女人！我认为女人都妙不可言！我爱女人！"他朝窗外吐了一口唾沫；他呻吟；他抱住脑袋。纯粹是由于兴奋和疲劳，豆大的汗珠从他的额头上滚落下来。我们把车开上了阿尔及尔的轮渡，发现自己正在乘船横渡密西西比河。"现在我们大家都必须下车，仔细看看这条河，这些人，闻闻这个世界的气息。"尼尔说着，赶忙拿好他的太阳镜和香烟，跳下了车，就像从盒子里弹出的玩偶那样。我们紧随其后。我们靠着栏杆，看着这条浩荡的众河之父，像破碎灵魂的洪流，从美国中部滚滚而下，裹挟着蒙大拿的原木，达科他的泥沙，艾奥瓦的溪谷，以及各种谜一般的事物，一直可以追溯到斯里福克斯，这个秘密就是从那里的冰雪之下开始。烟雾弥漫的新奥尔良在一侧向后退去；另一侧是昏昏欲睡的阿尔及尔，它弯曲起伏的森林边缘向我们扑来。一些黑人在闷热的下午给渡船的火炉添加燃料，炉火通红，烤得我们汽车的轮胎散发出臭味。尼尔仔细观察他们，在灼热的高温中上蹿下跳，在甲板和船桥上跑上跑下，松松垮垮的裤子吊在小腹上。突然间，我看见他在船桥上迎风而立，看样子就要展翅高飞。我听到整个渡船上回荡着他的笑声——"嗬嗬嗬嗬！"卢安妮和他在一起。他瞬间把一切尽收眼底，带回了完整的故事，正当每个人都鸣响喇叭准备出发时跳进了车里，我们在一个狭小空间里绕过了两三辆车开了出去，发现自己正飞快地驶过阿尔及尔。"去哪儿？去哪儿？"尼尔大喊大叫。我们大家决定先找个加油站洗一把，并打听巴勒斯在什么地方。几个小孩在下午昏昏欲睡的河边玩耍；几个姑娘披着印花围巾，穿着棉布罩衫，光着双腿从我们身边走过。尼尔跑到街上，想把一切都看在眼里。他东张西望，频频点头，抚摸着肚子。大个子阿尔在车里靠坐着，帽子遮住双眼，对着尼尔微笑。随后，我们去了城外比尔·巴勒斯的家，就在河堤的附近。我们走的那条路穿过一片沼泽地。那是一幢年久失修的破败老屋，摇摇欲坠的回廊环绕四周，院子里垂杨依依，杂草丛生，旧篱笆东倒西歪，老仓库颓圮坍塌。目光所及，不见一人。我们径直驶进院子，看见后廊上有洗衣盆。我下了车，朝纱门走去。琼·亚当斯站在那儿，手搭凉棚朝着太阳的方向眺望。"琼，"我说，"是我。我们来啦。"她知道我们来了。"是啊，我知道。比尔这会儿不在。那边是不是失火了，还是出了别的什么事？"我们两个都朝太阳的方向看。"你指的是太阳吗？""我当然不是指太阳——我听到那边拉响了警报。你没看到那特殊的光亮吗？"那是新奥尔良的方向，那边的云层确实有些古怪。"我什么也没看到。"我说。琼哼了一声。"还是老样子，凯鲁亚克。"这就是我们分别四年之后互相打招呼的方式；从前在纽约时，琼与我妻子和我生活在一起。"海伦·亨克尔在这儿吗？"我问。她还在张望她所说的大火；那些日子里，她一天吸食三管苯丙胺。她那张日耳曼人的脸曾经丰满而漂亮，如今变得像石头一样冰冷，泛着潮红，憔悴不堪。他在新奥尔良患上了脊髓灰质炎，有点瘸。尼尔和那帮人局促不安地下了车，多少像在自己家里一样轻松自在。海伦·亨克尔走出了她庄严的退隐状态，从屋后出来见她的冤家。海伦是个来自弗雷斯诺的希腊姑娘。她脸色苍白，看上去就像在泪水里泡过似的。大个子阿尔用手拢了拢头发，打了声招呼。她目不转睛地盯着他。"你这阵子去哪儿了？你为什么这样对我？"她恶狠狠地瞪了尼尔一眼；她知道究竟是怎么回事。尼尔根本没理睬；他现在想要的东西是食物；他问琼有没有什么吃的东西。混乱立即开始了。可怜的比尔开着他那辆得克萨斯雪佛兰回家了，发现自己的家遭到了一帮疯子的入侵；但他十分热情地和我打招呼，我已经很久没有在他身上看到这样的热情了。他和一位哈佛老同学在格兰德河谷种棉花赚了一些钱，于是在新奥尔良买下了这幢房子，同学的父亲患有麻痹性痴呆症，去世后留下了一笔财产。比尔自己每周只能从家里拿到五十块钱，这笔钱原本不算少，只是他每周花在毒品……吗啡上的钱与此相当，他妻子花销也很大，一周要吞掉大约十块钱的苯丙胺。他们的伙食费是当地最低的；他们从不吃饭；孩子们也从不吃饭。他们有两个神奇的孩子，八岁的朱莉和一岁的小威利。威利光着屁股在院子里跑来跑去，一个金色头发的彩虹之子，有朝一日会在墨西哥城的街道上与印第安流浪儿童闲聊，并坚持自己。比尔按照 W.C. 菲尔兹的外号管他叫"小野兽"。比尔把车开进了院子，一根接一根骨头从车里把自己摊开，疲惫不堪地走了过来，他戴着眼镜、毡帽，穿着破旧的西装，又高又瘦，古怪而简洁，他说："嗨，杰克，你总算来了；咱们进屋喝一杯。"关于比尔·巴勒斯的故事，说个通宵也说不完；我们现在只要说，他是个老师，他完全有资格教书，因为他一直在学习；他所学习的东西是生活的事实，不是出于需要，而是由于他想学。他拖着瘦长的身躯，跑遍整个美国，以及欧洲和北非的大多数地方，只是为了看看正在发生什么；三十年代在南斯拉夫和一个德国女伯爵结了婚，为的是让她从纳粹分子的手里脱身；有一些照片，拍的是他和柏林的贩毒团伙在一起，披头散发，勾肩搭背；另有几张照片，拍的是他戴着一顶巴拿马草帽，在摩洛哥的阿尔及尔街道上搞调查。他再也没有见过那个德国女伯爵。他在芝加哥干过灭鼠的活儿，在纽约当过酒吧招待，在纽瓦克做过法院传票送达人。在巴黎，他坐在咖啡馆的桌旁，注视着面色阴郁的法国人从面前走过。在雅典，他透过酒店房间的窗户，看着他所说的世界上最丑陋的人。在伊斯坦布尔，他穿行于鸦片瘾君子和卖地毯的人中间，寻找生活的真相。在英国的酒店里，他阅读斯宾格勒和萨德侯爵的作品。在芝加哥，他策划抢劫一家土耳其浴室，因为喝酒而犹豫了两分钟，结果只抢到两块钱，不得不逃之乎也。他做所有这些事情纯粹是为了历练。他是个游手好闲之徒，属于老式欧洲流派，路子类似于斯蒂芬·茨威格、年轻的托马斯·曼和伊万·卡拉马佐夫。眼下他最新的研究课题是毒瘾。他如今在新奥尔良，在大街小巷与一些形迹可疑的人物厮混，在毒品贩子的酒吧里神出鬼没。关于他在哈佛大学的那些日子，有一个古怪的故事，生动说明了他身上别的什么东西：一天下午，在他设备齐全的房间里招待几个朋友喝鸡尾酒，突然间，他养的宠物雪貂跑了出来，咬了某个人的脚踝；大家拼命逃到门外，多半还伴随着尖叫声，就像他那些日子里认识的很多男同性恋者一样；比尔跳了起来，抄起他的猎枪，说："他又嗅到那只老耗子了。"并在墙上轰出了一个窟窿，大到足以塞进五十只耗子。墙上挂着一幅画，画的是科德角一幢丑陋难看的老房子。他的朋友们说："你为什么把那个丑陋难看的东西挂在墙上？"比尔说："我就是喜欢它的丑陋难看。"他一辈子都是这个路子。有一次，我在纽约第六十街的贫民窟敲他家的门，他开了门，戴着一顶圆顶硬礼帽，光着上身穿一件马甲，下身穿一件条纹长裤；双手捧着一口锅，锅里装着大麻籽，正试着捣碎大麻籽卷烟卷。他还试验过把可待因止咳糖浆熬成糊——不是很管用。他花了大量的时间研读莎士比亚，他称之为"不朽的诗人"。在新奥尔良，他开始花很长时间研读《玛雅法典》，即使在聊天时，那本书也一直打开着。那时我很年轻，有一次，我说："我们死的时候究竟会发生什么事？""死的时候就是死了，仅此而已。"他的房间里有一组链铐，他说那是他的精神分析医生治疗时使用的；他们在试验麻醉分析，发现比尔有七重不同的人格，每一重人格都越来越恶劣，直至最后，他成了一个精神错乱的白痴，不得不用链铐把他锁起来。最顶层的人格是一个英国贵族，最底层的人格是白痴，中间是一个老黑人，与其他每一重人格列队等待，并且说："有人是混蛋，有人不是，这就是事实。"比尔在情感上偏向于美国过去的时光，特别是一九一〇年，那时候，他无需处方就可以在药店里买到吗啡，华人夜晚坐在窗前抽鸦片，整个国家狂野、喧嚣而富足，人人都享有各种自由。他最痛恨的是华盛顿的官僚；其次是自由主义者，还有警察。他的所有时间都花在了与人谈话、传授知识上。琼坐在他的脚前，我也这样，尼尔也这样，还有艾伦·金斯堡也是如此。我们大家都接受他的教诲。他是一个灰不溜秋、外表无明显特征的家伙，你在大街上不会注意到他，除非你贴近观察，看看他那个疯狂的、骨瘦如柴的头颅，连同它古怪的青春朝气和火焰——一个有着奇异而非凡的火焰和神秘的堪萨斯牧师。他曾在维也纳修读医学，还认识弗洛伊德；他研究过人类学，什么书都读；如今他正在致力于他毕生的工作，这就是在生活的街道上和夜晚中研究事物本身。他坐在椅子里；琼拿来了酒，马提尼酒。椅子旁边的窗帘始终拉得严严实实，不管白天还是夜晚；那是这幢房子里专门属于他的角落。他的膝盖上放着《玛雅法典》和一支汽枪，他偶尔举起汽枪，把苯丙胺管子发射到房间的另一边。我不停地跑来跑去，给他装上新的弹药。我们大家都服用苯丙胺，同时一边谈着话。比尔很好奇，想知道我们这趟旅行的理由。他凝视着我们，吸着鼻子。"好了，尼尔，我希望你安静地坐一会儿，给我讲讲你们这样跑遍全国究竟是干什么？"尼尔只好红着脸说："哦，你知道是怎么回事。""杰克，你去西海岸干什么？""只待几天，我就回去上学了。""阿尔·亨克尔是怎么回事，他是个什么样的人？"那一刻，阿尔正在卧室里讨好海伦；这事没让他费多大工夫。我们不知道怎么向比尔介绍阿尔·亨克尔。比尔看出了我们对自己一无所知，于是掏出了三支大麻卷烟，说晚饭很快就准备好了，让我们先抽烟。"世界上没有比这更让人开胃的东西了。我曾经在饭摊上就着大麻吃下了一个味道极差的汉堡包，仿佛是世界上最好吃的东西。我上周刚刚从休斯敦回来，去凯尔斯那里看看我们种的棉花。一天早晨，我正在一家汽车旅馆里睡觉，突然间一声巨响把我吓得从床上跳了下来。那个该死的家伙刚刚在隔壁房间里朝他老婆开了一枪。每个人都一头雾水地傻站在那里，那家伙只是钻进了自己的汽车，开走了，把猎枪丢在了地板上，留给治安官去处理。他们最后在霍玛市抓住了他，已经烂醉如泥。你要是不带支枪在身上，在这个国家到处乱跑是不安全的。"他把外套向后一撩，让我们看他的左轮手枪。随后，他拉开抽屉，让我们见识见识他的军火库中的其余武器。在纽约，他的床底下曾经放着一挺机关枪，"我现在搞到了一件更好的家伙儿什……一支德国产的舍因托特汽枪，瞧这个漂亮玩意儿，只搞到一个弹筒。我可以用这支枪干掉一百个人，还有充足的时间逃跑。唯一的毛病是我只搞到一个弹筒。""我希望你试枪的时候我不在场，"琼从厨房里说，"你怎么知道它是一个汽枪弹筒呢？"比尔哼了一声，他从不理会她的俏皮话，但他听到了。他和妻子的关系是最古怪的关系之一：他们彻夜长谈，比尔喜欢长篇大论，沉闷乏味的声音滔滔不绝，琼试图插嘴，但根本插不上；黎明时分，他累了，然后琼接着说，他听，时不时地哼哼鼻子。她疯狂地爱着这个男人，其方式近乎精神谵妄；没有任何无聊和装腔作势之事，只是谈话，那是一种很深的伙伴关系，我们永远也琢磨不透。他们之间有一种奇怪的冷漠无情的东西，实际上是某种形式的幽默，他们借助这种幽默来传达他们自己微妙的情感共鸣。爱就是一切；琼从未离开过比尔十步以外，从未漏掉他说的每一个字，而他说话的声音很低。尼尔和我都大呼小叫，希望在新奥尔良有一个欢闹的夜晚，想让比尔带我们四处看看。他对这个想法大泼冷水。"新奥尔良是一座非常乏味的城市。去有色人种聚居区是犯法的。酒吧乏味得令人无法忍受。"我说："城里总得有几家理想的酒吧吧。""理想的酒吧在美国不存在。理想的酒吧是超出我们的视野之外的东西。在一九一〇年，酒吧是男人们上班期间或下班之后会面的地方，那儿有个长长的柜台、黄铜栏杆、痰盂、演奏音乐的自动钢琴、几面镜子，大桶的威士忌一毛钱一小杯，大桶的啤酒五分钱一大杯。如今你能看到的一切是镀铬的设备，喝醉的女人、男同性恋者、态度恶劣的男招待，还有忧心忡忡的店主，他们在门口走来走去，担心他们的皮面座位和客人惹事；那种酒吧总是在错误的时间大呼小叫，有陌生人进来时便鸦雀无声。"我们争论了酒吧的事。"好吧，"他说，"我今晚带你们去新奥尔良，让你们看看我说的是什么意思。"他故意带我们去了最沉闷乏味的酒吧。我们丢下了琼和两个孩子；晚餐已经结束；她在读《新奥尔良花絮时报》上的招聘广告。我问她是不是在找工作；她只是说，那是这份报纸上最有趣的内容。你可以看出她的特点——一个古怪的女人。比尔和我们一起驱车进城，一路上继续侃侃而谈。"悠着点，尼尔，我希望，我们会到那儿；嗨，轮渡在那儿，你不是要径直把我们开到河里去吧。"他坚持要停车。尼尔自得克萨斯之后变得越来越糟，他信任我。"在我看来，他在直奔他最理想的命运，也就是强迫症精神错乱，夹杂着精神病的不负责任和暴力。"他用眼角的余光看着尼尔，"你要是跟着这个疯子一起去加利福尼亚，你就绝不会成功。为什么不留在新奥尔良和我一起？我们可以去格雷特纳赌赛马，在我的院子里放松放松。我搞到了一套漂亮的刀子，我在建造一个靶子。市区里有几个漂亮有趣的姑娘，如果这些日子里你好这一口的话。"他哼了哼鼻子。我们上了轮渡，尼尔跳出车，靠在栏杆上。我紧随其后，但比尔继续坐在车里哼鼻子。那天晚上，褐色水面上的雾气中有一个神秘的幽灵，还有黑乎乎的浮木；公路那头，新奥尔良散发出橘黄色的光亮，岸边有几艘黑乎乎的船，幽灵般的大雾笼罩着那些有着西班牙式望楼和装饰船尾的塞雷诺船，直至靠得更近，才发现它们只是一些来自瑞典和巴拿马的旧货船。轮渡的炉火在夜里烧得通红；同样是那几个黑人在铲煤和唱歌。大瘦子哈伯德曾在阿尔及尔轮渡上当过甲板水手；这让我还想到了密西西比的吉恩；星光下，密西西比河从美国中部滚滚而下，我非常清楚地认识到，我曾经知道的和我将会知道的每一件事情都是一回事。说来也怪，我们和比尔·巴勒斯过渡口的那天夜里，一个姑娘跳下甲板自杀了；我们第二天看到报纸上说，自杀时间就在我们刚刚上船前后。那个姑娘来自俄亥俄州；她很可能是趴在一根圆木上漂到了新奥尔良，并在这里拯救了她的灵魂。我们跟着比尔跑遍了拉丁区所有沉闷乏味的酒吧，午夜时分回了家。那天夜里，卢安妮尝试了现有的各种毒品：她吸食了大麻、兴奋剂、烈性酒，甚至求比尔给她注射一针吗啡，比尔当然没有给她。她的身体里充满了各种各样的元素，以至于进入了停滞状态，傻乎乎地和我一起站在游廊上。比尔家有一条奇妙的游廊，环绕着整幢房子。月光如水，垂柳依依，看上去就像是美好岁月里见过的一个老式南方庄园。屋内，琼坐在厨房里读招聘广告；比尔在浴室里注射毒品，牙齿紧紧咬住一根用作止血带的黑色旧领带，把针扎进他那骨瘦如柴、针孔累累的手臂；阿尔·亨克尔和海伦一起四仰八叉地躺在那张巨大的、比尔和琼从未使用过的双人床上；尼尔在卷大麻烟；卢安妮和我在模仿南方贵族。"唔，卢小姐，你今晚看上去非常可爱，十分迷人。""唔，谢谢你，克劳福德，多谢你的美言。"环绕弯曲游廊的门不停地打开，我们这出苦情戏中的剧中人，在美国的黑夜里，不停地跑出来，看看别人在哪里。最后，我独自走到堤岸上。我很想在泥泞的河堤上坐下来，仔细看看密西西比河；但事实上，我不得不鼻子紧贴着铁丝网围栏，看着这条大河。当你把人与他们的河流分隔开来时，你又得到了什么呢？"官僚主义！"比尔说；他坐在那里，膝盖上放着卡夫卡的书，油灯在他的头顶上点燃着，他哼了哼鼻子。他的老房子嘎吱作响。蒙大拿的原木在夜晚黑色的大河里滚滚而过。"只有官僚主义。还有工会！尤其是工会！"但是，黑暗中的笑声将会再次出现。早晨，正是在那里，我早早地起了床，天气晴朗，我发现比尔和尼尔在后院里。尼尔穿着他在加油站干活的工装裤，正在帮比尔干活。比尔发现了一大块很厚的朽木，便用一个击锤锁扣拼命地拔出钉进木头里的小钉子。我们凝视着那些钉子，有成千上万的钉子，像蛆一样密密麻麻。"当我把所有这些钉子统统拔出来的时候，我就要给自己打造一个千年不坏的架子！"比尔说，每一根骨头都随着衰老的兴奋而颤抖。"嗨，杰克，你有没有发觉，如今人们建造的架子，一个座钟在上面放上半年，不是开裂就是彻底散架，房子也一样，衣服也一样。这帮狗杂种发明了塑料，可以让房子永远不垮。还有轮胎。美国人使用有缺陷的橡胶轮胎，在路上发热爆裂，每年要死成千上万的人。他们可以让轮胎永不爆裂。牙粉也是一样。他们还发明了一种口香糖，他们秘不示人，如果你小时候嚼过这种口香糖，你的余生就永远不会得龋齿。衣服也一样。他们可以让衣服永远不破。他们宁愿制造廉价商品，这样一来，每个人都不得不继续干活，打考勤卡、组织工会、四处挣扎，而大佬们则在华盛顿和莫斯科继续作威作福。"他搬起那块巨大的朽木。"你不认为这块木料可以做一个很棒的架子吗?"这会儿是大清早,他的活力处于最高峰。这个可怜的家伙体内吸收了太多的毒品,以至于白天大部分时间只能坐在椅子里捱时光,中午也要点灯。但在早晨,他生龙活虎。我们开始对着靶子扔飞刀。他说,他在突尼斯见过一个阿拉伯人,可以从四十英尺之外扎中一个人的眼睛。这让他把话题转到了他姑姑身上,她三十年代去了卡斯巴。"她是跟着一名向导带领的一帮观光客一起去的。她的小手指上戴着一枚钻石戒指。她靠在墙上打算休息一会儿,一个阿拉伯人冲了过去,没等她发出喊叫声,那人就割下了她戴戒指的小手指。嘻嘻嘻嘻!"他笑的时候紧闭嘴唇,让笑声从肚子里传出,听上去来自很远的地方,他躬身趴在膝盖上。他笑了很长时间。"嗨,琼!"他高兴地大喊,"我在给尼尔和杰克讲我姑妈在卡斯巴的事!""我听到了。"她说,声音穿过墨西哥湾这个温暖宜人的早晨,从厨房的门里传出。巨大而漂亮的云层飘浮在头顶的上空,河谷中的云层让你感受到从南到北、从头到脚破败而神圣的美洲大陆的辽阔广袤。继续吧。比尔充满活力。"喂,我是不是跟你们讲过凯尔父亲的事。他是你这辈子见过的最滑稽可笑的老头。他患上了麻痹性痴呆,吞噬掉了大脑的前端部分,你要是得上了这种病,你就不用对你脑子里冒出的任何想法负责。他在得克萨斯州有一幢房子,他让木匠们一天干二十四个小时,加盖新的厢房。他半夜从床上跳起来,说:'我不想要那该死的厢房,把它盖到那边去。'木匠们只好把已经盖好的全拆掉,从头再来。黎明时分,你会看到他们正在拆卸那间新的厢房。接下来,老头烦透了这事,说:'去他妈的,我要去缅因州!'他钻进车里,以每小时一百英里的速度开走了——纷飞的鸡毛跟着他的车辙,绵延数百英里。他在得克萨斯一座城市的中间停了车,只是为了下车去买点威士忌。四面八方被他堵住的车流拼命按喇叭,他从商店里冲出来,大喊大叫：'该死的北方，你们这帮狗杂种！'他口齿不清地骂着；
当你患上麻痹性痴呆时，你就会大舌头，我的意思是口齿不清。一
天晚上，他来到我在圣路易的家，按响喇叭，说：'给我出来，咱
们去得克萨斯看看凯尔一家。'他要从缅因州回去。他声称在长岛
买了一幢房子，俯瞰着一个犹太人墓地，他当然很喜欢看到那么多
死去的犹太人。噢，他真恐怖，他的故事可以讲上一天一夜。嗨，
今天是个好日子，不是吗？"柔和的微风从堤岸上吹来；整个这趟
旅行是值得的。我们跟着比尔跑进屋里，去量安放架子的墙壁。他
让我们看他打造的餐桌，是用六英寸厚的木头做成的。"这是一张
千年不坏的餐桌！"比尔说，他那张瘦长的马脸狂躁地向我们凑了
过来。他猛敲了一下那张餐桌。每夜，他就是坐在这张餐桌旁挑拣
他的食物，把骨头扔给猫。他养了七只猫。"我喜欢猫。我尤其喜
欢那些当我把它们按在浴缸里便拼命尖叫的猫。"他坚持要演示给
我们看，但浴室里有人。"得了，"他说，"我们现在演示不了。喂，
我和隔壁邻居打了一架。"他跟我们讲了邻居的事；他们是一大帮
人，几个冒冒失失的孩子隔着摇摇晃晃的篱笆朝朱莉和威利扔石
头，有时候朝比尔扔。他叫他们住手；那个老头冲了出来，用葡萄
牙语大喊大叫。比尔走进屋里，拿着他的猎枪回来了。我们走遍院
子想找点事干。那儿有一道令人望而生畏的篱笆，比尔不停地加工
它，为的是把他和讨厌的邻居隔开来；篱笆一直没完工，这项任务
太过艰巨。他前后摇晃着篱笆，好让我们看看它多么结实。突然
间，他变得疲倦而安静，走进屋内，消失在浴室里，去注射早晨、
晌午或午饭前的毒品。他目光呆滞、表情镇定地走了出来，在那盏
点亮的灯下坐下。阳光从拉上的窗帘后面微弱地透了进来。"嗨，
你们这些家伙为什么不去前厅里试试我的生命能积存器？它可以在
你的骨头里注入活力。我总是急急忙忙以每小时九十英里的速度赶
到最近的一家妓院，嚯，嚯，嚯！"——这就是他的笑声，而这时

他并不是真的在笑。"嗨，杰克，午饭后我们去格雷特纳赌注站赌赛马吧。"他的样子很庄严。午饭后他在椅子里打了个盹，汽枪放在膝盖上，小威利搂着他的脖子蜷缩在那里睡着了。那是美好的一幕，父与子，一个肯定从不对儿子感到厌烦的父亲，哪怕当他没事找事、没话找话时。他突然惊醒了，凝视着我。他花了一分钟才认出我是谁。"你干吗要去西海岸，杰克？"他问道，然后又睡了片刻。下午，我们去了格雷特纳，就比尔和我。我们开着他的那辆老雪佛兰。尼尔的那辆哈得逊低矮而时髦；比尔的雪佛兰很高，跑起来嘎吱作响。它就像一九一〇年。赌注站设在码头区附近一家很大的酒吧里，有镀铬的设备和皮革家具，后边通向一个大厅，墙上贴着赛马的名称和号码。路易斯安那州来的人拿着赛马小报四处闲逛。比尔和我要了一瓶啤酒，比尔不经意地走到老虎机前，扔进一个五毛钱的硬币。计数器咔嗒咔嗒响了起来，"头奖"——"头奖"——"头奖"——最后的大奖只停了片刻，又滑到了"樱桃"上。他险些赢了一百多块钱，只有毫厘之差。"见他妈的鬼！"比尔叫道，"他们做了手脚。你看得清清楚楚。我到了头奖，机器咔嗒一声又转回去了。得了，有什么办法。"我们仔细阅读了赛马小报。我已经好多年没赌赛马了，对所有新名字感到一头雾水。有一匹马叫"大老爸"，让我一时恍恍惚惚想到了我父亲，他过去总是领着我去赌赛马。我正要向比尔提及此事，他说："嗯，我想我不妨试试这匹乌黑海盗。"接下来，我终于说："大老爸让我想起了我爸。"他只思考了片刻，那双清澈的蓝眼睛催眠似的盯着我，弄得我一时搞不清他在想什么，他在哪里。接下来，他走过去押了乌黑海盗。大老爸赢了，赔率五十比一。"真该死！"比尔说，"我早该明白的，我之前有过这样的经验。噢，我们啥时候能学会？""你指的是什么？""我指的是大老爸。你出现了幻觉，伙计，幻觉。只有该死的傻瓜才不留意幻觉。你爸是个赛马老手，你怎么知道你老爸不会短暂地与你沟通，告诉你这场比赛大老爸要赢？这个名字让你心里产生了感觉。你提到这事时我心里琢磨的就是这个。我在密苏里州的表哥有一次押了一匹马，那匹马的名字让他想起了他母亲，结果赢了一大笔钱。同样的事情今天下午发生了。"他摇了摇头。"唉，我们走吧。这是我最后一次带着你一起赌赛马了，所有这些幻觉把我搞得心烦意乱。"当我们驱车回家时，他在车里说，"人类总有一天会认识到，我们实际上与死者有关联，与另一个世界有关联，不管那个世界是什么；此时此刻，只要我们发挥足够的精神意志力，我们就可以预言接下来一百年内将会发生什么，能够采取措施，避免各种灾难。当一个人死去时，他的头脑里经历了一次变异，我们现在对它一无所知，但有朝一日，如果科学家们机灵些的话，事情就会非常清楚。这帮狗杂种眼下只对一件事情感兴趣：看看他们能不能把这个世界炸毁。"我们把这番话告诉了琼。她哼了哼鼻子。"这在我听来很蠢。"她挥动着扫帚在打扫厨房。比尔走进了浴室，注射下午的毒品。外面的公路上，尼尔和阿尔·亨克尔在玩篮球，用的是朱莉的球，球篮是一只钉在路灯柱上的水桶。我加入了进去。我们随后表现出了高超的运动技艺。尼尔让我大吃一惊。他让阿尔和我把一根铁棍抬至腰部，然后他站在原地，抬起脚后跟一跃而过。"再抬高点儿。"我们把铁棍不断抬高，直至胸部。他依然轻松跃过。随后他尝试了跳远，最差的成绩是二十英尺。接下来，我在公路上和他赛跑。我能在十点三秒内跑完一百英尺。他像风一样跑在了我前面。跑的时候我仿佛看见尼尔就像这样疯狂地跑过一生……他那张瘦脸向前突出，直面生活，双臂摆动，满头大汗，两腿像格劳乔·马克思一样快速移动，一边大喊大叫："嗨！伙计，你真能跑！"但谁也跑不过他，这倒是真的。随后比尔拿着两把刀子出来了，开始为我们表演如何制服一个在黑暗的小巷里试图跟你动刀子的家伙。我也给他表演了一招绝技，如何在对手面前倒地，用脚踝死死夹住他，然后用肩下握颈的方法紧紧抓住他的手腕，把他掀翻。他说这一招很好。他演示了几招巴西柔术。小朱莉把她妈妈叫到门廊，说："瞧那几个傻男人。"她只有八岁，是个活泼漂亮的小家伙，尼尔的目光没法从她身上挪开。"哇。等她长大那还了得！你瞧她那双神气活现的眼睛，准能迷倒整个运河街。哈！噢！"他从牙缝里发出嘶嘶声。我们在新奥尔良闹市区度过了疯狂的一天，与亨克尔两口子四处闲逛，尼尔那天简直疯了。当他看到调度场里得克萨斯和新奥尔良的货运列车时，他很想立即让我见识见识一切。"没等我让你看完，你就会成为一个司闸员！"他与我和阿尔·亨克尔一起跑过铁轨，跳上了一列货车；卢安妮和海伦在车里等着。我们乘坐那列货车跑出了半英里，进入码头区，我们朝司闸员和司炉工挥手致意。他们向我们演示了从正在行驶的列车上跳下来的正确方法：先放下后脚，碰到地面时，再让另一只脚着地。他们让我看了冷藏车厢，在任何一个冬天的晚上，这对扒车者都有好处。"还记得我给你讲过从新墨西哥到洛杉矶吗？"尼尔喊道，"我一路上就是这样坚持下来的。"我们很晚才回去找姑娘们，她们快疯了。阿尔和海伦决定在新奥尔良找一个房间，在那儿住下来找工作。这对比尔来说再好不过，他已经开始厌烦我们这帮人。起初他只邀请我一个人过来。在尼尔和卢安妮睡觉的前屋，地板上到处都是果酱和咖啡的污迹，还有空的安非他命管子；更糟糕的是比尔的工作室，他都没法继续做他的架子了。可怜的琼被尼尔连续不断的跑跑跳跳弄得心烦意乱。我们在等待我妈寄来的下一张退伍军人津贴支票。然后我们就要离开了，我们三个人，尼尔、卢安妮和我。当支票寄到时，我认识到我很不愿意如此突然地离开比尔这幢奇妙的房子，但尼尔浑身是劲，准备出发。在一个悲伤的血色黄昏，我们终于坐在了车里，琼、威利、比尔、阿尔和海伦站在高高的草地里，微笑着。这就是告别。最后的时刻，尼尔和比尔在钱的问题上产生了误会：尼尔想借点钱，比尔说此事免谈。这种感觉可以追溯到得克萨斯的那些日子。骗子尼尔逐渐把所有人都得罪了。他神经病似的咯咯傻笑，毫不在乎；他揉了揉裤裆，把手指伸进卢安妮的裤子里，啧啧地啃她的膝盖，口吐白沫，说："亲爱的，你知道，我也知道，我们之间所有事情都是直来直去，最后超越于用形而上学术语或者你想要指定的、甜言蜜语地强加的或听来的任何术语所作的最不着边际的抽象定义。"——诸如此类吧，车嗖地窜了出去，我们再次动身前往加利福尼亚。当你驱车从人们身边离去，他们在平原上逐渐后退，直至变成了小点消失不见，那是什么样的感觉——那就是环绕我们的这个太过巨大的世界，那就是告别。但我们俯身前倾，迎接苍穹之下接下来的一场疯狂冒险。我们历经各种麻烦到达旧金山，我曾经在那里身陷困境，不得不像艾伦预言的那样"跟跟跄跄回东部"，但谁在乎呢？我不在乎。我们驱车穿过阿尔及尔那湿热的旧时灯光，回到那艘轮渡上，向着河对岸那些溅满泥泞、无法辨认的旧船，回到运河街，走出街口；在通往巴吞鲁日的一条双车道公路上，在紫色的暮霭里，从那里向西拐弯，在一个叫作艾伦港的地方渡过密西西比河，在大约三个小时里穿过路易斯安那州。在艾伦港——可怜的艾伦——雾蒙蒙的黑暗中，那条大河就是雨水和玫瑰，我们开着黄色的雾灯在一条环形车道上转了一圈，突然看见桥下那个黑乎乎的庞然大物，再次穿越永恒。密西西比河是什么？——在雨夜中被冲洗过的一块土，从密苏里河岸坠落的轻柔的扑通一声，一次溶解，一阵潮汐涌入永恒的河床，对褐色泡沫的一份贡献，一次航行，穿过无穷无尽的山谷、树木和堤岸，一路向下，向下，经过孟菲斯、格林维尔、尤多拉、维克斯堡、纳奇兹、艾伦港、奥尔良港和三角洲的末端，经过博塔什、威尼斯和夜之大湾，然后出海。夜晚，繁星在墨西哥湾闪烁着温暖的光。电力来自温柔的、雷声隆隆的加勒比，漩涡来自决定雨水和江河的大陆分水岭，在达科他州落下并收集泥浆和玫瑰的小雨滴从海上复活、升起、飞回到密西西比河床，再次在它起伏的波涛中繁花盛开，重获新生。因此，我们美国人就像雨落江河，众川归海，总喜欢凑在一起，然后出门，尽管我们并不知道要去哪里。收音机里在播放一个悬疑节目，我望着窗外，看到一个招牌上写着"请用库珀牌油漆"，我说："好的，我会用的。"我们驶过夜幕笼罩的路易斯安那大平原——劳特尔、尤尼斯、金德尔和德昆西，当我们接近萨宾时，西部那些摇摇晃晃的小镇变得越来越像牛轭湖。在老镇奥珀卢萨斯，我走进一家食品杂货店买面包和奶酪，尼尔则去管汽油和机油的事。那家小店只是一间窝棚，我能听见这家人在后面吃饭的声音。我等了一会儿，他们在继续说话。我拿了面包和奶酪，溜出店门。我们的钱几乎不够跑到旧金山。在此期间，尼尔从加油站拿了一盒烟，我们囤够了这趟旅行的物资——汽油、机油、香烟和食品。他把车径直开上公路。在斯塔克斯的某个地方，我们看见前方的天空有一大片红色光亮；我们很好奇那是什么；不一会儿，我们便从那片光亮旁驶过。那想必是烤鱼聚会什么的，不过话说回来，也可能是任何别的什么事情。接近德维尔时，这一地区变得很奇怪，黑咕隆咚的。突然间，我们行驶在沼泽地中间。"老兄，想象一下，要是我们在这些沼泽地里发现一家爵士酒吧，身材高大的黑人抱着吉他吟唱悲伤的蓝调，喝着烈酒，朝我们做手势，那会怎样？""好哇！"这个地方到处都有一些神秘的东西。汽车在高出沼泽地的土路上行驶，路的两侧陡峭下降，长满藤蔓。我们从一个幽灵旁边驶过；那是一个穿着白色衬衫的黑人，一路向前行走，双臂张开，伸向漆黑的苍穹。我望着黑咕隆咚的窗外，看到了他白色的眼睛。"哇，"尼尔说，"注意点儿。我们最好别在这个鬼地方停下来。"某个时刻，我们被堵在了十字路口，只好停车。尼尔打开了前灯。周围是一大片缠满藤蔓的树林，我们几乎能听到成千上万条铜头蝮蛇的嘶嘶声。我们唯一看得见的东西是哈得逊汽车仪表盘上那个红色的电子点火按钮。卢安妮吓得尖叫起来。我们开始像神经病一样疯狂大笑，吓唬她。我们也被吓坏了。我们想走出这幢毒蛇公馆，这片布满泥潭的昏沉黑暗，呼啸前行，赶快回到熟悉的美国地面和城镇。空气中有一股石油和死水的气味。这是一篇我们读不懂的夜晚之手稿。一只猫头鹰在叫。我们抓住机会上了一条土路，不一会儿，我们渡过了邪恶而古老的萨宾河，所有这些沼泽都是这条河造成的。我们惊讶地看到前方有灯火通明的巨大建筑。"得克萨斯！那是得克萨斯！博蒙特石油城！"巨大的油罐和炼油厂隐约出现，就像空气中散发着油香的城市。"很高兴我们走出了那儿，"卢安妮说，"现在让我们再播放一些悬疑节目吧。"我们呼啸着穿过了博蒙特，在利伯蒂市过了特里尼蒂河，径直驶往休斯敦。这会儿，尼尔在谈论他一九四七年在休斯敦的日子。"亨基！那个疯子亨基！我走到哪儿都到处找他，却从没找到过。他在得克萨斯总是害得我们走不了。我们和比尔开车进城去找食品店，亨基便消失不见了。我们不得不到城里的每一个毒品注射场所去找他。"我们进入了休斯敦，"我们大部分时间里不得不在这座黑人城市里到处找他。老兄，他和他能找到的每一只疯猫鬼混。一天晚上，我们把他给丢掉了，便去酒店开了一个房间。我们出来原本是为了给琼买冰块，因为她的食物就要坏掉。我们花了两天时间找亨基。我自己耽误了不少工夫——我那天下午在勾搭那些购物的女人，就在这儿，在超市里"——我们在空荡荡的夜晚呼啸而过——"发现了一个确实迷人的傻妞，她魂不守舍，四处闲逛，试图偷个橘子。她来自怀俄明州。我把她带回了房间。比尔喝醉了。艾伦在写诗。亨基直到午夜才露面，在那辆吉普车里。我们发现他在后座里睡着了；他说他大约吃了五粒安眠药。老兄，要是我的记忆力像我的脑子一样好使，我就能告诉你我们所做事情的每个细节——哈！但我们了解这个时代。每件事情都会照顾好自己。我可以闭上眼睛，这辆车会照顾好自己。"在凌晨四点休斯敦空荡荡的大街上，一个骑摩托车的小子突然呼啸而过，浑身装饰着闪闪发亮的纽扣，穿着光滑的黑色夹克，一个得克萨斯的黑夜诗人，姑娘像个背袋一样紧紧趴在他的背上，长发飘飘，一路向前，高唱着"休斯敦、奥斯丁、沃思堡、达拉斯——有时候是堪萨斯城——有时候是安东尼，哇哈哈哈！"他们消失在视线之外。"哇！瞧那个迷人小妞搂着他的腰！过瘾！"尼尔试图追上他们，"现在，如果我们大家聚到一起，来一次真正流行的刺激，人人都可爱、美好而惬意，没有争吵，是不是很棒……哈！但我们了解这个时代。"他弓着身子，奋力开车。过了休斯敦，他的精力耗尽，我开车。当我接管方向盘时，天开始下雨。这会儿，我们正行驶在得克萨斯大平原，尼尔说："你开吧开吧，开到明天晚上你还在得克萨斯。"大雨倾盆。我驱车穿过一个东倒西歪的养牛小镇，大街上泥泞不堪，我发现自己开进了一个死胡同里。"嗨，搞什么搞？"他们两个都睡着了。我掉头回去，缓慢穿过小镇。看不见一个人，也没有一盏灯。突然间，一个骑马的人穿着雨衣出现在我的前灯的灯光里。是本县治安官。他戴着一顶宽边高顶帽，在大雨中奔拉着。"去奥斯丁走哪条路？"他很客气地告诉了我，我发动车子。出了镇子，我突然看见两盏前灯在倾盆大雨中直接照着我。该死，我想我是开到了逆行线上；我向右打方向盘，发现自己把车开进了烂泥里；我倒回到路上。两盏前灯依旧直射着我。最后一刻我认识到，是对方的司机把车开到了逆行线上，却懵然不知。我打转方向，以每小时三十英里的速度开进了烂泥里；谢天谢地，那是平地，不是深沟。那辆违规的车在倾盆大雨中往后倒。车里四个阴郁的野外工作者偷偷溜出来喝酒作乐，全都穿着白衬衫，褐色的手臂脏兮兮的，黑夜中默不作声地坐在车里看着我。司机同样酩酊大醉。他说："去休斯敦怎么走？"我用拇指指了指背后。我猛然想到，他们是故意这么干的，只是为了问路，就像一个乞丐在人行道上径直向你走来，就是为了挡你的路。他们可怜巴巴地盯着车厢的地板，空酒瓶在那里滚来滚去，叮当作响。我发动汽车，车陷在烂泥中一英尺深。我在大雨滂沱的得克萨斯荒野里叹了口气。"尼尔，"我说，"醒醒。""怎么啦？""我们陷在烂泥里了。""出了什么事？"我把情况告诉了他。他骂骂咧咧。我们穿上旧鞋子和针织套衫，下了车，冲进倾盆大雨中。我用后背顶住车的后挡泥板，连抬带扛；尼尔把防滑链塞进了打滑的车轮下。不一会儿，我们身上溅满了泥点。我们叫醒卢安妮，我们推车，让她踩油门。这辆饱受折磨的哈得逊喘息呻吟。四周荒无人烟。突然间，车子颠出了烂泥，滑向公路对面。数英里之内没有任何车辆。卢安妮及时把车刹住了，我们跑进车里。就这么回事——我们折腾了三十分钟，浑身湿透，惨不忍睹。我浑身泥水，倒头便睡；早晨，当我醒来，身上的烂泥已经干了，外面下起了雪。我们在得克萨斯州弗雷德里克斯堡的高原上。那是得克萨斯和西部有史以来最恶劣的冬天，时值一九四九年一月，在旧金山和洛杉矶巨大的暴风雪中，牛群像苍蝇一样死去。我们惨透了。我们真希望回到新奥尔良，和阿尔·亨克尔一起，此时此刻，他正坐在密西西比河的堤岸上，和白发苍苍的老人聊天，而不是在寻找住处和工作，他就是这种人。尼尔在睡觉，卢安妮开车。她一只手把住方向盘，另一只手向后伸向后座里的我。她嘀嘀咕咕地答应到了旧金山如何如何。我可怜巴巴地对此垂涎三尺。十点的时候，我接管了方向盘——尼尔已经睡了好几个小时——我沉闷乏味地开了几百英里，穿过灌木茂盛的雪地和杂草丛生的小山。牛仔们戴着棒球帽和护耳走了过去，他们在找牛。沿途每隔一会儿便出现几间温暖舒适的小房子，炊烟袅袅。我真想走进去坐在壁炉前，吃点酪乳和豆子。在索诺拉，当店主在商店的另一侧与一位大农场主聊天时，我再次自己动手，拿了一些免费的面包和奶酪。尼尔听说此事时大声叫好；他饿了。我们不能在食物上花一分钱。"是啊，是啊，"尼尔说，一边注视着索诺拉大街上走来走去的大农场主们，"他们每个人都是他妈的百万富翁，有一千头牛、佣工、豪宅，银行里有钱。如果我生活在这儿，我就是灌木蒿丛里的一个白痴，我会手淫，我会舔那些树枝，我会寻找漂亮的女牛仔——嘻嘻嘻嘻！妈的！嘭！"他给了自己一记重拳。"没错！太棒了！我他妈的，噢！"他之后说的话，我们就听不清了。他接管了方向盘，开完了穿过得克萨斯州余下的路程，大约五百英里，黄昏时分到达埃尔帕索，路上只停过一次，那是在奥佐纳附近，他把自己脱得精光，像匹豺狗一样跑过蒿丛，又叫又跳。过往的汽车没有看到他。他跑回车里，继续往前开。"嗨杰克，嗨卢安妮，我想你们两个都把自己脱得精光——衣服有什么意思呢——和我一起晒晒你们的肚皮。来吧！"我们迎着太阳驱车向西；阳光透过挡风玻璃照进来。"我们迎着阳光行驶，敞开你们的肚皮吧。"卢安妮脱光了；我决定不做老古板，也跟着效尤。我们坐在前座里。卢安妮拿出冷霜，涂在我们身上，这样更刺激。时不时地，一辆大货车疾驰而过：坐在高高驾驶室里的司机瞥见一个金发美女光着身子与两个赤身裸体的男人坐在一起；当他们逐渐消失在后窗外时，你能看到他们的车子晃了一下。蒿草丛生的大平原，这会儿没有下雪，汽车呼啸向前。不一会儿，我们驶入了布满橘红色岩石的佩科斯峡谷地区。蔚蓝的远方展开在天际。我们下了车，去查看一处古老的印第安人遗址。尼尔依旧赤身裸体。卢安妮和我穿上了大衣。我们漫步在古老的石头当中，大笑嚎叫。几个观光客看见尼尔一丝不挂，但他们不敢相信自己的眼睛，摇摇晃晃地继续朝前走。在佩科斯峡谷里，我们开始谈论假如我们是老西部的人物那会怎样。"尼尔，你准会是个亡命之徒，"我说，"不过是一个疯狂刺激的亡命之徒，一路飞奔跑过平原，在酒吧里开枪乱射。""卢安妮会是舞厅美人。比尔·巴勒斯是南部邦联一个退休的上校，住在镇子尽头的一幢大房子里，所有窗帘都拉上，一年只出一趟门，拎着他的猎枪去一个华人小巷见他的老熟人。阿尔·亨克尔成天玩牌，坐在椅子里讲故事。亨基和华人生活在一起；你会看到他在一盏路灯下走过，拿着一杆鸦片烟枪，拖着长长的辫子。"那我呢？"我说。"你是本地报社老板的儿子。你会时不时地发神经，和一帮野小子搭车去寻找刺激。艾伦·金斯堡——他是个磨剪刀的，一年一度推着他的手推车从山上下来，他会预言大火，一些来自边境的家伙会让他拿着热乎乎的子弹跳舞。琼·亚当斯……她住在窗户紧闭的房子里，她是镇上唯一真正的夫人，但谁也没有见过她。"我们不停地聊啊聊，拿我们那帮淘气鬼开涮。许多年后，艾伦会蓄着大胡子从山上下来，但再也不会有剪刀了，只有灾难之歌；巴勒斯再也不会一年一度走出他的房子了；当老尼尔酩酊大醉，摇摇晃晃从他的棚屋里出来时，卢安妮会朝他开枪；而阿尔·亨克尔将比我们所有人的寿命都要长，在银元酒吧的门前给年轻人讲故事。亨基会在一个寒冷冬天的早晨被人发现死在一条小巷里。卢安妮会继承那家舞厅，成为一个太太和镇上的权势人物。我会消失在蒙大拿州，再也不会有人听到我的音讯。最后一刻，我们添上了卢西安·卡尔——他会从佩科斯城消失，许多年后回来，被非洲的太阳晒得黝黑，领回一个非洲女王做老婆，还有十个黑孩子和一大笔黄金。比尔·巴勒斯有朝一日会疯掉，开始从他的窗户里对整个镇子开枪；他们会举着火把点燃他的老房子，一切都被烧为乌有，佩科斯城会成为一片烧焦的废墟，成为橘红色岩石中的一座鬼城。我们环顾四周，寻找一个可能的场地。太阳正在下山。我倒头便睡，梦见了传说。尼尔和卢安妮把车停在了范霍恩附近，我睡觉时，他们在做爱。醒来时我们正行驶在巨大的里奥格兰德山谷，穿过克林特和耶斯勒塔，直奔埃尔帕索。卢安妮跳到后座，我跳到前座，我们继续向前。在我们的左边，隔着浩瀚的格兰德河，是墨西哥边境淡红色的荒凉山丘；柔和的暮色笼罩着山顶；远处，是土砖房子、青蓝的夜色、妇女的披肩和吉他演奏的音乐——以及神秘，还有尼尔和我自己的未来。正前方是埃尔帕索的遥远灯光，洒在巨大的山谷里，明亮得能够看见几列火车同时在四面八方噗噗喷气，仿佛那是世界之谷。我们下坡进入了山谷。"得克萨斯的克林特！"尼尔说。他把收音机调到了克林特电台。这个电台每十五分钟播放一张唱片；其余时间全都是函授中学课程的广告。"这个节目向西部各地广播，"尼尔兴奋地喊道，"老兄，从前在管教所和监狱里白天黑夜都听这个节目。我们大家经常给节目写信。如果你考试及格，可以通过邮件得到一张中学毕业文凭的副本。西部所有的年轻牧工，不管是谁，都曾经为此给电台写信；他们全都听这个台，你在科罗拉多州的斯特林，怀俄明州的拉斯克，不管你在什么鬼地方，打开收音机都是得克萨斯的克林特台，得克萨斯的克林特台。播放的唱片始终是牛仔音乐、乡村音乐和墨西哥音乐，绝对是全美国最差劲的节目，谁也拿它没办法。他们的信号覆盖面极广，把整个国家都捆绑在一起。"我们看见克林特棚户区那边高高的天线。"噢，伙计，我可以告诉你很多事情！"尼尔喊道，几乎落泪。天黑时，我们的眼睛关注着旧金山和西海岸，驱车驶入得克萨斯的埃尔帕索，身无分文。我们绝对必须弄到一点钱买汽油，不然就寸步难行。我们尝试过各种办法。我们打电话给旅行社，但那天晚上没有一个人去西部。在旅行社，你可以找到愿意分摊油费搭便车的人，这在西部是合法的。一些贼眉鼠眼的家伙拎着遍体鳞伤的手提箱在那儿等候。我们去了长途大巴车站，试着说服某个搭乘大巴去西部的人把钱给我们，搭我们的车去。我们太忸怩，不好意思向任何人开口。我们满腹悲伤地到处闲逛。外面很冷。一个大学生看到性感迷人的卢安妮汗都下来了，却假装漠不关心的样子。尼尔和我商量了一下，决定我们不做皮条客。突然间，一个刚从少年管教所出来的疯疯癫癫的傻小子主动提出要跟着我们一起混，他和尼尔跑出去找啤酒。"来吧，伙计，我们去砸碎某个人的脑袋，抢走他的钱。""我喜欢你，伙计！"尼尔叫道。他们冲了出去。一时间，我有些担心起来；但尼尔只是想和那个小伙子去埃尔帕索的大街上溜达溜达，找点刺激。他们走了。卢安妮和我在车里等。她一把抱住我示爱。我说："该死，卢安妮，等我们到了旧金山再干吧。""我不在乎。尼尔反正要离开我。""你什么时候回丹佛？""我不知道。我不在乎我在干什么。我能跟你一起回东部么？""我们得在旧金山挣点钱。""我认识一家快餐店，你可以找一份守柜台的工作，我当女招待。我还认识一家酒店，我们可以在那里赊账。我们厮守在一起。唉，我很伤心。""什么事情让你伤心，小家伙？""所有事情都让我伤心。噢，该死，我真希望尼尔别再这样疯疯癫癫。"尼尔从街上回来了，眨着眼睛，咯咯傻笑，跳进了车里。"那真是个疯狂的家伙，哇！我喜欢他！我认识成千上万那样的家伙，他们全都一样，他们的脑子像千篇一律的时钟一样工作，没有时间了，没有时间了——"他猛踩油门，把车开出去，他弓着身子趴在方向盘上，呼啸着驶出了埃尔帕索。"我们非得捎上几个搭便车的家伙。我敢肯定我们会找到几个。嗬！嗬！咱们走起来。留神看着点儿！"他朝一个开汽车的人大喊大叫，绕过了他，随后避开了一辆货车，颠簸着驶出了市区。过了河，就是灯光璀璨的华雷斯城。卢安妮一直注视尼尔，就像曾经注视着他在全国各地来回跑那样。透过眼角的余光——带着一种阴郁而悲伤的神情，仿佛很想割下他的脑袋，把它藏在自己的衣橱里，这是一种饱含忌妒和悔恨的爱，她知道不会有任何结果，因为他太疯狂了。尼尔确信卢安妮是个婊子；他深信她是一个病态的撒谎者。但是，当她这样注视着他时，这也是爱；当尼尔注意到的时候，他总是带着他那轻浮的假笑转过脸去，而片刻之前他还在梦想着他的永恒。随后，卢安妮和我都笑了——尼尔没有表现出丝毫的难堪，只是咧嘴傻笑，对我们说："不管怎么说，我们不是在找刺激吗？"确实是这样。出了埃尔帕索，在黑暗中，我们看到一个缩成一团的小小身影，伸出大拇指。那是我们想要的搭便车者。我们停了下来，倒向他的那一侧。"你有多少钱，小子？"那小子没有钱；他大约十七岁，苍白、古怪，一只发育不良的手有残疾，没有手提箱。"他是不是很可爱？"尼尔转向我说，表情中带有一种严肃的敬畏，"上来吧，小伙子，我们捎上你——"那小子看到了占便宜的机会。他说他有个姑妈在加利福尼亚州的图莱里，开一家食品杂货店，我们一到那儿，他就会给我们要点钱。尼尔笑得前仰后合，这个说辞和卡罗来纳的那个小伙子如出一辙。"是啊！是啊！"尼尔叫道，"我们大家都有姑妈，咱们走起来，一路向前，去看看姑妈、姑父和杂货店，找点刺激。"就这样，我们有了一位新乘客，事实证明他也是个蛮不错的小家伙。他一言不发，就听我们说。尼尔聊了一会儿之后，他多半确信自己上了一帮疯子的车。他说他一直搭便车从亚拉巴马到俄勒冈，他家就在俄勒冈。"我去那儿看我叔叔，他说他在一家木材厂帮我找了一份工作。那份工作泡了汤，所以我要回家。""回家，"尼尔说，"回家，没错，我知道，我们会带你回家，不管怎么说，至少可以把你带到旧金山。"但我们已经身无分文。这时我忽然想到，我可以从我在亚利桑那州图森的老朋友艾伦·哈灵顿那里借五块钱。尼尔马上说，事情就这么定了，我们去图森。于是我们向图森驶去。夜里，我们经过新墨西哥州的拉斯克鲁塞斯，尼尔去东部时同样是经过拉斯克鲁塞斯这个枢纽点。拂晓时分，我们抵达亚利桑那，我从沉睡中醒来，发现大家都睡得像小羊羔一样，汽车停在鬼才知道的什么地方，因为车窗上布满了水汽，我看不见外面。我下了车。我们停在了莽莽群山中：旭日初升的天空，凛冽的紫色空气，红色的山腰，山谷中碧绿的牧场，晶莹的露珠，瞬息万变的金色云朵；地面上到处都是地鼠的洞穴、仙人掌和豆树丛。轮到我开车了。我推开尼尔和那个小伙子，为了节省汽油，我踩下离合器，关掉发动机，让汽车溜下山。就这样，我让车溜进了亚利桑那州的本森市。我突然想到，我身上有一块挂表，是在纽约时什么人送给我的生日礼物。在加油站，我问工作人员本森市有没有当铺。加油站的隔壁就有一家当铺。我去敲门，有人从床上爬起来开门，片刻之后，我用那块挂表换了一块钱。这一块钱进了油箱。现在我们的汽油足够开到图森了。突然间，正当我准备驱车离开时，一个佩枪的大个子骑警出现了，要求看看我的驾照。"后座的那个家伙有驾照。"我说。尼尔和卢安妮正裹着毯子睡在一起。警察叫尼尔下车。他突然掏出枪，大喊："举起手来！""长官。"尼尔用讨好而可笑的腔调说，"长官，我啥也没有，只有裤裆上的扣子。"那个警察险些笑出声来。尼尔下了车，浑身泥浆，破衣烂衫，穿着T恤衫，揉着肚子，骂骂咧咧，四处寻找驾照和车本。警察搜查了我们的后备厢。所有证件一应俱全。"只是检查一下，"他咧嘴笑着说，"你们现在可以走了。本森其实是个蛮不错的地方，你们要是在这儿吃早饭的话，不妨玩个痛快。""是啊是啊是啊。"尼尔说，根本没有理会他，把车开走了。我们大家都松了一口气。如果有一帮年轻人开着新车路过，身无分文，不得不典当挂表，警察就会疑神疑鬼。"噢，他们总是爱管闲事，"尼尔说，"但比起弗吉尼亚的那帮耗子，这个警察好多了。他们千方百计想逮着几个上头条的人物，寻思每一辆路过的车里都是某个芝加哥黑帮大佬。他们没有别的事情可干。"我们继续驱车驶往图森。图森坐落于风景优美、豆树丛生的河床地区，积雪覆盖的卡塔利娜山脊俯临其上。这座城市是一个巨大的建筑工地，人们匆匆来去、粗野狂暴、雄心勃勃、忙忙碌碌、轻松快乐；到处都是晾衣绳和拖车；熙熙攘攘的闹市区街道上挂满了横幅；完全是加利福尼亚的景象。哈灵顿住在洛威尔堡大道旁边，这条街坐落于平坦的沙漠河床，在漂亮的树木之间蜿蜒延伸。我们驶过了数不清的墨西哥人的背阴棚屋，终于出现了几幢土砖房子，以及那个乡村邮箱，艾伦·哈灵顿的名字就像应许之地一样在邮箱上闪着光亮。我们看见哈灵顿正在院子里沉思。这个可怜的家伙做梦也没想到把他打懵的是什么。他是个作家，来到亚利桑那是为了安安静静地写书。他是个又瘦又高、害羞腼腆的讽刺作家，咕咕哝哝跟你说话时总是把头扭向一边，而且总是说一些滑稽可笑的事情。他的老婆孩子和他一起住在这幢土砖房子里，是他的印第安继父盖的一幢小房子。他母亲住在对面院子她自己的房子里。她是个容易激动的美国女人，喜爱陶器、念珠和书籍。哈灵顿已经通过纽约的来信知道了尼尔。我们就像一片云一样飘到他家里，我们每个人都饿得要命，甚至包括那个手有残疾的搭便车者阿尔弗雷德。在凛冽的沙漠空气中，哈灵顿穿着一件旧的哈佛针织套衫，抽着烟斗。他母亲走了出来，邀请我们去她的厨房里吃点东西。我们用一口大锅煮一些面条。我很想见见哈灵顿那位狂野的印第安继父；他不在附近，他一连好几天酩酊大醉，像一匹狼一样在沙漠里嚎叫，直至警察把他扔进了监狱。哈灵顿的六个印第安堂表兄弟那段时间也在监狱里。尼尔不停地说："噢，我喜欢她！"他说的是哈灵顿的母亲。她让我们看了她最喜欢的地毯，像个孩子一样喋喋不休地跟我们唠叨。哈灵顿一家来自波士顿。"那个手有残疾的家伙是谁？"哈灵顿问，同时把目光移开了，"是不是阿尔·亨克尔？""不，不，我们把他丢在新奥尔良了。""你为什么要去西海岸？""我不知道。"让事情变得更加混乱的是，约翰·霍姆斯的母亲突然出现在院子里：她正和朋友们一起驱车去东部，路过这里时停下来看望哈灵顿太太。尼尔在沙地里曳步而行，弯着腰和她交谈。现在，总共有七个访客，走两条路在院子周围闲逛。哈灵顿的小孩史蒂夫骑着自行车在我们中间冲来冲去。我们大家驱车去了十字路口的一家卖酒的商店，哈灵顿在那里兑现了一张五块钱的支票，把钱交给我。随后他说，我们完全可以去拜访他的一位朋友，他在峡谷里有一家大牧场，名叫约翰。我们驱车上路，把车开到了那家伙的房子前。约翰是个吃软饭的大块头，蓄着大胡子，和一个拥有这家牧场的姑娘结了婚。他们家的客厅里有一扇观景窗，俯瞰着豆树丛生的山谷。他们有一些波普爵士乐唱片，喝的东西应有尽有，有一个女仆，有两个放学骑马回家的孩子，还有各种你能想象到的舒适享受。举行了一场盛大的派对。派对从下午开始，午夜结束。有一阵子，我透过那个观景窗朝外张望，看见艾伦·哈灵顿骑马疾驰，手里拎着一瓶威士忌。尼尔与英俊潇洒的络腮胡子约翰做了一些十分狂热的事情：尼尔带他出去，坐着那辆哈得逊兜了一圈，明显是为了显示自己的气魄，把车开到了每小时一百英里，随后懒洋洋地在车流中穿行，接下来险些撞上了灯柱和仙人掌，所以，当他们回来时，约翰抓住我的胳膊说："你要一路跟着那个神经病去西海岸吗？我要是你就绝不会尝试此事。那个神经病真的疯了。"他和尼尔都兴奋得满头大汗。车上有一些新的凹痕。女仆正在厨房里给我们准备一顿丰盛的牧场晚宴。尼尔试图搞她，然后又试图去搞约翰的妻子。约翰试图搞卢安妮。可怜的阿尔弗雷德筋疲力尽，躺在客厅的地毯上倒头便睡；他从亚拉巴马一路长途跋涉，再从俄勒冈一路长途跋涉，突然间在夜幕笼罩的深山里被扔进了一场疯狂的牧场派对中。当尼尔和那位漂亮的妻子消失不见，约翰领着卢安妮上了楼时，我开始害怕起来，担心没等我们来得及吃饭事情就会爆炸，于是，在女仆的同意下，我装了一些辣椒，站在那里吃起来。我开始听到楼上争吵和摔碎玻璃的声音。约翰的妻子在朝他扔东西。我走到外面，骑上那匹老马沿着山谷向下跑了半英里，然后回来。哈灵顿疾驰而来，跳过豆树丛，把手里的酒瓶子递给我。他把瓶子交给我时里面差不多空了。我听到屋里传出轰鸣的爵士乐和叫喊声。"我们在这里干什么？"

我想道，抬头望着亚利桑那美丽的星空。约翰从房子里跑了出来，跳上那匹马，脚后跟一碰，用手掌猛地一击，策马疾驰，消失在黑夜中。他在发泄愤怒。那匹马不得不承受我们的疯狂所带来的种种惩罚。它只是一匹老马，几乎跑不动了。最后，约翰醉得不省人事，我们叫醒了阿尔弗雷德，钻进车里，驱车回了哈灵顿的家。有一场简短的告别。"确实令人愉快。"哈灵顿眼睛望着别处说。沙地那头几棵树的后面，一家路边餐馆巨大的霓虹灯招牌放射着红光。哈灵顿写作累了的时候总是去那里喝一杯啤酒。他很孤独，想回纽约去。当我们驱车离去时，看着他高大的身影在黑暗中徐徐远去，不由得悲从中来，正如在纽约和新奥尔良目送其他人的身影一样：他们忽明忽暗地站在浩瀚的苍穹之下，关于他们的一切都被淹没。去哪里？干什么？为了什么？——睡觉。但这帮愚蠢的家伙正躬身向前。出了图森，我们在黑咕隆咚的公路上看到另一个搭便车者。此人是一个来自加利福尼亚州贝克斯菲尔德的流动农民工，他讲述了自己的故事："啊哈，我跟着旅行社的车离开了贝克斯菲尔德，把我的吉他丢在了另一辆车的行李舱里，它们再也没有出现……吉他和牛仔服，要知道我是个乐手，来到亚利桑那和约翰尼·麦考的蒿丛男孩乐队一起演出。他妈的，我困在了亚利桑那，身无分文，我的吉他被偷走了。你们几个小伙子把我带回贝克斯菲尔德，我会从我妈那里拿到钱。你们要多少钱？"我们只要一点钱买汽油，够从贝克斯菲尔德跑到旧金山就行，大约三块钱吧。现在我们车里有五个人。我们出发了。我开始认出我曾在一九四七年路过的亚利桑那城镇——威肯勃格、萨洛米、水晶镇。在莫哈韦沙漠里，我在一场巨大的侧风中开了一个小时的车，大风掀起一道道沙幕越过前灯，把车吹得左右颠簸。随后我们开始爬坡。我们的计划是避开洛杉矶的繁忙车流，取道圣贝纳迪诺和特哈查比隘道。夜色中，我们从山路上俯瞰着棕榈泉的灯光。拂晓时分，在积雪覆盖的山口，我们费力地朝莫哈韦镇驶去，那里是通往特哈查比隘道的门户。莫哈韦是一条山谷，由沙漠平原向西下降与前方正南高高的塞拉斯山脉形成；整个地方的景象让人怀疑到了世界的尽头，铁路在广袤的空间里朝四面八方费力地延伸，不停地发射烟幕信号，就像国家与国家之间一样。那个流动农民工醒了，讲了很多趣闻轶事；可爱的小阿尔弗雷德微笑着坐在那里。农民工告诉我们，他认识一个男人，妻子朝他开了一枪，他原谅了妻子，保释她出狱，不料又挨了她一枪。他讲这个故事时，我们正经过一座女子监狱。我们看到特哈查比隘道就在前方。尼尔接管了方向盘，把我们径直带向了世界之巅。我们经过了峡谷中一座烟尘笼罩的水泥厂。随后我们开始下坡。尼尔关掉油门，踩下离合器，顺利通过了每一个急转弯，并超了几辆车，没有加速度的帮助，做了教科书上说的每一件事情。我紧紧抓牢座位。有时候，公路短时间地再次上坡，他无声无息地超过了几辆车。他熟悉一流超车的节奏和乐趣。到了需要向左拐过一个 U 形转弯、绕过一道俯瞰着这个世界底部的低矮石墙时，他只是尽量向左侧倾斜身子，双手紧握方向盘，把车开了过去；当转弯再次向右，这一次我们的左边是悬崖峭壁，他把身子摆向右边，并让卢安妮和我学他的样，顺利拐了过去。就这样，我们向下漂到了圣华金谷。山谷就在我们下面一英里处，几乎就是加利福尼亚的最底部，从我们所在的空中大陆架上放眼望去，郁郁葱葱，令人惊叹。我们没有使用汽油跑了三十英里。那年冬天，圣华金谷非常寒冷。突然间，我们大家都兴奋起来。当我们到达市区边界时，尼尔想跟我们讲述他所知道的关于贝克斯菲尔德的一切。他让我看他曾住过的出租公寓，他跳下列车摘葡萄的铁路岔线，他吃过饭的华人餐馆，他与姑娘们会面的公园长椅，还有一些他到过的地方，他在那儿什么事也不做，只是闲坐着等待。"老兄，我在那家药店前面的每张椅子上都度过一些时光！"他记得所有事情……每一场纸牌游戏，每一个女人，每一个悲伤的夜晚。突然间，我们经过了那个铁路调车场，在那里，比阿特丽斯和我曾在月光下坐在流浪汉们留下的板条箱上喝酒，那是一九四七年十月的事，我很想跟他讲讲此事。但他太兴奋了。"亨克尔和我就是在这儿度过了整整一个上午，不停地喝酒，试图勾搭一个真正迷人的女招待，她来自沃森维尔，不，是特雷西，没错，特雷西，她名叫埃斯梅拉达，噢，伙计，大概是诸如此类的名字吧。"卢安妮正在琢磨到旧金山后要干什么。阿尔弗雷德说，他姑妈在图莱里会给他足够的钱。农民工给我们指方向，去城外的公寓里找他哥哥。中午，我们停在一幢小棚屋的门前，院子里开满了玫瑰花，农民工走了进去，跟几个女人说着话。我们等了十五分钟。"我开始觉得这小子还不如我们有钱，"尼尔说，"我们又要困在这儿了！这家人大概没有谁会给他一分钱。"农民工局促不安地出来了，领着我们去城里。"啊哈，我希望能找到我哥哥。"他打听了几次。他多半觉得自己成了我们的俘虏。最后，我们来到一家大面包房，农民工和他哥哥一起走了出来，后者穿着工装裤，显然是店里的卡车机修工。他和他哥哥谈了几分钟。我们在车里等。农民工跟他所有的亲戚讲述了他的冒险，以及他丢失了吉他。不过他还是拿到了钱，给了我们，我们去旧金山一切准备就绪。我们感谢了他，动身出发。下一站是图莱里。我们呼啸着驶出了圣华金谷。我躺在后座里，疲惫不堪，彻底放弃了。下午的某个时候，正当我迷迷糊糊地打瞌睡时，我们这辆哈得逊从塞尔马郊外那些帐篷旁边飞快驶过，在幽灵般的过去，我曾在那里生活、恋爱和劳动。尼尔僵硬地趴在方向盘上，使劲地击打操纵杆，驶向他的家乡：仅仅一个月之前，他曾跟阿尔与海伦·亨克尔一起沿着同一条公路驶往北卡罗来纳。我躺在后座，万事大吉。当我们最终到达图莱里时，我正在睡觉；我醒来听到了疯狂的细节。"杰克，醒醒！阿尔弗雷德找到了他姑妈的杂货店，但你知道出了什么事吗？他姑妈朝丈夫开了一枪，进监狱了。商店关门了。我们一分钱也没拿到。想想看！竟然发生了这样的事，四面八方都是麻烦，真他妈神奇……哇！"阿尔弗雷德在啃指甲。我们在马德拉拐弯，离开了驶往俄勒冈的公路，我们在那里和小阿尔弗雷德告别。我们祝他好运，平安到达俄勒冈。他说这是他搭过的最好的一趟便车。确实如此：他吃得很好，他在一个大牧场里出席了一场派对，他骑马，他听故事，他对此感觉很棒；但是，当我们把他丢下时，他看上去那样孤苦伶仃，站在路边，伸出大拇指，黑夜降临。我们得去旧金山。金色的目标隐约出现在前方。尼尔、卢安妮和我俯身向前，再次孤身上路，疾驰而去。似乎只有几分钟的工夫，我们便驶入奥克兰前面的丘陵地带，突然到达一处高地，看到了旧金山这座寓言般的白色城市在我们前方延伸，出现在它的十一座神秘山丘当中，远处，是蔚蓝的太平洋，马铃薯地里正在升起的雾墙，以及傍晚时分的烟雾和金黄。"她在那儿吹呢！"尼尔叫了起来，"哇！成功了！汽油刚好够！给我来点水！再也不要陆地了！我们不能再往前了，前面已经没有陆地了！现在，卢安妮，亲爱的，你和杰克立即去找一家酒店，等我早晨联系你们，只要我和卡罗琳有了明确的安排，打电话给芬德伯克谈好了我去铁路当守夜人的事，我马上就去找你们，你和杰克在城里要做的第一件事就是买份报纸，看看招聘广告，还有……还有……还有……"他驱车驶上了奥克兰海湾大桥，我们进了城。商业区的写字楼华灯初上，让你想起了山姆·史培德。大雾滚滚而来，海湾里航标灯闪烁。市场街熙熙攘攘，到处都是水手和姑娘，热狗和食物的气味，喧嚣嘈杂的酒吧，发动机呼啸的车流，电缆车——在柔和而令人愉快的空气中，这一切让我们陶醉，我们在车里摇摇晃晃，行驶在奥法雷尔街上，张开鼻孔，舒展四肢。就像是一次漫长的海上航行之后登陆上岸；倾斜的街道在我们脚下摇晃；旧金山唐人街煎炒烹炸的神秘气味飘浮在空中。我们把我们所有的东西从车上拿了下来，堆在人行道上。突然间，尼尔向我们告别。他迫不及待想见到卡罗琳，看看究竟发生了什么事。卢安妮和我默不作声地站在街上，目送着他驱车离去。"你现在知道他是个什么样的狗杂种了吧？"卢安妮说，"尼尔为了自己的利益随时会把你丢在寒冷中。""我知道。"我说，我回忆起东部，叹了口气。我们身无分文。尼尔没有提钱的事。"我们去哪儿住？"我们拎着大包小包在狭窄的浪漫街道上到处瞎逛。每个人看上去都像倒霉背运的临时演员，过气的小明星，梦想破灭的特技替身演员，微型赛车手，表情里带有一种大陆尽头的悲伤、令人心碎的加利福尼亚人物，英俊而颓废的卡萨诺瓦式的人物，眼睛浮肿的汽车旅馆女郎，骗子，皮条客，妓女，男按摩师，服务生，一大堆蹩脚的货色，混迹于那样一帮人当中，叫人怎么谋生？然而，卢安妮和这些人混得很熟——这儿是奥法雷尔街和鲍威尔街附近——一个面色灰暗的酒店接待员让我们赊账住进了一个房间。那是第一步。接下来我们还得吃饭，这个问题我们到午夜才解决，当时，我们找到了一个夜总会歌手，她在自己的房间里把一个电熨斗翻过来，搁在废纸篓里的一个衣架上，加热了一个猪肉豆子罐头。我望着窗外闪烁的霓虹灯，心里说："尼尔在哪里，他为什么不关心我们的死活？"那一年我对他失去了信任。那将是我们最后一次会面，不会再见了。我在旧金山待了一个礼拜，是我这辈子最颓废的时光。卢安妮和我为了搞到一顿饭钱而四处瞎逛数英里，我们甚至去传教士街一家廉价旅馆拜访了几个她认识的醉醺醺的水手；他们请我们喝威士忌。我们一起在酒店里住了两天。我认识到，如今尼尔不在卢安妮的视线之内，她对我实际上没有兴趣；她是试图通过我联系尼尔，因为我是尼尔的哥们儿。我们在酒店房间里争吵。我们还整夜躺在床上，我告诉她我的梦想。我跟她讲到了那条世界上的大蛇，它盘绕在地球里，就像一条蠕虫蜷缩在一个苹果里，有朝一日会隆起为一座山，从此之后被称作蛇山，在平原上伸展开来，长达五十英里，所至之处，吞噬一切。我告诉她这条蛇就是撒旦。"然后会发生什么事？"她尖叫道，同时抓住我的裤裆，"一个名叫萨克斯博士的圣徒会用秘制的草药消灭它，此时此刻，他正在美国某个地方他自己的地下棚屋里熬制这种草药。还不妨透露一下，那条蛇只是鸽子的外壳；当蛇死去时，会有大群的灰鸽子振翅而出，把和平的消息带到世界各地。"饥饿和辛酸让我有些神志不清。一天夜里，卢安妮跟着一个夜总会老板消失得无影无踪。我按照约定在马路对面拉金街与基利街拐角上一个门道里等她，饥肠辘辘，突然看到她走出那幢豪华公寓的门厅，跟她在一起的是她的女友、夜总会老板和一个拿着卷筒的大腹便便的老头。起初，她只是说进去看看她的女友。我认识到她是个多么不要脸的婊子。尽管她看见了我在那个约好的门道里，却不敢和我打招呼。她踩着婊子的碎步，钻进了那辆凯迪拉克轿车，呼啸而去。现在我身边无一人，一无所有。我四处游荡，从街上捡拾烟屁股。我在市场街路过一家卖鱼和炸薯条的小店，店里那个女人在我经过时突然惊恐不安地看了我一眼；她是老板娘，显然以为我是个持枪歹徒，要进去抢劫她的小店。我继续朝前走了几步。突然间，我恍惚意识到，这人是一百五十年前我在英格兰的母亲，我是她拦路打劫的儿子，刚从监狱里出来，惦记她在这间小店里诚实的劳动所得。我停住脚步，呆若木鸡，神情恍惚地站在人行道上。我朝市场街张望，一时弄不清它究竟是市场街，还是新奥尔良的运河街：它通向水，通向缥缈模糊、无所不在的水，就像纽约的第四十二街通向水一样，你不知道自己身在何处。我想到了时代广场阿尔·亨克尔的鬼魂。我心醉神迷。我很想回去，斜睨着瞥一眼小吃店里我那位陌生的、狄更斯笔下的母亲。我浑身上下有一种刺痛感。似乎有一连串的回忆，引领我回到了一七五〇年的英格兰，我眼下在旧金山，只是在另一辈子，藏身于另一副躯体。"不，"那个眼神惊恐不安的女人似乎在说，"不要回来，不要来祸害你诚实辛劳的母亲。你不再像是我的儿子——而是像你的父亲，我的前夫。现在有这个好心的希腊人可怜我，"（店主是个手臂汗毛森森的希腊人）"你不学好，老是醉酒闹事，丢人现眼，最后竟然来这家小店抢劫我卑微的劳动成果。噢，儿子！你可曾跪下来祈求上帝赦免你所有的罪孽和无赖行径？迷路的孩子啊！——走开！别来折磨我的灵魂，我最好把你忘得一干二净。不要揭开旧的伤口，就当你从未回来看我——其实是为了看看我卑贱的操劳，惦记我辛苦挣得的几个小钱——渴望攫取，急于剥夺，我的肉身生下来的你这个郁郁寡欢、无人疼爱、想法卑鄙的儿子。儿子！儿子！"这让我想起了在格雷特纳与比尔在一起时的大老爸幻觉。只有一瞬间，我达到了我一直想达到的心醉神迷的状态，那是完整的一步，跨越年代顺序的时间，进入了永恒的阴影，是凡尘凄凉中的片刻惊奇，是死亡的感觉催促我举足前行，一个幽灵追踪着它自己的足迹，而我自己，则匆忙奔向一个平台，所有的天使正是从那里一跃而起，飞入无穷。这就是我的精神状态。我以为，接下来的那一刻我要死去。但我没有死，步行了四英里，捡起了十个长烟蒂，带回了我的酒店房间，把里面的烟丝倒进了我的旧烟斗里，点着了。尼尔终于觉得我还值得搭救，他找到我的时候，我就是这般光景。他把我带回了卡罗琳的住处。"卢安妮在哪儿，老兄？""那个婊子跑掉了。"经历了卢安妮之后，卡罗琳是一个慰藉；她是一个很有教养、文雅客气的年轻女人，她知道尼尔寄给她的那十八块钱是我给的。我在她的家里放松了几天。透过她在自由街上的这幢木质房子的客厅窗户放眼望去，可以看到雨夜里整个旧金山一片灯红酒绿。我住在那儿的几天里，尼尔干了他这辈子最荒唐可笑的事情。他找到了一份工作：在厨房里演示新式压力锅的使用。推销员给了他大堆的样品和手册。第一天，尼尔干劲十足，风风火火。我开车带着他跑遍整个城市，赶赴预约。他的想法是设法得到参加宴会的邀请，然后跳出来，开始演示压力锅。"哥们，"尼尔兴奋地喊道，"这活甚至比我给西内克斯打工时还要疯狂。西内克斯在奥克兰卖《百科全书》。谁都无法拒绝他。他长篇大论，上蹿下跳，又哭又笑。有一次，我们闯进了一个流动农民工家里，那里的每个人正准备去参加一场葬礼。西内克斯跪下来，为死者的灵魂得到拯救而祈祷。他是全世界最疯狂的家伙。不知他如今身在何方。我们总是往人家漂亮的年轻女儿身边凑，在厨房里对她们动手动脚。那天下午，我和一个迷人的家庭主妇待在她的小厨房里——搂着她演示使用方法。哈！哼！哇！""接着说，尼尔，"我说，"没准有一天你会成为旧金山的市长。"他撰写了整整一大篇压力锅的推销说辞，每天晚上对着卡罗琳和我练习。一天早晨，太阳初升，他赤身裸体站在窗前眺望整个旧金山。他看上去仿佛真的有朝一日会成为旧金山的异教市长。但他的干劲耗完了。一个雨天的下午，推销员过来看看尼尔在干什么。尼尔四仰八叉地躺在长沙发上。"你是不是试着卖掉这些东西？""不，"尼尔说，"我在找别的工作。""嗯，你打算怎么处理这些样品？""我不知道。"在死一般的沉默中，推销员收拾好他那些悲伤的压力锅，离开了。我对一切都感到厌烦，尼尔也是如此。但一天夜里，我们突然再次一起发神经；我们去旧金山一家小夜总会看瘦子盖拉尔演出。瘦子盖拉尔是个又高又瘦的黑人，有一双忧伤的大眼睛，总是说"要得噢唧呢"和"来点波旁威士忌怎样噢唧呢"。在旧金山，大批年轻的准知识分子热切地坐在他的脚前，听他演奏钢琴、吉他和手鼓。身子热起来之后，他便脱掉衬衫和背心，真正进入状态。他兴之所至，手口随之。他会吟唱"水泥搅拌机，噗提璞提"，突然放慢节奏，对着手鼓陷入沉思，只用指尖轻敲鼓皮，人人屏住呼吸，俯身倾听；你以为他会这样弹一两分钟，没想到他一直继续，长达一个小时，就像阿尔·亨克尔那样，只用指甲的尖端弄出很小的声音，小到几乎听不见，自始至终，声音越来越小，直至你再也听不到任何声音，只有外面车流的声音从敞开的大门里传来。随后，他缓慢地站起身来，拿起麦克风，非常缓慢地说："了不得噢嘟呢……好极了噢嘟呢……哈啰噢嘟呢……波旁威士忌噢嘟呢……统统噢嘟呢……前排的小子和他们的姑娘们搞得怎么样噢嘟呢……噢嘟呢……噢嘟呢嘟呢……"他就这样持续十五分钟，声音越来越轻柔，直至你根本听不见。他那双忧伤的大眼睛扫视着观众。尼尔站在后面说："上帝啊！好哇！"他合掌祈祷，满头大汗。"杰克，瘦子了解时代，他了解时代。"瘦子在钢琴前坐了下来，敲两个音符，两个 C，随后又敲两个，再敲一个，再敲两个，突然间，高大魁梧的低音吉他手从白日梦中醒了过来，认识到瘦子正在演奏《C 大调即兴布鲁斯》，他用粗壮的食指叩击琴弦，低沉激越的节奏开始了，大家开始摇摆，瘦子看上去像之前一样悲伤，他们演奏了半个小时的爵士乐，随后，瘦子疯狂起来，抓起手鼓，击打出速度飞快的古巴节奏，用西班牙语、阿拉伯语、秘鲁方言、玛雅语以及他会说的各种语言，喊叫着疯言疯语，他会说的语言不可胜数。最后，这一组演奏结束，每一组演奏要花两个小时。瘦子盖拉尔走过去，靠着一根灯柱，当人们走过来跟他说话时，他便满腹悲伤地俯瞰着每个人的头顶。有人把一杯波旁威士忌塞进他的手里。"波旁威士忌噢嘟呢——谢谢你噢嘟呢……"谁也不知道瘦子盖拉尔在哪里。尼尔有一次梦见自己要生孩子，躺在加利福尼亚一家医院的草地上，肚子鼓胀，青筋暴起。瘦子盖拉尔坐在一棵树下，和一帮黑人在一起。尼尔眼神绝望地转向他。瘦子说："来吧噢嘟呢。"此时，尼尔靠近了他，靠近他的上帝，他认为瘦子就是上帝，他在瘦子面前曳步而行，点头哈腰，请求他加入我们的行列。"要得噢嘟呢。"瘦子说；他会加入任何人的行列，但不会保证人在心也在。尼尔找到一张桌子，买了酒，僵硬地坐在瘦子面前。

瘦子俯瞰着他的头顶，恍如做梦，一言不发。每一次瘦子说"噢嘟呢"，尼尔就说"是啊！"我和这两个疯子一起坐在那儿。什么事也没发生。在瘦子盖拉尔看来，整个世界就是一个大大的噢嘟呢。同样是那天夜里，我去菲尔莫尔街和吉尔里街的拐角上看拉普舍德演出。拉普舍德是个疯狂的大块头黑人，总是摇摇晃晃走进旧金山的音乐酒吧，穿着外套，戴着帽子，披着围巾，跳上演奏台，开始吟唱，额头上青筋暴起，他身子后仰，竭尽灵魂中的每一丝力量，吹奏雾角布鲁斯。他一边吟唱，一边朝人们大喊大叫。他喝起酒来像条鱼一样。他的声音盖过了一切。他扮鬼脸，扭动身子，做各种各样的动作。他走到我们的桌旁，俯下身子说："是啊！"随后摇摇晃晃地走到大街上，去找另一家酒吧。接下来还有康尼·乔丹，也是个疯子，唱歌时突然甩开双臂，最后把汗水洒到每个人身上，踢翻麦克风，像女人一样尖叫；夜深时你看见他筋疲力尽，在杰克逊之窟酒吧听着狂野的爵士乐，大眼圆睁，耷拉着肩膀，潮湿的眼神凝视着空茫和面前的一杯酒。我从未见过这样疯狂的乐手。旧金山人人吹奏爵士乐。那是大陆的尽头，大家都满不在乎。那年夏天，我将看到它更多的东西，直至那些墙壁颤抖并开裂。尼尔和我就这样在旧金山四处瞎混，直至我收到接下来的一张退伍军人津贴支票，准备打道回府。我不知道我来旧金山究竟实现了什么。卡罗琳想让我走人。走也好不走也罢，尼尔都不在乎。我买了一根长面包和一些肉，自己动手做了十个三明治，准备再次带着它们穿越美国；其实等我到达科他时，它们全馊掉了。最后一夜，尼尔发神经，跑到闹市区的什么地方找到了卢安妮，我们钻进车里，穿过海湾，跑遍了里士满，在油田公寓寻找黑人的爵士棚屋。卢安妮走过去正要坐下，一个黑人抽走了她身下的椅子。几个女孩子在厕所里走近她，提出下流的要求。也有人过来找我。尼尔满头大汗。该结束了，我想出去。黎明时分，我登上了回纽约的大巴，与尼尔和卢安妮告别。他们想要分我的三明治，我告诉他们不行。那是一个阴郁的时刻。我们大家都认为我们再也不会见面了，我们并不在乎。就这么回事。我踏上了归途，揣着十块三明治和几块钱，一路穿越这片呻吟的大陆，回到纽约，刚好赶上送别埃德·怀特、鲍勃·伯福德和弗兰克·杰弗里斯搭乘玛丽女王号，启程前往法国，做梦也没想到下一年我会和尼尔及杰弗里斯一起，开始一趟最疯狂的旅行。此外，你肯定会认为，像我从旧金山到纽约这样的大巴旅行准会一路无事，平安到家，然后放松一下。但事实并非如此；在北达科他州，大巴在荒漠高原被困于一场可怕的暴风雪，积雪在公路上堆到了十英尺厚，我睡着的时候，后面的机器爆炸并燃烧；大巴彻底不能动弹，以至于乘客们不得不跑到一家路边小餐馆去过夜，否则就会冻僵，我却在大巴里睡着了，什么都不知道，醒来时感觉很好，在法戈市一家汽车修理厂里立即睡着了，整个修车过程中，我一直在睡觉。在蒙大拿州的比尤特市，我卷入了一群喝醉酒的印第安人当中；在一家很大的酒吧里度过了整个夜晚，那是比尔·巴勒斯一直在寻找的理想酒吧；我见到一个上了年纪的赌场荷官，看上去跟W.C.菲尔兹一模一样，他让我想起了我父亲。他身材肥胖，长着蒜头鼻子，正在用后裤袋里的一方手帕擦鼻涕，戴着绿色的护目镜，在比尤特的冬夜里哮喘病似的喘个不停，直至最后他把他那条老狗打发走了，又去睡一天。他是二十一点纸牌的发牌手。我还看到了一个九十岁的老人，名叫老约翰，他玩牌时眯缝着眼睛，他们告诉我，最近七十年来在比尤特的夜晚他一直这样。在大廷伯镇，我看到一个年轻的牛仔，战争中失去了一条手臂，在一个冬天的下午与几个老人一起坐在小酒馆里，用满怀渴望的目光望着外面几个男孩子在黄石公园的大雪中大踏步走过。在达科他，我看见一台旋转式耕耘机，有崭新的福特商标，有一百万台这样的机器分散在达科他平原上，就像春天里播种一样。在俄亥俄州的托莱多，我下了大巴，搭便车去密歇根州的底特律看我的前妻。她不在，她妈不愿意借我两块钱吃饭。我怒气哼哼地坐在底特律长途巴士站工作人员休息室的地板上，周围是一堆酒瓶子。几个传教士带着上帝的故事走近我。我用最后一毛钱在底特律的贫民区吃了一顿便宜饭。我打电话给我前妻父亲的新任妻子，她甚至都不愿意见我。我整个悲惨的生活浮现在我困倦的眼前，我认识到，不管你做什么，到头来注定是浪费时间，所以倒不如发发神经。我想要的一切，不过是要把我的灵魂淹没在我妻子的灵魂中，穿过一堆乱七八糟的裹尸布够到她，那堆裹尸布就是床上的肉体。在美国公路的尽头，是一个男人和一个女人在一个酒店房间里做爱。那就是我想要的一切。她的亲戚们串通合谋，要把我们分开；倒不是说他们有什么错，可他们觉得我是个流浪汉，只会重新撕开她心里的旧伤口。实际上，那天晚上她在密歇根州的兰辛，一百英里之外，我错过了。我想要的一切，尼尔想要的一切，任何人想要的一切，不过是某种形式的穿入事物的心脏，在那里，就像在子宫里一样，我们可以蜷缩着睡去，心醉神迷地睡去，比尔·巴勒斯用静脉注射吗啡经历了这样的睡眠，纽约的广告主管们用斯托福专卖店的十二件品牌服装经历过这样的睡眠，然后，他们登上驶往韦斯特切斯特的醉鬼列车——但没有宿醉。当时我有很多的浪漫幻想，对我的命运之星唉声叹气。事情的真相是，你死去，你所做的一切就是死去，然而你却活着，是的，你活着，那不是哈佛的谎言。在宾夕法尼亚，我不得不走下大巴，在一个乡村小镇的店里偷几个苹果，否则就会饿死。我踉踉跄跄回东部寻找我的碑石，回到家里，再次吃光冷柜里的所有东西，只不过现在是一台电冰箱，是我一九四七年的劳动成果，而且，在某种程度上是我生命的进步。接下来是那艘世界巨轮：我去学校了，在休息室里遇见了霍姆斯太太，她是约翰·霍姆斯的母亲，我去西部经过图森时刚刚见过她，她说她儿子正在送别我的几个朋友登上玛丽女王号。我身无分文。我步行三英里去了码头，那里有约翰·霍姆斯、他妻子和埃德·斯特林厄姆，正闲站在那里等待登船。我们匆忙上船，发现埃德·怀特、鲍勃·伯福德和弗兰克·杰弗里斯正在他们的特等客舱里与艾伦·金斯堡一起喝着威士忌，酒是艾伦带来的，连同他的最新诗歌，还有其他东西。不仅如此，而且哈尔·蔡斯就在船上，那艘船是如此之大，以至于我们一直都没有见到他；卢西安·卡尔也在船上，但他正在送别另一伙人，甚至都不知道我们在那儿。疯子伯福德向我挑战，问我敢不敢逃票乘船和他们一起去法国。我接受了这一挑战，我喝醉了。我们让电梯停了下来，结果被告知，著名作家萨默塞特·毛姆为此而大发脾气。我们看到了杜鲁门·卡波特，被两个老夫人搀扶着，穿着网球运动鞋在船上蹒跚而行。几个美国人匆忙混乱地穿过狭窄的走廊，酒醉醺醺。那就是世界巨轮，它太大了，人人都在船上，人人都在寻找别人，却找不到。六十九号码头。约翰·霍姆斯的妻子坚持叫我不要逃票乘船，拧着耳朵把我拖下了船。我在仓库里的板条箱中间玩起足球来。那是另一个时代的终结。那是我在两年之内错过的第二艘船，在东西海岸，两艘船都是开往法国，一艘是韩国船，另一艘就是玛丽女王号，这一次的原因是：我命中注定要在路上，与神经病尼尔一起，衣衫褴褛地探索我的故国家邦。在发生所有这些事情之后，你大概不会相信，但正是我，在短短几个月的时间之内，在尼尔伤心绝望的时刻，我去救了他。那是值得的，因为打那以后，尼尔变得伟大了。

第三部

　　一九四九年春天，我突然收到了一张令人惊奇的一千美元支票，是纽约一家公司因为出版我的作品而寄来的。有了这笔钱，我试图把我的家人——亦即我妈妈、我姐姐、姐夫和他们的孩子——搬到丹佛去，在那里建一个舒适的家。我自己先去丹佛找房子，一路上吃够了苦头，为的是不在食物上花一块钱。有一天，在那个五月的山区小城奔波忙碌，满头大汗，贾斯汀·W.布赖尔利给我提供了价值无法估量的帮助，我找到了房子，支付了头两个月的租金，发电报给纽约叫家人过来。我支付了那张令人心惊肉跳的账单：三百五十美元。但一切都白费力气。他们不喜欢丹佛，不喜欢生活在乡下。我母亲第一个回去了；最后，我姐姐和姐夫也回去了。我做出了努力，试图让我所爱的人在这里定居下来，有一个多少还算固定的家园，在这里，一切人类事务都可以管理得让相关各方都满意。我相信一个令人愉快的家，相信理智而健全的生活，相信美好的食物、美好的时光，相信工作、信仰和希望。我一直相信这些东西。这多少有些令人惊讶，我认识到我是世界上少数几个相信这些东西的人之一，而不会劳心费力从中总结出一套枯燥乏味的中产阶级哲学。可突然之间，我两手空空，只有一把疯狂的星星。因为这个，我断绝了自己的一个念头：加入小伙子们的行列，去一趟法国，那是我长久期望的一次航行；因为这个，我把我很多隐秘的愿望推到一旁，比如和我在底特律的前妻重归于好，或者突然和纽约一个狂野的波多黎各姑娘结婚，在出租屋里定居下来，居家过日子。一切都已经发生，我是个口袋里有一千美元的穷人。我做梦也不会想到我会有一千美元。不过是几周的时间，一切都过去了。我泰然自若地站在广袤的西部平原上，不知道该做什么。我对自己说："得了，我倒不如再发一次神经。"我做了一些准备工作，打算去旧金山找尼尔，看看他如今在干什么。我试着通过诚实的劳动为这次西海岸之行挣一些钱。有一天，凌晨三点，我起床了，打算从丹佛市阿拉米达大道外边我的家里搭便车六英里进城；唯一的麻烦是我没有搭上任何便车，只好步行去城里。天亮前我到了德纳戈水果批发市场，累得像狗一样。这儿就是一九四七年我差点和我路上的伙伴埃迪一起干活的地方。我立即被雇用了。随后便开始了辛苦劳累的一天，我永远不会忘记这一天。我从凌晨四点一直干到傍晚六点，那天结束时我领到了十一块钱，还有一些零头。工作是如此辛苦，以至于我的双臂很快就开始抽筋，几乎不得不尖声大叫才能坚持下去。当然，跟几个与我并肩干活的日本小伙子比起来，我算是柔弱的。他们的肌肉适应了这项繁重的劳动：拖拉一个装满八个板条箱的水果货车厢，双臂向后伸出拉着它，稍一失手，你就会毁掉整车水果，让它们倾覆在你可怜的脑袋上。我一整天都不理睬这些肌肉发达的第二代日裔美国人，嘴里骂骂咧咧。有一次，我们不得不把一个机械装置塞到巨大货车厢的轮子底下，让它在铁轨上前进，每扳动一下杠杆，车厢只移动半英寸——到终点线有一百英尺。我本人在一整天的时间里卸载了一个半货车厢的板条箱，中间只去了一趟丹佛的批发仓库，我在那里把装满西瓜的板条箱拖过货车厢里结冰的地板，走进灼热太阳底下一辆溅满冰碴的货车里，结果感冒了，不停地打喷嚏。我再一次很想去旧金山，人人都想去旧金山，所为何来？以上帝的名义，让繁星作证，所为何来？为了欢乐，为了刺激，为了黑夜里正在燃烧的什么东西。另外几个家伙各装了三车，我的速度只有他们的一半，结果，老板觉得我对于他的赚钱计划来说不是一个合适的人选，于是二话不说把我解雇了，我清楚地表明了我的感觉，说我再也不会回来了。随后，我揣上我的十一块钱，摇摇晃晃地去了拉里默街，在温莎酒店马路对面的吉格斯自助酒吧喝得烂醉，三十年代大萧条时期，尼尔·卡萨迪和他父亲老尼尔·卡萨迪曾在温莎酒店住过。想当年，我到处寻找尼尔·卡萨迪的父亲，却根本找不到。你要么在蒙大拿之类的地方寻找某个看上去很像你父亲的人，要么寻找一个朋友的父亲，而他早已不在那儿，这就是你做的事情。接下来，我身不由己，早晨揭开一个女人裹着丝袜的赤裸大腿，丝袜里有一张一百块钱的钞票，她把它给了我，说："你一直在谈论旧金山之行；既然如此，那就拿上这个，去玩个痛快。"于是，我所有的问题迎刃而解，用十一块钱作油费，在旅行社搭上了一辆顺风车去旧金山，汽车飞驰着驶过这片土地，奔向尼尔。两个家伙轮流开车；他们说他们是皮条客。另外两个家伙像我一样是乘客。我们坐在车里有些挤，一门心思奔赴目的地。当我们穿过科罗拉多州和犹他州的边境时，我看见沙漠上空巨大的火烧云，仿佛就是天上的上帝，似乎在对我说："惩罚的日子就要到了。"哎呀，呜呼哀哉，我更感兴趣的是一些破旧朽烂的大篷车，以及内华达沙漠中一个可口可乐售货摊旁边的桌球台，那儿有一些小木屋，风雨剥蚀的标牌依然在神出鬼没的沙漠大风中噼啪作响，牌子上写着"响尾蛇比尔蛰居于此"或"掉了牙的安妮在此隐居多年"。哇哈，嗖。在盐湖城，那两个皮条客去检查了一下他们的姑娘，然后我们继续驱车前行。猛然间，我再次看见旧金山这座传说中的城市在夜色中沿着海湾延伸。我立即跑去找尼尔。他现在在俄罗斯山有一幢房子。我心急火燎地想知道他眼下在想什么，接下来会发生什么，因为我身后再也没有任何事情，我所有的桥梁都已成过去，我根本不用在乎任何事情。凌晨两点，我敲响了尼尔的门。他赤身裸体来开门，就算是杜鲁门总统来敲门他可能也不在乎。他赤条条地迎接这个世界。"杰克！"他惊奇地喊道，"我没想到你真的会来。你终于来找我了。""是啊，"我说，"我家里一切都分崩离析。你们怎么样？""不咋的，不咋的。但我们有很多事情要谈。杰克，终于到了我们好好聊聊的时候了。"我们同意眼下正是时候，并走进屋内。现在，我的到来有点像是一个陌生的邪恶天使来到雪白绵羊的家里，尼尔和我在楼下的厨房里开始兴奋地交谈，谈话引发了楼上的哭泣声。我对尼尔说的每一句话，他都用颤抖的低声回答道："是啊！"卡罗琳知道即将发生什么。很显然，尼尔安分守己地过了几个月；如今邪恶天使来了，他将再次发神经。"她怎么啦？"我低声问道。尼尔说："她的情况越来越糟，伙计，她老是哭闹，发脾气，不让我出去看瘦子盖拉尔的演出，我每次回来晚了她都要发神经，而当我待在家里时，她又不和我说话，说我是彻头彻尾的禽兽。"他跑上楼去安抚她。我听到卡罗琳大喊大叫："你撒谎，你撒谎，你撒谎！"我利用这个机会查看了一下他们拥有的这幢非常棒的房子。这是一幢东倒西歪、摇摇晃晃的两层木屋，坐落于廉价公寓中间，就在俄罗斯山的山顶上，旧金山湾尽收眼底。它有四个房间，楼上三间，楼下一间巨大的底层厨房。厨房门通向一个绿草如茵的院子，那里拉着晾衣绳。厨房后面是一个储藏室，尼尔的那双旧鞋依然在那里，结满了一英寸厚的得克萨斯烂泥，是那天晚上哈得逊陷在布拉索斯河附近的亨普斯特德时沾上的。当然，哈得逊已经不在了，尼尔没有能力支付余下的分期付款。他现在根本没有车。他们的第二个孩子意外降生。听卡罗琳不停地哭泣简直是一场可怕的悲剧。我们实在受不了，便跑到外面去买啤酒，把啤酒带回到厨房里。卡罗琳终于睡了，要么就是茫然注视着黑暗度过了那个夜晚。我不知道究竟出了什么问题，只觉得大概是尼尔把她给逼疯了。在我上一次离开旧金山之后，他再次发疯似的迷恋上了卢安妮，接连几个月经常去她在迪维萨德罗街的公寓房间，每夜她的房间里都有不同的水手，他通过卢安妮的邮件投递槽偷窥她的房间，那个投递槽正对着床。每天早晨，他都看到卢安妮四仰八叉地和一个小子躺在床上。他在城里到处跟踪她。他想得到绝对的证据，证明她是个婊子。他爱她，他为她而痛苦。最后，完全是因为失误，他搞到了一些低劣的绿货，行话这么叫，也就是未经处理的大麻，结果抽得太多。"第一天，"尼尔说，"我像块木板一样僵硬地躺在床上，动弹不得，也说不了话。我只是瞪大眼睛直勾勾地看着上方。我能听见我的脑袋里嗡嗡作响，看见了各种各样色彩缤纷的奇妙幻觉，感觉很美妙。第二天，所有事情浮现在我的脑海，我做过的、知道的、读到的、听说的或推测的每一件事情全都回到了我的脑海里，以崭新的、合乎逻辑的方式，在我的头脑里重新排列。是的，我说，是的，是的，是的。声音不大。只说'是的'，实际上很安静，因为我想不出别的话可说。这些绿货产生的幻觉一直持续到了第三天。到那时我理解了一切，我的整个生活被决定了，我知道我爱卢安妮，我知道我必须找到我爸并拯救他，不管他在什么地方，我知道你是我的好兄弟，我知道艾伦有多伟大。我知道每个地方每个人的无数事情。接下来，第三天，我开始睁着眼睛做一连串可怕的噩梦，它们绝对恐怖、狰狞而清晰，我只是躺在那儿，双手抱住膝盖，说：'噢，噢，啊，噢'……邻居听到我的叫声，请来了医生。街坊四邻都为我担心。他们来到我家里，发现我躺在床上，双臂伸直。杰克，我带了点大麻去找卢安妮。你知道吗？那个愚蠢的小婊子出现了同样的情况——同样的幻觉，同样的逻辑，同样的关于每件事情的最终决定，导致噩梦和痛苦的一切真理结成一个整体出现在眼前。随后，我知道我如此爱她，以至于想杀了她。我跑回家，用头撞墙。我跑去找阿尔·亨克尔，他和海伦一起回了旧金山，我向他打听一个拥有一支枪的司闸员，我去找那个司闸员，弄到了那支枪，我跑去找卢安妮，我透过那个投递槽看着里面，她正在和一个水手睡觉，一个小时后我又回来了，我冲了进去，她独自一人——我把那支枪给了她，叫她杀了我。她抓住枪，握了很长时间。我请求她订立一份甜蜜的死亡协议。她不想这样。我说我们两个必须死一个。她说不。我用头撞墙。她叫我出去。""后来呢？""那是几个月之前的事——你离开之后。她最终和其中一个水手结婚了，那个狗娘养的王八蛋扬言说，他如果找到我就会把我杀掉，必要的时候我不得不自卫，把他杀掉，然后进圣昆丁监狱。因为，杰克，我要是再有任何刑事指控，我就会在圣昆丁监狱待一辈子——我这辈子也就完了。手也坏掉了。"他让我看了他的手。兴奋中我没有注意到他的手确实遭遇了一次可怕的意外事故。"二月二十六日傍晚六点钟，我打中了卢安妮的额头，那是我们最后一次见面，我们最后一次决定了一切。现在你听我说：我的大拇指只是在她的额头上弯了一下，她连擦伤都没有，事实上，她哈哈大笑，但我大拇指却受伤感染，一个蹩脚的大夫处理了一下，可手艺很差，结果患上了坏疽，最后不得不截去了一段指尖。"他解开绷带让我看。指甲下面缺掉了一块肉，大约半英寸。"情况变得越来越糟。我要养活卡罗琳和凯茜·安，不得不尽快上班，我在固特异轮胎公司干活，把重达一百磅的轮胎从地面拖到卡车上。我只能使用那只好手，但那只坏手不停地遭到碰撞。坏手骨折了，医生把它重新接好，再次感染，肿得老高。全都是烦心事！"他哈哈大笑，"可我从来没有像现在这样对这个世界感觉良好，美好而快乐，看到可爱的小孩子们在阳光下玩耍，我很高兴见到你，我美好、迷人、绝妙的杰克，而且我知道，我知道一切都会很好。"他恭喜我得到了一千块钱。"我们懂得生活，杰克，我们年岁渐长，开始懂事。你告诉我关于你家人的事我非常理解，我一向理解你的感受，现如今，事实上你乐意和一个真正的好女孩建立联系，只要你能找到这样一个女孩，培养她，让她关注你的心灵，正如我曾如此努力地试图对我的那些该死的女人所做的那样。呸！呸！狗屁！"他大声喊道。早晨，卡罗琳把我们两个人的行李什么的统统扔了出来。事情始于我们给比尔·汤姆森打电话的时候，丹佛的老比尔，叫他下午过来喝啤酒，与此同时，尼尔由于手伤而无法工作，在后院里照看小孩、洗盘子、洗衣服，但他太兴奋，事情干得马虎潦草。汤姆森答应开车带我们去马林市找亨利·克鲁。（尼尔从不给那些完全正常的乏味工作取个漂亮名字）卡罗琳从牙医诊所下班回家，作为一个辛苦劳累的妻子，对我们大家都没有好脸色。我试图向这个女人表明我对她的家庭生活并无恶意，于是我跟她打招呼，说话尽可能热情，但她知道这是一种欺骗，没准是从尼尔那里学来的，她只是淡淡一笑。早晨，出现了可怕的一幕：她躺在床上哭泣和打滚，正在此时，我突然内急，而去洗手间必须经过她的房间。"尼尔，尼尔，"我喊道，"最近的酒吧在哪里？""酒吧？"他惊讶地说；他正在楼下厨房的水槽里洗手。他以为我想喝酒。我告诉他我内急，他说："径直去吧，她老是那样。"不，我不能那样做。我冲出去找酒吧；我在俄罗斯山上四个街区上下奔走，只看到自助洗衣店、干洗店、冷饮店、美容店、裁缝店和五金店，就是没有酒吧。我跑回那幢东倒西歪的小房子，无论如何先把内急解决了。他们还在互相朝对方大喊大叫，我脸上带着虚弱的笑，溜了过去，把自己锁在了洗手间里。不一会儿，卡罗琳把尼尔的东西都扔到了客厅的地板上，叫他卷铺盖走人。让我惊愕的是，我看到沙发上有一幅海伦·亨克尔的全身油画肖像。我突然意识到，这几个女人那几个月全都是在孤独寂寞和女人的小性子中度过的，她们一起闲聊，谈论男人的疯狂。我听到尼尔疯疯癫癫的傻笑声在整个房子里回荡，连同孩子的哭嚎。我接下来看到的情景是，他像格劳乔·马克思那样绕室而走，他那个可怜的断拇指裹在巨大的白色绷带里，一直竖起，就像巍然不动地立于狂风恶浪之上的灯塔。我再一次看到他那个可怜兮兮、遍体鳞伤的巨大衣箱里漏出袜子和脏内衣：他俯下身子，把他能找到的每一件东西都扔进

箱子里。随后，他拿来了他的手提箱。这个手提箱恐怕是全美国最
差的手提箱了。它是用纸板做成的，上面的图案使它看上去像是皮
革的，样子可疑的铰链有点像是糊上去的。一条巨大的裂口自顶而
下：尼尔用一根绳子把它扎紧了。随后，他抓起他的水手袋，把东
西扔了进去。我拿来了我的手提箱，把它塞得满满的，而卡罗琳躺
在卧室里的床上不停地说："骗子！骗子！骗子！"我们落荒而逃，
费力地走上大街，去最近的电车站——两个狼狈不堪的男人，拎着
大包小包，那个裹着绷带的硕大拇指高高跷起。那个拇指成了尼尔
最后发展阶段的象征。他不再（像从前那样）对任何东西都感兴
趣，如今他在原则上还是对一切都感兴趣，也就是说，这对他来说
没什么不同，他属于这个世界，而他对这个世界却无能为力。他在
马路当中让我停住。"好吧老兄，我知道你大概真的很生气，你刚
刚来到这座城市，我们第一天就被赶出家门，你或许很纳闷，我怎
么会落到这般光景——连同所有可怕的附属物——嘻嘻嘻——但你
看着我。杰克，请你看着我。"我看着他。他穿着一件 T 恤衫，破
破烂烂的裤子挂在肚子上，脚上一双破鞋，胡子没刮，头发蓬乱，
眼睛里布满血丝，那只裹着纱布的硕大拇指竖在胸前（他不得不这
样把它举起），脸上露出我所见过的最傻的咧嘴傻笑。他跌跌撞撞
地转着圈子，四下张望。"我的眼珠子看到了什么？啊——蔚蓝的
天空。朗……费罗！"他摇摇摆摆，眨巴着眼睛。他揉了揉双眼。
"还有窗户——你仔细琢磨过窗户吗？现在我们谈谈窗户吧。我见
过一些确实疯狂的窗户，朝我扮鬼脸，有些窗户拉上了窗帘，所以
对我眨巴眼睛。"他从水手袋里掏出一本欧仁·苏的《巴黎的秘
密》，整理了一下 T 恤衫的前襟，装作有学问的样子，在街角上读
了起来。"说真的，杰克，现在我们走到哪儿都要仔细琢磨每件事
情……"他立即忘了这话，茫然地东张西望。我很高兴我来了这
里，他眼下需要我。"卡罗琳为什么把你赶出家门？你打算怎么

办？""嗯？"他说，"嗯？嗯？"我们冥思苦想，琢磨着要去哪里，要干什么。我在纽约有大好的前程，但我意识到我应当帮帮尼尔。可怜的尼尔——魔鬼本人从未比他堕落得更深；带着白痴一般的愚蠢，还有那只感染的拇指，身边是遍体鳞伤的手提箱，过着没有母爱的狂热生活，无数次来回穿越美国，一只废鸟，一团败粪，自食其果，自作自受。"我们走路去纽约吧，"他说，"我们一边走，一边沿路观察一切——好得很嘛。"我掏出自己的钱，数了一下；然后把钱拿给他看。我说："我这儿总共有八十三块多一点儿，如果你愿意和我同行，我们就去纽约吧——然后去意大利。""意大利？"他说，眼睛一亮，"意大利好哇——我们怎么去那儿，亲爱的杰克。"我琢磨了一会儿。"我会挣到更多的钱，我还会挣到一千块钱。我们要去罗马、巴黎这些地方寻找所有疯疯癫癫的女人，我们要坐在街边咖啡馆里，我们要追上伯福德、怀特和杰弗里斯，并住在妓院里。干吗不去意大利？""好哇，干吗不去？"尼尔说，随后他意识到我是严肃的，于是第一次用眼角的余光看着我，因为我之前从未对他繁重的生活负担有过任何承诺，那种眼神是一个男人在打赌之前最后一刻掂量胜算时的眼神。他的眼神里有胜利和傲慢，一种恶魔般的眼神，他从未这么长时间里死死盯着我看。我朝他回看，不禁脸红起来。我说："怎么啦？"我这样问的时候感到很不是滋味。他没有回答，而是继续警惕而傲慢地斜视着我。我试图回忆他这辈子做过的每一件事情，看看是不是有过什么事情让他现在做的事情变得可疑。我坚定地重复了刚才说过的话——"和我一起去纽约吧，我有钱。"我看着他；我的眼睛里盈满了尴尬的泪水。他依然目不转睛地盯着我。这会儿他眼神茫然，对我视而不见。那一刻大概是我们友谊的枢纽点，他意识到我确实花了几个小时来琢磨他，试图把这纳入到他极其复杂、饱受折磨的精神范畴里。有什么东西在我们两个人的心里咯噔一下。触动我的是：我突然操心一个

比我年轻五岁的男人，他的命运将和我的命运一起穿越那些被阴影
笼罩的岁月；而触动他的东西我只能通过他后来所做的事情弄明
白。他变得非常高兴，说一切问题都解决了。"那样的眼神是怎么
回事？"我问。他听到我这样说很痛苦。他皱了皱眉头。尼尔确实
皱了眉头。我们两个都感觉到了困惑和不确定。在旧金山一个阳光
明媚的美好日子，我们站在俄罗斯山的山顶上；我们的影子落在人
行道上。卡罗琳隔壁的房子里走出十一个希腊男女，他们立即在阳
光灿烂的人行道上站成一排，同时另一个人后退到狭窄街道的对
面，端着一架照相机对他们微笑。我们目瞪口呆地注视着这些属于
古老民族的人，他们在为其中某个人的女儿举行婚礼，这个女儿多
半属于这个站在阳光下微笑的绵延不绝的黝黑种族的第一千代。他
们穿着讲究，样子古怪。尼尔和我仿佛置身于塞浦路斯。在闪光的
空气中，海鸥从头顶飞过。"好啦，"尼尔用一种非常羞怯而轻柔的
声音说，"我们是不是该走了？""是啊，"我说，"我们去意大利吧。"
于是，我们收拾好行李，他的一只好手拎起衣箱，我拿起余下的东
西，费力地向电车停靠站走去；不一会儿，我们双腿吊在摇摇晃晃
的架子上，下了山，两个落魄潦倒的西部之夜的英雄，还有更多的
路要走。首先，我们去了市场街上的一家酒吧，敲定每一件事
情——我们将厮守在一起，到死都是好伙伴。尼尔很安静，似乎有
些低沉，全神贯注地看着酒吧里的老流浪汉，他们让他想起了自己
的父亲。"我认为他在丹佛……这一次我们绝对必须找到他，他可
能在县监狱里，也可能回到了拉里默街附近流浪，但我们必须找到
他。同意吗？"好，我同意。我们要去做我们从未做过的每一件事
情，过去太蠢而没能做的每一件事情。随后我们谈妥，先在旧金山
痛快玩两天，然后动身出发。当然，我们的约定是，通过旅行社搭
乘分摊汽油费的顺风车去，要尽可能地省钱，因为我们要做的事情
是穿越整个国家。我们还要去底特律，为我去接伊迪，我已经彻底

打定主意要和她重归于好。尼尔声称，他不再需要卢安妮，尽管他依然爱她。关于此事，我们都同意，到了纽约他就会弄明白，结果他弄明白了，并再次结婚了：但那是奔波三千英里、经历了许多个日日夜夜之后的事。我们花了一毛钱把行李存放在长途汽车站的寄存柜里，尼尔穿上了他的细条纹西服，里面穿着一件运动衫。我们动身去找比尔·汤姆森，他将给我们充当两天司机，在旧金山寻找刺激。比尔·汤姆森已经在电话里同意了。没过多久，他就赶到市场街与第三街的拐角来接我们。比尔如今生活在旧金山，干办事员的工作，并娶了一个漂亮的金发小美女，名叫海伦娜。尼尔私下里对我说，她的鼻子太长——出于某个古怪的原因，这是他提出的一个关于海伦娜的重要争论点——她的鼻子根本不算太长。这想必让他回想起当初在丹佛的酒店房间里他从比尔身边偷走卡罗琳的往事。比尔·汤姆森是一个瘦高黝黑的英俊小伙子，有一张钉子脸，头发梳得整整齐齐，他不停地从脑袋两边把头发向后推。他做事极其认真，满面笑容。但很显然，他妻子海伦娜不同意他给我们当司机，和他争吵过——他决心捍卫作为一家之主的权利（他们住在一个小房间里），信守了对我们的承诺，但事情还是带来了一些后果。他内心的左右为难溶解在令人痛苦的沉默中。他整天开车带着尼尔和我跑遍了旧金山，始终一言不发；他所做的一切就是闯红灯和急转弯，这是在告诉我们，是我们让他身陷困境。一边是新婚妻子的质疑，一边是桌球厅帮伙老首领的要求，他夹在中间左右为难。尼尔十分高兴，当然没有对比尔开车的方式感到不安。我们根本没有注意比尔，坐在后座里喋喋不休。第二件事情是去马林市，看看能不能找到亨利·克鲁。我有点惊讶地注意到，那艘旧船弗里比海军上将号已经不在海湾里；接下来，亨利当然也不在峡谷棚屋的倒数第二个隔间里。开门的是一个漂亮的黑人姑娘；尼尔和我跟她说了一大堆话。比尔·汤姆森在车里读欧仁·苏的《巴黎的秘密》。我

最后看了一眼马林市，心里知道试图挖掘有情感牵挂的过去已经毫
无意义；我们决定去找海伦·亨克尔，看能不能找到睡觉的地方。
阿尔再次离开了她，眼下在丹佛，如果她不想方设法把他弄回来，
那是真见鬼了。我们找到她时，她正在她位于传教士街的四室公寓
房里，盘腿坐在一张东方式的地毯上，拿着一副纸牌在算命。我看
到一些令人悲伤的迹象，表明阿尔·亨克尔在这里生活过一阵子，
然后仅仅出于恍惚和厌恶而离开了。"他会回来的，"海伦说，"没
有我那家伙照顾不了自己——这一回是吉姆·霍姆斯搞的鬼。"她
满腔怒火地看了尼尔和比尔·汤姆森一眼。"他来之前，阿尔一直
非常幸福，老老实实地干活，我们一起出去，有过一些美好时光。
尼尔你知道的。接下来，他们在浴室里一坐就是几个小时，阿尔在
浴缸里，霍姆斯在座位上，聊啊聊个不停——都是些蠢话。"尼尔
哈哈大笑。许多年来，他是这帮人的首席先知，如今他们都学会了
他的那套手艺。吉姆·霍姆斯蓄起了络腮胡子，他那双忧伤的蓝色
大眼睛来到旧金山寻找阿尔·亨克尔；事实情况是（确实如此，决
非撒谎），他的小手指在丹佛的一场意外事故中被截除了，得到了
一笔数量可观的钱。没有任何理由，他们决定甩掉海伦，去缅因
州——这也不是谎话，缅因州的波特兰，很显然，霍姆斯在那里有
个姑妈什么的。所以，他们眼下要么正在经过丹佛，要么已经到了
波特兰。"等吉姆的钱用完了，阿尔就会回来，"海伦看着她的纸牌
说，"该死的傻瓜……他啥都不懂，从来都不懂。他要懂的一切就
是知道我爱他。"海伦坐在地毯上，长发拖地，玩着算命纸牌，看
上去就像是那些在阳光下照相的希腊人的女儿。我开始喜欢上她
了。我们甚至决定那天晚上出去听爵士乐，尼尔将带上一个身高六
英尺的金发美女，她就住在那条街上，名叫朱莉。"那样的话，我
现在就可以走啰？"汤姆森唐突地说。我们告诉他，只管走好了，
不过要为明天做好准备。那天夜里，海伦、尼尔和我去找朱莉。这

姑娘有一间地下室公寓房，一个小女儿，以及一辆几乎跑不动的老爷车，尼尔和我不得不把车推到街上，两个姑娘拼命踩启动器。我听到她们在笑我，说："杰克刚刚经过一趟长途旅行来这里——他得放松一下。"我们去了海伦家，每个人都闲坐着——大家在铺着厚软垫家具中间都闷闷不乐，我站在一个角落里，对旧金山的问题保持中立，尼尔站在房间当中，肿胀的大拇指跷在胸前，傻笑着。"见他妈的鬼，"他说，"我们大家都要掉手指……嘀嘀嘀。""尼尔你为什么这样蠢？"海伦说，"卡罗琳打电话来了，说你离开了她。你难道不知道自己有个女儿吗？""他没有离开她，是海伦把他撺走了！"我打破中立，插嘴道。他们全都瞪了我一眼；尼尔咧嘴笑了。"大拇指都那样了，你还指望这小子能干啥？"我补了一句。他们全都看着我：特别是海伦·汤姆森，不怀好意地低头凝视着我。那就像是一个妇女缝纫小组围成一圈，中间是罪犯尼尔——大概所有坏事都是他的责任。我望着窗外传教士街忙乱的夜景；我想离开，去听伟大的旧金山爵士乐，想起了这只是我在旧金山的第二个夜晚，一大堆乱七八糟的事情纷至沓来。"我认为卢安妮离开尼尔是非常明智的。许多年来，你对任何人都毫无责任感。你做了那么多可怕的事情，我都不知道该怎么说你。"事实上这正是关键点，大家都闲坐在那儿，只是用鄙视和憎恶的眼光看着尼尔，他只是站在她们中间的地毯上，咯咯傻笑——他只有傻笑。他跳了一小段舞。他的绷带变得越来越脏，开始脱落和散开。我突然意识到，尼尔正是凭借他一连串的罪孽而成为白痴……傻瓜……人群中的圣徒。"除了你自己和你该死的刺激之外，你绝对不关心任何人。你惦记的只有你两腿之间吊着的那个玩意儿，以及你从别人身上能得到多少钱或乐趣，然后把他们甩开……不仅如此，而且你还对此稀里糊涂。你从未想过，生活是严肃的，有人试图从生活中得到正派体面的东西，而不是成天犯浑。"尼尔正是这样，这个神圣的混蛋，"卡罗琳今天晚上一直在哭，但她片刻也没有想过要你回去，她说再也不想见到你，她说这是最后一次了。可你站在这儿，装出一副傻样，但我认为你心里啥都不在乎。"这不是真的，我知道得更清楚，我原本可以在这儿跟他们澄清。但我看不出这样做有任何意义。这辈子我在东部多次面对同样的指控。我很想走过去，抱住尼尔，说："你们大家都给我听着，只要记住一件事情，这位兄弟也有他的烦恼，还有，他从不抱怨，他刚刚把自己的一段大好时光给了你们大家，要是你们觉得还不够的话，那就索性把他交给行刑队枪毙好了，这显然是你们想做的事……"但海伦·亨克尔是这帮家伙里唯一不怕尼尔的人，她可以泰然自若地坐在那儿，当着大家的面数落他。早先在丹佛的那些日子里，尼尔让每个人带着自己的女朋友黑灯瞎火地坐在那里，而他只是用一种催眠般的、古怪的声音，说啊说个不停，据说仅凭他的说服力和他说的内容，就能让姑娘们乖乖就范。那时他十五六岁。如今，他的信徒都已结婚成家，信徒们的妻子让他站在地毯中央，为了他曾帮助她们迅速发展的"性"趣和生活而数落他——这或许是一个小小的刺激。我继续往下听。"现在，你要和杰克一起去东部，你以为去了东部你又能做成什么事？你走了，卡罗琳不得不待在家里照看孩子——她怎么能保住她在牙科诊所的工作呢——她再也不想见你，我不怪她。如果你在路上见到阿尔，你就叫他回来找我，我会杀了他。"就那样直截了当。那是最悲伤、最甜蜜的夜晚。随后，房间里一片死寂，每个人都默不作声，曾几何时，尼尔可以凭借滔滔不绝的话语让自己摆脱困境，眼下却一言不发，只是站在那儿，站在大家的面前，站在电灯泡的下面，让人看得一清二楚，衣衫褴褛，狼狈不堪，像傻瓜一样，那张疯狂的瘦脸上布满豆大的汗珠和跳动的血管，他一个劲地说："是啊，是啊，是啊。"仿佛有惊人的启示不断注入他的心里，我相信是这样，其他人也有同样的怀疑，而且被吓着了。他知道什么？

他竭尽全力把他所知道的东西告诉我，他们为此而妒忌我，妒忌我站在他的身边，捍卫他，对他心醉神迷，就像他们曾经试图做的那样。随后，他们看着我。我，一个陌生人，这个美好的夜晚在西海岸干什么？这个想法让我畏缩起来。"我们要去意大利。"我说。我想和整个事情摆脱干系。接下来，空气中出现了一种母爱得到满足的古怪氛围，因为姑娘们看着尼尔，确实就像一个母亲看着她最亲爱的、误入迷途的孩子，以他那个凄惨的大拇指和他所得到的全部启示，他非常清楚地知道这一点，正因为如此，他才能在令人窒息的寂静中，从椅子里站起身来，站了片刻，然后一言不发地走出房间，在楼下等待我们就时间问题打定主意。这就是我们对这个人行道上的幽灵所感觉到的东西。我望着窗外。他孤身一人，在门道里观察着街道。苦涩、自责、忠告、道德、悲哀，统统留在他的身后，前面是纯粹存在所带来的粗粝而迷狂的快乐。"来吧，海伦，朱莉，咱们去找爵士酒吧，忘掉一切。你迟早会死的。到那时你们能对他说什么呢。""他死得越早越好。"海伦说，她是代表房间里几乎每一个人这样说。"那好吧，"我说，"不过他现在还活着，我打赌你们一定想知道他接下来会干什么，因为他得到了我们大家都想知道的秘密，他的脑袋快要裂开了，如果他疯掉了，请不要发愁，那不是你们的错，是上帝的错。"她们反对这个说法；她们说我实际上并不了解尼尔；她们说他是世界上最坏的坏蛋，总有一天我会发现这一点，然后懊悔不已。听到她们提出这么多异议，我被逗乐了。比尔·汤姆森挺身而出，为女士们辩护，说他比任何人都更加了解尼尔，尼尔不过是一个非常有趣、甚至有些搞笑的骗子。但这个说法对我来说有点太过分了，因为，如果你想正派体面，那你就正派体面；如果不想，那就不要这样，直截了当，不要骑墙，这就是我想说的。这对他们的卑劣行径和欺骗——过去的和未来的——是一个挖苦，幸好他们没有得到，我所站立的地方不过是在月亮的边缘，为什么要说？我出去找尼尔，我们就这个问题谈了一会儿。"噢，伙计，别发愁，一切都好得很嘛。"他揉了揉肚子，舔着嘴唇。姑娘们下了楼，我们动身出发，去痛痛快快地玩一晚，我们再一次把车推上大街，直至我们把它推得飞快，以至于我们根本追不上，姑娘们并没有回来，直至她们叫停了一辆车，愿意把她们推回到我们身边，我们正一路闲逛，在黑暗中哈哈大笑。"喔喔！走起来！"尼尔大呼小叫，我们跳到后座上，轰隆哐啷地驶向霍华德街，在此期间，那几个帮姑娘们推车的家伙躲了起来，转过街角又看到了他们，他们愿意一路把我们推到霍华德街，寻思着他们有机会跟姑娘们约会，当发动机启动，朱莉转了几个急转弯之后，他们消失不见了，我们到霍华德街时已经没有了那几个小子。我们从车上跳进温暖而疯狂的夜色里，听到马路对面一个次中音小号手正拼命地吹奏"咿呀！咿呀！咿呀！"人们跟着节拍猛拍巴掌，大喊大叫："吼，吼，吼！"尼尔没有护送姑娘们进入酒吧，他已经跑到马路对面，跷着大拇指，大喊大叫："吹呀，伙计，吹呀！"一帮黑人穿着周末晚上才穿的西装正在前排起哄。那是一个地下酒吧，全都是木头，洗手间旁边有一个小小的音乐演奏台，几个家伙挤在台上，戴着帽子，在人们的头顶上吹奏，一个疯狂的地方，离市场街不远，在它肮脏不堪的后面，紧挨着传教士街和大桥堤道；几个松松垮垮的疯女人到处游荡，有时候甚至穿着浴衣，小巷里传出酒瓶碰撞的声音。酒吧后面，在污水四溅的厕所那边的一条黑咕隆咚的走廊里，几十个男男女女靠墙站着喝酒，对着星空吐唾沫。那个戴着帽子的小号手正处在自由即兴的最高点，吹奏着一个忽高忽低的连复段，从"咿呀"到更疯狂的"咿嘀哩呀"，直至伴着滚滚而来的鼓声爆发出轰鸣声，一个高大野蛮、脖子像公牛一样粗的黑人敲击着那面疤纹厚皮鼓，他忘乎所以，拼命地敲打他的鼓，猛烈地敲击，格嗒格嗒嘣隆嘣隆。音乐的喧嚣和小号手找准了节奏，人人都知道他找准了节奏。尼尔在疯狂的人群中紧紧抱着自己的脑袋。他们全都大呼小叫，瞪大眼睛，鼓励小号手保持节奏，坚持下去；乐手从下蹲的姿势站起身来，再次俯身，扬起小号在空中画了一个圈，清晰的乐声压过了人们狂热的喊叫。一个身高六英尺、骨瘦如柴的黑女人把她那把瘦骨头在小号的喇叭口上蹭来蹭去，乐手只是用他的小号猛戳她，"咿！咿！咿！"带有雾角的音调，他的小号用带子绑了起来；他是个造船厂工人，他并不在乎。人人都在摇摆和吼叫。海伦和朱莉手里拿着啤酒，站在椅子上摇晃跳跃。一群群黑人跌跌撞撞从街上陆续进来，争先恐后往演出台那儿挤。"给我顶住，伙计！"一个男人用雾角一般的声音吼道，并发出一声巨大的赞叹：啊哈！想必在萨克拉门托都能听得一清二楚。"哇！"尼尔说。他揉胸搓肚，大汗淋漓。劲爆、刺激，鼓手用他要命的鼓槌猛捶他的鼓，仿佛要把它砸进地下室去，同时把翻滚起伏的强节奏轰到楼上去，嘣嚓嘣嚓一嘭！一个大胖子跳上台，把台子压得嘎吱作响。"哟！"在那个了不起的萨克斯手为了下一段劲爆的中国和弦而停下换气的间歇，钢琴师像鹰爪一样伸开手指，猛击琴键，敲出和弦，让钢琴的每一块木头、每一条缝隙和每一根琴弦不停地震颤，啵嘤！萨克斯手从台上跳了下来，站在人群中朝四面八方吹；他的帽子滑下来遮住了眼睛，有人帮他把帽子往后推了推。他只是往后退了一步，吹奏出一个刺耳的爆破音，然后吸了一口气，抬起萨克斯管，吹出宽广的高音，在空中呼啸。尼尔就站在他跟前，脸贴着萨克斯的喇叭口，不停地拍巴掌，汗水都溅到了萨克斯管的按键上，乐手注意到了，在他的萨克斯管里吹出一声很长的、颤抖的狂笑，大家都跟着大笑，不停地摇摆；最后，萨克斯手决定拿出他的绝活，他蹲下身子，吹出了一个高音C，持续很长时间，轰鸣着撞击周围的一切，我以为邻近辖区的警察肯定会蜂拥而来。那只是一个平常的周末夜晚，人们尽情享受大好时光，别无其他。墙上的时钟颤抖摇晃；没有人关心这样的事情。尼尔如痴如醉，神情恍惚。萨克斯手的两眼直勾勾地盯着他；他发现了一个疯子，不仅理解，而且在乎，还想理解更多的东西，比现有的多得多，他们开始为此而较劲；萨克斯管里吹出来的不再是乐句，而是喊叫，喊叫，从"嘣"降低到"嘟"，再升高到"咿咿"，又降低至走调，从一边斜向另一边，周围回荡着萨克斯管的声音。他尝试了各种吹奏方法，上下左右，颠倒垂直，三十度，四十度，最后他终于倒在了某个人的怀里，大家推推搡搡，大喊大叫："好哇！好哇！他吹出了那个音符！"尼尔用手帕擦了擦脸。随后，弗雷迪走上演奏台，要求乐队放慢节奏，悲伤的眼神越过人们的头顶望着敞开的门外，开始吟唱《闭上你的眼睛》。现场安静了片刻。弗雷迪穿着一件破烂不堪的绒面革夹克，一件紫色衬衫，一双已经开裂的鞋子，一条没有熨平的阻特装裤子：他毫不在乎。他看上去像是黑人亨基。他的棕色大眼睛饱含忧伤。歌唱得很慢，有一些长时间的暂停，仿佛在思考。但唱到第二段副歌时，他开始兴奋起来，抓住麦克风，从台上跳了下来，对着麦克风弯下腰。为了唱一个音符，他几乎要触碰到鞋尖，然后向上抬起身子用力呼吸，他用力过猛，以至于有些踉踉跄跄，不过及时恢复了过来，吟唱下一个很长的慢音。"音音音乐，奏奏奏起来！"他向后一仰，脸朝天花板，麦克风搁在前裆开口处。他摇摆，他晃动。随后，他屈身向下，脸对着麦克风，几乎要跌倒。"为了跳跳跳舞，请演演演奏得轻柔些"——他望着外面的大街，嘴角轻蔑地噘起——"在我们风风风流的时候"——他向两边摇晃——"爱爱爱情的假假假期"——他带着对整个世界的憎恶和厌倦摇摇头——"让世界看上去"——让世界看上去怎样？——"还还还不错。"钢琴敲出了一个和弦。"宝贝，来吧，只要闭闭闭上你的眼眼眼睛"——他的嘴在颤抖，他看着我们，看着尼尔和我，那表情似乎在说："嗨，在这个悲伤而阴郁的世界里，我们大家到底在干什么?"——然后,他就要结束这首歌,为此必须作精心的准备,这段时间,你完全可以把所有给加西亚的信送到世界各地十二次,这对任何人来说又有什么不同呢? 因为我们要应付的,是鬼都怕的男人街上糟糕的颓废生活本身,所以他说唱出了结尾:"闭——上——你——的——"歌声直冲天花板而去,穿过天花板到达繁星之上——"眼眼眼睛。"随后,他跟跟跄跄地走下演奏台,陷入沉思。他坐在角落里,和一帮小伙子一起,没有人理睬他们。他低下头,流下了眼泪。他是最了不起的。尼尔和我走过去找他说话。我们邀请他去外面上车。在车里,他突然喊道:"好哇! 我最喜欢的事情莫过于找刺激啦! 我们去哪儿?"尼尔在座位上蹦蹦跳跳,疯子一样咯咯傻笑。"等一下! 等一下!"弗雷迪说,"我让我的小伙伴开车送我们去杰克逊之窟酒吧吧,我得去唱歌。老兄,我活着就是为了唱歌。《闭上你的眼睛》这首歌我已经唱了两个礼拜——我不想唱别的歌。你们这些小子在忙什么?"我们告诉他,我们两天后去纽约。"天哪,我从未去过那里,他们告诉我,那是一个真正活跃的城市,不过我对自己现在所待的地方没什么可抱怨的。你们知道,我结婚了。""哦,是吗?"尼尔说,眼睛一亮,"心爱的人儿今晚在哪里?""你什么意思?"弗雷迪用眼角的余光看着他说,"我已经告诉你我和她结婚了,不是吗?""噢,是啊,是啊,"尼尔脸红了,"我只是问问而已。或许她有朋友? 姐妹? 一场舞会,你知道的,我只是在寻找一场舞会。""呀! 舞会有什么好,生活太悲哀,不可能老是跳舞。"弗雷迪说,低头看着街道。"妈的!"他说,"我没挣到钱,但今晚我不在乎。"我们回去又喝了一些酒。尼尔和我丢下两个姑娘到处乱跑,她们很生气,于是步行去了杰克逊之窟酒吧,反正那辆车也跑不起来了。我们看到酒吧里可怕的一幕:一个颓废的白人男同性恋者穿着夏威夷衬衫走了进来,问大个子鼓手可不可以让他坐下来敲两下。乐手们满腹狐疑地看着他。"你会敲吗?"他忸怩作态地说他会敲。他们交换了一下眼色,说:"是吗?是吗?这才是男人干的活儿,妈的!"于是,那个男同性恋在那组架子鼓前坐了下来,他们开始演奏一支急奏爵士,他用柔软的波普鼓刷轻轻击打着响弦,带着那种洋洋自得的心醉神迷,摇头晃脑,看那意思无非是吃多了大麻和软食品,喜欢一些不温不火的愚蠢刺激。但他不在乎,快乐而茫然地微笑,保持着节奏,不过很轻柔,带有波普爵士的微妙,给乐队小伙子们出其不意地演奏的音色纯正的雾角大蓝调充当了一个有趣的、波光潋滟的背景。那个脖子像公牛一样的大个子黑人鼓手坐在那儿等待接替他上场。"那哥们在干吗?"他问。"演奏音乐!"他说。"这算什么玩意儿!"他说,"狗屎!"并厌恶地转过头去。弗雷迪的小伙伴来了,他是个衣着整洁的小个子黑人,开着一辆大大的凯迪拉克。我们全都跳进了车里。他弓着身子趴在方向盘上,以每小时七十英里的速度从车流中呼啸而过,径直穿过旧金山,一次也没有停,甚至没有人注意到他开车这么棒。尼尔兴奋不已。"瞧这小子,哥们!瞧他坐在那儿的样子,纹丝不动,把车开得飞快,开车的同时说上一整夜的话也不成问题,唯一的毛病是他不想说话,他让弗雷迪说话,弗雷迪是他的小伙伴,给他谈人生,听他们说。噢,老兄,这些事情我能做——我希望能——噢,是啊……走起来,不要停,现在就走!好哇!"弗雷德的小伙伴绕过一个街角,径直把我们拉到了杰克逊之窟酒吧的门前,停下车。一辆出租车开了过来,一个瘦削干瘪的小个子黑人牧师跳下了出租车,扔了一块钱给出租车司机,大喊:"吹起来!"跑进了俱乐部,身上还穿着外套(他刚下班),径直冲过楼下的酒吧,一边大喊:"吼,吼,吼!"他跌跌撞撞跑上楼,险些摔了个嘴啃泥,撞开门,跌进了爵士演奏厅里,为了不至于摔倒在地,伸出双手试图扶住什么东西,刚好扑在拉普舍德的身上,这个演出季拉普舍德沦落到在杰克逊之窟酒吧充当侍者。演奏厅里音乐声震耳欲聋，他目瞪口呆站在敞开的门口，尖叫道："奏起来，伙计，奏起来！"那位伙计是个演奏中音萨克斯的矮小黑人，尼尔说，这家伙显然像吉姆·霍姆斯一样和他奶奶生活在一起，白天整天睡觉，夜晚通宵演奏，非得演奏一百首曲子才觉得过瘾，他正是这么干的。"那就是艾伦·金斯堡！"尼尔在喧嚣吵闹中尖声叫道。正是如此。这个老祖母的乖小孩，拿着一把用胶带绑着的中音萨克斯，小小的圆眼睛闪闪发光，两腿细长，双脚弯曲，拿着自己的萨克斯管蹦蹦跳跳，朝四面八方踢腿伸脚，眼睛死死盯着观众（所谓观众只是那些坐在十来张桌子旁傻笑的人，房间只有三十平方英尺，天花板很低），他一刻也不停。他的观念非常简单。观念对他来说毫无意义。他所喜欢的是一支曲子新的简单变奏所带来的惊奇。他先从"嗒——嗒噗——嗒嘟——啦啦——嗒——嗒噗——嗒嘟——啦啦"开始，不断重复，单腿蹦跳，亲吻自己的萨克斯管并微笑——然后转到"嗒——嗒噗——咿——嗒——嘟——嘟啦——啦噗！嗒——嗒噗——咿——嗒——嘟——嘟啦——啦噗"。这时候大家哈哈大笑，他和每一个听他演奏的人全都心领神会。他吹出的音符像铃声一样清晰，高亢而纯粹，从两英尺开外直接对着我们的脸吹。尼尔站在他跟前，对世上所有其他事情都漠不关心，全神贯注听他演奏，他一手握拳抵住另一只手掌，整个身体在跳跃，大汗淋漓，汗水湿透了他饱受折磨的衣领，在他脚下汇成一摊。海伦和朱莉也在那儿，我们用了五分钟的时间才注意到她们。哇，旧金山的夜晚，大陆的尽头，怀疑的尽头，一切愚蠢的怀疑和蠢行，再见了。拉普舍德端着放啤酒的托盘呼啸着来回奔走：他做什么事情都带着韵律，他和着节拍对女招待大喊大叫："嗨，宝贝宝贝，劳驾让开，劳驾让开，拉普舍德来啦。"他把啤酒举到空中从她身边挤过去，呼啸着穿过旋转门，进了厨房，和厨师们跳舞，然后大汗淋漓地回来。康尼·乔丹纹丝不动地坐在角落里的一张桌子旁，面前放着一杯没有碰过的饮料，茫然的眼神凝视着空无，双手垂在两边，差不多触到地板，双脚像奎拉的舌头一样伸开，身体因绝对的疲倦而蜷缩，陷入了悲痛，心事重重：一个每天晚上把自己打垮、夜里让别人把他消灭的男人。他周围的一切像乌云一样旋转。而那个老祖母的乖小孩，那个小艾伦·金斯堡，则捧着他那神奇的萨克斯管，像猴子一样蹦蹦跳跳，吹奏了两百首布鲁斯，一首比一首疯狂，丝毫没有精力不济或自愿叫停的迹象。整个房间都在颤抖。很自然，之后它就关门打烊了。一个小时后，在第五街与霍华德街的拐角上，我和旧金山的一位中音萨克斯手埃德·索西尔站在那儿等着，尼尔在酒吧里打电话叫比尔·汤姆森来接我们。原本没什么，我们站在那儿聊天，不料突然间我们看到了非常古怪而疯狂的一幕。尼尔想把酒吧的地址告诉比尔·汤姆森，于是叫他别挂电话，自己跑出来看路牌，要做到这一点，他必须挤过一群穿着白衬衫的吵吵嚷嚷的喝酒者，快速穿过长长的酒吧，来到马路上看路牌。他做到了，他像格劳乔·马克思那样蹲下身子，贴地而行，双脚飞快，像个幽灵一样跑出酒吧，那根肿胀的大拇指在夜色中跷起。他旋转着停在了马路当中，抬头四下张望，寻找路牌。很显然，黑暗中很难看清路牌，他在路上转了十多圈，大拇指跷起，心急如焚，默不作声。所以，任何从街上路过的人都会看到这一幕：一个头发蓬乱的家伙，肿胀的大拇指高高跷起，像天空中的一只大鹅，在黑暗中不停地旋转，另一只手慌张失措地插在裤子里。埃德·索西尔说："我走到哪儿都吹一支甜美的曲子，如果人们不喜欢，我也无可奈何。嗨，老兄，你的伙伴是一只发神经的猫，瞧他在那儿干吗？"我们都朝那儿看。在一片死寂中，尼尔看到了路牌，他跑回酒吧，几乎是从一个正在出门的人的两腿间钻过去的，他第二次飞快滑过酒吧，以至于每个人看到他之后才回过神来。不一会儿，比尔·汤姆森来了，尼尔以同样令人吃惊的速度滑过大街，悄无声息地钻进车里。

我们再次出发了。"喂，比尔，我知道你老婆为这事和你闹别扭，但我们绝对必须在难以置信的三分钟内赶到桑顿街和戈麦斯街的街口，否则一切全完蛋了。呃哼！是啊！（咳……咳）明天早晨杰克和我就要动身去纽约了，这绝对是我们最后一个寻找刺激的夜晚，我知道你不会介意的。"当然，比尔·汤姆森不介意：他只是开车闯过他能找到的每一个红灯，赶快带我们去干蠢事。黎明时分，他回家上床睡觉。尼尔和我最后和一个名叫沃尔特的黑人待在一起，他邀请我们去他家喝一瓶啤酒。他住在霍华德街背后的出租房里。我们进去时，他老婆已经睡了。房间里唯一的灯是她床上方的那个电灯泡。我们不得不爬到椅子上去拧下那个电灯泡，而她则微笑着躺在下面。她大约比沃尔特大十五岁，真是世界上最可爱的女人。随后，我们不得不把插头插入床上方的接线板里，她自始至终不停地微笑。她根本不问沃尔特去了哪里、现在几点，什么也不问。最后，我们把电线拉到了厨房里，在那张简陋的餐桌旁坐下来，喝酒聊天。我们叫沃尔特讲讲他的故事。他说他曾住在洛杉矶的一家妓院里，大门口有只猴子，你必须和这个猴子赌一把，如果你输了，猴子就把你拒之门外。如果你赢了，你就可以得到一个姑娘，免费的。他坚持说这是一个真故事。他说："你从未见过这样的猴子。把赌注放在笼子里，猴子转动笼子，骰子滚出来。人输给了猴子，它就把屁股对着你。我给你们讲的是真事。那就是猴子。"尼尔和我被这个故事给逗乐了。随后，到了该离开的时候，我们把电线拉回卧室，拧上电灯泡。当我们重复所有这些事的时候，沃尔特的妻子不停地微笑。她始终一言不发。黎明时分，走到大街上，尼尔说："喂，你瞧，老兄，这才是真正适合你的女人。没有一句难听的话，没有一句怨言，她的老男人随便夜里几点回来，随便带什么人来，在厨房里聊天、喝酒，随便什么时候离开。这才是男人，那就是他的城堡。"他骄傲地指了指那个出租房。我们跌跌撞撞地离开了。欢乐刺激的夜晚结束了。一辆巡逻警车满腹狐疑地跟了我们几个街区。我们在一家面包店里买了一些新鲜面包卷，在那条破破烂烂的灰暗街道上吃着。一个戴眼镜的、穿着讲究的高个子家伙和一个戴卡车司机帽子的黑人步履蹒跚地走了过来。他们是古怪的一对。一辆大卡车从旁边隆隆驶过，黑人兴奋地指了指那辆卡车，试图表达他的感觉。高个子白人偷偷回头看了看，开始数钱。"那是比尔·巴勒斯！"尼尔咯咯笑了，"老是数钱，对什么事情都忧心忡忡，另外那小子想做的事只是聊聊卡车以及他知道的事情。"我们跟着他走了一段。我们得睡一会儿：海伦·亨克尔那里是不可能的。尼尔认识一个铁路司闸员，名叫亨利·芬德伯克，和他父亲一起住在第三街上一个旅馆房间里，起初，尼尔和他们相处得不错，但最近不怎么样，我的想法是试图说服他们让我们在地板上睡一觉。这个想法令人为难。我不得不从一家早晨营业的小餐馆里给他们打电话。老头满腹狐疑地接了电话。他记得我，他儿子跟他讲过我的事。让我大吃一惊的是，他下楼来到前厅，把我们领了进去。那是旧金山一家老旧阴暗的糟糕旅馆。我们上了楼，老人足够友善地把整个床让给了我们。"我反正要起床了。"他说，然后去小厨房里煮咖啡。他开始给我们讲他在铁路上干活那些日子里的故事。他让我想起了我爸。我熬着瞌睡听他唠叨。尼尔没听，他在刷牙，瞎忙活，对老人说的每一件事情都说："是的，没错。"最后，我们都睡了。早晨，亨利从贝克斯菲尔德调车场下班回家，尼尔和我起来后，他上床睡觉。这会儿，芬德伯克老先生已经把自己收拾整齐，准备去和他的中年情人会面。他穿着一件绿色斜纹呢西装，戴一顶同样材质的布帽，翻领上插着一朵花。"旧金山这些浪漫而潦倒的老司闸员，过着他们自己的悲哀却充满渴望的生活，"我对洗手间里的尼尔说，"他让我们在这儿睡觉真是一片好心啊。"尼尔根本没听，一个劲地说"是啊，是啊"。他跑了出去，去联系旅行社搭便车。我的任务是赶紧去找海伦·亨克尔取我们的行李。她坐在地上用纸牌算命。"再见了，海伦，祝你一切顺利。""阿尔回来时我要每天晚上带他去杰克逊之窟，让他疯个够。你觉得这个法子管用吗，杰克？我不知道该怎么做。""牌上怎么说？""黑桃 A 离他很远。红桃总是在他周围——红桃 Q 离他不远。看到这张黑桃 J 没有？——那就是尼尔，他总在附近。""好吧，我们一个小时后要动身去纽约了。""总有一天，尼尔会踏上这样一次旅程，一去不返。"她让我洗了个淋浴，刮了胡子，然后我向她告别，拿着行李下了楼，招停了一辆出租巴士。那是一辆跑常规路线的普通出租车，你可以在任何一个街角招停它，搭乘它去任何一个你想去的角落，车费大约是一毛五分钱，就像在公交车上一样与其他乘客挤在一起，不过又像在私家车上一样聊天讲笑话。我在旧金山的最后一天，传教士街成了一个忙乱嘈杂的建筑工地，孩子们在玩耍，呼嚷怪叫的黑人下班回家，尘土飞扬，兴奋激动，嘈杂忙乱，嗡嗡作响，确实是美国最兴奋的城市——头顶上是纯净的蓝天，雾气迷蒙的欢乐之海总是在夜晚滚滚而来，让每个人都渴望更多的食物、更大的兴奋。我不想离去；我这次只待了六十多个小时。和疯狂的尼尔一起，我来去匆匆，没有机会好好看看这个世界。下午，我们手忙脚乱地奔赴萨克拉门托，再次向东。我们搭乘的那辆车属于一个回堪萨斯老家的瘦高个男同性恋者，戴着墨镜，开车极其小心；车是尼尔所说的"假娘们的普利茅斯"，没有瞬时加速，没有真正的动力。"女里女气的车！"尼尔在我耳边低声道。另外还有两个乘客，是两口子，典型的半路观光客，每个地方都想停下来睡觉。要停留的第一站是萨克拉门托，丹佛之旅才刚刚开头。尼尔和我单独坐在后座，把这个问题交给他们去处理，我们聊天。"喂，伙计，昨天晚上那个中音萨克斯手吹对了——他一旦吹对了就坚持下去——我从未见过哪个家伙能坚持这么长时间。"我想知道"吹对了"是什么意思。"哈，"

尼尔笑了，"你是在问一个无法回答的问题——啊咳！一个小子在这儿，大家伙在那儿，对不对？大家心里所思所想都托付给他了。他开始演奏开头几支曲子，整理自己的想法，人们哦啊哦，想法对头，然后他开始冒险，他必须按照同样的想法吹。突然间，在一支曲子中间的某个地方，他吹对了——大家抬头看着，知道他吹对了；他们听着；他抓住这个想法，继续往下吹。时间停止了。他在用我们生活的实质填充空无的空间。他必须吹过渡乐节，然后吹回来，吹的时候必须对那一瞬间的曲调有这样一种无穷无尽的感觉：人人都知道不是那个曲调，但他吹对了……"尼尔说不下去了；他大汗淋漓地告诉我这些。然后他开始说；我这辈子从未说过这么多话。我告诉尼尔，我小时候坐车，总是想象我手持一把大镰刀，砍倒从车窗外疾驰而过的所有树木和电线杆子，甚至削掉每一座山。"是啊！是啊！"尼尔喊道，"我从前也是这样想，唯一的不同是镰刀——我来跟你讲讲为什么。开车经过广袤无垠的西部时，我的镰刀必须大很多，它必须弯过远处的群山，削掉山顶，到达另一个层面，够得着更远的群山，同时还要剪掉沿路的每一根电线杆子，那些每隔一段时间便颤动着跳入眼帘的电线杆子。由于这个原因——噢，老兄，我得告诉你，这会儿，我想起了此事，我得跟你讲讲，大萧条时期，我爸和我与一个来自拉里默街的衣衫褴褛的流浪汉去了趟内布拉斯加，卖苍蝇拍。这些苍蝇拍是怎么做成的呢？我们买来一些旧纱窗和铁丝，我们把它们对折，围着边缘缝上红红绿绿的小布片，一个这样的苍蝇拍在廉价商品店里卖几分钱，我们做了几千个苍蝇拍，搬到那个老流浪汉的老爷车上，一个苍蝇拍卖五分钱——大多数人给我们五分钱是出于施舍，两个流浪汉和一个小男孩，天上掉馅饼，那些日子里，我老爸总是唱'哈利路亚，我又成了一个流浪汉，流浪汉'。老兄，听我说，酷暑中来回颠簸，奔波忙碌，到处推销这些十分差劲的自制苍蝇拍，其中的辛苦，无法想象，劳累了两个星期之后，他们开始为了收益分配而争吵，还在路边大打出手，随后又重归于好，卖酒喝了起来，连续不停地喝了五天五夜，而我蜷缩一旁，伤心哭泣，当他们喝完时，最后一分钱也花光了，我们径直回到了我们动身出发的地方：拉里默街。我老爸被捕了，我不得不在法庭上请求法官放了他，因为他是我爸，我没有妈，杰克，八岁那年，我就在相关律师面前发表成熟老练的陈述，正是那个时候，贾斯汀·布赖尔利第一次听我陈述，因为当时他刚刚开始对创立特别少年法庭感兴趣，这个法庭特别人道地着重于丹佛市区及周边和落基山地区打孩子的问题……"我们很热；我们要去东部；我们很兴奋。"我还有话要告诉你，"我说，"仅仅作为你所说的那些话的一个插入成分，同时把我最后的想法说完……还是个孩子的时候，我躺在父亲汽车的后座里，我还幻想自己骑在一匹白马上，一路跨越每一个可能出现的障碍：包括避开电线杆子，绕过房子猛冲，有时候来不及避让就一跃而过，跑过山岗，难以置信地穿过突然出现的交通繁忙的广场……""是啊！是啊！是啊！"尼尔心醉神迷地喘着气说，"唯一和我不同的是，我是自己奔跑，我没有骑马，你是东部孩子，做梦都想骑马，当然，我们不会假设这样的东西，因为我们两个人都知道，它们实际上是无用之物和文学理念，仅此而已，我大概是在更狂野的精神分裂中，实际上是徒步跟着汽车奔跑，有时候速度达到了令人难以置信的每小时九十英里，越过所有的灌木丛、篱笆和农舍，有时候我快速冲向山岗，然后片刻也不耽搁地跑回来。"我们不停地讲着这些事情，两个人都满头大汗。我们完全忘记了前座的人，他们开始纳闷，不知道后座发生了什么事。某一刻，司机说："天哪，你们这是在后面摇晃小船哪。"确实如此。有生以来潜藏在我们灵魂中的所有特殊细节全都鲜活起来，有了一个茫然恍惚的结局，谈论这些让我们得到了最终的快乐，兴奋之余，尼尔和我都伴着谈话的节奏摇晃身体，汽车也跟着摇晃。"噢，哥们！哥们！哥们！"尼尔呻吟道，"这连开头都算不上呢……现在，我们终于要一起去东部了，我们从未一起去东部，杰克，想想看，我们将一起仔细研究丹佛，看看大家都在干啥，尽管和我们关系不大，但重要的是，我们知道它是什么，我们了解时代，我们知道一切确实很好。"随后，他抓住我的袖子，满头大汗，压低声音说："你瞧前排的那几个人，他们忧心忡忡，他们在计算里程，他们在琢磨今晚睡哪里、汽油费多少钱、天气如何、他们怎么到达那里……你瞧，不管怎么说，他们终归会到达那里。但他们还是要忧心忡忡，他们的灵魂实际上不会得到安宁，除非他们抓住了一个得到确定和证实的忧虑，一旦找到这个忧虑，他们就会流露出与之相适应的面部表情，你瞧，这就是苦恼，一副实际上很假的忧虑的表情，甚至是庄严的表情，自始至终，所有这一切都从他们身边飞驰而过，他们知道，但他们还是要没完没了地为之忧心忡忡。听啊！听啊！'好吧，'"他用模仿的口吻说，"'我不懂——或许我们不应该在那个加油站里加油，我最近读过一本石油杂志，上面说这种汽油里含有大量的黏性物质，有人曾告诉我，里面甚至有疯子，我不懂，嗯，我只是觉得反正不喜欢它……'老兄，你瞧。"他拼命地戳我的肋骨，好让我明白。我竭尽全力想弄明白。砰，砰，后座里一直传出"是啊是啊是啊"，前座里的人吓得不停地擦额头上的汗，后悔不该在旅行社捎上我们。这还只是开头。在萨克拉门托浪费了一个晚上之后，那个假娘们偷偷地订了一个酒店房间，邀请尼尔和我上去喝一杯，而那对夫妻去亲戚家里睡觉。在酒店房间里，尼尔尝试了书上说的每一种方法，试图从假娘们那里弄点钱，最后竟然使出勾引的手段，而我则躲在浴室里偷听。真是发神经。假娘们开始说他很高兴我们能来，因为他喜欢像我们这样的小伙子，也许我们不相信，他实际上不喜欢女孩子，最近他在旧金山与一个男人分了手，在这段关系中，他充当男人，那个男的充当女人。尼尔向他提了一大堆事务性的问题，一个劲儿地点头。假娘们说他很想知道尼尔对所有这一切是怎么想的。尼尔先是警告他，说自己年轻时曾经是个骗子，接下来想对付一个女人那样对付他，把他的两腿翻过来举到空中，给了他重重的一击。我一头雾水，我所能做的只是坐在我的角落里盯视着。所有这些麻烦之后，假娘们并没有把钱交给我们，尽管他含含糊糊地答应到丹佛再说，最后他变得极其愠怒，我以为他开始怀疑尼尔的最终动机。他不停地数钱，检查他的钱包。尼尔摊开双手，放弃了。"你知道，哥们，最好别惹麻烦。你把他们暗地里想要的东西给了他们，他们当然立即惊慌失措。"但他成功地征服了那辆普利茅斯的主人，接管了方向盘，对方没有提出任何反对，现在我们才真正旅行。我们黎明时分离开萨克拉门托，风驰电掣地驶过内华达山脉，中午穿过内华达沙漠，把后座里的假娘们和两个乘客吓得紧紧抱在一起。我们坐在前排，接管了方向盘。尼尔再次高兴起来。他所需要的一切就是方向盘在手，四个轮子在路上。他谈到比尔·巴勒斯是一个多么差劲的司机，一边说还一边演示——"每当对面出现一辆眼下正迎面驶来的那样的大卡车时，他要花很长的时间才能发现，因为他看不见，伙计，他看不见，"他揉了揉眼睛，狂躁地演示着，"我说，哇，留神比尔，有一辆卡车，他说：'呃？你说什么来着，尼尔？''卡车！卡车！'直至最后一刻，他依旧向那样的卡车径直冲过去。"尼尔开着普利茅斯径直朝那辆呼啸而来的卡车冲了过去，在卡车的前面摇晃了一下，就在我们眼前，卡车司机的脸都白了，后座的几个人吓得不敢喘气，最后一刻，车子避开了。"你瞧，就像那样，完全一样，他开车就这么差劲。"我一点也不害怕：我了解尼尔。后座里的人吓得说不出话来。事实上，他们都不敢抱怨：他们想，要是他们抱怨的话，鬼知道尼尔会干什么。他就这样一直开车穿过了沙漠，不停地演示不应该怎么开车的各种方式，他父亲从前如何驾驶老爷车，老司机如何转弯，蹩脚的司机转弯开始时如何开过了头，结束时如何手忙脚乱，以及诸如此类。那是一个阳光灿烂的闷热下午。里诺、巴特尔芒廷、艾尔科，内华达州所有的沿途小镇一个接一个呼啸而过，黄昏时分我们到达盐湖城的平坦地面，差不多一百英里之外，盐湖城的灯光在平原幻景的那边微弱地闪烁，而且是双重显示，分别在地球弧线的上方和下方，一层清晰，另一层模糊。我告诉尼尔，在这个世界上，把我们大家捆绑在一起的东西是看不见的，为了证明这一点，我指了指那长长的一排排电线杆子，在百里盐田上弯曲着消失在视野里。他拇指上松松垮垮的绷带如今已经肮脏不堪，在空中颤抖；他的脸是一道光——"噢，是啊，兄弟，亲爱的上帝，是啊，是啊！"突然间，他垮掉了。我转过身，看见他缩在座位的角落里睡着了。他的脸趴在那只好手上，而那只绑着绷带的手依然自动而忠实地举向空中。后座里的人如释重负地叹了口气。我听到他们窃窃私语，讨论来一场哗变。"再也不能让他开车了，他绝对疯了，准是从疯人院里放出来的。"我挺身而出，为尼尔辩护，转过身告诉他们："他没疯，他很好，别担心他开车，他是全世界最棒的车手。""我实在受不了啦。"那姑娘以一种被压低的歇斯底里的声音说。我坐了回去，欣赏沙漠中的暮色，等待穷孩子天使尼尔醒来。正当我们在一座小山上俯瞰着盐湖城那整齐的灯光图案时（两个观光客想看看那儿一家著名的医院），尼尔醒了过来，睁开眼睛注视着这个幽灵般的世界，许多年前，他就出生在这里，没有名字，蓬头垢面。"杰克，杰克，快看，这就是我出生的地方，我想起来了！人变了，他们年复一年地一日三餐，餐餐不同。咿！看哪！"他兴奋得让我直想哭。所有这一切的结果是什么？两个观光客坚持要开车，跑完到丹佛余下的路程。好吧，我们不在乎。我们坐在后面聊天。到了早晨，他们实在太累，尼尔在科罗拉多东部沙漠的克雷格接管了方向盘。我们差不多花了整整一个晚上，小心翼翼地爬行着穿过犹他州的草莓关，浪费了大量的时间。他们都睡着了。尼尔匆匆忙忙直奔伯绍德隘口那道强大屏障，它就立在前方一百英里处，在这个世界的屋脊上，一道巨大的直布罗陀一样的门户裹在云层里。尼尔像小鸡啄金龟子那样驶向了伯绍德隘口——就像在特哈查比隧道一样，他关掉了引擎，顺着山势有节奏地向前滑行，与迎面而来的每一辆车交会，片刻也没有停，直至我们再一次俯瞰着辽阔炎热的丹佛平原——这是我和那帮小子大闹中心城之后第一次看到丹佛——尼尔到家了。我们在第二十七街和联邦大街的拐角处下了车，那几个晕头转向的旅伴总算松了口气。我们遍体鳞伤的手提箱再次堆放在人行道上；我们还有更长的路要走。不过没关系，道路就是人生。我们在丹佛有很多情况要应付，它们和一九四七年的情况完全不同。我们既可以立即找一辆旅行社的顺风车，也可以逗留几天，找点刺激，并打听尼尔父亲的下落：这正是我们的决定。我的想法是，尼尔和我可以住在当年给我钱让我去旧金山的那个女人的家里。但贾斯汀·布赖尔利知道我们一起过来，他已经警告那个女人当心"杰克那个来自旧金山的朋友"，所以，当我从我们下车的那个加油站打电话给她时，她立即让我明白，她不会让尼尔走进她的家门。当我把这话告诉尼尔时，他马上意识到，他回到了那个从未给过他任何住处的老丹佛，在旧金山，他好歹给自己找了一个家，那里对待他就像对待其他任何人一样。在丹佛，他的名声太大。我绞尽脑汁琢磨该怎么办。最后，我冒出了这样一个想法：让尼尔住在阿拉米达大街旁边我认识的某个流动农民工家里，我和我的家人在阿拉米达大街短暂住过一段时期，而我将和那个女人住在一起。尼尔的脸顿时黑了下来，从那一刻之后，在丹佛，尼尔回到了他青少年时期暴力和苦涩的日子。只要我们在那儿，和丹佛作对的总是他。当我完全明白这一点时，我离开了那个女人的家，和尼尔一起住在那个流动农民工女人的家里，即使那个时候，我的留心也没有多少效果。首先，在我去那个女人家里之前，我们决定去吃点东西，并在餐馆里有过一次极其短暂的交谈。我们两个都筋疲力尽，肮脏不堪。在厕所里，我正朝一个小便池撒尿，还没撒完我便走开，瞄准了另一个小便池，中间短暂地停了片刻，并对尼尔说："瞧这一招。""是啊，老兄，这一招很好，但对你的肾不好，因为你每这样做一次，你就老了一点，最后，到你晚年的时候，你就惨了，那时候，当你坐在公园里，可怕的肾痛会让你难受好几天。"这话让我很恼火。"谁老了？我比你大不了多少！""我不是那个意思，老兄！""啊呸，"我说，"你总是拿我的年纪开玩笑。我不像那个狗娘养的是个年老的假娘们，你用不着提醒我的肾。"我们回到了小餐馆，女招待刚好端上了热腾腾的烤肉三明治——平常尼尔会立即扑上去狼吞虎咽——我强压住怒火说："我再也不想听到这样的话。"突然间，尼尔的眼睛里盈满了泪水，他站起身，丢下他热气腾腾的食物，走出了餐馆。我不知道他是不是从此一去不回。我不在乎，我很生气——我瞬间失去了理智，把火撒在尼尔头上。但是，看到他没有动过的食物，我不由得悲从中来，许多年来我从未这样悲伤过。"我不该说那样的话……他是那样喜欢吃东西……他从未像这样丢下自己的食物。真该死。不管怎么说，这表明他真的生气了。"尼尔在餐馆外面足足站了五分钟，然后回来，坐下。"喂，"我说，"你在外面干什么？攥紧拳头，在骂我吧？在琢磨新的噱头取笑我的肾吧。"尼尔默不作声地摇摇头。"不，兄弟，不，兄弟，你完全错了。如果你想知道的话，嗯——""说呀，你说呀。"我说这些话时，只顾吃东西，头也没抬：我觉得自己就像一头畜生。"我在哭。"尼尔说。"啊哈，见鬼，你从不哭。""你说什么？你为什么认为我不哭？""你死都不会哭。"我说的每一句话都是一把扎在我自己身上的刀子。我暗地里对尼尔有过的所有不满全都发泄出来了：我是多么丑陋，我发现我内心深处多么肮脏。尼尔不停地摇头。"不，兄弟，我在哭。""得了吧，我敢打赌，你很生气，你不得不离开。""相信我，杰克，假如你对我有过一点信任的话，请相信我。"我知道他说的是真的，但我不想被真话所烦扰，当我抬头看着他时，从我丑陋灵魂可怕的内在扭曲中看到的也是扭曲的。接下来，我知道我错了。"噢，尼尔兄弟，对不起，我从前对你从未有过这样的行为。好了，你了解我。你知道我和任何人没有更亲密的关系……我不知道该怎么处理这些事情。我就像手里捧着一块块狗屎，不知该往哪里放。让我们忘掉这些吧。"这个神圣的骗子开始吃了起来。"不是我的错！不是我的错！"我告诉他，"在这个混账的世界上我没有错，难道你不明白？我不想那样，不可能那样，也不会那样。""是啊，兄弟，是啊，兄弟。但听我说，请相信我。""我相信你，我信。"这就是那天下午的悲伤故事。那天晚上，当尼尔去那个流动农民工家里投宿时，出现了各种可怕的麻烦。那家人曾经是我的邻居。家里的母亲是个非常棒的女人，穿着牛仔裤，开卡车养活孩子们，她总共有五个孩子，丈夫许多年前离开了她，当时，他们开着一辆拖车在全国各地旅行。他们开着那辆拖车一路从印第安纳州到了洛杉矶。有过很多好时光，一个周末的下午，他们在十字路口酒吧里喝酒，欢笑，夜里弹吉他，那个大个子乡巴佬突然走了出去，穿过黑咕隆咚的田野，再也没有回来。孩子们都很棒。最大的是个男孩，那个夏天他不在家，在山里一个不良少年的营地里；第二个孩子是一个十四岁大的可爱女儿，喜欢写诗，到田野里摘野花，长大了想去好莱坞当演员，她名叫南茜；接下来是几个小家伙，小比利夜里坐在篝火旁边，哭着要吃还没有烤熟的土豆，小萨利把蠕虫、角蜥、甲虫以及任何爬行的东西当作宠物来养，给它们取名字，给它们睡觉的地方。他们养了四条狗。他们在我们家所在的新移居区的小街上过着贫穷而快乐的日子，邻居们对这一家半是尊重，半是嘲笑，仅仅因为那个可怜女人的丈夫离开了她，因为他们家的院子总是乱七八糟。夜里，丹佛的灯光就像下面平原上一个巨大的轮子，因为那幢房子所在的西区是大山向山下平原延伸的地方，远古时期，大海一般宽阔的密西西比河轻柔的波浪想必冲刷着那里，形成了这样一些完美的圆形平台，像贝尔德以及可怕的派克山和埃斯特斯山就坐落在这些平台上。尼尔去了那里，当然，他满头大汗，很高兴见到他们，尤其是南茜，但我已经警告他不要碰她，不过这个警告大概是不必要的。那个女人很有男人缘，她立即喜欢上了尼尔，但她有些羞怯，尼尔也羞怯。结果是在杂乱的客厅里吵吵闹闹地喝酒，听留声机播放音乐。麻烦像群蝶乱舞一样纷至沓来。那个女人——大家都叫她约翰尼——终于打算买一辆旧车，许多年来她一直扬言要买车，最近才攒够了钱。（请记住，与此同时，我正懒洋洋地躺在那个给我钱的女人家里，喝着苏格兰威士忌）尼尔马上自告奋勇，承担起了选车和砍价的责任，因为他当然很想自己能使用这辆车，像当年一样，每天下午捎上放学的中学女生，开车带她们去山里兜风。可怜而天真的约翰尼总是对任何事情都欣然同意。第二天下午，尼尔从那个地区打电话说："老兄，我并不想烦你，但我发誓我的鞋子再也穿不了啦，我绝对需要一双鞋，我们该怎么办？"巧的是，我刚好有一双旧鞋子就放在克莱芒蒂娜的衣橱旁边。我没挂电话，对她说："听我说，尼尔绝对需要一双鞋子——我打算把那双旧鞋给他。让他过来拿怎么样？""不行，绝对不行。"她说，已经预先警告过你能得到多少，但我们说好了，我可以在街角上见尼尔，把鞋子交给他。"是啊，噢，是啊。"尼尔感觉到了这些，他搭便车过来了，一个半小时后在那个街角和我碰头。那是一个美好温暖、阳光灿烂的下午。在去见尼尔的同时，我还被派去买一桶香草冰淇淋，为了克莱芒蒂娜和朋友们的晚餐聚会。我发现他一边在等我，一边和一帮小子玩棒球，我手里捧着那双装在一个棕色纸袋里的旧鞋和一桶香草冰淇淋。"你来啦，老兄——好啊，好啊，香草冰淇淋，让我尝尝。"我把冰淇淋放在地上，开始朝那个接球手狠狠地发射高球，随后，我接过手套，充当接球手，蹲在那个加油站的润滑坑旁，尼尔向我发球。我们玩得很痛快。我们向那帮小子演示如何发曲线球，如何让球落下。随后我们打了几个高飞球，尼尔在第二十七街繁忙的车流当中有效投球，那根大拇指像盾牌一样竖在胸前，手套举起，迎接从高大古树的枝叶间落下来的飞球。突然间，我注意到冰淇淋正在融化。"喂，尼尔，你说我是什么，一个骗子？我想，今天晚上我要搬过去与你和约翰尼一起住。""干吗呢，老兄，首先，你这样做是为了什么？""我想我还是有些忠诚，我欠克莱芒蒂娜的——她给我钱，让我去旧金山。我不知道。"我不知道我在干什么。尼尔和我在街角握手告别，约好八点钟在台球厅旁边的老地方格莱纳姆酒吧见面。我回去找克莱芒蒂娜，告诉她那天晚上我要动身去纽约。她做了一顿非常棒的炸鸡晚餐，用香草冰淇淋做了草莓派甜点。我喜欢这个女人，你能看出，我很感激她的款待。她也很聪明。"要是你今晚实际上没有启程去纽约，随时都可以回来，咱们喝一杯。"我满心愧疚地匆匆离开了。当你日复一日地生活在这个狂热而愚蠢的世界上，有些事情很难描述。尼尔那天晚上很兴奋，因为他哥哥杰克·戴利要在酒吧里见我们。尼尔穿着他最好的西装，满面春风，喜气洋洋。"喂，听我说，杰克，我得跟你讲讲我哥哥杰克——他实际上是我的同母异父哥哥，是我母亲在密苏里州嫁给老尼尔之前生的儿子。""顺便问一句，你找过你老爸没有？""老兄，今天下午我去了吉格斯自助酒吧，他过去喝得晕晕乎乎的时候总是在那里倒生啤，招来老板的痛骂，然后跟跟跄跄地走出去——不对——我然后去了温莎酒店隔壁那家老理发店——不对，不是那儿——老头告诉我，他认为他——想象——在新英格兰的铁路灶棚里干活，给波士顿-缅因铁路公司打工！但我不相信他，他们这些人总是为了一毛钱而编造故事。嗨，听我说。小时候，我的同母异父哥哥杰克·戴利绝对是我心目中的英雄。他过去总是从山区贩卖私酒，有一次，他和他的另外一个兄弟拳脚相加，在院子里打了一架，足足打了两个小时，女人们吓坏了，尖声大叫——我们总是在一起睡。他是家里唯一关心我的人。今晚我要见到他，这是七年以来第一次，他刚刚从堪萨斯城回来。""什么事？""没事，老兄，我只是想知道家里的情况——记住，我是有家的人——特别是，杰克，我很想他给我讲讲那些我已经忘掉的童年往事，我想回忆，回忆，就这样！"我从未见过尼尔这样高兴和激动。我们在酒吧里等他哥哥的同时，他不停地跟丹佛闹市区格莱纳姆很多新一代年轻小混混交谈，核实新的帮伙和最近发生的事情。随后，他打听了卢安妮的情况，她最近在丹佛。我坐在那里，面对着一杯啤酒，回忆起一九四七年的丹佛，一时有些恍惚。随后，杰克·戴尔来了——一个精瘦结实的三十五岁男人，满头鬈发，双手因为干活而变得粗糙。尼尔满怀敬畏地站在他的面前。"不，"杰克·戴尔说，"我再也不喝酒了。""看见没？看见没？"尼尔在我耳边低声道，"他再也不喝酒了，他过去可是城里最大的酒鬼；他现在信教了，他在电话里告诉我的，瞧他，瞧一个男人的改变……我心目中的英雄变得如此陌生。"杰克·戴尔不相信他这位同母异父弟弟。他开着那辆喔唧作响的老爷车带我们出去转转，在车里，他做的第一件事情就是清楚地表明了他对尼尔的立场。"听我说，尼尔，我再也不相信你了，也不相信你打算告诉我的任何事——今晚我来见你，是因为家里有一份文件，我想让你签字。我们大家不再提及你的父亲，我们绝对不想和他有任何关系，说来抱歉，我们也不想和你有任何关系。"我看着尼尔。他的脸顿时黑了下来。"是啊，是啊。"他说。哥哥屈尊开车带我们到处转转，甚至还给我们买了冰淇淋汽水。然而，尼尔还是向他提了一大堆关于过去的问题，他一一回答了，一时间，尼尔几乎再次兴奋得满头大汗。噢，他蓬头垢面的父亲那天晚上在哪里？哥哥在阿拉米达大道联邦街口让我们下了车，旁边就是一场嘉年华的悲伤灯光。他和尼尔约好第二天下午签署文件，然后离开了。我告诉尼尔，我很难过这个世界上没有一个人相信他。"请记住，我相信你。我很抱歉昨天下午愚蠢地对你发牢骚。""没事，兄弟，都过去了。"尼尔说。我们一起去看嘉年华会。那儿有旋转木马、摩天轮、爆米花、轮盘赌、大棚戏，成百上千的丹佛年轻小子穿着牛仔裤到处闲逛。地上的尘土和悲伤的音乐一起升上星空。尼尔穿着一条很紧的牛仔裤和T恤衫，突然间看上去又像是一个真正的丹佛人了。有几个骑摩托车的小子戴着护目镜，蓄着大胡子，穿着镶有珠子的夹克，与几个穿着牛仔裤和玫瑰衬衫的漂亮姑娘在帐篷后面的黑暗中厮混。还有很多墨西哥裔姑娘，有一个姑娘个子小得令人吃惊，大约只有三英尺高，简直是个侏儒，长着世界上最漂亮、最温柔的脸，正转身对她的同伴说："哥们，我们打电话给戈麦斯吧，走吧。"一看到她，尼尔便突然停住了脚步。一把大刀子从夜晚的黑暗中刺中了他，"老兄，我爱她，我爱她……"我们跟在她后面走了很长时间。她最后过了马路，去一家汽车旅馆的公用电话亭里打电话。尼尔假装查看电话簿，但实际上一直密切关注着她。我试图和这个可爱洋娃娃的朋友们搭话，但她们根本不理睬我们。戈麦斯开着一辆哐啷作响的卡车来了——把姑娘们都接走了。尼尔站在路上捶胸顿足。"噢，兄弟，我快要死了……""你干吗不跟她说话？""我做不到，我做不到……"我们决定买些啤酒，去流动农民工约翰尼家里听唱片。我们拎着一袋啤酒在路上拦了一辆顺风车。约翰尼十四岁的女儿小南茜是世界上最漂亮的姑娘，即将出落成一个迷人的女人。她身上最好的是修长敏感的手指，她说话时总是动手指。尼尔坐在房间里最远的角落里，眯起眼睛注视着

她，不停地说："是啊，是啊，是啊。"南茜觉察到了他的意思，她
转向我寻求保护。那年夏天之前的几个月里，我有很多时间和她在
一起，谈论书和她感兴趣的一些小事情，老实说，她母亲心里一直
抱有几年后让我们结婚的想法。我原本应该喜欢这个想法，唯一不
对头的是，我觉得对他们全家有责任，当然，我没有钱去实施任何
这样的疯狂计划——结局肯定会是开着一辆拖车周游全国各地，干
活，我和她母亲之间有一种更成熟的关系，和女儿之间有一种情意
绵绵的关系。那将是一个夜晚的深坑，对于溺死在这个真正深不可
测的坑中，我并没有完全准备好。那天晚上什么事也没发生；我们
都睡了。第二天，每一件事情都发生了。下午的时候，尼尔和我去
丹佛闹市区办各种杂事，然后去看看旅行社有没有去纽约的顺风
车。我打电话给贾斯汀·W.布赖尔利，他安排见我和尼尔，下午聊
会儿天。他开着那辆有着强力聚光灯的疯狂的奥兹摩比牌汽车来
了，下了汽车，戴着巴拿马草帽，穿着棕榈滩西服，说："嗯嗯嗯，
新年快乐。"和他在一起的是丹·伯迈斯特，一个满头鬈发的高个
子大学生，他看不起尼尔，许多年就认识他。自从艾伦·金斯堡
对他的诗歌弯腰鞠躬的那个夜晚之后，这是尼尔和布赖尔利第一次
正面相对。"嗨，尼尔，你看上去老多了，"布赖尔利回过头说，"你
对自己已做了什么？""哦，还是老一套，你知道的。我现在很想知道
你能不能开车带我去圣路加医院，好让我瞧瞧这根大拇指，你可以
和杰克说说话。""呃，好啊。"布赖尔利说。原先的想法是我们大家
一起聊聊天——去看大拇指的想法我并不知情。尼尔只是不想惹麻
烦，布赖尔利也不想。徒弟和师傅已经走到了路的尽头。尼尔在我
耳边低声说："你注意到没有？他现在不得不戴墨镜，才能隐藏他
眼睛底下那可怕的黑眼圈，多么苍白，布满血丝，有些病态。"我
坐在那儿，立场中立。当我独自跟伯迈斯特和布赖尔利待在一起
时，他们开始剖析尼尔，问我为什么对他感兴趣。"我认为他是一

个了不起的家伙——我知道你们要说什么——你们知道，我千方百计试图把我的家庭理顺了……"我不知道该说什么。我想哭，这个世界上该死的每一个人都想你对自己的行为和你的存在给出一个解释。我们转移了话题，谈到了另外一些事情。埃德·怀特还在巴黎，鲍勃·伯福德也是，他将召唤他在丹佛的情人过去，在那里和他结婚，弗兰克·杰弗里斯也是如此。"杰弗里斯在法国南部，住在一家妓院里，你知道的，有过一段非常美好的时光。当然，埃德像从前一样在博物馆之类的地方自得其乐。"他们热切地注视着我，很想知道我和尼尔在一起干什么。"克莱芒蒂娜还好吗？"他们狡黠地问道。"总有一天尼尔会证明自己是一个了不起的男人或一个了不起的傻瓜，"我说，"我对尼尔的兴趣就是我对我弟弟可能有的那种兴趣，我清楚地记得，他在我五岁那年去世了。我们在一起有很多快乐，我们的生活搞得一团糟，而且一直就这样。你们知道我们在一起有过多少状态吗？"我变得十分快乐，开始给他们讲故事。我在傍晚的时候和尼尔再次会合，我们动身去流动农民工约翰尼的家，走上了百老汇街，尼尔突然信步走进一家运动品商店，若无其事地拿起柜台上的一个垒球，放在手掌里颠上颠下，走出了店门。没人注意到，从未有人注意过这种事。那是一个令人昏昏欲睡的闷热下午。我们一边走一边玩接球。"我们明天一定要去旅行社找一辆顺风车。"克莱芒蒂娜先前给了我一大瓶老爷爷牌波旁威士忌。我们在约翰尼家里喝了起来。屋后玉米地的那边住着一个年轻漂亮的姑娘，尼尔到来之后就一直想勾搭她。麻烦正在酝酿中。尼尔朝她的窗户里扔了太多的小石子，把她给吓坏了。我们在乱七八糟的客厅里喝波旁威士忌，周围是几条狗，以及到处乱扔的玩具，说着一些悲伤的话，与此同时，尼尔不停地从厨房后门跑出去，穿过玉米地，扔石子，吹口哨。突然间，尼尔回来了，脸色煞白。"麻烦了，伙计。那女孩的妈妈拿着一杆猎枪追过来了，还叫来了一帮中学生，守在路上要揍我。""怎么回事？他们在哪儿？""玉米地的那边，伙计。"尼尔喝醉了，满不在乎。我们大家一起出去，在月光下穿过玉米地。我看到黑咕隆咚的土路上站着一群人。我听到有人说："他们来了！""等一等，"我说，"请问出了什么事？"那女孩的妈妈躲在后面，端着一把硕大的猎枪。"你那个该死的朋友招惹我们够久了——我可不是那种喜欢诉诸法律的人——他要是再来这儿，我就开枪，打死他。"几个中学生聚在那儿，攥紧拳头。我也喝醉了，也满不在乎，但我还是安抚了大家。我说："他不会再那样了，我会看着他，他是我弟弟，听我的。请把枪收起来，不用担心。""只要再敢来一次！"她在黑暗中坚定而严厉地说，"等我丈夫回家，我就叫他去找你算账。""用不着那样，他不会再打扰你们了，听我说，他现在安静了，没事了。"尼尔在我身后压低嗓子骂骂咧咧。那姑娘从卧室的窗户里注视着。我从前认识这些人，他们对我的信任足够让他们平静下来。我拽着尼尔的胳臂往回走，穿过洒满月光的玉米地。"哇哈！"尼尔叫了起来，"今晚我要喝个痛快。"我们回到约翰尼和孩子们的身边。突然间，尼尔对小南茜播放的唱片大发神经，在膝盖上把唱片一折两段。有一张迪齐·吉莱斯皮的早期唱片，尼尔十分看重——是我之前送给南茜的——我叫正在哭哭啼啼的南茜把那张唱片拿来，在尼尔的头顶上把它一折两段。她果然这样做了。尼尔目瞪口呆，说不出话来。我们大家哈哈大笑。一切都没事了。随后，约翰尼想去路边小酒馆里喝啤酒。"那就去吧！"尼尔叫了起来，"真见鬼，要是星期二你买下了我让你看的那辆车，我们现在就不用走路了。""我不喜欢那辆该死的车！"约翰尼叫道。小比利很害怕：我把他放在长沙发上，让那几条狗给他做伴。约翰尼醉醺醺地叫了一辆出租车，正当我们等车的时候，克莱芒蒂娜突然打电话找我。克莱芒蒂娜有一个人过中年的男朋友，他自然对我恨之入骨，那天下午早些时候，我给眼下在墨西哥城的比尔·巴勒斯写了一封信，讲述了尼尔和我的冒险，以及我们是在什么情况下逗留丹佛。我写道："我和一个女人住在一起，有过一段美好时光。"我愚蠢地把这封信交给她的中年男友去邮寄，就在那次醉醺醺的炸鸡晚餐之后。他偷偷地把信拆开读了，立即拿着信去找克莱芒蒂娜，向她证明我是个骗子。这会儿她泪眼婆婆地打电话给我，说她再也不想见到我。随后，那个得意洋洋的中年男友接过电话，开始叫我狗杂种。正当此时，出租车在门外摁喇叭，孩子在哭，狗在叫，尼尔和约翰尼跳起舞来，我对着电话大喊大叫，骂出了我能想到的每一句骂人话，加上五花八门的新词儿，在醉醺醺的疯狂中，我对着电话叫他们全都见鬼去，然后砰的一声挂了电话，出去喝酒。我们在路边酒馆跌跌撞撞下了出租车——那是山脚下一家土里土气的酒馆——走进去叫了啤酒。每件事情都在崩溃，让事情变得不可思议地更加疯狂的是，酒吧里有一个极度兴奋、浑身抽搐的家伙，一把抱住尼尔，凑近他的脸呻吟，尼尔又发神经了，满头大汗，精神错乱，让事情变得更加混乱得令人无法忍受的是，尼尔紧接着冲了出去，直接从车道上偷了一辆车，冲向丹佛闹市区，然后开着一辆更好的新车回来了。在酒吧里，突然间，我抬头看见几个警察在车道附近转悠，巡逻车亮着前灯，人们在谈论那辆被偷的车。"这儿有人在到处偷车！"警察说。尼尔就站在他身后，一个劲地说："噢，是啊，噢，是啊。"警察走开了，去勘察案情。尼尔走进酒吧，和那个浑身抽搐的可怜家伙一起摇摇晃晃，那小子那天刚刚结婚，喝得烂醉如泥，而新娘在某个地方等他。"噢，老兄，这家伙是全世界最了不起的！"尼尔喊道，"杰克，约翰尼，我要出去，这一回要弄一辆真正的好车，我们大家都去山里兜风，也带上阿尔伯特。"（阿尔伯特是那个痉挛的圣徒）他冲了出去。与此同时，一个警察冲了进来，说有一辆从丹佛闹市区偷来的车就停在车道上。人们三五成群地纷纷议论此事。我从窗户里看见尼尔跳进了最近的一辆车，呼啸而去。几分钟后，他开着一辆完全不同的车回来了，一辆崭新的普利茅斯。"这是一辆真正的好车！"他在我耳边低声道，"另外那辆发动机声音太大——我把它丢在十字路口……看见这辆漂亮家伙停在一幢农舍的前面。我去丹佛兜了一圈。来吧，老兄，咱们大家都去兜兜风。"他在丹佛的整个生活的所有辛酸和疯狂全都像匕首一样从他的体内爆发出来，他满脸通红，大汗淋漓，凶狠好斗。"不，我不想和偷来的车有任何瓜葛。""噢，来吧，兄弟！阿尔伯特也跟我一起去，是吗，阿尔伯特？"阿尔伯特身材瘦弱，满头黑发，目光圣洁，他突然犯病，口吐白沫，失魂落魄地靠在尼尔身上呻吟，而且，出于某个古怪的直觉理由，他突然很害怕尼尔，举起双手，面部扭曲，惊恐地离开了尼尔。尼尔低下头，大汗淋漓。他跑了出去，开车走了。约翰尼和我在车道上叫了一辆出租车，决定回家。出租车司机开车送我们回家，驶上了阿拉米达林荫大道，那个夏天早先的几个月里，我曾沿着这条大道漫步，度过了许许多多个迷惘失落的夜晚，唱歌、呻吟、仰望繁星，心里的汁液点点滴滴地滴落在夜晚滚烫的柏油路面上。突然间，尼尔开着那辆偷来的普利茅斯追上了我们，不停地按喇叭，挤我们的车，尖声大叫。出租车司机吓得脸色煞白。"是我的一个朋友。"我说。尼尔自己烦了，突然加速，以每小时九十英里的速度冲到前面去了，我们注视着他悲伤的红色尾灯朝着看不见的群山的方向逐渐消失，扬起幽灵般的尘土，掠过排气管。随后，他拐上通往约翰尼家的那条路，几乎到处都是沟渠，他又向右一拐，停在了房子前面；我们下车付费时，他突然间再次发动汽车，拐了个急转弯，掉头向城里的方向驶去。没过多久，正当我们在黑咕隆咚的院子里焦急等待时，他开着另一辆车回来了，那是一辆破破烂烂的双排小车，停在门前飞扬的尘土中。他摇摇晃晃地下了车，径直走进卧室，醉醺醺地倒头便睡。有一辆偷来的汽车就停在我们的大门口。我不得不叫醒他，我自己发动不了那辆车，没法把它丢到远一些的地方去。他跌跌撞撞地下了床，只穿一条短裤衩，我们一起钻进那辆车里——而孩子们则从窗户里咯咯傻笑——径直颠簸着冲过了公路尽头的那块玉米地，最后终于开不动，在老磨坊旁边的一棵老杨树下彻底熄火了。"再也开不动了。"尼尔只是说，下了车，开始往回走，只穿着短裤衩走过那片玉米地，大约半英里的路。我们回了家，尼尔接着睡。一切都处在可怕的混乱中，所有这一切：丹佛、克莱芒蒂娜、车、孩子们、可怜的约翰尼、溅满啤酒和堆满啤酒罐的客厅，我只想睡觉。一只蟋蟀吵得我一时无法入睡。夜里，正如我在怀俄明州曾经见过的那样，星星大如烟花，像那位王子一样孤独，他失去了祖先的家园，不得不在太空中穿梭，试图把它找回来，而且他知道再也找不回来了。星移斗转，长夜将尽，随后是一个平常的黎明，一轮巨大的红日远远地出现在西堪萨斯那边暗褐色的大地上方，鸟儿们在丹佛的上空鸣唱。我所熟悉的丹佛老鸟们如今身在何方？早晨，尼尔和我都出现了可怕的作呕。他所做的第一件事情就是穿过玉米地，去看看那辆破车能不能载我们去东部。我叫他不要去，但他还是去了。随后他脸色煞白地回来了。"老兄，那儿有一辆警车，自那年我偷了五百辆车以来，城里每个警局都留有我的指纹档案。你知道我偷车干什么，我只是想开开而已，老兄！我要走了！听着，我们得赶紧离开，否则就要在监狱里度过余生。""对极了。"我说。我们开始以最快的速度收拾行装。领带散着，衬衫下摆拖着，我们匆忙向这个可爱的小家庭说再见，跌跌撞撞地出了门，朝着安全的公路走去，那儿谁也不认识我们。小南茜哭着出来送行，为我们，或者为我，或者不管是为谁吧——约翰尼彬彬有礼，我吻了她，向她道歉。"他肯定是个神经病，"她说，"他让我想起了我那位逃跑的丈夫。他们俩一模一样。我当然希望我的米吉长大了不会那样，他们现在都有点像了。"米吉是她儿子，不良少年工读学校里的那个。"叫他不要偷可口可乐，"我说，"他告诉我那就是他所做的事，他就是那样天真地开始的，直至警察开始痛打他。"我跟小萨利说再见，她手里拿着她的宠物甲虫，小比利在睡觉。所有这一切都是在几秒钟内完成的，那是一个可爱的星期日的黎明，我们拎着破烂的行李，强压着昨天晚上留下的恶心，跌跌撞撞地走了。我们时时刻刻提心吊胆地想象一辆巡逻警车从乡村弯道上出现，朝我们驶来。"要是被那个拿着猎枪的女人发现，我们就完蛋了。"尼尔说。"我们必须叫一辆出租车，"我说，"然后我们就安全了。"我们试图叫醒农场的一户人家，让我们使用电话，但狗让我们不敢靠近。每时每刻，事情都变得更加危险，任何一个早起的农民都会发现那辆双排小车坏在玉米地里。终于，有一个可爱的老太太让我们使用她的电话，我们打电话给丹佛市中心叫了一辆出租车，可是没有来。我们跌跌撞撞地走上公路。清晨的交通开始了，每一辆车看上去都像警车。接下来，我们突然看见一辆警车开过来，当我认出它的时候，我知道这是我生活的终结，接下来将进入一个在监狱和铁窗内悲惨度日的可怕的新阶段，埃及的国王们在沼泽芦苇中战斗结束时那个令人昏昏欲睡的下午想必熟悉这种生活。但那辆警车是我们叫的出租车，从那一刻起，我们就向着东部飞驰。旅行社有一个绝妙的机会，他们正在找人把一辆一九四七年的卡迪拉克豪华轿车开到芝加哥。车主带着家人从墨西哥一路开过来，已经累得不行，把他们全都送上了一列火车。他想要的只是身份证明，以及把车开到芝加哥。我给那人——一个矮胖的意大利裔芝加哥大亨——看了我的身份证明，让他相信一切都没问题。我告诉尼尔："对这辆车可别胡来。"看到这辆车，尼尔兴奋得上蹿下跳。我们必须等一个小时。我们躺在教堂旁边的草地上，一九四七年，去鲁思·格利恩的家里之后，我曾在那个草坪上与几个乞讨的流浪汉一起打发了一段时光，由于恐惧和疲劳，我躺在那儿睡着了，脸对着下午觅食的小鸟。但尼尔就在附近，一刻也没闲着。他在一家小餐馆三言两语结识了一个女招待，而且像从前一样，当他们两个单独来到外面时，他让她相信太阳和月亮那套说辞，她天真地同意了，想必是一个容易冲动的姑娘。不管怎么说，尼尔和她约好，那天下午带她开凯迪拉克去兜风，然后他回来叫醒我，告诉我这个消息。这会儿我感觉好些。我惹起了一些新的麻烦。当那辆凯迪拉克到达时，尼尔立即把它开走了，说是"去加油"，旅行社的人看着我说："他什么时候回来？乘客们全都准备好了，在这儿等着呢。"他让我看了来自东部一所耶稣会学校的两个男孩子，正拿着手提箱坐在长椅上等着。"他只是加油去了，马上就回来。"我跑到街角，看到尼尔在那儿等那个女招待，她正在第十七街和格兰特街拐角上自己的房间里换衣服，事实上，从我站着的地方，我可以看到她对镜梳妆，穿上丝袜，我很想和他们一起去兜风。她跑出了酒店，跳进了那辆凯迪拉克里。我溜达着回去，让旅行社老板和乘客们放心。我站在门口，看到那辆凯迪拉克一闪而过，穿过克利夫兰广场，尼尔穿着T恤衫，兴高采烈，双手挥舞，正在和那个姑娘交谈，弓起身子趴在方向盘上开走了，那姑娘忧伤而骄傲地坐在他旁边。他们光天化日之下把车开到了一个停车场，停在了背后的砖墙旁边（尼尔曾在那个停车场干过活），尼尔声称，他在那儿立刻把那姑娘放倒了，不仅如此，而且说服她星期五一拿到工资就追随我们去东部，坐大巴去，到纽约列克星敦大道约翰·霍姆斯的住处和我们会合。那姑娘同意了，她叫贝弗莉。半个小时后，尼尔呼啸着把车开回来了，途中把那个姑娘送到了她住的酒店里，又是亲吻，又是告别，又是许诺，然后径直开到了旅行社，接上了我们这帮乘客。"好嘞，时间正好！"百老汇山姆旅行社的老板说，"我还以为你开着那辆凯迪拉克跑掉了呢。""那是我的责任，"我说，"别担心。"——之所以这样说，是因为尼尔这个样子明显是发神经了，大家都能看出他的疯狂和满不在乎。随后，尼尔变得有条有理，不停地咳嗽，帮助耶稣会学校那两个孩子拿行李。他们还没来得及坐稳，我还没来得及向丹佛挥手告别，他就把车开走了，强劲有力的引擎嗡嗡作响。开出丹佛还没有两英里，计速器就爆表了，因为尼尔的车速远远超出了每小时一百一十英里。"得了，没有了计速器，我也不知道跑得多快，反正我一个劲儿地开到芝加哥，到时就知道了。"我们的车速似乎不到七十英里，但是，在那条通往格里利的笔直公路上，所有的汽车都像死苍蝇一样纷纷落在了我们后面。"杰克，我们之所以往东北方向跑，其理由是，我们绝对必须去斯特林看看埃德·乌尔的牧场，你一定得去见见他，看看他的牧场，这车跑得很快，我们片刻也不会耽误，保准赶在那人乘坐的火车之前开到芝加哥。"好吧，我没意见。天开始下起雨来，尼尔片刻也不曾松懈。那是一辆漂亮而宽敞的大车，是最新的老式豪华轿车，黑色车身加长了，硕大而方正，轮胎是白胎壁的，车窗多半是防弹的。那两个耶稣会学校——圣文德书院——的孩子坐在后排，高兴坏了，车一上路他们就高兴，对于我们这辆车跑得多快，他们毫无概念。他们试图交谈，但尼尔一言不发，脱掉 T 恤衫，光着膀子只顾开车，跑完余下的路程。"噢，那个贝弗莉是个可爱迷人的小姑娘——她要去纽约和我会合——只要我办好了和卡罗琳离婚的文件，我们马上就结婚——每一件事情都瞬息万变，杰克，咱们走起来，耶!"我们离开丹佛越快，我的感觉就越好，我们确实跑得很快。天黑时，我们在岔道口下了公路，开上了一条土路，穿过阴沉的东科罗拉多平原，驶往位于科伊奥特诺维尔中部的埃德·乌尔的牧场。天还在下雨，泥路打滑，尼尔把车速减到了每小时七十英里，但我叫他还开慢一点，否则会打滑，他说："别担心，老兄，你了解我。""这回可不行，"我说，"你确实开得太快了。"话音未落，我们碰上了一个向左的急转弯，尼尔猛打方向盘，想转过去，但这辆大车还是滑进了烂泥中，晃动得厉害。"注意啦！"尼尔大喊一声，毫不在乎，和这辆车搏斗了片刻，更糟糕的是，我们最终还是滑下了公路，前轮陷进了沟里。四周万籁俱寂。我们听到了呼啸的风声。我们突然置身于荒凉的大草原中间。公路前边四分之一英里的地方有一幢农舍。我十分恼火，烦透了尼尔，忍不住骂骂咧咧。他一言不发，披上外套，下了车，冒雨去那幢农舍求助。"他是你弟弟吗？"后座的那两个男孩问，"他对车就像魔鬼一样，不是吗？——据他自己说，他对女人想必也是如此。""他发神经，"我说，"没错，他是我弟弟。"我看见尼尔和一个农场主开着拖拉机回来了。他们钩上铁链，把我们从沟里拉了出来。车子满身泥泞，整个挡泥板都裂开了。计速器已经坏了，这才刚刚开始。农场主收了我们五块钱。他的几个女儿在雨中注视着。其中最漂亮、最害羞的那个远远地躲在地里看着，她有很好的理由这样做，因为她绝对是尼尔和我这辈子见过的最漂亮的姑娘。她大约十六岁，有着像野玫瑰一样的平原人的肤色，有最蓝的眼睛和最可爱的头发，以及野羚羊一般的端庄和敏捷。我们一看她，她就向后退缩。她站在那儿，从萨斯喀彻温浩荡而来的大风吹乱她的头发，浓密的鬈发像裹尸布一样裹着她可爱的脑袋。她一阵又一阵地脸色泛红。我们和农场主办完了我们的事，最后看了一眼那朵大草原的玫瑰，然后驱车离去，这会儿车开得慢些，直至夜幕降临，尼尔说，埃德·乌尔的牧场就在前面。"噢，一个那样的姑娘把我给吓着了，"我说，"我愿放弃一切，任由她支配，如果她不要我，我只好走开，从此浪迹天涯。"那两个耶稣会学校的孩子咯咯傻笑。他们的脑袋里装满了陈腐的俏皮话和东部大学的高谈阔论，此外一无所有，肯定对他们的鸟豆一无所知，只知道一大堆阿奎那的哲学，作为他们辛辣评论的填料。尼尔和我压根不理睬他们。当我们穿越泥泞的平原时，他讲述了他牛仔岁月的故事，他指给我们看那段路，他曾整个上午在那里策马飞奔；刚刚驶近乌尔的辽阔牧场，他就指给我们看他曾在哪里修补篱笆；以及埃德的父亲老乌尔过去总是在牧草地上马蹄嘚嘚地跑来，追赶一头小母牛，一边大喊："截住它，截住它，该死的！"他的声音听上去就像凯尔斯·埃尔文斯那位患麻痹性痴呆的父亲一样疯狂。"他不得不每隔六个月换一辆新车，"尼尔说，"他毫不在乎。当一头走失的牛跑掉时，他便开车去追，一直追到最近的水坑，然后下车徒步追。他挣到的每一分钱都要数清楚，然后放进一个罐子里。一个疯狂的老牧场主。我会让你看看工棚旁边他的一些破罐子。这儿就是我最后一次走出监狱后缓刑察看、以观后效的地方。这儿就是我给哈尔·蔡斯写信时住的地方，你看过那些信的。"我们下了公路，拐上了一条小路，穿越冬天的牧场。一大群令人沮丧的白脸母牛突然兜着圈子从我们前灯的灯光里走过。"就是它们！——乌尔的母牛！我们没办法开过去。我们得下车，把它们轰走。嘻嘻嘻！"但我们不必那样做，只要一点一点地从它们当中蹭过去，它们像汪洋大海一样在车门周围兜着圈子，哞哞乱叫，有时候会发生轻微的碰撞。远处，我们看到了埃德·乌尔的牧场房子的孤独灯光。在这些孤独灯光的周围，延伸着数百英里的平原，平原上空旷浩瀚，只有大约二十来幢这样的牧场房子。降临在大草原上的那种绝对黑暗对一个东部人来说是不可想象的。没有星星，没有月亮，除了乌尔太太的厨房透出的灯光之外，没有任何光亮。在影影绰绰的院子那边，是一望无际的世界，黎明之前你不可能看见它。我们敲门，在黑暗中大声呼喊埃德·乌尔的名字，他正在牲口棚里挤牛奶，我在黑暗中小心翼翼地往前走了一小段，大约二十英尺，再也不敢往前走了。我似乎听到了草原狼的嗥叫声。乌尔说，我听到的多半是他父亲的一匹野马在远处嘶鸣。埃德·乌尔年纪和我们差不多，高个子，四肢修长，尖牙齿，说话简洁。尼尔在车里已经大讲特讲他过去如何搞乌尔的妻子，那是他们结婚之前的事。他和尼尔总是闲站在柯蒂斯街的街角上，朝姑娘们吹口哨。现在，他彬彬有礼地把我们领进他那间阴暗黝黑的闲置客厅，四处摸索，直至找到几盏晦暗的油灯，把它们点亮，对尼尔说："你那个大拇指究竟是怎么回事？""我揍卢安妮时受伤了，严重感染，不得不截除指尖。""你这是干啥，为什么？"我可以看出，他过去是尼尔的兄长。他摇了摇头；牛奶桶依然放在他的脚边。"你一直就是个疯疯癫癫的王八蛋。"与此同时，他年轻的妻子在那间很大的牧场厨房里准备了一顿丰盛的晚餐。她为桃子冰淇淋表示歉意。"那算不上冰淇淋，不过是把乳酪和桃子冻在一起而已。"当然，它是我这辈子吃过的唯一真正的冰淇淋。她开始稀稀落落地上菜，最后却十分丰盛，我们一边吃，一边有新东西端上餐桌。她是个体格健壮的金发姑娘，但是，像所有生活在这片辽阔空间里的女人一样，她也抱怨这里的生活有点无聊。她列举了夜里这个时候通常收听的几个广播节目。埃德·乌尔只是坐在那儿，盯着自己的双手。尼尔狼吞虎咽。每当牲口棚里有什么响动，乌尔都会抬起头，仔细听。"嗯，我希望你们这帮小子顺利到达纽约。"他非但不相信关于我拥有那辆凯迪拉克的故事，反而坚信它是尼尔偷来的。我们在牧场逗留了一个小时。埃德·乌尔就像杰克·戴尔一样对尼尔失去了信任——尼尔抬头时，埃德只是警惕地看着他。过去有过一些放荡不羁的日子，那时候，当割干草的季节结束，他们手挽手在怀俄明州拉勒米的大街小巷里踉跄而行，这样的日子如今已经一去不返。尼尔发神经似的坐立不安。"好吧，好吧，现在我认为我们最好快点走，因为我们明天晚上要赶到芝加哥，我们已经浪费了几个小时。"两个大学生彬彬有礼地感谢了乌尔，我们离开了。我回过头，看着厨房里的灯光在茫茫黑夜中向后退去。随后，我俯身向前。不一会儿，我们回到了公路上，那天夜里，我看到整个内布拉斯加州清清楚楚地展现在我眼前。每小时一百一十英里，径直穿过，一条狭窄的公路，沉睡中的城镇，没有车流，月光下，联合太平洋铁路公司的流线型火车落在了我们后面。那天晚上我一点也不害怕；只是第二天，当我认识到我们跑得多快时，我才举手投降，钻进后座，闭上眼睛。眼下，在月光如水的夜晚，跑到一百一十英里并一边聊天完全合法，当我们一边飞驰一边谈话时，内布拉斯加的所有城镇——奥加拉拉、戈森堡、卡尼、格兰德艾兰、哥伦布——以梦幻般的速度渐次展现。那是一辆豪华轿车，在公路上行驶就像船行水面一样。缓和的弧线是它轻松的歌唱。但尼尔在折磨这辆车，当我们跑到芝加哥时——不是第二天夜里，而是在白天——操纵杆差不多报废了。"啊，老兄，多么棒的梦想之船，"尼尔赞叹道，"想想看，如果你我有一辆这样的车，我们能干什么？你知不知道有一条路直通墨西哥，一直通到巴拿马？——没准一直通到南美洲的最南端，那里的印第安人身高七英尺，在山坡上吸食可卡因。是啊！你和我，杰克，我们开着一辆这样的车跑遍全世界，因为这条公路最终会通往全世界，老兄。还有它去不了的地方吗？对不对？噢，我们要开着这玩意儿跑遍芝加哥！想想看，杰克，我这辈子从未到过芝加哥。""我们坐着这辆凯迪拉克跑进芝加哥，就像黑帮老大！""是啊！而且还有姑娘！——我们可以捎上几个姑娘，事实上，杰克，我决定加快速度赶时间，这样我们就有整整一个晚上，开着这辆车到处跑。现在，你尽管放松好了，我会一路飞奔。""你现在跑多快？""我估计稳定地保持在一百一十英里——你不会注意到的。白天我们跑完整个衣阿华州，然后我们迅速跑完伊利诺伊州。"那两个孩子睡着了，我们通宵说个不停。引人注目的是，尼尔有时候发神经，灵魂出窍，而第二天，突然间，他安静平和、心智健全地继续，出窍的灵魂回来了——我认为，他出窍的灵魂沉浸于一辆速度很快的车，一片即将到达的海岸，以及公路尽头的一个女人——仿佛什么事情也没发生。"如今我每次来丹佛都那样——我再也不能抵达那座城市。肮脏滑腻，肮脏滑腻，尼尔是个阴森吓人的幽灵。嗖！"我们穿过一座幽灵般的城市，重新上路。我告诉他，我在一九四七年曾经走过内布拉斯加的这条路。"杰克，一九四五年，我在洛杉矶的新时代洗衣店打工时，去了一趟印第安纳州的印第安纳波利斯，目的很明确：去观看阵亡将士纪念日的赛车，为了赶时间，我白天搭顺风车，晚上偷车。我衬衫里藏着一套牌照，穿过我们刚才经过的那些小城镇之一，一个治安官由于怀疑而把我拦下了。我发表了平生最了不起的一通慷慨陈词，试图脱身——我告诉他，我左右为难，一边是对耶稣的幻想，一边是我偷车的老习惯，摘下那些牌照只是为了在手里掂量掂量这个问题。当然，这套说辞并没起作用，直至我哭了起来，在桌子上撞头，我就是这个意思，我就是这个意思！那就是我的目的——真正的恐怖感攫住了我，与此同时，每浪费一瞬间都让我观看赛车迟上加迟。当然，我没赶上赛车，真该死，他们把我送回了丹佛，缓刑察看，在那里，一切都清楚。第二年秋天，我再次做了同样的事，去印第安纳州的南本德观看圣母大学队和俄亥俄州立大学队的比赛——那一次没有搭便车，杰克，我口袋里的钱只够买车票，一路来回，我没钱买吃的，在路上，在赛场上，以及诸如此类的地方，只能向我遇到的形形色色的疯狂家伙讨点吃的。我那时多么疯狂啊！——我大概是世界上唯一一个这样的家伙，为了看一场棒球赛，竟然费这么大劲，沿路恨不得朝那些家伙开枪。"我问他一九四五年在洛杉矶的情况，"我在加利福尼亚被逮起来了，你知道的。那个监狱的名字对你来说毫无意义，但它绝对是我所到过的最糟糕的地方。我必须逃跑——于是我实现了我这辈子最艰难的一次逃跑，我说的是一般意义上的逃跑。好吧，我出来了，不得不步行穿过森林，担心如果他们抓住了我究竟会怎样对待我——我指的是橡胶连裤袜，干活，或许还有意外死亡。我不得不脱掉囚服，偷偷溜进一个加油站，干净利落地偷了一件衬衫和一条裤子，到达洛杉矶时，我穿得像加油站的工作人员，走向我见到的第一个加油站，我被雇用了，给自己找了一个房间，改名换姓，在洛杉矶度过了令人兴奋的一年，结交了一帮新朋友，认识了几个确实了不起的姑娘。那个季节结束于一场意外，一天晚上，我们大家驱车行驶在好莱坞大道上，我叫我的伙伴把好方向盘，而我和我的姑娘亲嘴——当时是我开车，明白吗——可他没听到我的话，我们撞上了一根电线杆子，但车速只有二十英里，我撞断了鼻梁。你以前见过我的鼻子……以希腊式的曲线向上弯曲。之后我去了丹佛，那年春天在一家冷饮店里遇见了卢安妮。噢，老兄，她只有十五岁，穿着牛仔裤，在那儿等什么人来接她。我们聊了三天三夜，在爱司酒店三楼东南角上的房间里，那是一个令人怀念的神圣房间，是我大好时光的神圣现场——那个时候她是那样可爱，那样年轻，那样淫荡，我也是如此。噢，老兄，我变得越来越老。嗬！嗬！瞧铁轨旁边那帮围着火堆的流浪汉。"他放慢速度，几乎停了下来，"你明白，我永远不知道我爸是不是在那帮人里面。"铁轨旁边有几个身影在篝火前面跟跟跄跄。"我不知道该不该打听。他可能在任何地方。"我们继续前行。黑夜茫茫，他爸可能就在我们身后或前面的某个地方，醉倒在灌木丛下，这一点毫无疑问——下巴上沾着唾液，裤子上尿水淋漓，耳朵里满是污垢，鼻子里黏黏糊糊，头发上没准有血，如水的月光洒在他的身上。我抓住尼尔的胳膊。"噢，哥们，我们眼下正在回家。"纽约将第一次成为他长久的家。他浑身摇晃，迫不及待，还嫌不够快，"想想看，杰克，等我们到了宾夕法尼亚，我们就可以在电台音乐节目中听那首迷人的东部波普爵士了。咿呀，旧船摇呀摇！"那辆豪华轿车风驰电掣，让平原像一卷纸一样在我们眼前展开，让滚烫的柏油顺从地从车轮上洒落——一艘皇家游船。很久之后，我们离开了鼠尾草一望无垠的沙丘区，车子布满了同样的尘土，穿过尼罗河般的河谷中的露水和黎明的晨曦。我睁开眼睛，面前是渐次展开的黎明；我们朝着黎明飞奔。尼尔那张坚如磐石的脸像从前一样，带着它瘦骨嶙峋的坚定意志，俯身看着仪表盘的灯。"你在想什么，流行音乐？""啊哈，啊哈，还是老一套，你知道的——姑娘，姑娘，姑娘。再加上一个稍纵即逝的想法，以及被没有信守的承诺所折磨的漂泊梦想——嗬！啊咳！"在这样一辆好车上，没有什么可说的。我睡了，醒来已经到了艾奥瓦州，那是七月里一个干燥闷热的早晨，尼尔还在不停地开车，丝毫没有放慢速度，只是在艾奥瓦溪谷弯弯曲曲的玉米地中间，最低车速降到了八十英里，在直路照常是一百一十英里，除非双向的车流迫使他并线，迫使他以爬行般的六十英里时速行驶。一旦有机会，他就会冲到前面去，超了好几辆车，把它们丢在身后飞扬的尘土里。一个疯狂的家伙开着一辆崭新的别克，看到了路上发生的所有这一切，决定跟我们比赛一下。当尼尔正准备超过一连串的车时，那小子没有任何警示便从我们身边冲了过去，大喊大叫，按着喇叭，为了挑衅而闪着尾灯。我们像一只猎鸟犬一样追了上去。"你给我等着，"尼尔大笑，"我要逗逗那个狗娘养的，让他先跑十几英里。瞧好了。"他让那辆别克在前面跑了一段路，然后加速，毫不客气地追了上去。疯狂的别克失去了理智：他把车速加到了一百英里。我们有机会看看他是谁。他似乎有点像芝加哥的颓废青年，带着一个老女人旅行，年纪大到足以当他母亲，多半真的是他母亲。鬼知道她是不是在抱怨，反正他一个劲地比赛。他一头黑发，乱蓬蓬的，是个来自老芝加哥的意大利裔，穿着运动衫。他头脑里多半有这样一个想法：我们是一个从洛杉矶入侵芝加哥的新帮伙，没准是米奇·柯罕的人，因为我们开的这辆车怎么看都是一辆豪华轿车，而且牌照是加利福尼亚的。多半只是到公路上找刺激。他冒着可怕的风险跑到我们前面，他在弯道上超了几辆车，一辆货车摇摇晃晃地出现在视野里，看上去块头很大，他几乎来不及回到原先的车道。艾奥瓦州的八十英里路程我们就是以这种方式行进，比赛很有趣，以至于我根本没有机会害怕。随后，那个疯狂的家伙放弃了，在一个加油站停了下来，大概是遵照那位老夫人的命令，我们呼啸而过时，他兴高采烈地挥了挥手，甘拜下风。我们加速赶路时，尼尔光着膀子，我双脚搁在仪表板上，两个大学生在后座睡觉。我们停下来在一个小餐馆里吃早饭，经营餐馆的是一位满头白发的老夫人，当附近小镇上教堂的钟声敲响时，她给了我们额外的大份马铃薯。我们再次上路。"尼尔，白天别开那么快。""别担心，老兄，我知道自己在干什么。"我开始畏缩。尼尔像恐怖天使一样穿行于车流中，他寻找空隙时几乎把别的车子挤到一边去了。他挑逗那些车的保险杠。他轻松从容地往前挤，为了看清弯道而探头张望，随后，这辆大车突然变道，超过过去，始终在毫发之间，我们迅速回到了我们的车道上，而另外的车辆正在相对的方向上鱼贯而来，我吓得直打哆嗦。我再也受不了了。在艾奥瓦，你很少发现内布拉斯加那样的直道，当我们终于发现一条直道时，尼尔便把车速加到了通常的一百一十英里，我看到外面的一些场景一闪而过，我从一九四七年起就记得那些场景——其中有一段很长的路，埃迪和我曾经在那里被困了两个小时。我过去走过的所有老路全都令人头晕目眩地在面前展开，仿佛生命之杯被打翻了，一切都变得疯狂。在噩梦般的白天，我双眼疼痛。"噢，狗屎尼尔，我要去后座，我再也受不了啦，我看不见。""嘻嘻嘻！"尼尔傻笑。他在一座狭窄的桥上超了一辆车，在尘土飞扬中突然转弯，继续呼啸前行。我跳到后座里，蜷缩着身子睡觉。其中一个小子为了好玩跳到了前座。我担心今天上午准会撞车，偏执狂一般的巨大恐惧攫住了我，我躺到车厢的地板上，闭上眼睛，试图睡觉。当水手的时候，我总是设想波浪在船壳下面汹涌，以及下面的无底深渊——现在，我能感觉到大约二十英寸之下，公路正以令人难以置信的速度展开和飞翔，正在穿越呻吟的美洲大陆。当我闭上眼睛，我能看到的一切是公路正在向我飞奔而来。当我睁开眼睛，我看到一闪而过的树影，在车厢地板上振动。我无处可逃，只能听天由命。尼尔还在开车，在我们抵达芝加哥之前，他根本没有想到睡觉。下午，我们再次穿过得梅因。在这里，我们当然在繁忙的车流中咆哮，不得不慢下来，我回到前座。发生了一场古怪的小意外。一个胖黑人带着全家开着一辆小轿车跑在我们前面，后保险杠上挂着一个卖给沙漠旅行者的帆布水袋。他突然急刹车，尼尔正在和后座的两个小伙子说话，没有注意到，我们以每小时五英里的速度撞上了他，正好撞在那个水袋上，水袋像煮沸了一样被撞爆了，水喷射到空中。除了挡泥板被撞弯之外，没有其他的损害。结果是我们交换了地址，聊了几句，尼尔的眼睛一直盯着那人的老婆，她那对漂亮的褐色乳房在松松垮垮的棉布上衣里呼之欲出。"是啊，是啊。"我们给了他那个芝加哥大亨的地址，然后继续上路。到了得梅因的另一侧，一辆巡逻警车拉响警笛追上了我们，命令我们靠路边停下。"怎么回事？"警察下了车，"你们是不是出了交通事故？""交通事故？我们在路口撞破了一个家伙的水袋。""他说一伙人开着一辆偷来的车，把他给撞了，然后跑掉了。"尼尔和我很少遇见过这样的黑人，像疑神疑鬼的老傻瓜那样行事，这是其中之一。这太让人意外了，以至于我们都哈哈大笑。我们不得不跟着巡警去局里，在草坪上耗了一个小时，等他们打电话给芝加哥，找那辆凯迪拉克的主人，证明我们作为受雇司机的身份。警察告诉我们，大亨先生说："没错，那是我的车，但我不能对这两个小伙子所做的其他任何事情提供担保。""他们在得梅因这儿出了点小事故。""是的，你们已经跟我讲过了——我的意思是，我不能对他们在过去所做的任何事情提供担保。"没有废话。一切都搞清楚了，我们继续呼啸前行。下午，我们再次穿过昏昏欲睡的达文波特，以及密西西比河堆满锯屑的低洼河床；然后，几分钟的车程，便到了罗克艾兰，此时残阳如血，我突然看到一些可爱的小支流，在美国中部伊利诺伊州的参天大树和茂盛草木当中轻柔地流淌。看上去又开始像柔和甜美的东部；广袤而干燥的西部已经跑完了。伊利诺伊州展现在我的眼前，一幅浩瀚的活动图景持续了几个小时，在疲劳困倦中，尼尔比之前更加冒险。有一座狭窄的桥，跨越其中一条可爱的小河流，尼尔在桥上突然加速，驶入了几乎不可能的情境。两辆慢车在桥上颠簸前行：对面来了一辆巨大的卡车拖车，司机错误地估计了慢车过桥所需要的时间，他的估计是，只要继续向前行驶，等他到桥上的时候，它们已经过去了。在这样一辆卡车经过时，桥上绝对没有空间容许另外方向的其他车过去。在卡车的后面，另外几辆汽车在寻找空隙超过去。慢车的前面，还有更慢的车在往前挤。路上挤满了车，人人都想通过。那座桥几乎只有一条车道，正处一片混乱当中。尼尔以每小时一百一十英里的速度冲进了这篇混乱当中，没有丝毫犹豫。他超了那两辆慢车，犯了一个小错，险些撞上了左侧的桥栏杆，面对面冲向那辆并未减速的大卡车，他急剧右转，险些撞上了第一辆慢车，不得不回到自己的车道，另一辆车从卡车后面探出头来查看情况，按着喇叭，把他逼了回去，所有这一切大约在两秒钟的时间里一闪而过，最糟糕的不过是留下了一团飞扬的尘土，而没有发生可怕的不同方向的五车相撞，将卿卿性命断送于伊利诺伊这个致命的血色黄昏，周围是梦幻般的田野。我无法忘怀的是，著名的爵士乐单簧管乐手斯坦·哈塞尔加德就死于伊利诺伊的一场车祸，多半也是今天这样的情形。我又回到后座。那两个小伙子眼下也待在后座里。尼尔决心在天黑之前赶到芝加哥。在一个公路和铁路的交叉口，我们捎上了两个流浪汉，他们凑了五毛钱的油费。片刻之前，这两个家伙正坐在水塔边上的铁轨旁，喝完剩下的最后一点酒，转眼间，他们发现自己置身于一辆沾满泥泞却依旧光彩照人的凯迪拉克豪华轿车里，急速驶往芝加哥。事实上，前排坐在尼尔身边的那个老小子的眼睛一刻也没有离开公路，嘴里不停地念着他那可怜的流浪汉祷告词：我对你们说。他们说的唯一的事情是："哦，我们昨天晚上离开帮伙的时候，从未想到我们会这么快到芝加哥。"我们驶过了一些昏昏欲睡的伊利诺伊小镇，那里的人们早就习惯了每天像我们这样开着豪华轿车路过的芝加哥黑帮，但我们这副尊容确实有些古怪：六个胡子拉碴的男人，司机光着膀子，我在后座里紧紧抓住一根皮带，头靠在垫子上，傲慢地看着窗外的乡村——就像是一个新的加利福尼亚黑帮来争夺芝加哥的战利品，或者至少是几个年轻的副官和他们的司机及持枪歹徒。当我们在一个小镇加油站停下来喝水和加油时，人们都跑出来盯着我们看，却一言不发，我想他们是在心里记下我们的外貌和身高，以备将来之需。为了和那个管理油泵的姑娘办理业务，尼尔只是像披围巾一样披上了他的T恤衫，像往常一样草率而唐突，然后回到车里，再次呼啸而去。不一会儿，红色变成了紫色，最后一条迷人的小河一闪而过，我们远远地望见车道尽头芝加哥上空的烟雾。我们从丹佛到芝加哥，全程一千零二十八英里——根据兰德麦奈利里程表——刚好用了二十三个小时，扣除我们在科罗拉多的沟渠和在埃德·乌尔的牧场里吃饭浪费掉的两个小时，以及在艾奥瓦州与警察打交道的那一个小时，总共二十个小时，平均每小时五十一英里，全程只有一个司机，再算上绕道斯特林的那一百五十英里（或者说总共一千一百七十八英里），平均每小时五十九英里。这在晚上可以说是一个疯狂的记录。芝加哥大都会在我们的眼前变成了红色。在麦迪逊街，我们突然驶入成群结队的流浪汉当中，其中有些人四仰八叉地躺在街上，把脚搁在路边石上，另外几百人在酒吧的门道里和小巷里兜圈子。"喔！喔！机灵点儿，找找看这儿有没有老尼尔·卡萨迪，今年他可能碰巧在芝加哥。"我们丢下了这条街上的流浪汉，继续向芝加哥闹市区驶去。尖声怪叫的电车，报童，匆匆走过的年轻女孩，空气中油炸食品和啤酒的气味，闪烁的霓虹灯——"我们回到了大城市，杰克！喔！"第一件要做的事情是把凯迪拉克停在一个黑咕隆咚的地方，然后梳洗打扮，为晚上做准备。在基督教青年会的街对面，我们发现了大楼之间的一条红砖小巷，我们把凯迪拉克藏在了那里，车头冲着街道，随时可以开走，然后我们跟着那两个小伙子去了基督教青年会，他们在那里开了一个房间，允许我们使用它的设施一个小时。尼尔和我刮了脸，洗了澡，我把钱夹子掉在了客厅里，尼尔发现了，正准备偷偷塞进自己的衬衫里，猛然意识到那是我们自己的，不免有些失望。接下来，我们和那两个小伙子告别，他们很高兴平安到达，然后我们去一家自助餐馆吃点东西。棕褐色的老芝加哥阴沉昏暗的氛围笼罩着高架铁路，闷闷不乐的妓女匆匆走过，一些古怪的半是东部、半是西部类型的人去上班，不停地吐唾沫。尼尔站在那家自助餐馆门前，揉着肚子，把一切都看在眼里。他很想跟一个陌生的中年黑女人搭讪，那人走进餐馆，逢人便说她没有钱，但她带着屁股，有谁愿意给她一点黄油。她走进来时不停地扭着臀部，但遭到拒绝，于是扭着屁股出去了。"哇！"尼尔说。"我们在街上跟着她吧，把她带到小巷里那辆卡迪拉克上。我们三个人一起玩个痛快。"但在街上我们忘了此事，直奔北克拉克街，在闹市区兜了一圈之后，便去酒吧看胡奇库奇舞表演，听波普爵士乐。那是怎样一个夜晚啊。"噢，老兄，"尼尔对我说，当时我们正站在一家酒吧的门前，"瞧这些中国佬在芝加哥匆匆来去。真是一座怪异的城市——哇！看上面那扇窗户里的女人，两个大奶子都从睡衣里跑出来了，瞪着一双大眼睛在等待。哇！杰克，我们得去，片刻不停，直奔那儿。""我们去哪儿，伙计？""我不知道，但我们得去。"随后，这儿来了一帮年轻的爵士乐手，拿着他们的乐器下了车。他们径直挤进了一家酒吧，我们跟在后面。

他们在台上坐了下来，开始演奏。我们要去的就是那儿！领队是一个次中音萨克斯手，身材修长，蔫头耷脑，头发卷曲，嘴唇丰满，肩膀瘦削，穿着松松垮垮的运动衫。在暖和的夜晚显得很酷，自我放纵写在他的眼睛里，他拿起萨克斯，皱了皱眉头，吹出了清爽而复杂的曲调，同时优雅地用脚打着拍子，为的是找对想法，突然低下头，为的是避开其他想法——当另外几个小伙子开始独奏时，他十分平静地说："吹吧。"在美国地下音乐这个了不起的正式流派中，领队、鼓励者和流派创立者有朝一日将会在欧洲和世界的所有大学里被人们研究。接下来是"总统"①，一个英俊潇洒的金发小伙子，像一个长着雀斑的拳击手，一丝不苟地穿着鲨鱼皮彩格西装，带有长长的垂饰，衣领向后翻，为了显得锋利而散漫，领带解开了，他满头大汗，拿起萨克斯管，扭动身子吹了起来，风格就像莱斯特·杨本人一样。"你瞧，老兄，总统有一个热衷赚钱的音乐人的那种技术焦虑，他是唯一一个穿着讲究的人，瞧他，吹走调时便变得焦虑，但领队那个酷猫叫他别担心，只管一直吹好了——他所关心的尽是音乐本身的声音和活力。他是个艺术家。他在教总统这个拳击手。现在来看看其他人！"第三支萨克斯管是中音萨克斯，乐手是一个十八岁的年轻黑人，喜欢沉思默想，很酷，是个查理·帕克那种类型的中学生——有一张大嘴——比其余的人都要高——表情严肃——举起他的萨克斯管安静而若有所思地吹着，引出鸟一样轻快敏捷的乐句，以及迈尔斯·戴维斯那样的建筑逻辑。这些都是伟大的爵士乐改革者们的孩子。曾几何时，路易斯·阿姆斯特朗在新奥尔良的烂泥中吹出了他漂亮的顶峰；在他之前，一些疯疯癫癫的乐手在节日游行中把苏萨的进行曲吹成了雷格泰姆散拍乐。随后出现了摇摆乐，罗伊·埃尔德里奇把所有曲子都吹奏得雄

---

① "总统"是美国著名萨克斯手莱斯特·杨的绰号。

浑有力，在很多方面表现了小号的力量、逻辑和微妙——他俯下身子，两眼闪闪发光，面带可爱的微笑，通过广播把音乐声传出去，震撼了爵士世界。随后出现了查理·帕克——在堪萨斯城他母亲的柴棚里，这小子在原木当中吹奏用胶带绑着的中音萨克斯，在下雨天练习，出去观看巴锡和班尼·莫顿的摇摆乐队的演出，这个乐队有"热嘴唇"佩吉及其他人——查理·帕克离开家乡去了纽约的哈莱姆区，遇见了疯狂的塞隆尼斯·孟克和更疯狂的吉莱斯皮……查理·帕克早年总是一边演奏，一边发疯和转圈。他比莱斯特·杨年轻一点，后者也来自堪萨斯城，那个阴郁而神圣的傻瓜，他身上就裹着爵士乐的历史：当他高举和平举萨克斯管时，从他嘴里吹出的是最伟大的音乐；当他头发越来越长、人越来越懒并转向毒品时，他的萨克斯管的高度也就降低了一半；直至最后一落到底，现如今，他穿着厚底鞋，这样他就感觉不到生活的人行道，他把萨克斯管软弱无力地捧在胸前，吹几个冰冷而容易的乐句，随后便放弃了。这里都是美国波普爵士乐之夜的孩子。还有几个更古怪的奇葩——当黑人中音萨克斯手在大家的头顶上方一脸庄严地陷入沉思时，那个来自丹佛柯蒂斯街、穿着牛仔裤、系着镶钉腰带、身材修长的金发小伙子便吸吮他的萨克斯管吹口，等待别人吹完；当别人吹完时，他便开始吹。你不得不东张西望，看看独奏来自何处，因为它来自吹口上那两瓣天使般微笑的嘴唇，它是一支中音萨克斯管吹出的轻柔甜美的童话故事。一支假娘们中音萨克斯管吹进了茫茫黑夜。其他的乐手怎样呢——有低音吉他手，一个瘦而结实的红发青年，眼神狂野，弹奏时随着每一下强有力的拍打而猛击自己的臀部，高潮时刻，他神情恍惚地张大嘴巴。"伙计，这只疯猫真能搞他的姑娘。"那个悲伤而放荡的鼓手，就像我们在旧金山霍华德街见过的那个颓废青年，完全是个呆子，眼神茫然，不停地嚼着口香糖，瞪大眼睛，带着赖希那样的兴奋摇头晃脑，自鸣得意地心醉神迷。键盘手是个开卡车的意大利裔小伙子，人高马大，双手粗壮，快乐无忧，爽朗而体贴。他们演奏了一个小时。没有一个人听。北克拉克街的老流浪汉们懒洋洋地坐在酒吧里，妓女们愤怒地高声尖叫，神神秘秘的中国佬走来走去。胡奇库奇舞的喧闹声掺和了进来。他们继续演奏。外面的人行道上走来一个幽灵——那是一个十六岁的小伙子，留着山羊胡子，拎着一个长号盒，像佝偻病患者一样骨瘦如柴，神情疯狂，他想加入这个群体的行列，和他们一起吹奏。他们以前就认识他，对他不感兴趣。他悄悄地溜进酒吧，默不作声地拿出他的长号，把它举到唇边。没有开始吹。谁也没有看他。他们演奏完了，收拾东西离开，去另一家酒吧。他们都走了。那小子的长号已经拿出来了，他把它装配好，擦了擦喇叭口，没有一个人留心。他想跳，这个瘦得皮包骨头的芝加哥小子。他戴上墨镜，把长号举到唇边，独自在酒吧里吹了一声："吧呜！"然后他冲了出去追他们。他们不会让他和他们一起演奏，就像油罐后边的沙地足球队。"这些家伙都和他们的奶奶住在一起，就像吉姆·霍姆斯以及我们见过的那位像艾伦·金斯堡的中音萨克斯手。"尼尔说。我们也跑出去追那帮人。他们走进了安妮塔·奥黛的夜总会，取出乐器，一直演奏到早晨九点。尼尔和我在那儿喝着啤酒。中间休息时，我们冲出去，开着那辆凯迪拉克，跑遍芝加哥，试图捎上几个姑娘。她们被我们这辆遍体鳞伤的豪华大车给吓坏了。我们冲回来，再次冲出去。在发神经般的狂热中，尼尔倒车时撞上了消防栓，发疯似的哈哈大笑。到九点钟的时候，那辆车已经彻底给毁了；刹车再也不起作用，挡泥板扁了下去，操纵杆咔嗒作响。它是一个沾满烂泥的行李箱，不再是一辆闪闪发光的豪华轿车。它为那个夜晚付出了代价。"哟！"小伙子们还在尼兹夜总会演奏。突然间，尼尔注视着演奏台那边一个黑咕隆咚的角落，说："杰克，上帝来了。"我放眼望去。究竟是谁，与丹泽尔·贝斯特、约翰·莱维及查克·韦恩这些过去时代的牛仔吉他手一起坐在角落里？是乔治·谢林。像从前一样，他用苍白的手支撑着他那失明的脑袋，两只耳朵像大象的耳朵一样张开，倾听美国的声音，为了他自己能够在英国夏日的夜晚使用。随后，他们强烈要求他上台演奏。他演奏了。他演奏了数不清的曲子，充满了令人惊叹的和弦，升得越来越高，直至汗水溅落在钢琴上，每个人都怀着敬畏和惊恐听他演奏。一个小时后，他们把他领下演奏台。他回到了黑咕隆咚的角落里，老上帝谢林。小伙子们说："听了他的演奏，别的就不值一听了。"但那个身材修长的领队皱了皱眉头。"管他呢，我们吹我们的。"其中有些东西尚未出现。始终有更多的东西，再过一会儿——它从未结束。在谢林的探索之后，他们试图找到一些新的乐句，他们找得很费劲。他们蠕动、扭曲、吹奏。时不时地，一声清晰的和声哭喊暗示了一个新的曲调，总有一天它会成为世界上唯一的曲调，它将提升人们的灵魂，使之欢乐。他们找到了，他们又失去了，他们为之而挣扎搏斗，他们再次找到了，他们大笑，他们呻吟——尼尔坐在桌旁大汗淋漓，叫他们继续、继续、继续。早晨九点钟的时候，所有人——乐手们，穿宽松裤的姑娘们，酒吧男招待们，以及一个骨瘦如柴、闷闷不乐的长号手——全都跟跟跄跄走出了夜总会，走进了芝加哥喧嚣嘈杂的白天，回家睡觉，直至狂野的波普爵士乐再次开始。尼尔和我在喧嚣混乱中瑟瑟发抖。到了把那辆凯迪拉克还给车主的时候了。他住在湖滨大道旁边一幢很有排场的公寓里，地下有巨大的车库，由满身油污的黑人管理，为了保住他们的工作，他们不得不晚上睡觉，不能通宵达旦地听爵士乐。我们把那一堆烂泥似的东西开到那里，弄进了停车位。技工认不出那辆凯迪拉克。我们交付了相关文件。看到这辆车，他使劲地挠头。我们必须赶快出来。我们出来了。我们搭乘一辆巴士回到了芝加哥闹市区，事情就这样不了了之。我们再也没有听到过那位芝加哥大亨对那辆凯迪拉克的车况说半个字，尽管事实上，他有我们的地址，完全可以投诉。事情很简单：他有的是钱，不在乎我们拿他的车开那种玩笑，那辆车可能是他的车库里很多辆豪车之一。是时候了，我们该继续向底特律前进，并结束我们一起在路上的混乱生活的最后一件事情。"如果伊迪愿意的话，她可以和我们一起径直回纽约。我们将在城里弄一套公寓房，如果你的那位丹佛姑娘贝弗莉真的跟了你，我们都会和我们的女人安定下来，出去找工作，最后，如果我赚到了更多的钱，我们就会像我们曾经在电车上所说的那样，去意大利。""好哇，老兄，咱们走吧！"我们搭乘了一辆去底特律的大巴，我们的钱现在所剩无几。我们拖着破破烂烂的行李穿过车站。到这会儿，尼尔拇指上的绷带已经像煤一样黑，而且完全散开了。经过这番折腾之后，我们两个人的样子看上去凄惨无比。大巴呼啸着穿过密歇根州，筋疲力尽的尼尔在车里睡着了。我和一个漂亮的乡下姑娘交谈起来，她穿着一件低胸棉布衬衫，露出了晒成棕褐色的漂亮乳房的上部。我正在去见我那位狂野前妻的路上，我想试试其他女孩，看看她们要向我提出什么。她很乏味。她谈到了乡下的傍晚在门廊里做爆米花的情景。这个话题原本会让我满心欢喜，但因为她说的时候心里并不高兴，我意识到，她的观念里只有一个人该做什么，别无其他。"你还做了什么好玩的事情呢？"我试图把话题引到男朋友和性的方面。她那双黑色的大眼睛空茫地打量着我，流露出一种懊恼，这种懊恼在她的血液里可以一代接一代向上追溯，是由于没有做自己渴望做的事情而产生的……不管是什么事情，其实人人心知肚明。"你想从生活中得到什么？"我想抓住她，从她嘴里榨出答案来。她对自己想要什么一无所知。她咕咕哝哝地念叨着工作、电影、夏天要去奶奶家、希望自己能去纽约罗克西连锁影院看看，以及她会穿什么样的行头——像去年复活节穿的那身行头：白色女帽，玫瑰花，玫瑰色的运动鞋，淡紫色的华达呢外套。"你星期天下午干什么?"我问道。她坐在门廊上。小伙子们骑着自行车来来往往,停下来闲聊。她阅读幽默小报,她斜倚在吊床上。"在温暖的夏夜你干什么?"她坐在门廊上,她注视着公路上过往的汽车,她和妈妈一起做爆米花。"你老爸在夏天的晚上干什么?"他干活,他整夜在锅炉厂里上夜班。"你哥哥在夏天的夜晚干什么?"他骑着自行车到处闲逛,在冷饮店门前瞎混,"他渴望干什么? 我们大家都渴望干什么? 我们想要什么?"她一问三不知。她打起了呵欠。她犯困了。问题太难了。谁也说不上来。也没人说得清楚。一切都结束了。她十八岁,十分可爱,可惜不开窍。尼尔和我衣衫褴褛,肮脏不堪,仿佛我们靠吃蝗虫为生,我们在底特律跟跟跄跄下了大巴,穿过马路,找了一家廉价旅店,天花板上吊着灯泡,拉开褐色的破窗帘,看着外面的砖砌小巷。就在最远的垃圾桶那边,有什么东西在等着我们……两个穿着宽松裤的迷人女人经营着这家旅店。我们认为它是一家妓院。规章是打印的,钉在旅店的每一面板条墙上。"对房客蛮体贴嘛,别在这儿晾衣服。"别干这,别干那。尼尔和我走了出去,在一家流浪汉的自助餐馆里吃了一份肉卷,然后开始在底特律的漫天尘土中步行去我前妻的家,沿着马克大道走了五英里。我喊她,她不在家。"我们在草坪上等她,如果必要的话就等个通宵。""好哇,老兄,现在我跟着你,你带路。"那天晚上十点钟的时候,我们依然沉醉在谈话中,一辆巡逻警车停了下来,两个警察脚步低沉地走了出来,叫我们起来。有人投诉说有两个歹徒正从街对面的草坪上对一幢房子进行踩点,而且大声说话。"你们搞错了,警官,那幢房子是我前妻的房子,我们在等她回家。""跟你在一起的这个家伙是谁?""是我的朋友。我们从加利福尼亚来,要去纽约,我妻子要和我们一起去。""我认为你应该说前妻。""婚姻虽说解除了,但我们可以再结婚嘛。"警察犹犹豫豫地走开了,但他们叫我们滚出这个街区。我们去了一家酒吧,在那儿等。警察已经找酒吧男招待谈过，跟他讲了整个事情的经过，叫他盯着我们。一个小时后，尼尔去了伊迪的家，查看一下那里发生了什么，真是糟透了，警察敲了门，和她妈妈谈了一下，把我所做的事情告诉了她。她不需要我。她已经给自己找了一个新丈夫，一个人过中年的油漆制造商，再也不想和我这样的家伙有任何瓜葛。她拒绝对我在底特律可能做的事情承担任何责任。不仅如此，他们还让她从床上起来。当那天深夜伊迪从底特律某个地方回家时，她听到这个消息大吃一惊。早晨，当我打电话时，她本人接了电话。"你和你那位疯疯癫癫的朋友马上出来吧。我带着几个小子在街角上等你们。"结果发现，那帮小子是几个狂野的年轻人，是铁石心肠的不良少年，而她大约二十七岁，依旧像从前一样愚蠢。见到她的那一刻，我知道我再也不会回到她的身边了：她胖了，她的头发剪得很短，她穿着工装裤，一只手拿着糖果在嚼，另一只手端着啤酒在喝。她没有理睬尼尔和我，这是她的老把戏，只顾和那帮小子说话，咯咯傻笑。但她很好地招待了我们一顿，她妈妈出去了，我们风卷残云吃了一顿烤肉。随后，我们开着那帮小子的改装车到处飞奔，没有特别的理由。他们是些疯疯癫癫的小子：十六岁，已经在警察那里有了麻烦，超速罚单什么的。"你为了什么回底特律，凯鲁亚克？""我不知道，我想见你。""得了吧，如果我们再次结婚，让所有那些东西重来，这一回我想要一个女仆。"就这么定了。"我不想洗脏盘子，让别人去干。""你没有得到一个漂亮的灵魂吗？""灵魂对我来说毫无意义，凯鲁亚克，丢掉孩子气的谈话，谈论事实。""你可以塞住你的事实。""啊哈，还是那个老傻瓜。"这就是我们情意绵绵的谈话。尼尔听着，目光锐利地打量着。"你知道和她之间的麻烦吗？"他对我说，"她有一副铁石心肠，她在肚子里放进了一个秤砣，刚好抵住她的胃并使之振动，不让她下来谈话。她的余生不会做任何事情，除了混日子之外，一直混日子，你和她在一起绝不会有任何结果。"那是一个相当公正的评估。我对她依然有这样的关切，它来自过去，我不想马上离开底特律。我想和她把事情说明白。那天晚上，她给尼尔找了个女朋友，但那个女朋友没法摆脱她自己的男朋友，我们五个人全都坐伊迪的车外出，去底特律的黑人区黑斯廷斯街听爵士乐。这是一个阴郁的城市。一群黑人在街上超过了我们，说："这儿附近确实有很多白人。""伙计，这儿附近并不令人愉快。这是一座糟糕的城市。"底特律实际上是美国最糟糕的城市之一。它只有连绵不绝的工厂，中心城区并不比纽约州特洛伊的中心城区大，只不过人口达到了几百万。人人都在琢磨钱、钱、钱。但走上黑斯廷斯街，小伙子们正在吹奏。台上有一个大块头的上低音萨克斯手，尼尔和我那年冬天在旧金山的杰克逊之酷酒吧实际上见过，但演出台竖在吧台之上，姑娘们在那儿跳舞，整个想法是舞蹈，而不是音乐。然而，那个老萨克斯手还是拿着他那把硕大的萨克斯管在那儿吹一支快节奏布鲁斯。可怜的伊迪，坐在吧台旁，用她那双小手攥着孩子气的拳头，把拳头举到面前，高兴地听着音乐。突然间，她在喧嚣吵闹中对我说："嗨！那个尼尔有一颗伟大的灵魂。"我说："你是怎么知道的？"随后我知道，伊迪像从前一样了不起，但如今我们之间隔着什么东西，我们再也不会一起来对付它了。我有些悲伤。那个东西是分离的岁月——她变了，换了朋友，消磨夜晚的方式，兴趣，全都变了，让自己堕入到彻底的自我放纵和毫不在乎中。但过去的火花依然在那儿。仅仅几个月之前，亨基在底特律看望过她，把整整一批精美的衬衫留在了她家里，他在那儿住了几天，直至她母亲把他撵走。亨基如今在新新惩教所，在邦戈酒瓶中间隐藏了许多年，波多黎各的囚犯们日落时分在钢铁大厅里以此为乐。她给了我一件亨基的衬衫；我的新婚妻子如今正穿着它；一件漂亮的优质衬衫，亨基的典型特征。我很想最后一次和伊迪做爱，但她不愿意。我们驱车去了底特律湖，就我们两个，把尼尔留在旅店里，那两个穿宽松裤的妓院老板拒绝让伊迪进去聊天喝酒（"我们经营的可不是那种地方！"）。伊迪叫她们见鬼去吧。在湖边，我们坐在车里，像普通的情侣一样。我说："你怎么样，我在尝试，第一次，或最后一次，或者你想怎么说就怎么说吧。""别犯傻。"我很生气，跳下车，砰地甩上车门，去湖边"沉思"。从前这招一直很管用，她总是跟过来，安慰我。但如今她刚好相反，撒手不管，开车回家睡觉去了，把我丢在底特律的茫茫黑夜里，回去要步行七英里，因为那儿没有到任何地方的公共汽车。我往回走了四英里，到了最近的电车停靠站。那就像我从前在底特律的阿拉米达大道步行，那时候我总是用自己的脑袋去撞月光下闪着微光的柏油路面。一切都结束了，尼尔说，我们还是去纽约为好。我想最后尝试一次。第二天下午，我们去了伊迪的家，又和那几个疯疯癫癫的小子度过了愚蠢的五个小时，从冷柜里拿东西狼吞虎咽地吃，她妈妈上班去了。随后，伊迪叫我们去马克大道那家酒吧里等她过来与我们会合，和那个爱管闲事的男招待是同一家酒吧。正当我们拐过街角时，我回过头，看到她在街上朝一辆车招手，并从车的前门溜了进去。那辆车往后倒，为的是不被我们碰见，然后消失不见了。"妈的，什么玩意儿？伊迪是不是钻进了那辆车？她是不是要来见我们？"尼尔默不作声。我们等了一个小时，随后他抱住我说："杰克，你不愿相信，可你不是看到了刚才发生的事情吗？你从未想过，她在丹佛已经有了一个男孩子，一个情人，他刚才来接她。可你在这儿等，你愿意等个通宵。""她绝不是那样的人！""你不了解女人，即使你和她们一起过了一百万年。就像卢安妮一样，老兄，她们全都是婊子——你知道，我所说的婊子完全不同于这个词所指的意思。她们只是把心思从你身上转移开了，就像换一件毛皮外套一样，她们根本不在乎。女人可以忘记男人忘不掉的东西。她已经忘记了你，老兄。你不愿意相信罢了。""我不信。""你是用你自己的眼睛看她，是不是？""我想是吧。""她偷偷地跟他走了。真是太狠毒了，她甚至丝毫没有告诉你她心里惦记的是什么。噢，老兄，我了解这些女人，我在这儿观察她两天了，我了解。"夏天结束了。我们站在酒吧门前的人行道上——我们他妈的在底特律究竟是干吗？——天冷了。那是春天之后第一个寒冷的黄昏。我们穿着T恤衫缩成一团。"唉，老兄，我知道你是什么感觉。我们按照这一理解来决定我们的生活——我和卡罗琳了断了，我很久之前就和卢安妮了断了，现在你要和伊迪做个了断。我们去纽约，一切从头再来。我用骨头里的每根纤维来爱卢安妮，老兄，我得到的待遇和你是一样的。"但我还是走回了伊迪家，去看看她是不是在那儿。她妈妈这会儿在家，我从厨房的窗户里看见了她。这是我生命中一切了断干净的新时期。我同意尼尔的观点。"人总是在变，那就是你应该知道的东西。""我希望你和我永远不变。""咱知道，咱知道。"我们上了一辆电车，去了底特律中心城区，突然间我记起来，路易-费迪南·塞利纳曾经和他的朋友罗宾逊乘坐过同一趟电车，那个罗宾逊究竟是谁呢，如果不大可能是塞利纳自己的话。尼尔就像我自己，因为头天夜里在旅店里我梦见了尼尔，而且尼尔也梦见了我。不管怎么说，他是我兄弟，我们永不分离。我们没有钱在旅店房间里再住一夜，于是我们把行李寄存在长途大巴车站的储存柜里，决定去穷街的一家通宵电影院里熬夜。公园里实在太冷。亨基曾经在底特律的穷街待过，他很多次用他那双黑眼睛仔细打量过每一个吸毒场所和通宵电影院，以及每一家喧嚣吵闹的酒吧。他的幽灵纠缠着我们。我们再也没有在时代广场找到过他。我们认为，没准老尼尔·卡萨迪碰巧也在这儿——但他并不在。我们每个人花了三毛五分钱进了那个破破烂烂的老电影院，在楼座包厢里坐了下来，直到第二天早晨，我们才被人赶下楼。走进那个通宵电影院的人都会挨到最后。有穷困潦倒的黑人，他们听到传闻从亚拉巴马州过来，在汽车厂里干活；有上了年纪的白人流浪汉；有长发飘飘的颓废青年，他们走投无路，不停地喝酒；还有妓女、普通的两口子和家庭主妇，他们无事可做，无地可去，无人可信。要是你拿着一个铁丝筐把整个底特律筛一遍，得到更颓废的渣滓，都不如这里搜集起来更方便。电影放的是唱歌牛仔罗伊·迪安和他漂亮的白马比卢普，那是第一场；第二场是双片联映电影，演员是乔治·拉夫特、西德尼·格林斯特里和彼得·洛里，是关于伊斯坦布尔的片子。那天晚上我们两个把这些电影看了六遍。我们看到他们走路，我们听到他们睡觉，我们感觉到他们做梦，当早晨来临时，我们彻底浸透了古怪的西部灰色神话和奇异的东部黑色神话。打那以后，我所有的行为都被这一可怕的潜移默化的经验自动强加成了我的下意识。我听了大块头格林斯特里一百次冷笑；我听到彼得·洛里作出危险的引诱，我和乔治·拉夫特一起沉浸在他偏执狂般的恐惧中；我和罗伊·迪安一起骑马唱歌，无数次朝偷牛贼开枪射击。人们对着酒瓶子开怀畅饮，在黑咕隆咚的电影院里东张西望，想找点事干干，找个人聊聊。人人都做贼心虚似的安安静静，没人说话。灰白的黎明像幽灵一样对着电影院的窗户噗噗吹气，紧紧抱住它的屋檐，我睡着了，头靠在座位的木质扶手上，电影院的六个服务员把他们在夜里清扫的垃圾聚拢在一起，堆成了一个巨大的土堆，当我耷拉着脑袋打呼噜时，垃圾堆都碰到了我的鼻子——他们险些把我也给扫了出去。这是尼尔后来告诉我的，他坐在我后面，距离我十个座位，把这一切看在眼里。所有的烟蒂、酒瓶、火柴纸夹，五花八门，全都扫进了这个垃圾堆里。要是他们把我也扫进去了，尼尔就再也见不到我了。他将不得不走遍整个美国，从东海岸到西海岸，翻遍每一个垃圾桶，才发现我像胎儿一样蜷缩在生活的垃圾当中，那是我的生活、他的生活，以及每一个相干和不相干的人的生活。我会从垃圾的子宫里对他说什么呢?"别烦我,哥们,我在这儿很快乐。一九四九年八月的一天夜里,你在底特律和我失散。你有什么权利来打扰我在这个垃圾桶里的白日梦呢?"一九四二年,我是古往今来最肮脏的一出戏剧中的主角。我是个水手,去波士顿斯科雷广场的帝王咖啡馆喝酒。我喝了六十杯啤酒,退到厕所里,蜷缩在抽水马桶旁边睡着了。夜里,至少有一百个水手、海员和五花八门的市民进来,朝我撒尿、呕吐,直至我结成了认不出来的一坨。可归根到底,那又有什么关系呢?——人间的默默无闻胜过天堂里的鼎鼎大名,什么是天堂?什么是尘世?全都是心里的想法而已。黎明时分,尼尔和我胡言乱语、跟跟跄跄走出这个恐怖窟,去旅行社找顺风车。尾声到了。除了绝望,没有留下任何东西。上午的大部分时间耗在了泡黑人酒吧、追女孩以及在自动点唱机上听爵士唱片上,之后,我们终于找到了一辆顺风车,被指示去拿上我们的行李,去那人的家里,准备出发。尼尔和我坐在公园的草坪上休息。尼尔看着我。"喂,老兄,你知不知道几年后你的耳朵会有麻烦?""你说什么?""你的耳朵里变成褐色的了,那是一个糟糕的症状。"那不是我的错,我甚至不愿意讨论这个问题。"你想让我怎么办?"我叫了起来,"我创造了世界吗?我实施或者哪怕是暗示过这样吗?"随后,我把小手指塞进我的耳朵里,注意到尼尔是对的。它非常糟糕。每件事情都在一点一点地分崩离析。我们躺在草坪上,看着蓝天。电车在我们周围发出尖叫声。下午,我们得知我们还要等一天,晚上我们再次拜访伊迪,这一次她让我们看了汽车后备厢里的一箱啤酒,我们再次去听爵士乐。对于昨天晚上把我们晾在那里她闭口不提;她几乎没有意识到她做了此事。"噢,她变得铁石心肠!"尼尔低声道。她在黑斯廷斯街快速闯过了一个红灯,一辆巡逻警车立即追上了我们,命令我们停车。尼尔和我举着双手跳下了车。到这会儿我们已经变得多么可怜。警察立即对我们进行搜身。除了身上的 T 恤衫,我们一无所有。他们轻拍着我们，摸遍全身，绷着脸，很不高兴。"真是活见鬼，"伊迪说，"我单独一个人的时候警察从未找过我的麻烦。听着，你们这些家伙知道我老爸是谁吗？我不会有任何废话！""你车的后备厢里放一箱啤酒干什么？""不管你们的狗屁事。""是这样，你刚才闯红灯了，女士。""是吗？"你绝对没有见过任何人对警察有这么凶。至于尼尔和我，我们已经完全习惯了。我们跟着警察去了局里，老老实实走到桌子旁边。尼尔甚至有些兴奋，对警官讲起故事来。伊迪在打几个重要电话，让她所有的亲戚都来支持她。她愤怒地转向我。"凯鲁亚克，有警察的时候总是少不了你，你和你那个该死的朋友看上去就像是一级歹徒。我绝对不会再和你们有任何该死的关系。""那很好，"我说，"你妈妈说我不该重新撕开任何老伤疤，她说我是个流浪汉。""你知不知道她是对的？"尼尔和我很高兴进了警察局，它就像是家，我们有一段美好的时光。警察们也有点喜欢我们。下一步，我们会在后屋里被用软管浇水，高兴地尖声大叫——或许吧。伊迪用她那种上流人士傲慢无礼的冒犯和威胁把整个警察局彻底给镇住了，我们都被放了，出去喝那箱啤酒。就像一场令人晕眩的梦，她离开了，回家去了，我再也没有见过她。第二天下午，尼尔和我拿着破破烂烂的行李，乘坐当地的公共汽车，艰难跋涉五英里，去了那人的家里，他要收我们每人四块钱的油费，把我们捎到纽约。他是一个人过中年、满头金发的家伙，戴着眼镜，有老婆孩子，一个殷实之家。在他做准备的时候我们在院子里等着。他那位可爱的妻子穿着棉布厨房服，给我们端来了咖啡，但我们正忙着说话。到这个时候，尼尔已经筋疲力尽，神经错乱，以至于看到什么东西都让他高兴不已。他正在接近一种虔诚的疯狂。他不停地冒汗。我们坐进那辆崭新的克莱斯勒汽车、动身前往纽约的那一刻，那个可怜的家伙才认识到他捎上的是两个疯子，但也只好随遇而安，事实上，当我们经过布里格斯体育场并聊起底特律老虎时，他已经习惯了我们。在那个薄雾迷蒙的夜晚，我们穿过了托莱多，继续向前穿越老俄亥俄。我意识到我正在穿越和重新穿越美国的城镇，仿佛我是一个旅行推销员——蓬头垢面的旅行，劣质货物，马戏袋底部的烂豆子，没有人买。快到宾夕法尼亚州时，那家伙累了，尼尔接管了方向盘，一直开完到纽约剩下的路程，我们开始听收音机里播放的锡德交响乐团演奏所有最新的波普爵士乐，这会儿，我们正在进入美国最后的大城市。我们清晨到达那里。时代广场正在被撕碎，因为纽约从不休息。当我们经过时代广场时，我们自动寻找起亨基来。一个小时后，我们来到了我妈妈在长岛的新公寓，那个底特律人想把账结清，我妈妈自己正忙着和几个油漆匠讨价还价，他们都是我家的朋友，我们跌跌撞撞地上了楼。"杰克，"我妈妈说，"尼尔可以在这里待几天，之后他必须走人，懂我的意思吗？"旅行结束了。那天晚上，尼尔和我在长岛的油罐、铁路桥和雾灯中间散步。我记得他站在一盏街灯下。"就在我们走过另外那盏路灯时，我要告诉你另外一件事情，杰克，但我现在有一个新的想法要继续讲，等我们到下一个路灯时再回到最初的话题，同意吗？"我当然同意。我们已经习惯了旅行，我们必须走遍整个长岛，但前面已经没有陆地了，只有大西洋，我们只能走这么远。我们紧紧握手，同意永远做朋友。没过到五个晚上，我们便去纽约参加一场派对，我见到一个名叫黛安娜的姑娘，我告诉她我有一个朋友，她应该什么时候见一见。我喝醉了，我告诉她这位朋友是个牛仔。"哦，我一直很想遇见一个牛仔。""尼尔！"我大声叫喊，"过来哥们。"整个派对都能听见，参加这次集会的有诗人何塞·加西亚·维拉、沃尔特·亚当斯、委内瑞拉诗人维克多·特黑拉、我从前的恋人金妮·巴克尔、艾伦·金斯堡、格内·皮平和数不清的其他人。尼尔羞怯地走了过来。一个小时后，在聚会——他和这次聚会当然没什么关系——的醉酒兴奋中，他跪在地板上，下巴抵住黛安娜的肚子，对她海誓山盟，大汗淋漓。她是一个肤色黝黑、性感迷人的大个子美女，正如维拉所说的，"就像直接从德加的画中走出来的"，大体上像一个漂亮的巴黎妓女。第二天，尼尔便和她住在了一起；大约几个月的时间里，他们一直在通过长途电话和旧金山的卡罗琳讨价还价，为的是得到必要的离婚文件，这样他们就可以结婚。不仅如此，又过了几个月，卡罗琳生下了尼尔的第二个孩子，是我到那儿之前他们达成谅解的那几个夜晚的结果。再过几个月，黛安娜也生下了一个孩子。加上科罗拉多州什么地方的一个私生子，尼尔如今总共有四个孩子，他身无分文，麻烦缠身，心醉神迷，风风火火，像从前一样。到了我最后独自一人去西部的时候了，我身上又有了一些钱，打算一直向南跑到墨西哥去，在那儿把它们花掉，而尼尔——把一切抛到九霄云外，过来和我会合。那是我们最后一次旅行，它结束于香蕉树中间，我们一直知道，那些香蕉树就在路的尽头。

第四部

　　正如我所说的，我又挣到了一些钱——我和母亲结清了年底之前的房租——没有事情可干，没有地方可去。有两件事情迫使我离去，否则我绝不会再次动身。第一，有个女人在她纽约的公寓房里给我吃龙虾、蘑菇吐司和春芦笋，但在别的方面，她给了我一段十分糟糕的时光。第二，不管春天什么时候来到纽约，我都受不了这片土地上从河对岸的新泽西吹过来的某些暗示：我得走了。于是我走了。平生第一次我在纽约和尼尔告别，把他留在了那里。他在麦迪逊大道和第四十街拐角上一个停车场里打工。像从前一样，他穿着破破烂烂的鞋子、T恤衫和吊在肚子上的裤子跑来跑去，全靠他自己亲历中午无边无际的车流。他在挡泥板中间狂奔，跳过保险杠，在车轮背后狂窜，呼啸着开出十英尺，急刹车把车停住；跳下车，跑过场地，在二十秒的时间里把五辆车从砖墙边挪开；发疯似的跑回来，跳进可恶的拦路车，在横七竖八地停死的汽车中间绕着场地飞快地兜圈子，利索地把它停在一个毫不显眼的角落里。我通常在傍晚来看他，那个时候没什么事情。他站在工棚里数钞票，揉着肚子。收音机一直开着。"老兄，你瞧那个神经病马蒂·格利克曼解说篮球比赛——到了中场，起跳，做假动作，立定投篮（停顿），嗖，两分。绝对是我听过的最伟大的解说员。"他已经沦落到满足于诸如此类的简单快乐。他和黛安娜住在东七十街一个没有热水的公寓房里。晚上回家时，他把自己脱个精光，穿上长至臀部的中国丝绸大褂，坐在安乐椅里抽装着大麻的水烟筒。这些都是他回家后的乐趣：加上一副淫秽扑克牌。"最近我一直专注于这张方块二。你注意到她的另一只手在哪儿吗？我敢打赌你说不上来。你仔细看看。"他想把这张方块二借给我，上面画的是一个高大而忧伤的家伙和一个淫荡而凄惨的妓女在床上尝试一个姿势。"来吧，我用它很多次了！"他妻子黛安娜在厨房里做饭，苦笑着探过头来看了一眼。对她来说一切都很好。"瞧见她没有？瞧见她没有，老兄？这就是黛安娜。瞧，那就是她做的一切，把头伸进来笑笑。噢，我跟她谈过了，我们已经漂亮地把每一件事情安排妥当。我们今年夏天要去新罕布什尔，住在一个农场里——我要弄一辆旅行车，偶尔回纽约找点刺激，漂亮的大房子，接下来的几年里生一大堆孩子。啊咳！哼！天哪！"他从安乐椅里跳起来，放上一张威利·杰克逊的唱片。这恰好就是他在旧金山和卡罗琳一起时所做的事情。黛安娜反复给他的第二任妻子打电话，和她长谈。她们甚至互相写信，谈论尼尔的古怪行为。当然，他不得不每个月把自己的一部分薪水寄给卡罗琳，作为抚养费，否则就会进监狱。为了弥补损失的这部分钱，他在停车场里耍花招，在这方面他是一流的艺术家。我曾看见他喋喋不休地祝一个有钱人圣诞快乐，结果把一张五块钱的钞票换成了二十块，从未失过手。我们出去，在鸟园爵士花掉了这笔钱。一个薄雾迷蒙的晚上，我们在第五大道与第四十九街的街角上聊天。"唉，杰克，该死，我真的希望你别走。你一走，我在纽约就第一次没有老朋友在身边了。"他又说，"纽约只是我落脚的地方，旧金山才是我的家乡。在这儿的时候，除了黛安娜之外，我一直没有别的女人——只有在纽约才会出现这样的事情。真该死！但是，只要想到再次穿越这片可怕的大陆……杰克，我们很长时间没有直来直去地谈谈了。"在纽约，我们一直疯狂地到处乱跑，和一群群的朋友参加醉醺醺的派对。这似乎并不适合尼尔。寒冷的夜晚，冷雨飞溅，薄雾迷蒙，在空荡荡的第五大道上缩成一团，看上去更像是他自己。"黛安娜爱我。她告诉过我，并答应我可以想干什么就干什么，不会有什么麻烦……你瞧，老兄，年纪越来越大，麻烦越来越多。总有一天，我们会在日落时分一起走进一条小巷，在垃圾桶里找东西吃。"你的意思是我们到头来会成为老流浪汉吗？""为什么不会，老兄？当然，如果我们想成为流浪汉，我们就会成为流浪汉，诸如此类吧。那样结束也没什么害处。你一辈子不干扰别人的愿望，包括政治家和有钱人，没人来烦你，你一心走自己的路。"我同意他的看法。他以最简单、最直接的方式得出了他深思熟虑的结论。"你的路是什么，老兄？——圣子之路，疯子之路，彩虹之路，任何路。那是在任何地方、给任何人走的任何一条路。什么地方，什么人，怎么走呢？"我们在雨中频频点头。这就是亲切感。"妈的，你得照顾好自己的身体。只有一个活蹦乱跳的人才算是一个人——医生这么说的。我老实告诉你，杰克，不管我住在什么地方，我的衣箱总是塞在床底下，我随时准备离开，或者被人赶出去。我决定什么都撒手不管。你看到过我努力拼命干，你知道这并不重要，我们了解时代……如何放慢速度，走走瞧瞧，找点老式的刺激，还有什么别的刺激呢？我们都知道。"我们在雨中叹息。那天晚上，整个哈得逊河谷都在下雨。这条宽阔大河的巨大码头被淋得湿漉漉的，停在波基普西的旧蒸汽船被淋得湿漉漉的，大河源头的裂岩湖被淋得湿漉漉的，范德沃克山被淋得湿漉漉的，所有土地和城市街道都被淋得湿漉漉的。"所以，"尼尔说，"我这辈子一直随遇而安。你知道，最近给丹佛县监狱里的老爸写了信——几天前，我收到了他许多年来写给我的第一封信。""是吗？""是啊，是啊……他说等他能去旧金山的时候他想看看我的孩子。我花三十块钱在东四十街找了一间没有热水的出租房，如果我能给他寄些钱的话，他就会过来，住在纽约——如果他到了这里的话。我从未给你讲过我妹妹的情况，但你知道我有一个可爱的小妹妹。我想让她来这儿，也和我住在一起。""她在哪儿？""嗯，问题就在这儿，我不知道她在哪儿——老爸打算去找她，但你知道他实际上做了什么。""所以他回了丹佛?""直接进了监狱。""他在哪儿?""得克萨斯,得克萨斯……所以你瞧,我的心情,我的状况,我的位置——你注意到我变得更安静了。""是啊,这倒是真的。"尼尔在纽约变得越来越安静了。他渴望谈话。我们在冰冷的雨中冻得要死。我们约好我动身之前在我妈妈家里再见一面。接下来的那个星期天下午,他来了。我有一台电视机。我们让电视播放一场球赛,收音机播放另一场球赛,并且不时地转到第三场球赛,追踪每时每刻发生的一切。"记住,杰克,在布鲁克林,霍奇斯在二垒,等到费城人队的替补投手上场时,我们切换到波士顿巨人队,同时注意迪马乔已有三球入账,投手在往手上抹松香粉时,我们赶快看看鲍勃·汤姆森怎么样了,我们三十秒钟之前丢下他时,三垒上有一个人。真带劲!"下午的晚些时候,我们出了门,在长岛铁路调车场旁边那块被煤烟覆盖的场地上与几个小伙子玩棒球。我们还玩了一会儿篮球,玩得如此疯狂,以至于几个年轻小子说:"悠着点,用不着拼老命。"他们平稳地在我们身边跳来跳去,轻松地打败了我们。尼尔和我大汗淋漓。在某个时刻,尼尔脸朝下摔在水泥场地上。我们气喘吁吁地去抢那几个小子的球,他们转身把球传了出去。另外几个孩子奔跑过来,平稳地把球从我们的头顶上投了过去。我们像疯子一样跳起来投篮,那几个年轻小子只是伸伸手,便把球从我们汗津津的手里抢走,运着球跑开了。他们认为我们发神经。尼尔和我回家,在街上各走一边人行道,玩传接球。我们尝试一些非常特殊的接球,从灌木丛上方扑地接球,险些撞上电线杆子。当一辆汽车从我身边驶过时,我靠着车旁向前跑,刚好在消失的保险杠后边把球扔向尼尔。他飞奔过去,接住球,在草地上打了个滚,把球扔回来让我接,我在一辆停着的送面包的卡车的另一侧。我刚刚赤手把球接住,便把它扔了回去,这样尼尔就不得不转身起跳,仰身摔了出去,落在树篱的那边。我们这样继续玩了一会儿。回到家里，尼尔掏出钱夹子，清了清嗓子，把我们在华盛顿得到那张超速罚单时我妈给的十五块钱还给了她。我妈大吃一惊，十分高兴。我们得到了一顿丰盛的晚餐。"嗯，尼尔，"我妈说，"我希望你能够照顾好你即将出生的宝宝，这一回别再离婚了。""是，是，是。""你不能像这样全国各地到处生孩子。那些可怜的小家伙将会无依无靠地长大成人。你得给他们提供生活下去的机会。"他看着自己的脚，一个劲地点头。在这个残阳似血的黄昏，我们在高速公路的一座桥上告别。"希望我回来的时候你还在纽约，"我对他说，"尼尔，我最大的愿望是有朝一日我们能和我们的家人生活在同一条街上，两口子一起老去。""这是对的，兄弟——你知道那正是我所祈求的，完全意识到了我们都遇到过的和将要遇到的麻烦，正如你妈妈知道并提醒我的那样。我不想要那个即将出生的孩子，黛安娜坚持要，她不在乎，我们打了一架。你知不知道卢安妮在旧金山嫁给了一个水手并生了一个小孩？""知道，我们大家都要去那儿。"他掏出卡罗琳和新生女儿在旧金山拍的一张快照。一个男人的影子越过那个孩子落在阳光灿烂的人行道上，两条长长的裤腿影子。"那是谁呀？""是阿尔·亨克尔。他回到了海伦身边，他们现在去了丹佛。他们花了一天时间拍照片。"他拿出了另外几张照片。我意识到，我们的孩子有朝一日看到这些照片会觉得惊奇，认为他们的父母一定过着平和稳定、井然有序的生活，早晨起床，在生活的人行道上骄傲地散步，做梦也没想过蓬头垢面的疯狂和骚动，没想过我们实际上度过的夜晚，该死的夜晚，毫无意义的噩梦之路。体液告诉世界，孩子们从不知道。"再见了，再见了。"尼尔在浩荡的血色黄昏中走开了。火车头在他头顶的上方冒着白烟，摇晃着驶过，就像在特雷西一样，就像在新奥尔良一样。他的影子紧跟着他，模仿他的走路、思考和存在。他转过身，腼腆而羞怯地挥挥手。他对我做了一个司闸员的全速通过信号，他跳起来然后蹲下，大声叫喊着什么，我没听清。他环绕着跑了一圈。他不断接近立交桥的水泥拐角。他做了最后一个信号。我也朝他挥了挥手。突然间，他转过弯，快速走出了视线。我目瞪口呆地凝视着我自己荒凉萧瑟的日子；我也有很长很长的路要走。第二天午夜，我登上了一辆开往华盛顿的大巴；在那儿浪费了一些时间，到处瞎逛；特意去看了蓝岭山脉，听了仙纳度国家公园的鸟鸣，探访了石墙杰克逊的陵墓，黄昏时分站在那儿朝卡纳瓦河里吐痰，漫步走过西弗吉尼亚州查尔斯顿的乡村夜晚；午夜时分，在肯塔基州许兰市一个已经散场的剧院大门挑篷下与一个孤单的女孩搭讪。黑暗而神秘的俄亥俄，黎明时分的辛辛那提。然后再次来到印第安纳的田野，以及圣路易斯市，像从前一样笼罩在下午浩渺的山谷云霭里。沾满烂泥的鹅卵石和蒙大拿的原木，破破烂烂的蒸汽船，古老的招牌，河边的杂草和绳索。到了夜晚，密苏里，堪萨斯的田野，神秘辽阔的堪萨斯草原上夜晚的奶牛，以及饼干盒一样的小镇，每一条街道的尽头都是大海；黎明时到达阿比林。东堪萨斯的草地成了西堪萨斯的牧场，攀升到西部夜晚的山丘。乔治·格拉斯和我同乘一辆大巴。他在印第安纳州的特雷霍特上车，这会儿他对我说："我告诉你我为什么不喜欢我穿的这身衣服，它实在太糟糕了——但这还不是一切。"他拿出证明文件给我看。他刚刚从特雷霍特联邦监狱里被释放，因为在辛辛那提盗卖汽车。他是个二十来岁、满头鬈发的小伙子。"到了丹佛，我马上就在典当行里卖掉这套衣服，穿上我的牛仔裤。你知道他们在那座监狱里是怎么对待我的吗？单独监禁，身边只有一本《圣经》，我总是把《圣经》垫在屁股底下坐在石板地上，他们看到我这么干便把那本《圣经》拿走了，换了一个袖珍本的，只有这么大，没法坐在上面，于是我把整本的《圣经》读了一遍。嘻嘻。"他戳了戳我，大声嚼着糖果，他一直在吃糖果，因为他的胃在监狱里落下了毛病，吃不了别的东西——"你知道，《圣经》里有一些真正热辣的东西。"他告诉我这话是什么"示意"，"任何很快要出狱并谈论自己释放日期的人都是在向别人'示意'他们还得待下去。我们会揪住他的脖子说'别跟我示意！'，示意可不是什么好事——明白我的意思吗？""我不会示意，乔治。""任何人跟我示意，我的鼻孔都会张开，我会气得直想杀了他。你知道我这辈子为什么一直待在监狱里吗？因为我十三岁时控制不了自己的脾气。我和一个男孩一起看电影，他拿我妈妈开玩笑——你知道就是那种脏话——我掏出折刀割开了他的喉咙，要不是他们把我拉开了，我准会宰了他。法官说，你袭击你的朋友时知道自己在干什么吗？我知道，法官阁下，我想宰了那个狗娘养的王八蛋，现在还想。所以我没有得到假释，直接进了管教所。我单独监禁，坐的时间太久，患上了痔疮。千万别进联邦监狱，它们是最糟糕的。妈的，我可以说上一整夜，因为我很久没和人说话了。你不知道我出来的时候感觉多好。我上车时你只是坐在车上——坐车经过特雷霍特——你当时在想什么？""我只是坐在那儿，没想什么。""我在唱歌。我在你旁边坐下来，是因为我害怕坐在任何一个姑娘旁边，担心我会发神经，把手伸进她们的衣服里。我得等一段时间。""再进监狱的话，你这辈子就别想出来了——从现在起，你最好悠着点。""那正是我打算做的，唯一的麻烦是，我的鼻孔一张开，就不知道自己在干什么。"他现在要去和哥哥嫂嫂一起住；他们在科罗拉多州给他找了一份工作。他的车票是联邦官员给他买的，他目前是假释出狱。这个年轻人很像过去的尼尔，他热血沸腾得让自己受不了，鼻孔张开，任何生来就陌生的神圣性都挽救不了他，难逃铁窗的命运。"交个朋友吧，杰克，在丹佛的时候盯着我，别让我鼻孔张开好不好？但愿我能平安到达我哥哥家里。"我当然同意。当我们到达丹佛时，我拽着他的胳膊去了拉里默街，当掉他那身监狱的服装。包还没有完全打开，那个犹太老人就感觉到了里面是什么。"我这儿不收这种该死的东西。每天都有卡农城的孩子拿这种东西给我。"整个拉里默街都被前囚犯们占领了，他们试图卖掉监狱里纺织的服装。乔治最后还是穿上了崭新的牛仔裤和运动衫，把那玩意儿装在一个纸袋里夹在胳膊下。我们去了尼尔过去常去的格莱纳姆酒吧——路上乔治把那套衣服扔进了一个垃圾桶里——给埃德·怀特打了一个电话。这会儿是晚上。"哟？"埃德·怀特轻声笑了，"我马上过去。"十分钟后，他和弗兰克·杰弗里斯一起大踏步走进了酒吧。他们都从法国回来了，对他们在丹佛的生活极其失望。他们很喜欢乔治，给他买了啤酒。乔治开始乱花他在监狱里攒下的钱。我又回到了丹佛柔和而幽暗的夜晚，连同它圣洁的小巷和疯狂的房子。我们开始光顾城里所有的酒吧，西科尔法克斯的路边餐馆，五点黑人酒吧，工作场所。弗兰克·杰弗里斯一直在等着见我，等了许多年，如今我们第一次在一起，面对着一场即将到来的冒险。"杰克，打我从法国回来之后，我就不知道该拿自己怎么办。你真的要去墨西哥吗？天哪，我可以和你一起去吗？我可以弄到一百块钱，一旦到了那儿，就根据《退伍军人权利法案》申请资助，进入墨西哥城市学院。"很好，我们商定，弗兰克和我一起去。他是个四肢修长、头发蓬乱、羞怯腼腆的丹佛小伙子，笑起来像个大骗子，一举一动慢吞吞的，像加里·库珀一样不慌不忙。"天哪！"他说，两个大拇指插在裤腰带里，慢悠悠地走在街上，左右摇摆，但速度很慢。他父亲一直和他吵架。父亲反对他去法国，如今又反对他去墨西哥。弗兰克像个流浪汉一样在丹佛到处瞎逛，因为他和父亲打了一架。那天晚上，我们大家都开怀畅饮，并约束了乔治，没让他在科尔法克斯大街热辣铺子酒吧让自己鼻孔张开——有一个家伙带着两个姑娘走了进来，我们叫他"帽子"，想认识那两个姑娘，乔治朝他冲了过去——弗兰克跟跟跄跄离开了，去格莱纳姆酒吧楼上乔治的旅店房间里睡觉。"我甚至不能晚回家——我老爸开始和我打架，然后拿我妈出气。我跟你讲，杰克，我得赶快离开丹佛，否则我会疯掉。"好吧，我暂住在埃德·怀特那儿，后来贝弗莉·伯福德为我安排了一个整洁的地下室房间，最后我们大家每天晚上都去那儿聚会，持续了一个礼拜。乔治离开了，去科罗拉多的克莱马克斯找他哥哥，我们再也没有见过他，再也不会知道打那以后是不是有人对他示意，他们是不是把他关进了铁屋子里，或者他是不是在夜里越狱逃跑了。埃德·怀特、弗兰克、贝弗莉和我整个一周每天下午都在丹佛可爱的酒吧里度过，女招待穿着宽松裤四处走动，羞怯的眼睛含情脉脉，她们不是那种铁石心肠、见多识广的女招待，而是那种会爱上顾客、搞出爆炸性风流事件的女招待。我们从一家酒吧到另一家酒吧，气喘吁吁，满头大汗，受苦受累。那个礼拜每天晚上我们都去五点酒吧听爵士，在一些疯狂的黑人酒吧里喝烈性酒，在我的地下室里闲聊至早晨五点。中午我们通常躺在贝弗莉家后院里，周围是一些丹佛的小孩子在扮演牛仔和印第安人，他们爬上开花的樱桃树，跳下来扑到我们身上。我度过了一段美好时光，整个世界在我面前打开，因为我没有梦。弗兰克和我串通密谋，试图撺掇埃德·怀特跟我们一起走，但他不愿意离开丹佛的生活。我花了几个晚上和贾斯汀·W.布赖尔利在他的书房里聊天。他在那里让我穿上汉服，拿出腌制的干果和纯苏格兰威士忌。"坐下，杰克，给我讲讲纽约的一切。尼尔怎么样？艾伦怎么样？卢安妮怎么样？你知道哈尔·蔡斯在哪里吗？——在科罗拉多州的特立尼达，住在一个单身宿舍里。你在这个国家的任何地方见过亨克尔先生吗？你的朋友巴勒斯最近怎么样？伯福德还在巴黎。你和埃德长谈过了吗？你怎么喜欢杰弗里斯？贝弗莉这些日子心情好吗？"贾斯汀喜欢谈论我们所有人。"一切都在画一个奇妙的大圆，不是吗？"他说，"你不认为这很好玩吗？"他带我出去坐他的奥兹车，有很大的聚光灯。我们开到西科尔法克斯时，他看见一辆摇摇晃晃、前灯不亮的墨西哥老爷车。他打开聚光灯，对准那辆车，是一帮墨西哥裔男孩。他们很害怕地停下了，他们认为这是法律。"你们的前灯不管用吗？出毛病了吗？"这位大发脾气的丹佛显要人物喊道。"是，先生，是，先生。"他们说。"那好吧，"布赖尔利喊道，"新年快乐。"因为他为了这番荒唐可笑的对话而堵塞了交通，后面的车不停地按喇叭。"噢，闭嘴！"布赖尔利喊道，猛地加速把车开了出去。凌晨四点的时候，他把聚光灯对准了丹佛最富的人家，当光柱照亮室内时，他向我介绍每个房间。屋内的人在睡觉——他毫不在乎。在他的书房里，布赖尔利突然掏出尼尔一张旧的侧面肖像，当时尼尔十六岁。你从未见过比这更纯真的脸。"你瞧尼尔从前看上去像什么？那就是我当时为什么信任他的原因。别担心，我看到了他的潜力——他只是不愿学习，所以我对他撒手不管了。""这太糟了——尼尔可以成为世界上的一个大人物。另一方面，我更喜欢他现在的样子。世界上的大人物都不快乐。""你不会说尼尔现在很快乐吧？""他心醉神迷——跟快乐比起来，这是更多，还是更少。""我认为应该是更少。与他的三任妻子以及全国各地的孩子们卷入了种种麻烦——真荒唐。""去帮他找他妈。""不管怎么说，杰克，总是有很多乐趣。"布赖尔利变得严肃起来。"是的，我有很多乐趣，我愿意再过一遍这种生活。我越来越多地把精力集中在发现和培养这些孩子上——为什么我丢下我的法律业务，让它几乎关门大吉，我完全放弃了我的不动产，明年我想我还会放弃我在中心城的秘书职位。我回到我动身出发的地方，去中学教英文。"在布赖尔利那块中学里用的黑板上，我看到用粉笔写着卡尔·桑德堡和沃尔特·惠特曼的名字。一个黑人小男孩带着一个问题来找他。他没有时间同时交作文和做家庭作业。布赖尔利打电话给他的老板，改了时间，把每件事情都搞定了。孩子们从东部的大学里放假回家，来找他帮忙找暑期的工作。他只是拿起电话，呼叫市长。"你是不是碰巧还记得哥伦比亚的布鲁斯·罗克韦尔？他现在是市长助理，你知道的——确实干得不错。他是你们班的，不是吗？"他比我要晚。我记得布鲁斯·罗克韦尔在五月的一个夜晚坐在他的房间里，有一个重大决定要做出。这就是：究竟是回丹佛，还是待在纽约从事广告业。我躺在铺位上，手里拿着一篇批评性的评论，我把它从我手里扔了出去，落在了他的脚下。"那就是我对批评家的看法！"我叫道。布鲁斯·罗克韦尔反复思考他的命运。突然间，他站起身，走了出去。他已经决定了。他身上有某种东西很像麦克阿瑟将军。如今他是市长助理，东奔西跑，赴约，打高尔夫，出席鸡尾酒会，参加会议，匆匆赶赴布朗酒店的马提尼酒会，以及诸如此类；比从前胖了，患上了溃疡，在经过验证的精神正常状态发疯。

"不，"我说，"我认为尼尔很好。总有一天，他会在火舌中上升，一定会有什么事情发生。"我和丹佛的小子们一起过有一些好时光，懒洋洋地到处闲逛，正准备去墨西哥，一天夜里，布赖尔利突然打电话给我，说："喂，杰克，猜猜谁要来丹佛？"我一头雾水。"他已经上路了，我是从我的小道消息得到这个信息的。尼尔买了一辆车，正在赶来跟你会合。"突然间，我在幻想中看到了尼尔，一个正在燃烧、瑟瑟发抖的恐怖天使，正穿过公路，朝我跳动，像一片云一样飘近，速度极快，像平原上"裹着裹尸布的陌生人"一样追赶我，冲向我。我看到平原上方他那张巨大的脸，流露出疯狂的坚定意志，还有闪闪发光的眼睛；我看到他的翅膀；我看到他那辆破旧的老爷车，从里面放射出成千上万的火焰；我看到公路上方它燃烧出的轨迹；它甚至烧出了它自己的路，驶过玉米地的上空，穿过城市，摧毁桥梁，烤干江河。它像怒火一样直奔西部而来。我知道尼尔又发神经了。如果他取出所有银行存款买了一辆车，他就没有办法给任何一个妻子寄钱了。一切都完了，全完了。在他身后，烧焦的废墟在冒烟。他再次穿过这片可怕的大陆，向西狂奔，他很快就要到了。我们仓促地为此而做了些准备。有消息说，他要开车送我去墨西哥。"你认为他会让我一起去吗？"杰弗里斯满怀敬畏地问。"我跟他说说吧。"我严厉地说。我们不知道有没有指望。"他睡哪儿？他吃什么？有没有为他安排姑娘？"就像《巨人传》里的高康大要来似的；得为他做些准备，拓宽丹佛的排水沟，提前修改某些法律以适应他那饱受折磨的大块头和正在爆炸的狂喜。尼尔到来时就像一部老式电影。一个金色的下午，我在贝弗莉家那幢疯狂的房子里。只有这个词才能形容那幢房子。她妈妈远在法国。在家陪伴照看她的姑姑，是上了年纪的奥斯蒂丝，或者不管叫什么吧，她七十五岁，像只鸡一样活泼敏捷。在伯福德家族中——这个大家族从这儿一直延伸到艾奥瓦——她连续不断地在不同的家庭来回穿梭，通常让自己成为一个有用的帮手。从前她有许许多多儿子。他们全都走了，全都抛弃了她。她尽管老了，但对我们所做和所说的一切都很感兴趣。"你们干那种事情最好到院子里去，年轻人。"楼上——那年夏天几乎成了寄宿公寓——住着一个疯狂的家伙，名叫吉姆，他不可救药地爱上了贝弗莉。他实际上来自康涅狄格州，他们都说他来自一个富裕之家，有大好的前程等着他，什么都不缺，但他宁愿待在贝弗莉所在的地方。结果是这样：每天晚上，他满脸通红地坐在客厅里，拿一张报纸挡着脸，每次我们当中有人说任何话他都听着，但没有任何表示。贝弗莉说话时，他脸红得特别厉害。当我们强迫他放下报纸时，他极其厌烦而痛苦地看着我们。"嗯？哦，好吧，我想是这样。"他通常就这么说。奥斯蒂丝坐在她的角落里做编织活儿，用那双鸟一般的眼睛注视着我们。陪伴照看是她的工作，她的任务就是留心不让任何人说骂人的话。贝弗莉坐在长沙发上咯咯傻笑。埃德·怀特、杰弗里斯和我四肢伸开坐在不同的椅子里。可怜的吉姆饱受折磨。他站起身，打了个呵欠，说："嗯，又是一天，各位晚安。"然后上楼去了。贝弗莉并不喜欢他；

她爱的是埃德·怀特。埃德像一条鳗鱼一样扭动着挣脱她的控制。
一个阳光灿烂的下午，快到晚餐时间，我们就这样闲坐在那儿，尼
尔开着他的老爷车停在门前，跳下了车，穿着一身带马甲和表链的
粗花呢西装。"嘿！嘿！"我听到外面街上他的声音。他和比尔·汤
姆森一起，汤姆森刚刚带着他的妻子海伦娜从旧金山回来，再次生
活在丹佛。亨克尔和海伦·亨克尔也是如此，还有吉姆·霍姆斯。
大家都又回到了丹佛。"好哇，小子们，"尼尔说着伸出他的大手，
"我看到棍子的这一头一切都还不错嘛。哈啰，哈啰，哈啰。"他和
每个人打招呼，"噢，埃德·怀特、弗兰克·杰弗里斯，你们好哇。
这位是我的朋友比尔·汤姆森，他好心好意要陪我来，咳咳！喔
唷！嘎嘎！少校胡普尔先生，"他说着，一边向盯着他看的吉姆伸
出了手，"好哇，好哇。嗯，杰克老兄，情况怎样，我们啥时候去
墨西哥？明天下午？很好，很好。啊咳！杰克，我得在十六分钟之
内赶到阿尔·亨克尔家，拿回我那块老铁路手表，赶在当铺关门之
前到拉里默街把它当掉，在此期间，我得开得飞快，尽可能节省时
间，好让我能够看看我老爸是不是碰巧在吉格斯自助餐馆或别的什
么酒吧里，然后我和理发师布赖尔利有个约会，他一直叫我光顾，
许多年来我没变，继续执行这一政策——嘎嘎！——六点准时！准
时，听到没？我希望你就待在这儿，我会火速过来带你去比尔·汤
姆森家，播放吉莱斯皮以及五花八门的爵士唱片，放松一个小时，
然后再进行埃德、弗兰克和贝弗莉在没考虑我来的情况下为今晚安
排的任何活动，顺便说一句，我刚好在四十五分钟之前坐上你们看
到停在门外的我那辆一九三七年的老福特车，中间还在堪萨斯城耽
搁了不少时间，去看我的同母异父哥哥，不是杰克·戴尔，是更年
轻的那个……"说所有这些话的同时，他还一边忙着在大家刚好看
不见的客厅凹室中脱下西装，换上 T 恤衫，同时掏出他的手表，放
进他从那只遍体鳞伤的旧衣箱里拿出的另一条裤子的口袋里。"黛

安娜呢?"我说,"纽约出什么事了。""正式说来,杰克,这次旅行是为了得到一张墨西哥的离婚证,比任何地方都要快……我已经有了卡罗琳的协议,一切都妥了,一切都很好,一切都妙不可言,而且我们都知道我们现在不用担心任何事了,不是吗,杰克?"好吧,去他老爸的,我一直准备跟着尼尔,于是我们大家手忙脚乱地制定一套新的计划,安排了一场盛大的晚会,那是一个令人难忘的夜晚。在阿尔·亨克尔姐姐家里有一场派对。他的两个哥哥都是警察。他们坐在那里,对正在发生的每一件事情都胆战心惊。餐桌上摆满了美味佳肴,还有蛋糕和酒水。阿尔·亨克尔看上去快乐而富足。"喂,你和海伦之间的事情现在都搞定了吗?""是先生,"阿尔说,"那是肯定的。我即将去丹佛大学上学了,你知道的,我和吉姆,还有比尔。""你们学什么?""噢,我眼下还不知道。尼尔一年比一年更疯狂了,是不是?""确实如此。"海伦·亨克尔也在那儿。她很想和人交谈,但尼尔滔滔不绝说个没完。杰弗里斯、怀特、贝弗莉和我并排坐在靠墙的餐椅上,尼尔站在我们面前,手舞足蹈。阿尔·亨克尔在他身后神经紧张地走来走去。他可怜的姐姐被挤到后面去了。"嗬!嗬!"尼尔不停地说着,拽着衬衫,揉着肚子,上蹿下跳。"是啊,好哇——我们大家现在全都在一起,许多年过去,你瞧我们没有一个人真正变了。要证明这一点,我这儿有副扑克牌,我可以用它非常准确地预测各种各样的未来"——就是那副淫秽扑克牌。海伦娜·汤姆森和比尔·汤姆森僵硬地坐在角落里。那是一次毫无意义的聚会,一次彻底的失败。接下来,尼尔突然变得安静了,坐在杰弗里斯和我之间的一把餐椅上,直勾勾地凝视着前方,带着像狗一样的疑惑,不理睬任何人。他只是消失了片刻,为的是积蓄更多的能量。如果你碰他,他准会摇摇晃晃,就像悬崖上一块悬停在鹅卵石上的大圆石一样。他可能掉下悬崖摔得粉碎,要么就像石头一样摇晃。随后,这块大圆石爆炸成了一朵向日葵,他的脸被可爱的微笑所点亮，他像一个刚刚醒来的人那样环顾四周，说："噢，看看这儿所有和我坐在一起的美好的人。真美好！杰克，多美好。"他站起身，走到对面，把手伸向聚会上的其中一个警察。"你好。我叫尼尔·卡萨迪。没错，我清楚地记得你。一切都好吗？嗯，嗯。瞧那可爱的蛋糕。噢，我能来一点吗？"阿尔的姐姐说当然可以。"哦，多美妙。人们这样美好。蛋糕和好东西都摆上了餐桌，全都是为了美妙的小小快乐。嗯，它很甜，真的很甜。啊哈！"他站在房间中间摇摇晃晃，吃着蛋糕，惊奇地看着大家。他转过身，环顾身后。一切都让他惊奇，一切他都看在眼里。墙上一幅画吸引了他的注意。他走上前仔细观看，然后后退，屈身，跳起，他想尽可能从各个不同的层面和角度观看。他完全不知道自己给人留下什么样的印象，更不在乎。人们这会儿开始带着父母般的喜爱之情看着尼尔，他们的脸上容光焕发。他终于成了一个天使，我一直知道他会成为天使，但像任何天使一样，他依然有着天使的愤怒和狂暴，那天晚上，当我们大家全都离开聚会的地方，一大帮人闹哄哄地去温莎酒吧时，尼尔已经天使般地烂醉如泥。淘金热时期，温莎曾是丹佛最大的酒店，如今在很多方面是一家流浪汉的廉价旅馆，它的一个特点在楼上的大酒吧里，那里依然可以看到墙上的弹孔，请记住，这里曾经是尼尔的家。他和父亲及其他几个流浪汉一起住在楼上的一个房间里。他不是观光客。他就像父亲的鬼魂一样在酒吧里喝酒；他像喝水一样猛灌葡萄酒、啤酒和威士忌。他满脸通红，大汗淋漓，在吧台旁大声吼叫，踉踉跄跄地穿过舞池，有几个西部人物在那里和粗俗的女孩子跳舞，他试图弹奏钢琴，张开双臂拥抱刑满释放的囚犯，在喧嚣吵闹中大喊大叫和他们说话。与此同时，我们这帮人全都围坐在那儿，两张大桌子拼在一起。那儿有贾斯汀·W.布赖尔利、海伦·汤姆森和比尔·汤姆森、一个来自怀俄明州布法罗市的姑娘，她是海伦的朋友，还有埃德·怀特、贝弗莉、我、阿尔·亨克尔、吉姆·霍姆斯以及另外几个人，总共十三个人。布赖尔利十分开心：他把一台花生机搬到桌子上，放在自己面前，丢了一把硬币进去，然后吃花生。他建议我们大家都在廉价明信片上写点什么，然后把它寄给纽约的艾伦·金斯堡。我们听从了这个建议，写了一些疯疯癫癫的话。小提琴的音乐声在拉里默街的夜晚哀号。"是不是很好玩？"布赖尔利叫道。尼尔和我用拳头猛砸男厕所的门，试图破门而入，但它有一英寸厚。我捶断了中指，直至第二天才意识到。我们醉得冒烟。五十杯啤酒同时摆上桌子。你只要绕着桌子转，每个杯子喝一口。卡农城监狱的前囚犯们和我们一起摇摇晃晃，胡言乱语。在酒吧外面的前厅里，几个从前的老探矿工坐在滴答作响的老挂钟下，对着他们的拐杖在做梦。他们在从前的好时光里早就熟悉了这样喧嚣。有一年，卢修斯·毕比曾经乘坐他的私人铁路香槟车来到这家酒吧，他把车停在后面的铁路调车场里。这真疯狂。一切都在旋转。到处都有零零星星的派对。甚至有一场派对在一座城堡里举行，我们大家开车去了，除了尼尔之外，他跑到别的地方去了，在这座城堡里，我们坐在一张巨大的骑士餐桌旁，大喊大叫。外面有一个游泳池和一些洞穴。我终于找到了世界巨蟒即将升起的城堡。夜深了，尼尔、我、弗兰克·杰弗里斯、埃德·怀特、阿尔·亨克尔和吉姆·霍姆斯坐在一辆车里，一切都在我们前头。我们去了墨西哥人的小镇，我们去了五点酒吧，我们摇摇晃晃地到处跑。弗兰克·杰弗里斯高兴坏了，不停地大喊大叫："狗娘养的王八蛋！真他妈带劲！"在高声尖叫中，他不停地拍打自己的膝盖。尼尔对他很着迷。他不断重复弗兰克所说的每一句话，呼哧呼哧喘气，擦掉脸上的汗。"我们带上弗兰克这只疯猫去墨西哥旅行肯定够刺激！耶！"那是我们在神圣丹佛的最后一夜，我们玩得痛快而酣畅。最后在那间地下室里就着烛光喝葡萄酒。奥斯蒂丝拿着手电筒在楼上蹑手蹑脚地走来走去。这会儿甚至有一个黑人跟我们在一起，他说自己叫戈麦斯。他在五点酒吧附近游荡，满不在乎。当我们看到他时，比尔·汤姆森喊道："嗨，你是不是叫约翰尼？"戈麦斯只是往后退，然后再次走到我们前面，说："你说什么来着，再说一遍好吗？""我说你这家伙是不是叫约翰尼？"戈麦斯游游荡荡地往后退，再试了一遍。"这回看上去是不是更像他，因为我一直竭尽全力要成为约翰尼，但我找不到门道。""好吧，老兄，跟我们一起走！"尼尔喊道，戈麦斯跳进车里，我们开车走了。我们在地下室里疯狂地低声说话，以免吵醒楼上的奥斯蒂丝和吉姆，搅扰四邻。早晨九点钟，大家都走了，只剩下尼尔和杰弗里斯，他们还在像疯子一样废话连篇，喋喋不休。人们起床做早饭，听到隔壁地底下有陌生的声音不停地说"是啊！是啊！"，没完没了。贝弗莉做了一顿丰盛的早餐。到了朝墨西哥进发的时间了。尼尔把车开到最近的加油站，一切准备就绪。那是辆一九三七年的福特小轿车，右侧车门脱了铰链，绑在门框上。右侧前座也断了，你坐在那儿，身子向后仰，脸冲着破破烂烂的车顶。"就像我和比尔一样，"尼尔说，"我们将不停地咳嗽，一路颠簸着驶往墨西哥，真不知要花多少天！"我仔细察看了地图。总共九百英里，主要在得克萨斯州，直到拉雷多，另有七百六十七英里穿越整个墨西哥，到达巴拿马地峡附近的大城市。我没法想象这趟旅行。它是所有旅行中最难以置信的。它不再是从东部到西部，而是神奇的南方。我们看到了整个西半球的幻象，一路上岩石嶙峋，错落有致，直至火地群岛，我们在世界之弧上飞驰，驶入另外的热带和另外的世界。"老兄，这车最终会把我们带到那里！"尼尔信心十足地说。他拍了拍我的胳膊，"等着瞧好了。嗬！哇！"我和杰弗里斯去了结他在丹佛的最后一件事：见他可怜的老爸，老头站在家门口不停地说："弗兰克——弗兰克——弗兰克。""怎么啦，爸？""别走。""哦，这事已经定了，我现在就要走了；你为什么要那样呢，爸?"老人头发灰白，一双杏仁大眼，紧张而愤怒。"弗兰克，"他只是说，"别走。别让你的老父亲哭。别再丢下我一个人孤孤单单。"弗兰克向我解释他父亲近些年神经不正常。看着这一切我心都碎了。"尼尔，"老人转向我说，"别把我的弗兰克从我身边带走。他小时候我总是带他去公园，给他解释天鹅。后来，他弟弟在那个池塘里淹死了。我不想让你把我的孩子带走。""爸，"弗兰克说，"我们现在要离开了，再见。"他极力挣脱。他父亲抓着他的胳膊。"弗兰克，弗兰克，弗兰克，别走，别走，别走。"我们低着头逃走了，老人还站在家门口，那是丹佛偏僻小巷里的一幢小屋，门上挂着珠串，客厅里摆着厚垫家具。他脸色煞白。他还在喊弗兰克。他的一举一动似乎都有某种完全瘫痪的东西，由于这个原因，他一直没有离开门口，而只是站在那里，低声嘀咕着"弗兰克"这个名字和"别走"，焦虑不安地注视着我们转过了街角。"天哪，杰弗里斯，我不知道该说什么。""别介意！"他呻吟道，"他老是那样。我真希望你没见过他。我妈弄明白之后就马上离开了他。""如果你妈妈离开他，可怜的老人准会疯掉。""不管怎么说，跟他比起来，我妈太年轻了。"弗兰克说。我们在银行见到了他母亲，她在偷偷摸摸地给弗兰克取钱。她是个可爱的老太太，满头白发，外表看上去还很年轻。她和儿子站在银行的大理石地板上窃窃私语。弗兰克穿着一套带夹克的牛仔服，看样子铁了心要去墨西哥。这是他在丹佛少不更事的生活，现在他要跟着熊熊燃烧的新手尼尔离开了。尼尔突然转过街角，准时和我们会合。杰弗里斯太太坚持要请我们大家喝一杯咖啡。"请多多关照我的弗兰克，"她说，"谁也说不准那个国家会发生什么事。""我们大家会相互关照的。"我说。弗兰克和他妈妈走在前面，我和疯狂的尼尔跟在后面：他正在跟我讲东部和西部厕所墙壁上涂写的题词。"它们完全不同，在东部，人们写各种各样的俏皮话和陈腐老套的笑话；在西部，人们只写他们的名字，红头发奥哈拉，蒙大拿州布拉夫顿，到此一游，日期，理由是无边的孤独，你过了密西西比河就能感受到细微的差别。"这不，我们前面就有一个孤独的家伙，杰弗里斯母亲是一位可爱的母亲，她不愿意看到儿子离开，但她知道他不得不离开。我看到了他在逃离他父亲。这儿有我们三个人——尼尔在寻找父亲，我的父亲死了，弗兰克在逃离父亲，我们一起动身出发，进入茫茫黑夜。在第十七街往来穿梭的人群中，弗兰克亲吻了他的母亲，她上了一辆出租车，朝我们挥挥手。再见，再见啦。我们钻进我们那辆破旧的老福特，回了贝弗莉家。我们在那里度过计划好的一个小时，刚好坐在门廊上和贝弗莉及埃德聊会儿天，在丹佛昏昏欲睡的下午，在大树之下。布赖尔利过来告别。他开着他的奥兹车驶过街角，我们听到他的"圣诞快乐"穿过炎热的空气。他忙忙碌碌地来找我们，像个大忙人一样站在那里。"好好好，准备走啦，没什么可挂念的。你对埃德这家伙感觉如何？你想不想和这帮小子一起去？"埃德·怀特在空中轻轻摆了一下手，只是微笑。贝弗莉很愿意去。几天来她一直在暗示这个。"我不会碍手碍脚的，"她说。弗兰克和她是儿时玩伴：他从前总是扯她的辫子，和她哥哥鲍勃一起在丹佛的小巷里滚铁环；后来在中学里一起大喊大叫，丹佛的金牌中学，尼尔从未上过。"嗯，这确实是一个古怪的三人组，"布赖尔利说，"几年前我绝不会预见到。尼尔，你打算怎么对付这两个家伙，你是不是认为你会开车把他们拉到南极去？""啊哈，啊哈，是啊。"尼尔把目光转移开了。布赖尔利也把目光转移开了。我们六个人只是坐在灼热的太阳下，陷入了沉默。"嗯，"布赖尔利说，"我想每件事情都有意义。我想看到你们大家都平安归来，除非你和一个印第安女孩迷失在丛林里，余生坐在一间茅屋的门前制作陶罐。我想你们途中应该去特立尼达看看哈尔。我不认为还有什么别的话要说，除了说新年快乐之外。我敢打赌你想跟他们一起去，贝弗莉。我认为你最好留在丹佛。是不是这样，埃德？哼。"布赖尔利心底里一直思考。舞蹈大师死神拿起他的公文包，准备走。"你们是否听说过那些侏儒的故事，他们想上升到巨人的高度？那是一个很短的故事。或者一个这样的故事——好了，我想这对你们是不是够了？嗯？"他看着我们大家，咧嘴笑了。他捏了捏他的巴拿马草帽。"我要去市中心赴个约，我现在得说再见了。"我们大家握了握手。在他走向汽车的路上，我们还在聊。我们再也听不见他的声音了，但他还在说着什么。一个小男孩骑着自行车从旁边经过。"圣诞快乐。你不认为你待在人行道上可能更好吗？有人可能过来把你碾成燕麦片。"那个小孩加速从街上冲了过去，脸朝着未来。布赖尔利钻进车里，一个急转弯，扔给那个小孩一句临别的俏皮话。"我在你这个年纪的时候，也很自信。我做的泥巴饼简直是一个建筑奇迹。嗯？"布赖尔利和那个小孩转过街角，消失不见了，随后我们听见他加大油门，办他的公事去了，他走了。尼尔、我和弗兰克钻进了一直在路边等我们的那辆破旧的老爷车里，砰地关上所有松松垮垮的车门，转身向贝弗莉告别。埃德和我们一起坐车去他在城外的家。贝弗莉那天很漂亮：一头金色的长发，像瑞典人一样，在太阳底下可以清楚地看到她脸上的雀斑。她看上和她还是个小姑娘时一模一样，眼睛里薄雾迷蒙。她以后有可能和埃德一起赶来跟我们会合……但她没有。再见，再见啦。我们呼啸而去。在城外的平原上，我们把埃德丢在了他家的院子里，扬起一团尘土。我回过头，注视着埃德·怀特在平原上向后退去。那个古怪的家伙站在那儿足足两分钟，注视着我们在平原上逐渐远去，心里琢磨着鬼知道什么悲伤的想法。他的身影越来越小，直至我只能看到一个小圆点——他依旧一动不动地站在那儿，目送着我们，手拉一根晾衣绳，就像一个船长拉着他的支桅索。尼尔和弗兰克坐在前排兴奋地交谈，而我扭过身子，想再看看埃德·怀特，但已经不见人的踪影，只看到越来越苍茫辽阔的空间，那是一片怎样的空间啊，朝着堪萨斯向东远眺，一路通到我在长岛的家，是一片不断吞噬一切的神秘空间。"埃德还在目送着我们。"我告诉前座的他们。我们突然向左转，我再也看不到埃德·怀特了。我在船上想念他，我在这儿想念他。现在，我们轰隆哐啷地掉头驶向南方，直奔科罗拉多州的罗克堡，太阳变得通红，把落基山脉朝西的岩石变得看上去就像是布鲁克林十一月黄昏中的一家啤酒厂。高远之处，在岩石的紫色影子里，有人在不停地行走，但我们看不见；或许是许多年前我在山顶上见识过的那位白发老者。但他离我越来越近，只是永远在后面。丹佛像盐湖城一样在我们背后渐次远去，丹佛的烟雾在空中破碎，消散在我们的视野中。那是五月，科罗拉多州普通平常的下午，周围是农场、灌溉渠和绿树成荫的溪谷——小男孩们游泳的地方——怎么可能产生一个叮咬弗兰克·杰弗里斯的那样的虫子呢？他把胳膊随随便便地搁在已经破掉的车门上，正和我们谈笑风生，突然间，一只虫子飞到他的胳膊上，蜇了一下，把一根长长的螯刺留在了里面，疼得他哇哇直叫。这事发生在一个美洲的下午。他猛地收回胳臂，拍打着，挖出了那根螯刺，几分钟后，他的胳膊肿了起来。他说很疼。尼尔和我搞不清楚它是什么，只能等等看肿的地方会不会消退。这时候我们正驶往未知的南方土地，离开家乡刚刚三英里，贫穷而普通的儿时家乡，一只引发热病的异乡虫子，来自秘密的腐烂之物，把恐惧注入到了我们心里。"那是啥玩意儿？""我从不知道这儿附近有虫子能够造成那样的肿胀。""该死！"它使得这趟旅行看上去似乎凶多吉少，在劫难逃。那是一次分离，告别我们的故土家园。我们真的很了解我们的故土家园吗？我们继续驱车前行。弗兰克的胳膊情况越来越糟。我们在第一家医院停了下来，让他注射了一针青霉素。我们过了罗克堡，黄昏时分来到科罗拉多州的斯普林斯。派克峰的巨大影子隐约出现在我们的右边。我们快速驶上了普韦布洛公路。"我在这条路上搭过无数次便车,"尼尔说,"一天夜里,我躲在那道铁丝网的后边,突然间,我毫无理由地害怕起来。"我们大家决定讲讲自己的故事,但要一个接一个讲,弗兰克先来。"我们有很长的路要走,"尼尔先来一段开场白,"所以你们得尽情发挥,讲述你们想得起来的每一个细节——还是不会讲出所有细节。悠着点,悠着点。"弗兰克开始讲述他的故事,尼尔警告他:"你得放松点儿。"当我们飞速穿过黑夜时,弗兰克摇摇晃晃地进入了他的人生经历中。他首先讲述了他在法国的经历,但绕来绕去,越讲越难,他于是回过头来从丹佛的儿时生活开始。他和尼尔比较了一下他们互相见面的时间,那时候他们骑着自行车到处乱跑。弗兰克神经紧张,有些发烧。他想告诉尼尔每一件事情。尼尔这会儿成了仲裁人、老人、法官、倾听者、赞同者、点头者。"是啊,是啊,请继续。"我们过了沃尔森堡,突然间,我们过了特立尼达,哈尔·蔡斯在那儿公路之外的某个地方,与珍吉尔一起坐在篝火前,大概还有一帮人类学家,而且像从前一样,他也在讲述自己的人生经历,做梦也没想到,刚好就在那一刻,我们正在公路上经过那里,一边讲述着我们自己的故事,一边驶往墨西哥。噢,悲伤的美国之夜!接下来,我们到了新墨西哥州,过了拉顿那些圆形的岩石,停在一家小餐馆吃汉堡包,我们都饿得胡言乱语了,我们还用餐巾纸包了一份,等过了边境再吃。"整个纵向的得克萨斯州就在我们面前,杰克,"尼尔说,"像从前我们横向穿过它一样,完全一样长。几分钟后我们就到得克萨斯了,这一回要到明天晚上才跑出得克萨斯,而且要不停地开。想想看。"我们继续驱车向前。穿过夜晚巨大的平原,前面就是得克萨斯州的第一座城市达尔哈特,我一九四七年曾穿城而过。它就在五十英里之外的地面上闪着微光。月光下的这片土地只见一片牧豆树和荒地。月亮就在地平线上。它又圆又大,呈铁锈红色,它变得成熟,冉冉上升,直至晨星和它争辉，露水开始吹进我们的车窗——我们依然在行驶。过了达尔哈特——饼干盒一样的空荡荡的小镇——之后，我们急速驶向阿马里洛，早晨抵达那里，周围是一片片长风浩荡的狭长草地，仅仅几年之前，这儿还是一片牛皮帐篷，在风中起伏。如今，这儿当然有加油站，还有一九五零年的新式自动点唱机，有装饰华丽的巨大喇叭口，以及一毛钱硬币的投币槽，声音大得吓人。从阿马里洛到柴尔德里斯，尼尔和我一路上把我们读过的书中的情节逐个讲给弗兰克听，他求我们讲，因为他想了解。到了柴尔德里斯，我们在烈日下直接向南拐，上了一条小路，继续穿过浩瀚无垠的荒原，驶往得克萨斯州的帕迪尤卡、加斯里和阿比林。现在尼尔得睡一会儿，弗兰克和我坐在前座开车。这辆老爷车烧得滚烫，继续挣扎着颠簸前行。大风卷起大片的沙尘，从闪着微光的空旷中向我们吹来。弗兰克一边开车，一边讲述关于蒙特卡洛和卡涅的故事，还有芒通附近那些蔚蓝的地方，脸色黝黑的人在白墙中间游荡。得克萨斯是不可否认的：我们缓慢地驶入了阿比林，大家都醒了，看着这个小镇。"想象一下，生活在这个距离城市一千英里的小镇上。哇，哇，那里，在铁轨的旁边，就是老镇阿比林，他们把牛运到这儿来，开枪打死，换钱买胶底靴，喝得两眼通红。瞧那儿！"尼尔对着车窗外叫道，嘴巴扭曲。他不在乎这儿是得克萨斯，还是任何别的地方。红脸膛的得克萨斯人不理睬他，沿着灼热的人行道匆匆赶路。我们在镇子南边的公路上停下来吃点东西。当我们重新上路，驶往科尔曼和布雷迪时，暮色看上去就像在百万英里之外——那里是得克萨斯的心脏，灌木丛生的荒野，干涸的小河旁偶尔出现一座房子，一条五十英里的绕行土路，没完没了的闷热。"老土砖房的墨西哥还远着呢，"尼尔睡意蒙眬地在后座说，"所以要一直沿着这条路继续向前开，伙计们，黎明前我们就可以亲吻小姐们了，因为这辆老福特能跑，只要你懂得如何跟它说话，让它轻松向前——只不过后保险杠要掉了，但在到达那儿之前我们不用担心。嘻嘻，耶！"随后他睡着了。我接管了方向盘，一路开到弗雷德里克斯堡，在这里，我再次沿相反方向穿越老地图，一九四九年那个下雪的早晨卢安妮和我手拉手时经过的正是这个地方，如今，卢安妮身在何方？"吹起来！"尼尔在梦里叫道，我猜他正在梦见旧金山的爵士演奏，也可能是即将听到的墨西哥曼波音乐。弗兰克不停地说话：尼尔头天夜里给他上紧了发条，现在停不下来。这会儿他说到了英国，讲他在英国公路上搭便车冒险的事，从伦敦到利物浦，他长发披肩，裤子破破烂烂，陌生的英国卡车司机让他搭便车。我们大家都被老得克萨斯干冷的西北风吹得眼睛都红了。我们每个人心里都有一块石头，我们知道，只要慢慢开，我们就能到达那里。车速只有每小时四十英里，我们浑身抖个不停。从弗雷德里克斯堡起，我们在黑暗中驶下辽阔的西部高原，驶向灼热的格兰德河流域。圣安东尼奥就在前头。"午夜之后，还要走很长的路，我们才能到拉雷多。"尼尔警告道。我们大家都醒着，期待着圣安东尼奥。在这个芬芳馥郁的夜晚，当我们驶下高原时，天越来越热。飞蛾开始不停地撞击我们的挡风玻璃。"现在正在进入炎热地区，伙计们，这儿有沙漠老鼠和龙舌兰。这是我第一次在得克萨斯南部跑这么远，"尼尔惊叹地补充道，"该死！我老爸冬天来过这里，那个狡猾的老流浪汉。"突然间，我们置身于一道五英里长的山麓的热带闷热中，前方，我们抬头便看到圣安东尼奥的万家灯火。你有这样的感觉：这儿从前确实是墨西哥的领土。路边的房子大不相同，加油站更破旧，路灯更少。尼尔兴高采烈地接管了方向盘，把车开进了圣安东尼奥。我们在一片荒凉中进了城，周围到处都是墨西哥人那摇摇晃晃的南方棚屋，没有地下室，门廊上有老摇椅。我们停在一个加油站里加了点机油。墨西哥人闲站在那儿，头顶上的电灯泡发出灼热的光，灯泡上爬满了山谷里夏天的虫子，人们把手伸进一个装汽水的箱子里，掏出瓶装啤酒，把钱扔给店员。全家老少都在附近闲逛，都这么干。周围到处都是棚屋和无力下垂的树木，空气中散发着野月桂的气味。疯疯癫癫的墨西哥姑娘和男孩子一起走来走去。"嗬!"尼尔叫道。"嘶! 明天!"音乐声从四面八方传来，各种各样的音乐。弗兰克和我喝了几瓶啤酒，有点喝高了。我们差不多出了美国，但肯定还在美国，而且是美国最疯狂的地方。改装过的高速汽车飞驰而过。圣安东尼奥，啊哈!"现在，老兄，听我说——我们不妨在圣安东尼奥闲逛一两个小时，这样我们就可以去找一家医院，给弗兰克治治胳臂，与此同时，杰克，你和我可以去街上转悠转悠——你瞧马路对面的那些房子，你可以看到前厅里面，看到人家的漂亮女儿正闲躺在那儿读《真爱》杂志，哇! 来吧，我们走!"我们漫无目标地驱车转了一会儿，向人们打听最近的诊所。快到中心城区才找到，周围的事物看上去更光鲜，更美国，有几幢高楼、很多霓虹灯和一些连锁药店，然而汽车从黑咕隆咚的地方窜出来，到处横冲直撞，仿佛这里根本没有交通法规。我们把车停在医院的车道上，我领着弗兰克去看一位实习医师，而尼尔留在车里换衣服。医院的大厅里挤满了贫穷的墨西哥裔女人，其中有些人怀着身孕，有些人生了病，或者是带她们的小孩来看病，看了真叫人伤心。我想起了可怜的比阿特丽斯，她这会儿在干什么? 弗兰克不得不在那儿等了整整一个小时，才有一位实习医师过来察看他肿胀的胳臂。他患上的那种类型的感染有一个医学名称，但我们都懒得去记它。他们给他注射了一针青霉素。在此期间，尼尔和我出了医院，去墨西哥裔人的小城圣安东尼奥逛大街。空气芬芳而柔和——是我见过的最柔和的空气——幽暗、神秘、嗡嗡作响。突然间，几个系着白色印花头巾的姑娘的身影出现在黑暗中。尼尔蹑手蹑脚地往前走，一言不发。"噢，真是太神奇了!"他低声道，"我们只要蹑手蹑脚地往前走，把一切看在眼里。瞧! 瞧! 一间圣安东尼奥台球屋。"我们冲了进去。十几个少年在三张台球桌旁打台球，全都是墨西哥裔。尼尔和我买了可口可乐，在自动点唱机里塞进几个硬币，播放的是"蓝调王"维诺尼·哈里斯、莱昂内尔·汉普顿和拉基·米林德演奏的音乐。与此同时，尼尔提醒我留神。"仔细瞧，用眼角的余光，我们一边听音乐，一边闻那柔和的空气，就像你所说的——瞧那小子，那个在一号球桌旁打台球的瘸腿小子，他是这儿人们开玩笑的笑柄，你瞧，他这辈子一直都是笑柄。另外几个家伙毫无同情心，但他们爱他。"瘸腿小子有点像畸形的侏儒，有一张漂亮的大脸，大得有些过分，脸上一双棕色的大眼睛湿润而闪亮。"瞧见没，杰克？他是圣安东尼奥镇上墨西哥裔的吉姆·霍姆斯，满世界都是同样的故事。瞧见他们用球杆打他的屁股没有？哈！哈！哈！你听他们在笑。你瞧，他想赢这一局，他押了五毛钱的赌注。瞧！瞧！"我们注视着，那个天使般的年轻侏儒在瞄准，为的是打一个撞边反弹球。但他没打中。另外几个家伙哄堂大笑。"噢，老兄，"尼尔说，"现在注意看。"他们拽住那小子的脖子，闹着玩地围着他动手动脚。他发出尖叫，大步走了出去，时不时羞怯而可爱地回头一瞥。"噢，老兄，我很想认识那只可爱的小猫，想知道他在想什么，他有什么样的姑娘——噢，老兄，这儿的空气让我陶醉！"我们信步走了出去，走过了几个黑咕隆咚的神秘街区。数不清的房子隐藏在苍翠碧绿、几乎像丛林一样的院子后面；我们瞥见一些姑娘在前厅里，一些姑娘在门廊上，还有一些姑娘和男孩子们在灌木丛中。"我从未见过这么疯狂的圣安东尼奥！想想看，墨西哥该是什么样子！走吧！走吧！"我们赶回医院。弗兰克已经完事了，他说他感觉好了很多。我们搂着他，把我们做的每件事情统统告诉了他。现在，我们已经准备就绪，开完最后一百五十英里，到达神奇的边境。我们跳进车里，动身出发。到这会儿我已筋疲力尽，一路睡到了拉雷多，直到凌晨两点，他们把车停在一家餐馆门前，我才醒来。"噢，"

尼尔叹了口气，"得克萨斯的尽头，美国的尽头，再过去我们就不知道了。"天气热得可怕，我们全都大汗淋漓。没有夜晚的露水，没有一丝凉风，什么都没有，只有无以数计的飞蛾扑向每一个地方的灯泡，以及旁边一条恶臭难闻的灼热河流——格兰德河，它从落基山脉冰凉的溪谷开始，最后形成浩渺的河谷，把它的灼热与墨西哥湾里密西西比河的淤泥混合在一起。那天早晨，拉雷多是一座不祥之城。五花八门的出租车司机和边境老鼠四处闲逛，寻找机会。时间太晚，机会不多。它是美国的底部和渣滓沉淀之处，所有分量较重的恶棍歹徒都沉落在这里，那些迷失方向的人只有先靠近别的某个特殊地点，才能神不知鬼不觉地溜进来。走私活动在糖浆一般黏稠的空气里酝酿。警察们满脸通红，阴沉愠怒，满头大汗，没有昂首阔步。女招待脏兮兮的，神情充满厌恶。就在那边，你能感觉到墨西哥大陆的浩瀚存在，夜里几乎能闻到成千上万的油炸玉米饼和油烟的气味。我们完全不知道墨西哥实际上是什么样子。我们再次处在海平面上，当我们试图吃一顿快餐时，我们几乎咽不下去。我们把食物留在了盘子里。不管怎么说，我还是用餐巾纸把它包了起来，路上再吃。但是，当我们穿过河上那座神秘的大桥时，一切都变了。我们的车轮滚动在墨西哥的官方土地上，除了一条边境检查用的车道，否则任何东西休想通过。过了那条街，墨西哥便开始了。我们惊奇地看着。让我们大吃一惊的是，他看上去恰好就是墨西哥的样子。这时候是凌晨三点，一些戴着草帽、穿着白裤子的家伙三五成群地懒洋洋地靠在遍体鳞伤的临街店面门口。"瞧……那些……猫！"尼尔低声咕哝道。"喔，"他轻轻地吸了一口气，"等等，等等。"墨西哥官员笑吟吟地走了出来，问我们是否愿意拿出我们的行李。我们当然愿意。我们的眼睛始终紧盯着街对面。我们渴望马上冲过去，迷失在那些西班牙风格的街道上。那只是新拉雷多，但它看上去就像是巴塞罗那。"老兄，那些家伙整夜不睡觉。"尼尔低声道。我们赶忙办好了我们的入境手续。我们被警告不要喝自来水，现在我们已经过了边境。墨西哥人以一种随随便便的方式查看我们的行李。他们根本不像官员。他们懒散而温和。尼尔忍不住盯着他们看。"瞧这个国家的警察怎样。我都不敢相信！"他揉了揉眼睛，"我在做梦吧。"接下来，到了兑换钱的时候。我们看到桌子上放着一摞一摞的比索，得知八个比索兑换一美元左右。我们兑换了我们大部分现金，兴高采烈地把大卷的钞票塞满我们的口袋。随后，我们带着羞怯和惊奇，把脸转向了墨西哥一侧，夜幕中，那几十个墨西哥人从压低的神秘帽檐下注视着我们。那边有音乐声，还有门口冒烟的通宵餐馆。"哇！"尼尔轻声地低语道。"手续办完了，"一个墨西哥官员咧嘴笑着说，"你们这帮小子都办妥了。走吧。欢迎来墨西哥。祝你们玩得痛快。看好自己的钱。小心开车。这是我的建议，我是里德，大家都叫我里德。有事找里德，吃好玩好。别担心。一切顺利。""是是是！"尼尔兴奋地说，然后我们离开了，脚步轻柔地跑到马路对面，进入了墨西哥。我们让车停在那儿，三个人肩并肩走上那条西班牙风格的街道，走进幽暗的褐色灯光中。夜色中，老人坐在椅子里，看上去就像东方的大烟鬼和圣贤。实际上没有一个人看着我们，但人人都知道我们做的每一件事情。我们突然向左转，进了一家烟雾缭绕的餐厅，走到一台美国三十年代的自动电唱机前听南美草原的吉他音乐。光膀子穿衬衫的墨西哥出租车司机和头戴草帽的墨西哥颓废青年坐在凳子上，狼吞虎咽地吃着模样乱七八糟的玉米饼、豆子、玉米面卷，以及诸如此类的东西。我们买了三瓶冰啤酒——马上有人告诉我们，啤酒叫"Cerveza（西班牙语：啤酒）"——每瓶大约是墨西哥币三毛钱，或十美分。我们买了几包墨西哥香烟，每包六分钱。我们不停地凝视着我们手里神奇的墨西哥币，拿它玩耍，我们环顾四周，朝每个人微笑。在我们身后，是整个美洲大陆，以及尼尔和我先前所了解的生活，以及路上的生活。我们终于在公路的尽头发现了这片神奇的土地，我们做梦也没有想到其神奇的程度。"想想这些家伙整夜整夜地不睡觉，"尼尔低声道，"想想我们前面这片广袤的大陆，想想我们在电影里看到的马德雷那些苍莽的群山，以及一路上绵延不绝的丛林，还有整个沙漠高原，就像我们的高原一样巨大，一直延伸到危地马拉，以及鬼才知道的什么地方，哇！我们干什么？我们干什么？走起来！"我们走了出去，回到车里。穿过格兰德河桥上的灯光，我们最后瞥了一眼美国，然后掉转车头，呼啸而去。转眼间，我们驶入了沙漠，穿过平坦的路面，五十英里不见灯光和车辆。正当此时，黎明的晨曦浮现在墨西哥湾的上空，我们开始看到四面八方幽灵一般影影绰绰的丝兰仙人掌和管风琴仙人掌。"一个多么荒凉的国家啊！"我尖声叫了起来。尼尔和我完全醒了。在拉雷多，我们都半死不活的样子。弗兰克之前到过外国，在后座安静地睡觉。整个墨西哥展现在尼尔和我的面前。"杰克，现在我们把一切都丢在了身后，正在进入一个全新的、未知的阶段。所有的岁月、麻烦和刺激都过去了——眼下是这个阶段！所以，我们可以踏踏实实地不考虑任何别的事情，像这样把脸伸向前方。你看见并且理解这个世界，千真万确地说，就像我们之前的其他美国人所做过的那样——他们不是来过这里吗？墨西哥战争。带着大炮从这里直穿而过。"我告诉他，"这条路过去也是美国亡命之徒的路线，他们总是逃过边境，一直跑到蒙特雷，所以，如果你朝窗外眺望那片灰蒙蒙的沙漠，想象汤姆斯通那个老歹徒孤独地逃亡，策马疾驰，进入这片未知的土地，你就会看得更远……""这就是世界！"尼尔说。"天哪！"他拍着方向盘叫喊道，"这就是世界！我们可以径直开到南美洲，只要这条路通到那里。想想看！狗娘养的王八蛋——该死！"我们继续赶路。黎明的晨曦立即蔓延开来，我们开始看到沙漠里的白沙，以及远处的路旁偶尔出现的棚屋。尼尔放慢速度，凝视着它们。"真正的破烂棚屋，老兄，这样的棚屋你只有在死亡谷才能找到，而且糟糕得多。那些人懒得操心外表。"地图上标出来的前方第一个小镇叫萨维纳斯伊达尔戈。我们热切地盼望到达那里。"这条公路看上去和美国的公路没有任何不同，"尼尔叫道，"只不过有一件事情很疯狂，如果你注意的话，在这儿就可以看到：里程碑是按照公里写的，标出的是到墨西哥城的距离。瞧，它是整个国家唯一的城市，一切都指向它。"到墨西哥城只有七百六十七英里，换算成公里超过一千。"妈的！我要走了！"尼尔喊道。我筋疲力尽，闭了一会儿眼睛，听到尼尔不停地用拳头猛捶方向盘，说"他妈的！"、"真刺激！"、"噢，怎样的一个国家啊！"和"是啊！"。早晨大约七点钟的时候，我们穿过了沙漠，抵达萨维纳斯伊达尔戈。我们彻底慢了下来，为的是看看这个地方。我叫醒后座里的弗兰克。我们坐直了身子仔细看。主街泥泞不堪，坑坑洼洼。两边都是破败凋敝的土砖墙面。毛驴驮着包裹走在街上。赤着脚的女人从黑咕隆咚的门道里看着我们。真是不可思议。街上挤满了徒步行走的人，墨西哥乡下正在开始新的一天。蓄着八字胡须的老人盯着我们看。看到三个蓬头垢面、胡子拉碴的美国年轻人，而不是平常见到的衣着光鲜的观光客，这一幕对他们来说格外有趣。我们沿着主街以每小时十英里的速度颠簸前行，把一切看在眼里。一群姑娘直接从我们车前走过。当我们颠簸前行时，其中一个姑娘说："你们去哪儿，哥们？"我吃惊地转向尼尔。"你听到她说啥了吗？"尼尔也大吃一惊，一直保持很慢的车速，说："是啊，我听到了她说什么，我当然他妈的听得一清二楚。噢，噢，我不知道该干什么，我今天早晨太兴奋、太甜蜜了。我们终于到了天堂。没有比这更酷的了，没有比这更宏大的了，什么也比不了。""我们倒回去，把她们捎上吧！"我说。"好哇。"尼尔说着，继续以每小时五英里的速度向前行驶。他被搞得晕头转向，他大可不必像平常在美国那样行事。"沿途有数不清的姑娘，老天作证！"但他还是掉转车头，再次从那帮姑娘身边经过。她们要去地里干活；她们朝我们微笑。尼尔目不转睛地盯着她们。"妈的，"他压低声音说，"喔！太棒了，简直不像真的。姑娘，姑娘。特别是以我目前的阶段和条件，杰克，我经过这些人家时总是仔细观察屋内——这些迷人的门道，你瞧里面，看到稻草床，棕色皮肤的小孩子在睡觉，正要醒来，妈妈在铁锅里做早饭，瞧他们的百叶窗，还有老人，那些老人都很酷，很有派头，不操心任何事情。这儿没有猜疑，没有诸如此类的东西。人人都很酷，人人都用棕色的眼睛直勾勾地看着你，什么话也不说，只是看着，在那种眼神里，所有的人类品质都是柔软的、缓和的、安静的。瞧，你读过的所有关于墨西哥和卑微农民的愚蠢故事，以及所有的胡说八道——关于拉美佬的胡说八道以及诸如此类——全都是狗屎，这里的人们直率而亲切，不会写下任何胡说八道的东西。这让我很吃惊。"在夜晚的土路上经受过磨炼，尼尔来到这个世界，为的是看看它。他弓身趴在方向盘上，左顾右盼，缓慢地向前行驶。我们在萨维纳斯伊达尔戈的另一侧停车加油。这儿有一群戴着草帽、蓄着八字胡须的当地农场主，他们在老古董油泵前面大呼小叫。田地的那边，一个老人用细树棍赶着一头毛驴。太阳升起，天地纯净，人类生活的古老活动开始了。我们重新上路，直奔蒙特雷。积雪盖顶的苍莽群山升起在我们面前。我们急速朝它们驶去。一条峡谷变宽了，最后结束于一个隘口，我们沿着峡谷驶过隘口。大约几分钟后，我们驶出了长满牧豆树的沙漠，在凉爽的空气中上了一条山路，沿着悬崖峭壁的一侧有一道石墙，悬崖上用石灰水刷上了巨大的总统的名字——"阿莱曼！"在这条高高的山路上，我们没有遇到任何人。它蜿蜒穿行于云雾中，把我们带到了巨大高原的顶部。过了这片高原，就是巨大的制造业城市蒙特雷，滚滚浓烟飘向蓝天，融入墨西哥湾大片的云层，像羊毛一样飘浮在苍穹中。进入蒙特雷就像进入底特律，周围都是长长的工厂高墙，只不过这儿有毛驴在高墙前面的草地上晒太阳，还有赤着脚的姑娘拿着食品匆匆走过。在蒙特雷闹市区，我们第一眼看到的是那些土砖街区，数不清贼眉鼠眼的颓废青年在门道附近闲逛，妓女们凭窗眺望，一些古怪的店铺可能卖任何东西，狭窄的人行道挤得水泄不通，人们看上去样子都像香港人。"呀！"尼尔叫道，"全都是因为那颗太阳。你注意到墨西哥的太阳没有，杰克？它让你兴奋。哇！我要继续向前，向前——这条路在驱使我向前！"我们很想在蒙特雷的兴奋中停下来，但尼尔想挤出额外的时间，尽快赶去看比尔·巴勒斯和墨西哥城，此外，他还知道那条路会更加有趣，尤其是前面，始终是前面。他像个魔鬼一样开车，片刻也没休息。弗兰克和我彻底筋疲力尽，只好放弃，去睡觉。我抬头看着窗外的蒙特雷，看到巨大而怪异的双峰，形状像一个原始的马鞍，直刺云霄。这会儿我们正驶过蒙特雷老城，再过去，就是亡命之徒的出没之地。蒙特莫雷洛斯就在前面，又是一段下坡路，驶往更闷热的纬度。天气变得异乎寻常的闷热和陌生。尼尔非得叫醒我们看看这个地方。"看哪，杰克，你千万别错过了。"我放眼望去。我们正在穿过沼泽，公路旁边，每隔一段长短不一的距离，就有一些古怪的墨西哥人，穿得破破烂烂，束腰绳上挂着大砍刀，其中有些人在砍灌木。他们全都停下来，面无表情地注视着我们。穿过缠结芜杂的灌木丛，我们偶尔看到几间茅棚，有非洲一样的竹墙。一些古怪的年轻女孩像月亮一样黝黑，从苍翠而神秘的门道里凝视着。"噢，老兄，我想停下，用大拇指捻弄那些小可爱，"尼尔大喊大叫，"但注意那个老太太和老头始终在周围的什么地方——通常在屋后，有时候在一百码之外，搜集树枝和木头，或者照料牲畜。他们绝不是孤身一人。这个国家没有人孤身一人。你睡觉的时候我一直仔细观察这条路和这个国家，要是我能把我所有的想法都告诉你就好了，老兄！"他大汗淋漓。他的眼睛里布满血丝，既疯狂，又克制而温柔——他发现了一个很像他自己的民族。我们以每小时四十五英里的稳定车速，快速驶过这片一望无垠的沼泽地区。"杰克，我认为这个地区一时半会儿不会变。如果你来开车的话，我现在就去睡一觉。"我接管了方向盘，在我自己的幻想中开车，过了利纳雷斯，过了闷热的平地沼泽地区，穿过了伊达尔戈附近的索托拉马里纳，继续向前。一条广袤苍翠的丛林河谷，连同长长的绿色庄稼地，在我面前展开。人群注视着我们从一条狭窄的老式桥上通过。滚烫的河流在桥下流淌。接下来，我们的海拔不断升高，直至一个有点像沙漠的地区再次出现。维多利亚城就在前面。那两个小子在睡觉，我独自一人，置身于我方向盘和公路上的永恒中，把车开得像一支箭一样径直向前飞驰。不像开车穿过卡罗来纳、得克萨斯、亚利桑那或伊利诺伊；而是像驱车穿越世界，进入这样的地方，在这里，我们终于知道自己置身于世界性的农耕民族当中，也就是印第安人当中，他们生息繁衍在一个环绕世界的地带，从马来亚，延伸到印度，到阿拉伯，到摩洛哥，到墨西哥，一直到波利尼西亚。因为这些民族明显都是印第安人，根本不像愚蠢的美洲传说中的佩德罗们和潘乔们——他们有高颧骨，丹凤眼，以及柔和的举止——他们不是傻瓜，他们不是丑角——他们是严肃伟岸的印第安人，他们是人类的发源，是人类的祖先。当我们经过时，他们知道这一点，显然是一些傲慢自大的、钱包鼓鼓的美国人在他们的土地上寻开心，对于地球上古老的生活，他们知道谁的祖先，谁是儿孙，只是不发表任何意见。当灾难降临这个世界，人们依然会从墨西哥的洞穴里，从巴厘岛的洞穴里，用同样的眼睛凝视着，一切都是从那里开始的，亚当在那里吃奶，在那里学会认识这个世界。我开车驶入阳光炽烈、酷热难耐的维多利亚城时，满脑子都是这些想法，我们注定要在那里度过我们这辈子最疯狂的下午。早些时候，在圣安东尼奥，我曾答应尼尔——只是开玩笑——我会给他找个女人。那是一次打赌和挑战。我把车停在了阳光灿烂的维多利亚城城门附近的一个加油站，一个衣衫褴褛的小子徒步穿过公路，拿着一个挡风玻璃遮阳罩，问我们买不买。"喜欢吗？六十比索。会说墨西哥话吗？六十比索①。我叫格雷戈尔。""不要这个，"我开玩笑地说，"要买小姐。""没问题，没问题！"他兴奋地叫了起来。"我给你找姑娘，随时都行。二十比索，三十比索。""你当真？真的吗？就现在？""现在也行啊，随时都行。不过现在太热了。"他有些反感地补充了一句，"大热天的没有好姑娘。等晚上吧。你要遮阳罩吗？"我不要遮阳罩，我要姑娘。我叫醒了尼尔。"嗨，兄弟，我在得克萨斯跟你说过我要给你找个姑娘——妥了，舒展舒展骨头，醒醒吧，有姑娘在等着我们呢。""什么？什么？"他喊道，跳了起来，憔悴不堪，"哪儿？哪儿？""这个叫格雷戈尔的小子会带我们去。""好哇，那就去吧，去吧！"尼尔跳下车，紧紧握住格雷戈尔的手。另外有一群小伙子在加油站周围闲逛，他们咧嘴笑了，其中一半人光着脚，全都戴着软塌塌的草帽。"老兄，"尼尔对我说，"这倒是打发一个下午的好办法，比丹佛的台球厅强多了。格雷戈尔，你能找到姑娘？在哪儿？A donde（西班牙语：去哪儿）？"他用西班牙语嚷道，"瞧，杰克，我会说西班牙语。""问他我们能不能搞到一点大麻。嗨，哥们，你能不能搞到大麻？"那小子正儿八经地点了点头。"没问题，随时都行。跟我来。""嘻！哇！噢！"尼尔叫道。他完全醒了，在那条昏昏欲睡的墨西哥街道上蹦蹦跳跳。"我们大家都去吧！"我把幸运牌香烟散给另外几个小伙子。我们，特别是尼尔，让他们十分开心。他们用手捏成喇叭的样子，互相转向对方，叽叽喳喳地议论着那个疯狂的美国小子。"瞧他们，杰克，正在议论我们呢。噢，天啊，这

---

① 原文为西班牙语：Habla Mexicano? Sesenta peso。

是怎样一个世界啊！"我们钻进车里，颠簸着开走了。弗兰克·杰弗里斯一直睡得很踏实，醒来才得知这一令人难以置信的疯狂之举。我们径直开出了这座城市，向另一侧的沙漠驶去，转上了一条遍地车辙的土路，车子比之前颠簸得更厉害。前面是格雷戈尔的家。它坐落在那片长满仙人掌、中间夹杂着几棵树的平地的边缘，只是一个饼干盒子般的土砖房子，有几个人在院子里闲逛。"他们是谁？"尼尔兴奋地喊道。"都是我兄弟。还有我妈。我姐也在那儿。那是我的家。我结婚了，住在市中心。""你妈怎么样？"尼尔有些退缩，"她对大麻的事会怎么说？""哦，是她帮我弄的。"我们在车里等，格雷戈尔下了车，蹦蹦跳跳地朝那幢房子跑去，对一个老太太说了几句什么，后者迅速转过身，朝屋后的花园走去，开始从地里拔出植物大麻。与此同时，格雷戈尔的兄弟们在一棵树下咧着嘴笑。他们打算过来跟我们见见面，但他们起身走过来还要一会儿。格雷戈尔愉快地咧嘴笑着回来了。"老兄，"尼尔说，"这个格雷戈尔是我这辈子遇到过的最可爱、最迷人的小子。你瞧他，瞧他那副慢吞吞走路的酷样子。这儿用不着匆匆忙忙。"稳如泰山的沙漠微风吹进车里。天气很热。"你瞧这儿有多热？"格雷戈尔说，和尼尔一起坐在了前座里，向上指了指福特车滚烫的顶棚。"有了大麻就不热了。你们等着。""是啊，"尼尔说着调整了一下他的墨镜，"我等着。没问题，格雷戈尔兄弟。"不一会儿，格雷戈尔的那位高个子兄弟悠闲地走了过来，拿着一些用报纸包着的大麻，把它搁在了格雷戈尔的膝盖上，漫不经心地靠着车门，点点头，朝我们笑着说："哈啰。"尼尔点点头，友善地朝他笑了笑。谁也不说话；这样很好。接下来，格雷戈尔卷了一支任何人都不曾见过的最大的大麻烟。他用棕色纸袋卷成的那支大麻烟不亚于一支硕大的奥普蒂马牌雪茄。它确实很大。尼尔瞪大眼睛盯着它。格雷戈尔漫不经心地把它点着了，传给大家。抽这玩意儿就像趴在烟囱口上吸。一股热气灌进了我的喉咙。我们屏住呼吸，大家同时把烟吐了出来。我们立即兴奋起来。额头上的汗珠冻结了，这儿突然就像阿卡普尔科的海滩。我从车的后窗放眼望去，看到格雷戈尔的另一个、也是最古怪的一个兄弟——一个高个子秘鲁印第安人——靠在一根电线杆子上咧嘴傻笑，他太羞怯了，不敢过来和我们握手。这辆车似乎被格雷戈尔的兄弟们给包围了，因为另一个兄弟出现在尼尔的身旁。接下来，最古怪的事情发生了。每个人都变得极其兴奋，以至于通常的礼节都一概省去，立即把注意力集中在最感兴趣的事情上，这真是古怪的一幕：美国人和墨西哥人一起在沙漠里吸大麻，更有甚者，他们彼此十分贴近地看清了对方。于是，几位墨西哥兄弟开始低声议论我们，评头品足，而尼尔、弗兰克和我也对他们评头品足。"你瞧后面那位怪异的兄弟。""是啊，还有我左边的那一位，真他妈的像一位埃及国王。这两个家伙是真正的爵士乐迷。你绝对没有见过任何这样的东西。他们在交谈，对我们感到奇怪，就像我们一样，但又有差别，他们的兴趣多半是围绕我们的穿着打扮——他们的穿着也和我们一样——但我们车里的东西很古怪，我们大笑的古怪方式完全不同于他们，或许，就连我们的气味跟他们比起来也不一样。然而，我还是很想知道他们在谈论我们什么。"尼尔累了。"嗨，格雷戈尔，老兄……你兄弟刚才说什么来着？"格雷戈尔那双忧伤的棕色眼睛转向了尼尔。"是啊，是啊。""不，你没听懂我的问题。你们这些小子在谈论什么？""噢，"格雷戈尔十分不安地说，"你不喜欢这大麻？""哦，喜欢，喜欢，很好！你们在谈论什么？""谈论？是啊，我们在谈论。你喜欢墨西哥吗？"没有共同的语言很难沟通。每个人再次变得安静、凉爽而兴奋，只是在那儿享受沙漠里吹来的微风，思考各自民族的想法。到了该去找姑娘的时候了。几个兄弟悠闲地回到了那棵树下，待在各自原先的位置上，母亲从阳光明媚的门道里注视着，我们缓慢地颠簸着驶回城里。但现在，颠

簸已经不再让人难受，那是世界上最愉快、最优雅的旅行，就像在
一片波涛汹涌的蔚蓝大海上航行，尼尔满脸通红，红得很不自然，
有些像金色，他破天荒第一次向我们解释汽车的减震弹簧，告诉我
们如何欣赏沿途的风光。我们上下颠簸，就连格雷戈尔也听懂了，
哈哈大笑。随后，他指着左边，告诉我们沿着哪条路去找姑娘。尼
尔带着难以形容的喜悦朝左边看，往左一打方向盘，拐上了那条
路，载着我们平稳而坚定地朝目标驶去，同时听着格雷戈尔高谈阔
论。"是啊，当然啦！我心里没有一丝怀疑！确定无疑，老兄！噢，
确实如此！为什么，呸，好极了，你对我说的都是最可爱的话！当
然啦！是啊！请继续！"对此，格雷戈尔用雄辩滔滔的西班牙语严
肃地予以了回应。在一个疯狂的瞬间，我以为尼尔听懂了他说的每
一句话，全凭他没有开化的顿悟和突如其来的启示天赋，这些是他
的超我和狂喜所激发出来的。也是在那一刻，他看上去完全就像是
富兰克林·德拉诺·罗斯福——我燃烧的眼睛里和飘浮的灵魂中所
出现的某个错觉——我在座位里挺直了身子，惊愕地喘着粗气。我
看到金色的小溪在天空中涌流，感觉到上帝就在车外烈日炎炎的街
道上那片光亮中。我朝窗外望去，看见门道里有一个女人，我觉得
她在听我们说的每一句话，暗自点头——大麻制造的偏执狂幻想。
但金色的小溪在继续涌流。很长一段时间里，我失去了意识，不知
道我们在干什么，只是过了一段时间之后，当我们把车停在格雷戈
尔家的门外时，我才恢复了知觉，此时，格雷戈尔已经抱着他的小
儿子站在车门边，把他抱给我们看。"你们看到我的小孩了吗？他
叫佩雷斯，六个月大。""哟，"尼尔说，他依旧满脸通红，沐浴在超
我、快乐、甚至狂喜中，"他是我见过的最漂亮的孩子。瞧他那双
眼睛。杰克和弗兰克，"他说，带着一种严肃而温柔的神情转向我
们，"我特别想让你们看看这个墨西哥小孩的眼睛，他是我们的神
奇朋友格雷戈尔的儿子，注意他有自己独特的灵魂，通过眼睛这两

扇窗户呈现出来，直至他长大成人，这样一双可爱的眼睛，其背后肯定藏着最可爱的灵魂。"这话说得很漂亮。那孩子也很漂亮。格雷戈尔忧伤地低头看着他的天使。我们全都希望自己有一个这样的小崽子。我们如此强烈地关注这孩子的灵魂，以至于他感觉到了什么东西，脸开始痛苦地扭曲，结果导致了辛酸的泪水和某种莫名的悲伤，我们束手无策，不知道怎么安抚他。我们尝试了各种办法，格雷戈尔抚摸他的脖子，摇晃他；尼尔咕咕地叫；我伸出手，轻轻抚摸孩子的小胳膊。他的哭声更大了。"噢，"尼尔说，"很抱歉，格雷戈尔，我们把他弄得不高兴了。""他没有不高兴，孩子总要哭的。"格雷戈尔那位身材娇小、赤着双脚的妻子也羞怯地走了出来，她一直站在他身后的门道里，焦急而温柔地等待把宝宝放回到她棕色而柔软的臂膀里。格雷戈尔让我们看过了他的孩子之后，爬回车里，自豪地指了指右边。"好嘞。"尼尔说着调转车头，穿过阿尔及尔人的狭窄街道，人们从四面八方注视着我们，带着温和的惊奇和隐秘的幻想。我们来到了妓院。那是一幢粉饰灰泥建筑，在金色的太阳下熠熠生辉。上面用骄傲的官方文字写着几个大字：舞厅①，在我看来就像美国邮局周围石砌雕带上的文字一样庄严而简朴。街上，有两个警察靠在通向妓院的窗户的窗台上，他们穿着松松垮垮的裤子，半睡半醒，我们走进去时他们饶有兴味地打量了我们一下，他们在那儿待了整整三个小时，在此期间，我们在他们的眼皮底下寻欢作乐，直至我们黄昏时分走出妓院，按照格雷戈尔的吩咐，我们给了他们每人相当于两毛四分钱的小费，承蒙关照，意思意思。我们在那儿找到了姑娘。有几个姑娘斜倚在舞池那边的长榻上，还有几个人在右边长长的吧台旁喝烈性酒。中间是一道拱门，通到简陋的小单间棚屋，看上去就像你在公共海滩或澡堂里换上游

---

① 原文为西班牙语：Sala de Baile。

泳衣的地方。这些小棚屋沐浴在院子里的阳光里。老板是个年轻小伙子，待在吧台的后面，听说我们想听曼波音乐，便立即跑出去，拿了一大摞唱片回来，大多数是佩雷斯·普拉多的唱片，把它们放到公共广播系统上。片刻间，整个维多利亚城都能听到这家"舞厅"里的欢乐时光。大厅里，音乐的喧闹声大得可怕——这才是播放自动点唱机的真正方式，它最初就是为此而生——以至于让尼尔、弗兰克和我一时间心烦意乱，猛然意识到我们从来都不敢按照我们想要的那样大的音量来播放音乐，这就是我们想要的音量。音乐直接朝我们吹奏，让我们浑身发抖。几分钟后，半个镇子的人都趴在窗户上，注视着几个美国佬和姑娘们跳舞，他们和两个警察肩并肩站在肮脏的人行道上，满不在乎、漫不经心地靠在那儿。《再来一支曼波舞》《曼波之查塔努加》《曼波舞曲八号》，所有这些绝妙的曲子全都在那个金色的神秘下午回响和燃烧，就像你在世界末日和耶稣再临的日子期望听到的声音。小号的声音实在太大，以至于我以为在沙漠里都能听得一清二楚，不管怎么说，这种乐器就源自于沙漠。鼓简直疯了。钢琴的声音像大雨一样从扬声器里劈头盖脸地砸向我们。主唱的喊叫喘气就像空中巨大的喘息。最后几支小号曲伴随着康茄鼓和小手鼓奏出的高潮，那张疯狂的查塔努加唱片，让尼尔当场冻住了一会儿，直至他浑身颤抖，大汗淋漓，然后，当小号用颤抖的回声——像洞穴里的回声一样——咬住令人昏昏欲睡的空气时，他的眼睛变得又大又圆，仿佛看见了魔鬼似的，随后他紧闭双眼。我自己被音乐震得像个木偶一样；我听到小号声抽打着我所看到的光亮，让我的双脚不停地颤抖。跟着快速曼波舞曲，我们和姑娘们疯狂地跳舞。在极度兴奋中，我们开始分辨她们不同的个性。她们都是很棒的姑娘。说来也怪，那个最狂野的姑娘是一个来自委内瑞拉的印第安人和白人的混血儿，只有十八岁。她看样子来自一个富裕之家。豆蔻年华，娇柔妩媚，为什么跑到墨西哥来做妓女？只有上帝知道。或许有某件可怕的伤心事迫使她不得不这样。她喝起酒来毫无节制。当她看样子似乎不能再喝时，她照样一饮而尽。她连续不断地干杯，大概也是想让我们尽量多花钱。在光天化日的下午，她穿着轻薄的宽松便服，疯狂地和尼尔跳舞，搂着他的脖子，不断提出各种各样的要求。尼尔飘飘欲仙，以至于不知道先从哪里下手，是姑娘，还是曼波舞？他们跑到更衣室去了。我让一个叫人提不起兴致的胖姑娘给缠上了，她带着一条小狗，当我因为这条小狗老是想咬我而对它表示厌烦时，它便对我发火。姑娘作出妥协，把小狗弄到屋后去了，但等她回来时，我已经被另一个姑娘钩上了，这个姑娘长得好看一些，但也算不上多好，她像一条水蛭一样搂住我的脖子。我试图挣脱，去找一个十六岁的黑人姑娘，那姑娘沮丧地坐在大厅对面，正在通过她轻薄衣服上的一个开口查看自己的肚脐眼。可我没法脱身。弗兰克找了个十五岁的姑娘，杏仁色的皮肤，罗衫半解，春光乍泄。真是疯狂。二十来个男人趴着那扇窗户注视着。某个时刻，那个黑人小姑娘——其实不是黑人，只是肤色黝黑罢了——的母亲走了进来，和女儿简短而悲伤地交谈了几句。看到这一幕，我羞愧难当，打消了试图搞她的念头。我让那条水蛭带我去了后面，在那里，就像做梦一样，伴着屋内扬声器的喧闹和轰鸣，我们让那张床颠簸了半个小时。那只是一个用木板条隔起来的四四方方的房间，没有天花板，门廊顶上吊着一个电灯泡，角落里有一尊圣像，另一个角落里有一个脸盆。整个门廊上上下下传出姑娘们的叫声："水，热水①！"弗兰克和尼尔也不见踪影。侍候我的姑娘收了三十比索，约合三点五美元，还额外要了十个比索，啰哩啰嗦解释了半天。我搞不清楚墨西哥货币的价值，我只知道自己有一百万比索，我把钱扔给了她。我们跑回去继

---

① 原文为西班牙语：Aqua，aqua caliente。

续跳舞。更多的人聚集在街上。那两个警察看样子像往常一样百无聊赖。尼尔那位漂亮的委内瑞拉姑娘拉着我出了大门，走进另一间古怪的酒吧，但显然属于那个妓院。一个年轻男侍者一边说话一边擦着杯子，一个蓄着八字胡须的老头坐在那里认真讨论什么事情。这里的另一个扬声器也在播放曼波音乐唱片。看来似乎整个世界都被拧开了。委内瑞拉姑娘搂着我的脖子要喝酒。侍者不愿给她一杯。她再三恳求，当侍者给她时，她却把酒打翻了，这一回不是故意的，因为我从她下陷的迷惘眼睛里看到了懊恼。"悠着点，宝贝。"我对她说。我把她扶上了凳子，她不停地滑落下来。我从未见过醉得比她更厉害的女人，她才十八岁。我又给她买了一杯，她不停地拽我的裤子表示感谢。她一饮而尽。我也没有心情试着去搞她。我自己的女友大约三十岁，把自己照顾得很好。委内瑞拉姑娘还在我怀里痛苦地扭动身体，我很想带她去后面，脱光她的衣服，只和她说话——我这样告诉自己。我发疯似的想要的，是另外那个黝黑的小姑娘。可怜的格雷戈尔，这段时间他一直站在吧台的黄铜扶手旁，背对着吧台，高兴地上蹦下跳，想看看他的三个美国朋友寻欢作乐。我们给他买了酒。他看到女人两眼放光，但他不会接受任何一个，他要对妻子忠诚。尼尔硬要塞给他一些钱。在这种疯狂的闷热中，我有机会看到尼尔究竟疯狂到什么程度。他彻底疯了，以至于当我盯着他的脸时，他竟然不知道我是谁，只是一个劲地说："是啊，是啊！"这一切似乎没完没了。我再次领着我的姑娘冲向她的房间；尼尔和弗兰克交换了他们之前的姑娘；片刻间，我们都不见了踪影，看热闹的人只好等待表演继续。那个下午漫长而凉爽；很快将会是维多利亚城迷人而神秘的夜晚。曼波音乐片刻也不曾放松。我的眼睛没法离开那个黝黑的小姑娘，即使是第二次之后，她就像一个女王，在那儿走来走去，甚至被那位阴郁的男侍者吩咐去干一些低三下四的工作，比如给我们端酒什么的。那儿的所有姑娘当中，她最需要钱；或许她妈妈刚才是来找她要钱，为了养活她年幼的弟妹。我丝毫没有想到直接找她，给她一些钱。我有这样一种感觉：她拿钱时会带着一定程度的鄙视，而来自她那种人的鄙视让我不由得退缩。在疯狂中，我竟然爱上了她，尽管这种爱只持续了几个小时。正是同样的刺痛穿过胸膛，同样的叹息，同样的痛苦，尤其是同样的不愿意接近和不敢接近。奇怪的是，尼尔和弗兰克也没有找她；她无可怀疑的端庄使得她在一家野性十足的老妓院里挣不到什么钱，这一点可想而知。有一刻，我看见尼尔像一尊雕像一样俯身凑到她的跟前，准备飞翔，当她傲慢地冷眼以对时，尼尔一脸的迷惘，他停止了揉肚子，目瞪口呆，然后低下头。因为她是女王。这会儿格雷戈尔突然狂热地抓住我们的胳膊，打着疯狂的手势。"出了什么事？"他想尽各种办法让我们明白他的意思。随后，他跑到吧台那儿，从怒目而视的男侍者手里抓过账单，把它拿给我们看。账单上的金额超过了三百比索，约合三十六美元，在任何一家妓院里这都是一大笔钱。我们还是无法清醒，不想离开，尽管我们的钱用光了，但我们历尽艰苦，终于在路的尽头找到了这陌生的阿拉伯伊甸园，我们依旧想留在这里，与我们可爱的姑娘厮混。但夜幕降临，我们不得不结束胡闹，继续上路，尼尔认识到了这一点，开始皱眉和思考，试着把思路理清楚，我提出了一走了之的想法。"来日方长，兄弟，有钱无钱都一样。""没错！"尼尔叫道，目光呆滞，转向了他的委内瑞拉姑娘。她终于烂醉如泥，躺在木沙发上，两条雪白的大腿从丝绸衣服里伸出来。窗外的观众利用这个机会大饱眼福；在他们身后，红色的暗影悄然显现，在突如其来的安静中，我听到什么地方传来婴儿的哭声，恍然记起我毕竟身在墨西哥，不是在甜蜜而狂野的最终美梦里。我们跟跟跄跄地走了出去；我们忘记了弗兰克；我们跑回去找他，就像电影《归途路迢迢》中那帮小子跑去找水手奥利一样，发现他正彬彬有礼对刚来上夜班的妓女鞠躬致意。他想从头再来一遍。醉酒的时候他就像一个身高十英尺的大汉一样行动迟缓，醉酒的时候你不可能把他从女人身边拉走。而且，女人也像常春藤一样缠着他。他坚持留下来，尝尝更新鲜、更陌生、更老练的小姐。尼尔和我猛捶他的后背，把他拖了出去。他大度地向每个人挥手告别——姑娘们、那两个警察、人群，以及外面街上的孩子们，他朝维多利亚城的四面八方抛飞吻，在人群中自豪地摇摇晃晃，试图和他们说话，把他生命中这个美好下午所享受的快乐以及对每一件事情的热爱传递出去。人人哈哈大笑，有人拍着他的后背。尼尔冲了过去，付给那两个警察四个比索，和他们握了握手，对他们咧嘴而笑。随后他跳进了车里，我们认识的那几个姑娘，甚至包括已经醒来的委内瑞拉姑娘，都聚集在汽车周围向我们告别，她们穿着轻薄的衣服挤作一团，喋喋不休地说再见，亲吻我们，委内瑞拉姑娘甚至流出了眼泪——不是为我们而哭，我们知道，完全不是为我们，但也足够了，足够好了。我那位肤色黝黑的心爱姑娘消失在屋内的阴影里。一切都结束了。我们驱车出发，把欢乐、庆祝和几百比索留在了身后，似乎不像是一个糟糕的日子。"再见啦，维多利亚城！"尼尔叫道，抛出一个飞吻。格雷戈尔为我们而骄傲，为自己而骄傲。"这会儿你们想洗澡吗？"他问道。好哇，我们大家都想痛痛快快洗个澡。他指引我们去了世界上最古怪的地方：那是一个普普通通的美国式澡堂，在城外一英里处的公路边上，很多小孩子在水池里泼水嬉戏，里面是一幢洗淋浴的石头房子，洗一次几分钱，有服务员递过来的肥皂和毛巾。除此之外，它还是一个糟糕透顶的儿童游乐场，有秋千和一个已经坏掉的旋转木马，在逐渐暗淡的落日余晖中，它看上去如此古怪，如此漂亮。弗兰克和我拿了毛巾，跳进屋内莲蓬头下冰冷的水中，然后精神振作、浑身清新地走了出来。尼尔懒得洗澡，我们远远地看见他穿过糟糕透顶的游乐场，与好人格雷戈尔手挽手散步，喋喋不休、开心愉快地聊着天，甚至为了强调某个观点而兴奋地凑到他跟前，用拳头捶打手掌。随后他们继续手挽手散步。到了该和格雷戈尔说再见的时候了，所以尼尔利用这个机会单独和他待一会儿，看看那个游乐场，了解他对某些一般事物的看法，全面了解他，这种事情只有尼尔才能做到。格雷戈尔这会儿很难过，因为我们要走了。"你们还会来维多利亚城看我吗？""当然啦，兄弟！"尼尔说。他甚至答应带格雷戈尔回美国，如果他想去的话。格雷戈尔说他得仔细琢磨琢磨此事。"我有老婆孩子——挣不到什么钱——我明白。"当我们从车里朝他挥手时，他在落日余晖中笑得甜美而灿烂。他的身后是那座糟糕的游乐场和孩子们。突然间，他跳着追上我们，要求搭我们的车回家。他不明白，这个突然提出的公事公办的要求在尼尔方面有些难办，尼尔意识到了这一点，开始谈论并指出自己能对他做什么，最后他们再一次开诚布公，格雷戈尔走上了他生活的街道。我们驱车离去，驶向丛林，那片我们从未预期到的疯狂丛林。所有这一切之后，我们还能指望什么更疯狂的事呢？刚出维多利亚城，公路便陡峭下降，两边大树参天。天黑了下来，我们听到树林中无数的昆虫在轰鸣，声音听上去就像连续不断、高声尖啸的哭泣。"哇！"尼尔说，他拧开前灯，它们坏掉了。"怎么啦！怎么啦！真他妈该死！"他很恼火，重重地捶打着仪表板。"噢，天哪，我们不得不黑灯瞎火地开车穿越丛林了，想想都恐怖，只有对面有车过来时我才能看见，可这儿根本没有任何车！当然也没有灯。噢，我们怎么办，杰克？""只有往前开了。或许，难道应该回去？""不，决不！我们继续开吧。我刚好能看到路面。我们会开过去的。"于是，我们在伸手不见五指的漆黑中驱车穿过昆虫的尖叫声，臭不可闻的、几乎是腐烂的气味扑鼻而来，我们记起并意识到了，地图显示，刚过维多利亚城之后，便是北回归线的开始。"我们正处在新的回归线上！难怪这么臭！你们闻闻！"我把脑袋伸出

车窗；虫子撞到我的脸上；巨大而尖锐的声音呼啸而起，那一刻我
在风中竖起耳朵。突然间，我们的前灯又亮了，灯光直刺前方，照
亮一排排蔫头耷脑、蜿蜒前伸的大树之间孤零零的公路，这些密不
透风的树墙高达一百英尺。"狗娘养的！"弗兰克在后座叫道，"我
的天哪！"他依旧很兴奋。我们突然意识到他依旧兴奋，丛林和麻
烦对他的快乐灵魂来说没什么不同。我们大家都笑了。"去他妈
的——我们索性把自己交给该死的丛林拉倒，今夜我们就在丛林里
睡一觉，走起来！"尼尔嚷道，"弗兰克老哥是对的，弗兰克老哥不
在乎！他太兴奋了，兴奋于那些女人、大麻，以及这个世界之外的
其他任何地方都消受不起的曼波音乐，它们的声音是如此之大，以
至于我的耳膜到现在依旧跟着其节奏跳动——哟！他太兴奋了，他
知道自己在干什么！"我们脱掉身上的 T 恤衫，光着膀子呼啸穿过
丛林。没有城镇，什么也没有，只有丛林，绵延不绝的丛林，地势
越来越低，天气越来越热，昆虫的尖叫声越来越大，草木越来越
高，气味越来越臭，越来越热，直至我们开始习惯它、喜欢它、爱
上它。"我就喜欢脱个精光，在丛林里打滚，"尼尔说，"该死的，
老兄，等我发现一个好地方，我马上就那么干。"突然间，利蒙出
现在我们面前，那是一个丛林小镇，几粒昏黄的灯光，黑咕隆咚的
影子，头顶上无法想象的浩瀚苍穹，以及一大片杂乱无章的木棚门
前三五成群的人——热带的十字路口。我们在不可思议的轻柔中停
了下来。那里热得就像新奥尔良六月夜晚一个面包烤箱的内部。街
道上，到处都是全家老少闲坐在黑暗中聊天；偶尔有姑娘走过，但
年纪都很小，只是很好奇，想看看我们长得什么样。我们靠在一家
破败的杂货店的木质门廊上，身边有几袋面粉，以及新鲜的菠萝在
角落里腐烂，爬满了苍蝇。那儿有一盏油灯，外面还有几盏昏黄的
灯，其余的地方全是漆黑，漆黑，漆黑。这会儿我们当然很累，得
马上睡一觉，于是我们把车在土路上开出了几码，挪到镇子后边，

倒头便睡。天气热得令人难以置信，根本不可能睡着。于是尼尔拿出一条毯子，把它铺在公路上柔软灼热的沙子上，四仰八叉地睡下。弗兰克在福特车的前座上伸开四肢，敞开车门，好让风吹过，可一丝风也没有。我在后座里被汗水浸透了。我钻出车外，摇摇晃晃地站在黑暗中。整个镇子这会儿都上床睡觉了，唯一的响动是狗叫。怎么才能睡着呢？成千上万的蚊子已经咬遍我们全身，从胸膛到胳膊到脚踝，别无他法，只能举手投降，甚至享受。随后我想到了一个好主意：我跳到了钢皮车顶上，伸开四肢仰躺在上面。还是没有一丝风，但钢板里面留有一定的凉爽成分，吸干了我背上的汗，把成千上万的死虫子在我的皮肤上凝结成块，我认识到，丛林接管了你，你成了丛林的一部分。躺在车顶上，面朝漆黑的夜空，就像夏天的夜晚躺在一个密闭的衣箱里。平生第一次，天气不是接触我、抚摸我、把我冻僵或让我出汗的什么东西，而是成了我本人。大气和我融为一体。我睡觉时，细小虫子组成的柔和小雨轻拂着我的脸颊，极其愉快而舒畅。天空没有一颗星星，完全看不见，十分凝重。漫漫长夜，我可以躺在那里，面朝苍穹，它就像一张天鹅绒帘帷覆盖着我，不会伤害我。死虫子和我的血混在一起，活蚊子换了一批又一批，我开始遍身刺痛，浑身散发出恶臭、灼热和腐烂的丛林气味，从头发和脸，到脚和脚趾头。当然，我光着双脚。为了尽量减少出汗，我穿上了沾满死虫子的T恤衫，又躺下了。有一团黑乎乎的影子，在更黑的公路上，那是尼尔在睡觉。我能听到他在打呼噜。弗兰克也在打呼噜。偶尔，镇子里闪过一丝微弱的光亮，那是本地治安官拿着电量不足的手电筒在巡查，在丛林的夜晚里咕咕哝哝地自言自语。随后，我看到他的灯光摇摇晃晃地朝我们走来，听到他的脚步声，轻柔地踩在沙层和植被上。他停住了，用电筒照了照汽车。我坐起身来，看着他。他用颤抖的、几乎是抱怨的、极其温柔的声音说："睡觉①？"并指了指路上的尼尔。我知道这个词是"睡觉"的意思。"是啊，睡觉②。""好，好。"他自言自语地说，勉强而悲伤地转身走开了，继续孤身一人地巡查。上帝从未让美国有过这样可爱的警察。没有疑神疑鬼，没有大惊小怪，没有无事生非：他是这座沉睡小镇的守护人。我重新躺回我的钢板床上，张开双臂，四仰八叉地躺下。我甚至不知道我的上方究竟是树枝，还是浩瀚无垠的天空，这没什么不同。我张开嘴，深深吸了几口丛林的空气。那不是空气，绝对不是空气，而是树木和沼泽散发出的、看得见摸得着的、活生生的东西。我一直醒着。灌木丛那边的什么地方公鸡开始报晓。依然没有空气，没有微风，没有露水，只有同样凝重的北回归线，把我们钉在这片土地上，我们属于这片土地，我们在这里感觉到刺痛。天空中丝毫没有拂晓的迹象。突然间，我听到黑暗那边狗疯狂地吠叫，随后，我听到微弱的马蹄嘚嘚声。声音越来越近。深更半夜的，此人该是一个怎样疯狂的骑手？接下来，我看到了一副奇异的景象：一匹野马，白如幽灵，沿着公路小跑着直奔尼尔而来，它的后面有几条狗争先恐后地哀嚎。我看不见狗，它们是肮脏的丛林老狗，但那匹马像雪一样白，巨大无比，几乎发出磷光，很容易看见。我没有为尼尔感到恐慌。那匹马看到了他，小跑着从他的脑袋旁边掠过，像一艘船一样从车旁跑过，轻柔地嘶叫，继续穿过小镇，在那几条狗的纠缠下，马蹄嘚嘚地在另一侧跑回了丛林，我只听见微弱的马蹄声逐渐消失在树林里。那几条狗平静了下来，坐在那里舔自己。那匹马是什么？神话和幽灵是什么？精神是什么？尼尔醒来时我把此事告诉他。他认为我是在做梦。随后，他隐隐约约地回忆起自己梦见了一匹白马，我告诉他，那不是梦。弗兰克·杰弗里斯慢慢地醒来了。稍稍动一

---

① 原文为西班牙语：Dormiendo。
② 原文为西班牙语：Si, dormiendo。

下，我们又大汗淋漓。周围依然一片漆黑。"我们开车上路吧，吹吹风！"我叫道，"我快热死了。""对头！"我们呼啸着驶出了镇子，继续沿着那条公路前行。天很快就亮了，灰蒙蒙的雾霾中可以看到公路两边密密麻麻的沼泽地，高大孤独、缠满藤蔓的树木低头屈身，俯向盘根错节的底部。我们沿着铁轨开了一会儿。曼特城广播电台的古怪天线出现在前面，仿佛我们是在内布拉斯加。我们找到了一个加油站，把油箱加满了，正当此时，丛林之夜的最后一批虫子黑压压地扑向灯泡，大群大群地扑腾着掉落在我们脚下，蠕动着，其中一些有翅膀的水虫摊开来足足有四英寸，另外一些可怕的蜻蜓大到足以吞下一只鸟，还有成千上万的硕大蚊子，以及各种各样叫不上名字的蜘蛛一般的昆虫。我很怕它们，在硬路面上跳来跳去；最后，我躲进了车里，双手抱脚，心有余悸地看着地面，那些虫子云集在车轮的周围。"我们走吧！"我叫道。尼尔和弗兰克对这些虫子满不在乎，泰然自若地喝了两瓶橘子汁，用脚把它们从冷饮水箱那儿踢开。他们的衬衫和裤子像我的一样，也沾满了血和死虫子的污渍。我们深深地闻了闻自己的衣服。"你瞧，我开始喜欢上这个气味了，"弗兰克说，"我再也闻不到自己的气味了。""这种怪味道还蛮好闻的，"尼尔说，"到达墨西哥城之前我不打算换衬衫，我想把这种味道带到那里，记住它。"随后，我们再次呼啸而去，制造出一点儿风，吹吹我们滚烫而板结的脸，我们直奔巴耶斯城，然后驶向山麓城市塔马孙查莱。这座城市位于海拔六百八十二英尺处，依然处在丛林的闷热中。棕褐色的泥土小屋紧挨着公路两旁；一大群孩子站在唯一的加油站门前。我们为了爬坡进山而加满了油，苍翠的群山隐约出现在前面。这段上坡路之后，我们将再次登上巨大的中央高原，准备向前驶往墨西哥城。不一会儿，我们便飞上了海拔五千英尺的高处，周围是雾茫茫的山口，俯瞰着一公里之下雾气蒸腾的黄色河流。那就是浩渺的蒙特祖马河。沿路的印第安人开始变得极其怪异。"看见没有，这儿本身就是一个国家，这些人是山地印第安人，完全与世隔绝！"尼尔喊道。他们身材矮小而结实，肤色黝黑，牙齿很糟糕；他们背驮巨大的重负。过了植被覆盖的巨大峡谷，我们看到陡峭山坡上一块块梯田。"这帮家伙在这些山坡上走上走下，栽种庄稼！"尼尔叫道。他把车速减到每小时五英里。"哇，我从没想到还有这种事！"在最高的山峰上，就像落基山的任何一座山峰一样雄伟，我们看到香蕉在生长。尼尔下了车，指指点点。我们停在一个悬崖岩架上，那儿有一间小茅屋悬停在世界的峭壁之上。太阳制造出金黄的薄雾，让脚下一英里之外的蒙特祖马河变得模糊不清。茅屋门前的院子里——因为它没有后面，只有一条深谷——有一个三岁大的印第安小姑娘站在那里，嘴里含着手指头，用棕色的大眼睛注视着我们。"她这辈子大概从未见过任何车停在这里！"尼尔低声说，"哈啰，小姑娘……你好吗？你喜欢我们吗？"小姑娘羞怯地看着别处，噘着嘴。我们开始谈话，她再次含着手指头仔细打量我们。"呀，我希望这儿有什么东西可以给她！想想看，在这样一个岩架上出生和生活——这个岩架就是你所了解的全部生活——她父亲多半用一根绳索摸索着下到深谷中，拿出他藏在山洞里的菠萝，在八十度的陡坡上劈树砍柴，脚下深不见底。她从未离开过这里，对外面的世界一无所知。这是一个民族。他们大概有一个酋长。远离这条公路，在悬崖的那边，数英里的后面，他们必定更原始、更古怪，因为泛美公路使得这条路上的民族部分程度上开化了。注意她额头上的汗珠，"尼尔指了指车外，"不是我们流出的那种汗，它是油腻的，它始终在那儿，因为这儿一年到头都很热，根本没有不出汗的时候，她生于流汗，死于流汗。"她小小的额头上，汗水凝重而滞缓，根本不流动，它就待在那儿，像上好的橄榄油一样闪亮。"他们的灵魂该受到怎样的影响？他们的价值观和愿望必定多么不同！"尼尔继续开车，惊奇得下巴都要掉了，车速每小时十英里，他渴望看到这条路上的每一个人。我们不停地爬坡。植被越来越茂密。一个女人在她的路边茅屋门前卖菠萝。我们停了下来，买了几个，价钱只有几厘，她用一把大砍刀切削它们。个个美味多汁。尼尔给了那个女人整整一个比索，想必能让她高兴一个月。但她没有表现出丝毫的快乐，只是收下了钱。我们意识到这儿没有可以买东西的任何商店。"该死，我希望我能给什么人一点东西！"当我们向上爬坡时，空气终于变得更凉爽一些，路上的印第安姑娘披着围巾，盖住她们的头和肩膀。她们拼命地跟我们打招呼；我们停下来看看是怎么回事。他们想卖给我们几块岩石水晶。她们天真无邪的棕色大眼睛紧盯着我们的眼睛，热烈而深情，以至于我们没有一个人对她们有丝毫非分之想；此外，她们年纪都很小，有的只有十一岁，看上去差不多三十岁。"瞧她们的眼睛！"尼尔低声说。她们就像少女时期的圣母的眼睛。我们从那一双双眼睛里看到了耶稣温柔而慈悲的凝视。她们毫不畏缩地与我们四目对视。我们揉了揉我们神经紧张的蓝眼睛，再接着看。那一双双眼睛依旧穿透我们，带着悲伤的、催眠似的闪光。当她们开口说话时，她们突然变得疯狂，几乎是愚蠢。默不作声时，她们才是真实的自己。"她们只是最近才学会了兜售这些水晶，因为这条公路修通只有十来年——在那之前，这儿整个民族必定是默不作声的。"姑娘们围着我们的车门喋喋不休。一个特别深情的孩子抓住尼尔汗津津的胳膊。她用印第安语不停地哀求。"噢，好啊，噢好啊，亲爱的。"尼尔温柔地、几乎是悲伤地说，他下了车，跑到车后，在那个遍体鳞伤的衣箱里摸索着——车的后备厢是同样破旧不堪、饱受折磨的美国箱子——摸出了一块手表。他把手表拿给那个孩子看。她高兴得呜咽起来。另外几个姑娘惊奇地围拢过来。随后，尼尔拨弄着小姑娘手里那颗"最可爱、最纯净、最小的水晶，是她亲自从山里为我们采集的"，他发现那颗水晶不比一粒果仁大多少。他把手表给了那个小姑娘。她们的嘴巴圆圆地张开着，就像唱诗班孩子们的嘴巴。幸运的小姑娘把它紧紧挤压在她破破烂烂的罩衣胸前。她们轻轻抚摸着尼尔，对他表示感谢。他站在她们中间，抬起那张粗糙的脸望向天空，寻找下一个最高的、最后的山口，看上去就像是来到她们中间的先知。他回到了车里。她们不愿看到我们离去。很久很久，当我们爬上一个长长的、笔直的山口时，她们还在挥手，追着我们跑，就像狗从农场里追家里的汽车，直至筋疲力尽，懒洋洋地坐在路边。我们拐了个弯，再也看不见她们了，她们还在我们后面跑。"噢，这真让人心碎！"尼尔捶胸顿足地叫道。"她们把这样的忠诚和惊奇坚持了多久啊！她们身上将会发生什么？如果我们开得够慢的话，她们会不会追着车一路跑到墨西哥城？""会啊。"我说，因为我知道。我们驶入了东马德雷山脉那些令人眼花缭乱的高地。香蕉树在雾中金光闪闪。沿着悬崖砌起的石墙外边，大雾弥漫。山下，蒙特祖马河在苍翠的丛林中成了一条细细的金线。雾气从那里升腾而起，与上面的空气和大气相混合，像洁白的天堂一样在灌木丛生的山峰中间推进。这个世界屋脊上一些奇特的十字路口小镇滚滚而过，披着围巾的印第安人从帽檐和围巾底下注视着我们。他们全都伸出双手，想得到什么东西，他们认为文明世界能够提供东西，做梦也没想到它的悲哀，以及从不兑现的蹩脚欺骗。他们不知道，只要丢一颗炸弹，就可以砸碎我们所有的桥梁和堤岸，把它们变成乱七八糟的一堆，就像雪崩之后的残堆一样，总有一天我们会像他们一样穷困，在一模一样的路上伸出我们的双手。我们这辆破破烂烂的老福特，三十年代蒸蒸日上的美国福特，轰隆哐啷地从他们当中驶过，在尘土飞扬中消失不见了。在锡马潘、伊斯米基尔潘或阿克托潘，我不知道究竟是哪里，我们到达了最后一个高原的入口。这会儿太阳是金色的，天空是湛蓝色的，沙漠里罕有河流，完全是黄沙肆虐、酷热难耐的空间，偶尔突然出现仿佛是《圣经》中的树荫。牧羊人出现了。这会儿尼尔在睡觉，弗兰克开车。我们已经穿过整个上坡地带，驶向最后的高原，那里的印第安人像古时候一样长袍飘飘，女人抱着一束束金黄色的亚麻，男人抱着狭长的木板。穿过闪闪发光的沙漠，我们看到了参天大树，牧羊人坐在大树下集会，羊群在太阳底下烦躁不安地走动，远处尘土飞扬。巨大的龙舌兰植物像雨一般密集，来自犹太人的陌生土地。"哥们，哥们，"我对尼尔叫道，"醒醒，看那些牧羊人，醒醒，看那个金色的世界，你自己的眼睛会告诉你，耶稣就来自那里！"但他人事不省。我快疯了，此时，我们突然穿过一个破败凋敝、尘土飞扬的土砖小镇，数百个牧羊人聚集在一堵颓败土墙的阴影下，他们的长袍拖在尘土中，他们的狗活蹦乱跳，他们的孩子四处奔跑，他们的女人悲伤地低头凝视，男人们抱着狭长的木板注视着我们驶过，神态高贵，像酋长一样，仿佛那个来自美国的哐哐作响的蠢货以及里面三个颓丧潦倒的笨蛋打断了他们的集体冥想。我大喊大叫让尼尔看。他从座位上抬起头，在逐渐黯淡的落日余晖中瞥了一眼，然后倒头接着睡。醒来之后，他向我详细描述了他刚才看到的，并说："是啊，老兄，我很高兴你叫我看。噢，上帝。我该怎么办？我要去哪儿？"他揉着肚子，双眼通红，抬头望天，几乎流下了眼泪。在科隆尼亚，我们到达了巨大的墨西哥高原最后的水平面，疾行在一条狭窄的公路上，直奔孙潘戈和墨西哥城。这儿的空气当然十分凉爽、干燥而舒适。我们即将接近旅行的终点。大片的农田在我们两旁延伸；凉风拂面，吹过偶尔出现的大树和小树林，还有传教区，在夕阳下正变成浅橙色。大片的云层离地很近，是粉红色的。"傍晚就到墨西哥城了！"我们成功了。当我们停车撒尿时，我下了车，走过一片地，来到一棵大树下，坐了一会儿，思考这个大平原。弗兰克和尼尔坐在车里不停地打手势。可怜的家伙，他们的血肉与我的混在一起，如今被带到了一千九百英里之外，从丹佛那个下午的院子，到这些辽阔的、就像《圣经》里的地区，这会儿即将到达路的尽头，尽管我并不知道，我即将到达我和尼尔一起走的那条路的尽头。我和尼尔一起走的那条路远比一千九百英里长很多。"我们要不要换掉我们身上沾满昆虫的 T 恤衫？""不，我们就穿着它们进城，见他妈的鬼去吧。"我们长驱直入墨西哥城。过了一段很短的山路之后，我们突然来到一个高地，从那里，我们可以看到整个墨西哥城从下面的火山口延伸，烟雾缭绕，华灯初上。我们呼啸着向它驶去，沿着起义大道，直奔市中心改革大道。孩子们在巨大而糟糕的场地上踢足球，踢得尘土飞扬。出租车司机追上我们，想知道我们是不是要找姑娘。不，我们现在不想找姑娘。长长的、破败凋敝的土砖贫民窟在平原上延伸；我们看到灰暗小巷里孤独的身影。夜幕很快就要降临。随后，城市喧嚣起来，突然间，我们正在驶过人头攒动的咖啡馆和剧院，周围灯火通明。报童朝我们大声吆喝。机械工拿着扳手和抹布，赤着双脚，无精打采地走过。疯狂的、光着脚的印第安司机快速从我们身边驶过，按着喇叭，造成了交通混乱。喧嚣声令人难以置信。墨西哥的汽车不使用消音器。人们兴高采烈地把喇叭按个不停。"哇！"尼尔叫道，"留神！"他摇摇晃晃地驱车穿过车流，逗弄每一个人。他像印第安人那样开车。他把车开上了改革大道的环形车道，绕着它兜圈子，那儿有八个岔道口，前后左右、四面八方的车子呼啸着冲向我们，尼尔高兴得又叫又跳。"这就是我一直梦想的车流！每个人都在向前开！"一辆救护车呼啸而过。美国的救护车拉响警报在车流中穿梭疾驰；印第安人硕大的救护车索性以每小时八十英里的速度在城市的街道上横冲直撞，人人都得让路，它片刻不停。

附录

　　原稿纸卷的最后几英尺遗失了。纸卷末尾有一条手写笔记，写着"狗吃掉了，[一只叫波奇基的狗]。"波奇基是卢西安·卡尔养的一条狗，它把末尾部分啃掉了。凯鲁亚克跟约翰·霍姆斯讲过此事，许多年后，卡尔证实了这个故事。凯鲁亚克与琼·哈维蒂的婚姻解体之后，一九五一年六月中旬，他在西二十一街卡尔的公寓房里住过很短一段时间，随后他去了北卡罗来纳与家人会合。凯鲁亚克五月和六月写给尼尔·卡萨迪的信以及他当时的经纪人雷·埃弗里特七月六日写给他的一封信显示，凯鲁亚克用打字机打出了这部小说的一个修订版，寄给了哈科特、布雷斯及另外几个出版商，供他们考虑，然后他便离开纽约，去了南方。根据凯鲁亚克一九五一年四月之后的手稿及正式出版的小说向后推，遗失的结尾部分可能是下面这个样子。

霍华德·库内尔

伦敦，布里克斯顿，2007 年

　　一辆救护车呼啸而过。美国的救护车拉响警报在车流中穿梭疾驰；印第安人硕大的救护车索性以每小时八十英里的速度在城市的街道上横冲直撞，人人都得让路，它片刻不停，不管在任何环境下，径直飞驰而过。我们看着它绝尘而去，消失在视野之外。司机都是印第安人。公交车从不停靠，人们——哪怕是老太太——得跑着追。墨西哥城的年轻人打赌比赛，成群结队追赶公交车，几乎是跳上去。公交车司机光着脚丫子，穿着 T 恤衫，蹲在低矮的座位上，面对低矮而巨大的方向盘。驾驶室里供奉着圣像。公交车灯昏暗发绿，木质长凳上是一排排黝黑的脸庞。墨西哥城的中心城区有数不清的颓废青年，头戴草帽，耷拉着帽檐，光着膀子穿着长翻领夹克，沿着主街溜达，其中有些人在小巷里兜售十字架和大麻，有些人跪在颓败凋敝的小教堂里，隔壁棚子里正在表演墨西哥滑稽秀。有些小巷铺着碎石子，阴沟敞开着，有一些小门通向壁橱一样大小的酒吧，紧挨着土砖墙。你要买酒得跳过一条沟。从酒吧出来，你得背贴着土砖墙，侧着身子，慢慢回到街上。他们端上的咖啡里掺有朗姆酒和肉豆蔻。到处传来曼波音乐震耳欲聋的声音。成百上千的妓女沿着黑暗而狭窄的街道一字排开，她们悲伤的眼睛在黑夜里朝我们闪光。我们漫步在疯狂中，恍如做梦。我们在一些古怪的、贴着瓷砖的墨西哥自助餐厅里花四角八分钱就能吃到美味的牛排，有马林巴琴乐师和流浪吉他手演奏。没有什么东西停下来；街道通宵达旦都生机蓬勃。乞丐在睡觉，身上盖着广告招贴画。夜里，全家老少坐在人行道上吹奏小笛，谈笑风生。他们伸开赤脚。角落里有老妇人在切割煮熟的牛头，放在报纸上捧给顾客。这是最后的一座大城市，我们知道我们将会在路的尽头发现它。尼尔漫步走过，像还魂尸一样双臂下垂，嘴巴张开，双目炯炯，他和一个头戴草帽的小伙子在一片场地里进行了一趟崎岖而神圣的游历，一直持续到黎明，那个小伙子和我们有说有笑，他还想玩传球游戏，因为所有事情都永远不会结束。我们还试着寻找比尔·巴勒斯，得知他刚刚离去，和家人一起去了南美，所以，比尔·巴勒斯就这样从我们的视线里沉没了，丢失了。接下来，我发起了高烧，胡言乱语，神志不清。我抬头看着外面的黑暗，天旋地转，我知道我躺在海拔八千英尺高处的一张床上，在世界的屋脊上，我知道我在自己血肉之躯的可怜原子外壳里生活了整个一辈子，以及另外许许多多多辈子，我做过各种各样的梦。我看到尼尔俯身趴在厨房的餐桌上。那是几个晚上之后，他要离开墨西哥城。"你在干吗，兄弟？"我呻吟道。"可怜的杰克，可怜的杰克，你病了。弗兰克会照顾你。现在，要是还没有病糊涂的话，你听我说——我在这儿弄到了与卡罗琳离婚的手续，我得开车回纽约去找黛安娜，如果这车还能顶一阵的话。""再来一遍？"我叫了起来。"再来一遍，好兄弟。我得回到我的生活。真希望我能留下来陪你。但愿我还能回来。"我呻吟着捂住痉挛的肚子。当我再次抬起头来，尼尔正站在那儿，拎着那只破破烂烂的衣箱，俯身看着我。我已经搞不清他是谁，而且他知道这一点，满心同情，他拉过毯子盖住我的肩膀。"是啊，是啊，是啊，我现在得走了。"然后他走了。悲惨地高烧十二个小时之后，我终于明白过来：他走了。到这个时候，他正孤身一人，驱车穿越长满香蕉树的苍莽群山，这会儿已是夜晚，漆黑的夜晚，隐秘的夜晚，神圣的夜晚。

第五部

　　一周后，朝鲜战争爆发。尼尔驱车从墨西哥城出发，在维多利亚城再次见到格雷戈尔，把那辆老爷车一路开到路易斯安那州的莱克查尔斯，车尾终于掉在了路上，他知道早晚会这样。他发电报让黛安娜寄来三十二块钱的飞机票钱，飞完了剩下的路程。手里拿着离婚文件到达纽约之后，尼尔和黛安娜立即去了纽瓦克，办理了结婚手续。那天夜里，尼尔告诉黛安娜万事大吉，不必担心，并提出了一套逻辑，其实里面什么都没有，只有无法估量的悲伤汗水。他跳上一辆大巴车，再次呼啸而去，穿过可怕的美洲大陆，去旧金山与卡罗琳和两个女儿重新会合。所以现在他是三次结婚，两次离婚，并和他的第二任妻子生活在一起。秋天，我自己也从墨西哥城动身回去，一天晚上，刚过得克萨斯州迪利的拉雷多边境，我站在灼热的公路上，夏天的飞蛾纷纷扑向头顶的弧光灯，此时，我听到远处的黑暗中传来脚步声，于是放眼望去，看到一个白发飘飘的老人脚步沉重地走来，背上背着一个包裹，他走过时看到了我，于是说："去替人哀悼吧。"随后脚步沉重地回到了黑暗中。他的意思是不是说，我终于应该继续在美国各地黑暗的道路上徒步进行我的朝圣之旅？我挣扎着赶往纽约，一天晚上，我站在曼哈顿一条黑咕隆咚的街道上，朝阁楼上的一扇窗户叫喊，我以为我的朋友们在那里举行派对。可是，一个漂亮姑娘从窗户里探出头说："怎么啦？谁呀？""杰克·凯鲁亚克。"我说，听到我的名字在空荡荡的悲伤街道上发出回声。"上来吧，"那姑娘喊道，"我在做热巧克力。"于是我上去了，她在那儿，那姑娘有一双清纯无瑕、天真可爱的眼睛，长久以来我一直在寻找这样的眼睛。那天晚上，我求她嫁给我，她接受了，答应了。五天后，我们结婚了。冬天，我们计划移民旧金山，把我们所有破破烂烂的家具和可怜巴巴的财物统统装在一辆旧货车里带走。我给尼尔写了信，把我所做的事情都告诉他。他回了一封一万八千字的长信，说他要来接我，亲自帮我挑选旧货车，并开车带我们回家。我们还有六周时间可以积攒买车的钱，所以我们开始上班干活，每一分钱都精打细算。不知怎么回事，尼尔突然来了，提前了五周半，谁都没有钱来实现我们原先的计划。那天我去散了一会儿步，回来后我把散步时琢磨的想法告诉了我妻子。她站在黑咕隆咚的客厅里，带着古怪的微笑。我跟她讲了一大堆事情，突然间，我注意到屋内鸦雀无声，于是环顾四周，看到电视机上一本被翻破了的书。我认出了那是尼尔的书。仿佛做梦一样，我看到他从黑咕隆咚的厨房里蹑手蹑脚地走了进来，光脚，只穿着袜子。他蹦蹦跳跳，嬉皮笑脸，结结巴巴，拍着手说："哈——哈——你得听我说。"我们听着。但他忘了自己想说啥。"真的得听着——啊咳……你瞧，亲爱的杰克……可爱的琼……我来了……我走了……但是等等……哈，没错。"他表情悲伤地盯着自己的双手，"我说不上来……你们明白，那是……或者可能是……不过听我说！"我们全都听着。他在夜晚的声音。"是啊！"他惊奇地低声说道，"但你们明白……用不着再说什么……不再说了。""可你为什么来得这么快，尼尔？""哦，"他第一次看着我说，"这么快，是的。我们……我们大家都知道……我不知道。我是凭铁路通行证来的……坐货车守车……司闸员通行证……一路上吹着长笛，玩木番薯。"他拿出自己新买的木制长笛，吹了几个嘎吱作响的音符，赤脚穿袜子跳来跳去。"明白吗？"他说，"不过当然，杰克，我说话可以像从前一样快，事实上我有很多事情要告诉你，穿越这个国家时，一路上我都在不停地阅读，观察很多东西，我一直没有时间跟你讲这些，我们还没有谈到墨西哥，以及你发烧时我们分手之后的情况……但用不着说了。绝对的，现在用不着说了，不是吗？""没错，我们不必说了。"他开始给我讲他途中在洛杉矶所做的事情，尽可能地详细，讲他如何拜访一家人，吃晚饭，和父亲及兄弟姐妹们（他们是堂表亲）聊天——他们长得什么样，他们吃什么，他们的家具陈设，他们的想法，他们的兴趣，他们的灵魂，最后他说："噢，但你明白我真正想告诉你的是什么……时间要晚很多……阿肯色州，坐火车穿过那里……吹长笛……和小伙子们玩扑克牌，我那副淫秽扑克牌……赢钱，木番薯……漫长而可怕的旅行，五天五夜，为的是见你，杰克。""卡罗琳怎么样？""当然同意……等我……卡罗琳和我一直以来都很坦率……""黛安娜呢？""我……我……我想她和我一起回旧金山，住在城里的另一侧……你不这样认为吗？我不知道自己为什么要来这儿。"过了一会儿，他突然十分惊奇地说："嗯，没错，我当然想见见你可爱的妻子和你……真是自作孽自受罪，老兄……很高兴见到你……像从前一样爱你。"他在纽约待了三天，便赶忙准备回去，仍然凭他的铁路通行证坐火车，再次穿越这片呻吟的大陆，五天五夜风尘仆仆的旅行和硬座守车，他依然不知道自己为什么来纽约，当然，我们没有钱买旧货车，根本不可能现在跟他一起回旧金山。他不知道自己为什么来这儿，只知道他想见我和我可爱的妻子，我们一致认为她很可爱。他和怀孕的黛安娜过了一夜，大吵大闹，黛安娜把他赶了出来。有一封寄给他的信，由我转交，我仔细考虑之后，把它拆开了，看到了信的内容。信是卡罗琳写来的。"看到你背着你的旅行包走过铁轨，我心都碎了。我不停地祈祷你平安归来……我很想杰克和他的新婚妻子来这儿，住在同一条街上……我知道你会平安归来，但我忍不住还是担心——如今我们已经决定了一切……亲爱的尼尔，那是本世纪上半叶的结束。我用爱和吻欢迎你和我们一起度过本世纪的下半叶。我们大家都等着你。（签名）卡罗琳、凯茜和小杰米。"

就这样，尼尔和他最忠诚、最怨恨、最了解他的妻子卡罗琳安顿了下来，我替他感谢上帝。我最后一次见到他是在悲伤而奇特的环境下。亨利·克鲁在几次乘船周游世界之后来到了纽约。我想让他见见尼尔，彼此认识一下。他们见了面，但尼尔再也谈不了什么，他什么也没说，亨利转身离开了。亨利搞到了几张艾灵顿公爵在大都会歌剧院演出的门票，坚持要琼和我跟他和他的女朋友一起去看。亨利胖了，样子很糟糕，但依旧是个热切而拘谨的绅士，他想让事情中规中矩，就像他所强调的那样。所以他找了个赛马赌注经纪人开一辆凯迪拉克送我们去音乐会。那是一个寒冷的冬夜。那辆凯迪拉克停在那儿，准备出发。尼尔背着他的旅行包站在窗外，准备去宾夕法尼亚火车站，穿越这个国家。"再见了，尼尔，"我说。"我真的希望我不用去听音乐会。""我能不能搭你们的车去第四十街？"他低声道，"只是想尽可能和你多待一会儿，兄弟，再者说，纽约这儿真他妈的冷……"我低声跟亨利说了此事。不行，他不同意，他喜欢我，但他不喜欢我的朋友们。我不想重演一九四七年在旧金山和艾伦·特姆科一起时的情景，把他计划好的事情搞砸。"绝对不行，杰克！"可怜的亨利，系着一条为今晚特别定做的领带；领带上印着音乐会门票的复制品，还有杰克和琼及亨利和他女友薇姬的名字，连同一连串的笑话和他最喜爱的口头禅，比如"老师傅学不会唱新曲儿"什么的。因此，尼尔不能搭我们的车去富人区，我能做的只是坐在那辆凯迪拉克的后座里朝他挥手。开车的赛马赌注经纪人也不想和尼尔有任何瓜葛。尼尔走开了，孤身一人，披着一件虫蛀的大衣，那是他为了抵御东部的寒冷而特地买的，我最后看到尼尔转过了第七大道的街角，目视前方，躬身前行。我把关于尼尔的每件事都告诉了妻子，可怜的琼几乎哭了起来。"噢，我们不该让他那样离去。我们该怎么办？"老尼尔已经走了，想到这儿，我大声喊道："他没事的。"我们驱车离开，去看那场悲哀而勉强的音乐会，我根本提不起兴致，自始至终，我都在想尼尔，他怎样回到火车上，怎样疾驰三千英里，穿越这片可怕的大陆，我不知道他究竟为什么要来纽约，除非是为了看我和我可爱的妻子。他走了。要是我没结婚，我会再次和他一起上路。就这样，在美洲大陆，当太阳西沉，我坐在河边破败的老码头上，注视着新泽西上方的寥廓苍穹，感觉到那片荒蛮的土地，整个凝成一个大得令人难以置信的凸出部分，向西海岸滚滚延伸，所有的路都奔它而去，所有的人都在它的辽阔浩瀚中心怀梦想。这会儿我知道，在艾奥瓦州，星辰必定在下沉，把它越来越微弱的光亮洒满草原，在祝福大地的黑夜完全降临之前，让所有江河变暗，笼罩西部的山峦，遮蔽最后的海岸，除了那被人遗弃的、越来越旧的破烂衣衫之外，谁也不知道别人身上将会发生什么，我想到了尼尔·卡萨迪，我甚至想到了我们一直没有找到的父亲老尼尔·卡萨迪。我想念尼尔·卡萨迪。